lehmanns media

D1996903

Martha Maschke

Hommage an mein Bauchgefühl

Oder: Die Würde des Menschen ist doch antastbar

Berlin 2016

Bibliografische Informationen der Deutschen Nationalbibliothek:
Die Deutsche Nationalbibliothek verzeichnet diese Publikation in der deutschen Nationalbibliografie; detaillierte bibliografische Informationen sind im Internet unter <http://dnb.ddb.de> abrufbar.

Martha Maschke
Hommage an mein Bauchgefühl

2., korrigierte Auflage 2016
©Lehmanns Media • Verlag
Helmholtzstraße 2-9 • 10587 Berlin
www.lehmanns.de

ISBN: 978-3-86541-718-3

Umschlag: BARLAG werbe- & messeagentur GmbH
T. Hagemann / S. Schulmann
Druck und Bindung: Totem • Inowrocław • Polen

Für Lasse
Für Herzensmenschen
Für Helfermenschen

001 – „Der Autor an den Leser“

Dies ist ein aufrichtiges Buch. Es kündigt dir zum Eingang schon an, dass ich damit keine andere als eine private und persönliche Absicht verfolgt habe; es war nicht mein Bestreben, dir zu dienen oder mir Ruhm zu verschaffen: zu solchem Beginnen reichen meine Kräfte nicht aus. Ich wollte meinen Verwandten und Freunden zu Gefallen tun: Wenn sie mich werden verloren haben (...), können sie darin einige Züge meiner Lebensart und Gemütsart wiederfinden und um so vollständiger und lebendiger ihre Kenntnis von meiner Person bewahren. Wäre es mir um Beifall der Öffentlichkeit zu tun gewesen, ich hätte mich mit entliehenen Vorzügen geschmückt oder mich von meiner besten Seite gezeigt. Ich will aber, dass man mich in meiner natürlichen, schlichten, gewöhnlichen Art sieht, ohne Kunst und ohne Anstrengung; denn ich male mich selbst. Meine Fehler, meine Unvollkommenheit, mein innerstes Wesen wird man gebildet finden, soweit es die Schicklichkeit irgend erlaubt. Hätte ich in jener Nation gelebt, die noch, wie es heißt, die sanften Naturgesetze genießen, ich hätte mich gerne völlig nackt gemalt. So bin ich mein Leser, selber der Gegenstand meines Buches: es gibt keinen Grund, weshalb du deine Muße auf ein so eitles und nichtiges Thema wenden solltest.“

Mit Gott denn; Montaigne, den 01.März 1580

002 – Familienbande

„Patienten wie du sind echt die Pest", so mein Bruder Tom.
Klingt merkwürdig und vielleicht nicht unbedingt nach Geschwisterliebe.
Ich glaube, inzwischen habe ich verstanden, wie es gemeint war.

Es zu verstehen hat etwas Zeit in Anspruch genommen.
Lebenszeit.
Vereinzelte Gehirnzellen sind dabei auch auf der Strecke geblieben. Und falls die Seele und die Emotion auch so etwas wie „Gefühlssensoren" besitzen, tja ... dann sind meine arg strapaziert worden.
Aber! Da die Liebe zu meiner Familie stark ist und natürlich immer noch besteht, scheint das ja mit den Gefühlen in mir alles ganz gut zu funktionieren und ist trotz der schicksalhaften Ereignisse „heile" geblieben. Neben seiner „Funktion" als Bruder ist Tom auch Arzt. Und somit war dieser Ausspruch mit das Ehrlichste und Klarste, was ich in den letzten Jahren gesagt bekommen habe.
Und auch wenn ich im ersten Moment gedacht habe, dass mein Bruder wohl mal ein bisschen mehr Mitleid oder wenigstens Mitgefühl aufbringen könnte, muss ich inzwischen erkennen, dass er vielleicht nicht ganz Unrecht hatte. Und manches Mal von seinen Kollegen, nicht unbedingt mit der gleichen Wortwahl, aber vielleicht in Gedanken, ... bestätigt wird und wurde.

Inzwischen bin ich mir nicht mehr ganz sicher, ob die Rollenverteilung der Teilnehmer in der Episode „Mitgefühl" in manchen Szenen nicht umgekehrt sein müsste...?

Keiner weiß so richtig, was mit mir los ist. Ich habe einige Weh-Wehchen. Vielleicht könnte ich auch schon eine kleine Liste erstellen, das mache ich aber jetzt noch nicht.
Nur soviel und zur Erklärung: Klar ist, dass ich einige körperliche Symptome habe, aber leider passen die nie mit irgendwelchen auffälligen oder weniger auffälligen Blutwerten zusammen. Genauer gesagt, man kann erkennen, dass es mir nicht gut geht, oft fehlen aber die Werte.
Noch genauer: Sie fehlen den Ärzten, um eine genaue Diagnose zu stellen und um mir damit zu helfen.

Zu den „Weh-Wehchen" kommen auch noch ein paar Unverträglichkeiten.
Nahrungsmittel und Medikamente.
Was die Sache auch nicht einfacher macht und beide Seiten, also die „ärztliche" und die andere Seite, also mich als Patientin, nicht immer harmonisch miteinander arbeiten lässt. Das ist mir klar.
Ist mir oft unangenehm. Macht mir Angst und beide Seiten manchmal ganz schön hilflos. Trotzdem kann ich oft die Verhaltensweisen einiger Ärzte nicht verstehen. Damit meine ich nicht, dass alle keine Lust haben oder Desinteresse zeigen. Nein. Im Gegenteil.
Ich weiß, dass fast alle (–meistens!) sehr bemüht sind.
Einige sogar ganz besonders.
Am Anfang und vielleicht auch noch in der Mitte unseres gemeinsamen ärztlich/therapeutischen Zeitrahmens.
Doch irgendwann kippt immer die Stimmung.
Ich erahne es schon mit dem Betreten eines Arztzimmers oder wenn das Ärzteteam das Patientenzimmer während einer Visite betritt.
Das Procedere läuft immer sehr ähnlich ab, ist ganz leicht zu erkennen.
Da braucht man auch keine hellseherischen Fähigkeiten zu haben. Und ein Studium der Physiognomie erst recht nicht.
Die Gesichter sowie die Tonlage kann man auch als Laie innerhalb vom Bruchteil einer Sekunde analysieren.
Ich verstehe ja die Ratlosigkeit meines Gegenübers in solchen Momenten.
Aber ... Hilflosigkeit ..., die verspüre ich in solchen Situationen ebenfalls.
Werde ich deshalb den Ärzten gegenüber aggressiv?
Am Ende einer „Symptom-Diagnosesuche" bleibt dann nur noch die psychische Variante. Aber auch die habe ich von vorne bis hinten durchleuchtet.

003 – Abends, ca. 20.05 Uhr, es ist August

Offiziell ist die Sprechstunde bei meinem Orthopäden Dr. Miles vorbei. Es ist schon spät. Erschöpfung liegt in der Luft. Es war wohl für alle ein anstrengender Tag.
Für das Praxisteam. Für mich auch.
Mit einem Blick auf die Uhr ist klar, dass alle nach Hause wollen. Trotzdem macht keiner Anstalten zu gehen. Das Gefühl von Zeit und Raum zum Nachdenken wird mir gegeben.
Das ist ein angenehmes Gefühl.
Hier kennen sie meine Geschichte.
Mit einem resignierten Kopfnicken bestätige ich, dass Dr. Miles, in Teamwork mit Dr. Børge, einen Termin für mich im Paulus-Melchers-Krankenhaus (PMK) vereinbart hat.
Ich wollte nicht.
Ich habe eigentlich keine Lust mehr.
Lust?
Natürlich geht's jetzt nicht um Lust.
Es geht auch nicht darum, dass ich aufgebe oder nicht gesund werden möchte. Im Gegenteil.
Nichts wünsche ich mir sehnlicher.
Ich bin einfach nur müde.
Ich brauche mal Urlaub.
Nichts leichter als das?
Ich habe da ein Problem.
Ich müsste mich mitnehmen.
Mit Sack und Pack. Mit Körper und Seele.
Und wer will im Urlaub schon so'n Klotz von Leib und Fuß mitschleppen, hm?

Na, vielleicht finde ich da doch noch eine Lösung.

Für Haustiere gibt es doch auch Pensionen, wenn „Frauchen" und „Herrchen" in den Urlaub fahren und sie ihre tierischen Lebensbegleiter nicht mitnehmen können oder wollen.
Also, de facto müsste es auch so eine Art „Hotel für Körperteile" oder „Körperhotel im Ganzen" geben. …

Das wäre doch super, oder?
Und der Spruch in der Werbung:
„Lassen Sie im Urlaub einfach mal Ihre Seele baumeln!“, bekommt damit eine richtige, neue, attraktive Bedeutung.
Das ist doch eine Marktlücke.
Also wirklich.
Mit genügend Geld in der Tasche können wir heutzutage auf den Mond fliegen. Da müsste doch auch so ein irdisches Problemchen zu lösen sein, oder?
Ich werde mal über so eine Alternative nachdenken …

Jetzt habe ich dazu gerade keine Gelegenheit, denn da ist ja noch Dr. Miles.
Dr. Miles ist unermüdlich in Sachen Optimismus. Wirklich. Ich weiß auch nicht, wie er das macht.
Ähnlich wie bei Dr. Børge, meinem unermüdlichen Hausarzt, kann man gedanklich geknickt in die Praxis kommen und verlässt diese mit dem Gedanken: “Wird schon!“ Egal, ob man sich gerade auf dem „Selbstmitleidstrip“ befindet oder nicht. Man kann sich nicht dagegen wehren.
Ich habe es mal mit meinen vielen „Ja-Aber! ...“, ausprobiert. Nützt nichts. Gelingt nicht. Sie bleiben da in jeder Lage zuversichtlich…
Dr. Miles bestätigt noch mal seine Überlegungen, indem er mir versichert, dass der anstehende Krankenhausaufenthalt sich von den vorherigen unterscheiden wird.
Die Oberärzte der Inneren Station des Paulus-Melchers-Krankenhauses in O-City, Dr. Canis und Dr. Triton, sind schon informiert.
„Es wird ausschließlich um therapeutische Maßnahmen gehen. Infusionstherapie, etc. Ein neuer Versuch, Frau Maschke!“
Auch wenn unklar ist, warum es bei mir immer wieder zu Wundheilungsstörungen oder anderen merkwürdigen Symptomen kommt (zurzeit habe ich Rücken, Fuß, Blut, Kreislauf), wird es im anstehenden Krankenhausaufenthalt zwar auch um die nicht heilende Wunde am Fuß gehen. Aber vorwiegend werde ich stationär aufgenommen, um einige meiner desolaten Blutwerte zu verbessern.
„Es ist ein neues Experiment. Ein Versuch, den Ist-Zustand zu verbessern, Frau Maschke!“
Manchmal ist es nicht gerade einfach mit Menschen, wie mit Dr. Miles oder Dr. Børge
Ich meine .... manchmal möchte man doch auch einfach nur leiden, oder?

Die Stimme des Arztes dringt auch bis zu meinem Ohr und ist unüberhörbar: „Aber keine weitere Diagnostik!“
Mmmh. Aha.
Immer wenn mein Gehirn anfängt zu arbeiten, ich aber diese produzierten Gedanken für mich geheim halten möchte - besser ist das ja manchmal - , und ich eigentlich das Gefühl habe, die entspannteste, ausgeglichenste Patientin mit einer schier stoischen Ruhe und schon fast maskenhaften Mimik, also einfach cool und relaxt nach außen zu sein, klopft da jemand vehement an mein Gehör. Die Schaltung bis zu meinem Gehirn dauert dann ein bisschen. Und bis ich dann verstehe, dass ich und meine Gedanken entdeckt wurden, hat der Rest meiner Körperhaltung mich schon verraten.
Nervös rutsche ich auf dem Stuhl hin und her. Setze mich unschuldig, aber doch voller Vorahnung, orthopädisch - wertvoll, richtig hin.
Schaue dabei auf meinen Körper … alter Verräter.
Der Klopfer ist Dr. Miles.
„Frau Maschke ? Wieder hier anwesend?“
Och …, ja doch!
„Ich wollte Sie auch nur noch mal daran erinnern: Der nächste stationäre Aufenthalt dient ausschließlich der Therapie.“
Ich nicke zustimmend und frage gleichzeitig: „Ja, aber wenn doch noch jemand eine Idee hat…und was ist mit meinen anderen Weh-Wehchen?“
Der schon aufgestandene Dr. Miles setzt sich wieder hin.
„Tun Sie mir einen Gefallen?“
„Na, klar!“. meine gerade ausgesprochene Geste voller Großzügigkeit gefällt mir selber ganz gut. Und wird von mir, im nächsten Atemzug schon wieder bereut.
Der Blick des Arztes hat sich immer noch nicht geändert.
Wie kann ein Mensch einem Blick nur so lange standhalten?

„Bitte! Erwähnen Sie nichts, was mit Neurologie, Neurochirurgie oder Orthopädie zu tun hat. Auch nichts Hämatologisches, Onkologisches oder Rheumatologisches. Ich habe schon mit den Kollegen gesprochen. Erst mal nur Therapie!“
Okay.

**Es kann doch nicht so schwer sein,
einfach wieder gesund zu werden, oder?**

004 – 24. August 2010
Paulus-Melchers-Krankenhaus in O-City
Nächster Tag. Vormittags, 11:30Uhr

Ich atme tief durch.
Gehe auf den Haupteingang des Paulus-Melchers-Krankenhauses zu.
Eine automatische Drehtür.
Ich latsche der rotierenden Glaseingangstür hinterher, immer im Bestreben, nicht an diese zu stoßen. Ich finde, das ist so ein fieses Gefühl, wenn man die durch den Sensor zum Stehen kommende Tür nur um Zentimeter mit dem Kopf verfehlt. Ich bin so sehr konzentriert, dass ich mich nach 360 Grad Rotation im Entenmarsch wieder draußen im Eingangsbereich befinde. Schade.
Eva, eine liebe Nachbarin, die mich mit dem Auto zum Krankenhaus gefahren und vor dem Eingang raus gelassen und verabschiedet hat, ist schon weg.
Mist.
Ahnte sie, dass meine Bereitschaft, den Krankenhausaufenthalt auf wenige Sekunden zu dezimieren, sehr groß ist? Und ist deshalb so schnell davon gefahren?
Das kann sie doch nicht machen, oder? …
Natürlich konnte sie! Es ist ganz einfach. Sie hat Termine.
So wie ich.
Ich krame noch mal schnell meinen Terminkalender aus der Katakombe meiner Umhängetasche ... und wieder vergehen ein paar Minuten.
Ein Aufschlagen der „Maschke-Agenda“. Ein Blick hinein, doch: Datum, Uhrzeit, Ort stimmen.
Tja.
Was soll ich da jetzt machen?
Vielleicht sollte ich das als Wink des Schicksals verstehen … das mit der Drehtür.
Das kann doch jetzt kein Zufall sein!
„Ich soll wieder nach Hause gehen!“, denke ich noch, aber da stecke ich schon erneut in dem durch nachfolgende Besucher forcierten Rotationsdrehverfahren.
Und irgendwie schmeißt mich die Schwerkraft diesmal auf
der richtigen Seite raus ...

Ich stehe im Foyer des Krankenhauses.

Verdammter Mist!
Wäre ich zweimal hintereinander in den Genuss der Zentrifuge gekommen, hätte ich das eindeutig als Indiz des Schicksals erkennen können. Und? Na klar: Hätte mir damit auch persönlich die Berechtigung zur Flucht, inklusive Rückzug nach Hause, geben müssen...

Man soll doch immer auf sein Bauchgefühl hören, oder?

Ob da alle um mich herum unbedingt Verständnis gehabt hätten?
Ich mache einen Deal mit mir selbst.
Wenn bis zur Anmeldung nichts Schicksalhaftes mehr passiert, bleibe ich.
Meine Chance zu gehen? Sie steigt.
Die Anmeldung zur stationären Aufnahme liegt nämlich im 5. Stock!
Doch leider passiert etwas, was ich in den letzten 16 Monaten nicht ein einziges Mal erlebt habe:
Ich fahre *alleine* Fahrstuhl!

Wie oft hatte ich mir gewünscht, diesen meistens sehr kleinen Raum für mich zu haben?
Unbeobachtet mal kurz auszuatmen.
Unbeobachtet sich am Kopf zu kratzen?
Unbeobachtet die Augen zu schließen?
Wie oft?
Und jetzt?
Kein Mensch steigt unterwegs zu.
Kein Mensch beeinflusst mein weiteres Schicksal.
Der blöde Fahrstuhl hält nirgendwo an.
Leider kann er auch nicht an der 5. Etage vorbei fahren.
Es ist das letzte Stockwerk.
Ich bin schon oben.
Ich melde mich an und werde gebeten, im Wartezimmer Platz zu nehmen.
Obwohl hier schon mal alle sehr nett sind, steigt meine Bereitschaft zur Flucht.
Jetzt mal ehrlich!? Wie lange soll ich auf den Wink des Schicksals warten?
Plötzlich klopft es an die Scheibe der Wartezimmertür. Jetzt bin ich gerade 29 Minuten im Krankenhaus und die Halluzies beginnen schon.

„Hi, Frau Maschke! Kennen Sie mich noch? Vor drei Jahren im Klinikum?“
Natürlich weiß ich, wer da vor mir steht!
Sherlock Holmes!
Alias Dr. Ralbeo-Unfair.
Kurz überlege ich.
Kurz ist es mir peinlich.
Kurz und plötzlich sind drei Jahre vorbei und ich befinde mich, mit früheren Symptomen (und mehr ...), eigentlich immer noch auf der Odyssee von damals.
Ärzte zu treffen, die einen schon so lange „begleiten“, ist ein merkwürdiges Gefühl. Irgendwie, als müsste man sich für seine immer noch nicht eingetretene Genesung entschuldigen.
Und die damit verbundene Arbeit.
Aber! Die Fluchttendenzen reduzieren sich auf zunächst 50 Prozent, da Dr. Ralbeo-Unfair mich sehr freundlich begrüßt und mich gleich mit ins Untersuchungszimmer nimmt. Er erkundigt sich interessiert, wie es mir in den letzten Jahren ergangen ist.

Fluchttendenz steigt jetzt leicht an.
So auf ca. 57%

Das ist eine Frage, die ich seit Februar letzten Jahres überhaupt nicht mag.

Wie antwortet man darauf?
Wie fängt man an?
Wie und wo setzt man die Prioritäten?
Was ist wichtig?
Wie interessiert ist mein Gegenüber?
Wie wird die Reaktion sein?

005 – ....

Es ist soviel passiert.
Trauriges.
Und auch wenn ich mir angewöhnt habe, alles nur noch chronologisch zu erzählen, eigentlich nur noch abzuspulen, so ist ein Schicksal ganz besonders und gehört in keinen Zeitstrahl. Es ist so unfassbar, dass Erlebnisse dieser Art für mich einfach nicht in dieses Universum gehören.
Ich will sie nicht.
Doch sind sie da.
Natürlich.

Lieber Tom, lieber Ratz, liebe Rübe, es tut mir so leid.

Nur wenige Menschen sind wirklich lebendig und die, die es
Sind, sterben nie
Es zählt nicht, dass
Sie nicht mehr da
Sind.
Niemand, den man
Wirklich liebt, ist
Jemals tot.

Ernest Hemingway

Ich trage Euch „4“ in meinem Herzen.

Und meine lieben Eltern:

Was habt Ihr eigentlich alles schon durchgemacht?

006 – Vita Kompendium

Meine Zusammenfassung der Geschehnisse in den letzten Monaten kommt mir immer wie der Lebenslauf für eine Bewerbung vor. Allerdings in einer tabellarischen Form. So wie man ihn früher geschrieben hat.
Das Bewerbungsgespräch fängt an, das Ende ist auch schon klar:
Name: BLABLA
Geburtstag: BLABLA
Beruf der Eltern: (Ach, Ihre Mutter ist Krankenschwester? Ach, Ihr Vater arbeitet als Psychotherapeut mit eigener Praxis?)
Geschwister: (Ach, einer Ihrer Brüder ist auch Arzt?)
Was sagt denn Ihre Familie zu den Erkrankungen?

- statt ***Auslandsaufenthalte***: Krankenhausaufenthalte
- statt ***Praktika***: Operationen
- statt ***Hobbys***: Rehasport und Hospitationen in den verschiedensten, spezialisiertesten, professionellsten Arztpraxen dieser Welt
- ***besondere Qualifikationen***: ???
- ***Examen***: „staatlich" anerkannte Patienten-Fachkraft in Sachen Wundheilungsstörungen mit sichtbaren und unsichtbaren Narben
- ***Zukunftsperspektiven:*** Die Rente erscheint nah.

Im Umgang mit anderen Menschen tut mir diese Art der Erzählung meines „tabellarischen Lebenslaufes" gut.
Diese Form ermöglicht mir ohne große sichtbare Emotionen, herunterzurasseln, was so passiert ist. Beziehungsweise unternommen wurde.
Inzwischen schaffe ich es, 18 Monate Erlebtes auf zwei Minuten und 45 Sekunden zu komprimieren.
Die restlichen 4.665.5945 Sekunden der Vergangenheit, meines noch nicht ganz vierzigjährigen Lebens, die behalte ich für mich.

Ich berichte und erkenne dabei eine Menge Fragezeichen im Gesicht von Sherlock Holmes.
Er hat seinen Namen im Klinikum von uns Patienten bekommen, da er immer versucht hat, Patienten mit ungeklärten Symptomen den Namen einer Diagnose zu geben, „und damit das Verbrechen einzelner Zellen, begangen an einem Körper, aufzuklären."
Klingt jetzt schnulzig. Soll es aber gar nicht.

Einfach ein Fall für Sherlock Holmes.
In meinem Fall hat er sich sogar mit der Staatsanwaltschaft H-City in Verbindung gesetzt, um an meine alten Patientenunterlagen zu kommen.
Alle Patienten haben es immer sehr genossen, wenn Dr. Ralbeo-Unfair am Samstag zur Visite kam. Man kann es gar nicht so richtig erklären. So ein bisschen, als wenn da ein riesiger Raum voller Zeit gewesen wäre.
Für jeden, der Fragen hatte.
„Der Raum der Zeit“ wurde natürlich auch von uns bis zur letzten Sekunde ausgenutzt.
Und wenn man dann nach Beendigung aller Fragen die Uhr am Nachttisch konsultierte, musste man überrascht feststellen, dass in der Realität erst ein paar Minuten vergangen waren.
Und trotzdem waren die Fragen beantwortet, neue Ideen geplant und man hatte das Gefühl, „gesättigt“ zu sein.

Unglaublich. Fremd. Und gut.

**Es kann doch nicht so schwer sein,
einfach wieder gesund zu werden, oder?**

007 – Bis heute konnte mir noch niemand erklären, welche Funktion Zecken auf dieser Welt haben

2003 ist bei mir Borreliose diagnostiziert worden. Die darauf folgende Therapie ist ein bisschen schief gelaufen. Anaphylaktischer Schock meinerseits und, als Pendant zur unverständlichen Handhabung meines Körpers auf Medikamente und Borrelien, merkwürdiges Verhalten in Sachen Hilfestellung ärztlicherseits. Nach dem dritten Versuch, mir ein Antibiotikum i.v. zu verabreichen, reicht es meinen Körper und er verabschiedet sich für ein paar Sekunden von dieser Welt. Ich werde reanimiert. Als sich die Lage wieder beruhigt, schmeißt ein dazu kommender, helfender Arzt die Infusionsflasche, an meinem Kopf vorbei, an die Wand. Eigentlich ist er in diesem Moment sauer auf den nicht gegenwärtigen Chefarzt und ist wohl mit der Situation überfordert. Ich habe Glück gehabt. Zwei Ereignisse, die böse hätten ins Auge gehen können, innerhalb von wenigen Minuten überlebt. Der damalige Chefarzt der Klinik toppte die medizinischen Glanzleistungen seiner Oberärzte mit Steuerhinterziehung, Fälschungen und Eliminierung von sämtlichen Patientenakten, Flucht in die USA und einer späteren Inhaftierung in Deutschland. Und, wie ich jetzt erfahren habe, praktiziert der Herr „Medicus-Quacksalber“ wieder.

Aber nur für Privatpatienten.

Na, da bin ich doch mal nicht traurig über meine Mitgliedschaft in einer gesetzlichen Krankenkasse.

In diesem Fall zumindest nicht.

(Dazu später mehr...)

Nachhaltige körperliche Schäden habe ich durch die Borreliose-Reanimationsgeschichte in Form einer spastischen Kontraktur in der linken Hand. Ich kann sie nicht mehr öffnen. Eine stetige Faust. Übriggebliebenes Indiz, nach einer vorübergehenden halbseitigen Lähmung. Ausgelöst durch den anaphylaktischen Schock und die daraus resultierende Reanimation.

Nach Unverträglichkeit von „nur“ Antibiotika...

Mehr nicht.

Man muss ja auch mal Glück haben.

008 – Ausflug von der Baker Street 221B in die Archive der Staatsanwaltschaft der preußischen Provinzstadt H-City

Dank der Recherche von Sherlock Holmes weiß ich nun, dass der Staatsanwaltschaft in H. eine Akte von mir und der erlebten Borreliosegeschichte vorliegt.
Ich weiß somit, dass mein Fall existiert.
Mein Name. Ich.
Öffnet man die Mappe aus Pappe: Nichts.
Akte leer.
Die Unterlagen sind gelöscht.
Ist damit auch gleichzeitig dieser Teil meines Lebens nicht mehr existent?

Ich weiß nicht wirklich, wie das Procedere der Eliminierung von Patientenakten funktioniert. Ist es ein Knopfdruck? Entfernt man die Berichte und Befunde im Schredder?
Klar und spürbar sind die Folgen dieses wahrscheinlich nur Sekunden dauernden Procederes im Sinne der daraus immer wiederkehrenden Patientenselbstverteidigung. Ständig meint man als Patient, sich rechtfertigen zu müssen und muss dies auch tatsächlich:
„Doch wirklich! Ich hatte einen anaphylaktischen Schock“.... „Ehrlich! Ich bin reanimiert worden!“... und so weiter. Dass dann bei meinem Gegenüber (überwiegend Ärzte) oft skeptische Blicke und Verhaltensweisen zu spüren und zu beobachten sind, ist dann natürlich auch nicht ganz unbegründet. Die Geschichte ist ja auch wirklich schräg und
„Gott-Sei-Dank“ für mich – durch das damalige Medieninteresse – auch heute noch im Internet nachzulesen.
Glück gehabt.
Fehlende Arztberichte machen das Fährtenlesen der Zinken auf dem Weg zum Schatz, dem Gesundwerden, nicht unbedingt einfacher.
Menschen, bzw. Patienten, bei denen die Fragestellung einer Diagnose nicht geklärt ist, müssen auch immer mit einer riesigen Portion Skepsis leben. Hierbei meine ich im gegenseitigen Verständnis nicht nur kritische Menschen aus dem medizinischen Bereich, sondern auch das nähere, private Umfeld.
Im Alltag.

Nach den 18 Monaten habe ich aber inzwischen verstanden, dass diese Skepsis, fast schon eine Art Misstrauen, die ich oft gespürt habe, gar nicht unbedingt mich als Simulant in die Kategorie „hoffnungsloser Fall" bugsieren sollte, sondern schlichtweg Hilflosigkeit ist.
Leider sagt das so niemand. Und das macht die ganze Chose oft so kompliziert und verletzend.
Es wäre so einfach ...
Außerdem finde ich, dass diese „Non-Kommunikation" mir eine Menge Zeit und Kraft klaut.
Ich bin oft versucht und, in der gefühlten Situation, zu glauben, dass ich den Menschen um mich herum Trost spenden muss. Auch mit dem Gedanken, dass sie mich bitte nicht aufgeben.
Ich will ja schließlich überleben.

Es kann doch nicht so schwer sein,
einfach wieder gesund zu werden, oder?

009 – Paulus-Melchers-Krankenhaus Kollabierter Venenzustand – nicht das erste Mal

Dr. Ralbeo-Unfair beschließt, dass ich aufgrund meiner bekannten und schlechten Venensituation einen ZVK gelegt bekomme.
Jetzt komme ich mir noch mal kränker vor.
Ich vermeide den direkten Weg auf die Station.
Ich muss doch auch erst mal gucken, wo ich bin. Und hey? ...
... wenn Feuer ausbrechen sollte? ... ist doch immer gut die Notausgänge zu kennen, oder nicht?
Im zweiten Flur hängt ein Fluchtwegplan.
Es gibt Notausgänge.
Beruhigend.
Also.
Meine Vermeidungsstrategie, um nicht auf die Station zu kommen, ist albern und regt mich selbst gerade immer mehr auf.
Ich vertraue jetzt mal darauf, dass diese Fluchtwege tatsächlich existieren und lasse das mit dem Kontrollieren sein.
Ich rufe meine Familie an. Sage ihnen, dass ich angekommen bin und auf welcher Station ich liege. Unser kurzes Telefonat ähnelt einer Durchsage. So, als wenn man kurz Bescheid sagt, dass man trotz Stau auf der Autobahn gut im Urlaub angekommen ist: "Okay! Meld' dich, wenn es was Neues gibt!"
Ich kann da meinen Eltern nicht böse sein. Oder enttäuscht. Oder verzweifelt sein. Ich erwarte gar nichts mehr an großartigen Emotionen.
Ich glaube, wir sind alle müde.
Sprachlosigkeit hat sich unter uns eingestellt.
Es ist einfach zu viel passiert.
Zu viele Schicksale.
Ist das Schock?
Oder resigniert man einfach irgendwann?
Ist es Eigenschutz?

Da ist der Tod von ζiçek.
Da ist mein trauriger Bruder.
Da sind die beiden kleinen Kinder.
Ihre Zukunft?
Da ist der Tod von Kurt.
Da ist die Krebserkrankung von Christel.
Ihre Zukunft?
Da sind ζiçeks Eltern.
Da sind die Kinder und das Enkelkind von Christel.
Ihre Zukunft?
Da ist die Erschöpfung vergangener Berufsleben.
Zukunft?

Da bin ich.

Und der elfte Krankenhausaufenthalt in achtzehn Monaten.

010 – Nachmittags, so um 16:00 Uhr

Bin auf Station.
Habe mein Zimmer bezogen.
Zweibettzimmer.
Die Integration in den Krankenhausalltag oder begrenzter: in den Stationsablauf, erfolgt mit jedem Aufenthalt immer schneller. Fast schon pervers.
Aber es ist tatsächlich so.
Man filtert. Die Aufnahmekapazität reduziert sich auf nur noch wenige, wesentliche Dinge:
Wo ist mein Bett? Welcher Schrank? Duschgelegenheiten? Steckdosen? Patiententeeküche? Getränke? Schwesternzimmer? Fernsehaktivierung? Internetzugang? Bibliothek? Cafeteria? Öffnungszeiten?
Entlassungsdatum?

Und wer liegt da eigentlich neben mir?
Ich stelle mich vor.
Keine Reaktion.
Ich versuche es noch mal. Nichts.

Nele, die für den Nachmittag zuständige Krankenschwester, übernimmt die Vorstellungsrunde:
„Das ist Frau …, 89 Jahre alt, dement. Sie ist ‘ne ganz Liebe und Ruhige. Außerdem wird sie morgen entlassen.
Wenn irgendwas ist, klingle einfach!"
Der letzte Satz irritiert mich ein bisschen. Aber gut. Jetzt mal nicht so skeptisch.

Fluchttendenz: 73,5 Prozent.

Erst mal ein bisschen Ergotherapie in Form von Einrichten. Ich stehe von meinem Bett auf und bewege mich Richtung Schrank, um meine Klamotten aus dem dort schon platzierten Koffer zu entnehmen.
Ich öffne den Schrank.
Ich versuche, mein Gehirn und damit gleichzeitig sämtliche olfaktorischen Sinne auszuschalten.

Meine Fluchttendenz steigt auf 80 Prozent.

Nirgendwo bekommt man eine so geballte Krankenhausgeruchsladung entgegen geschleudert wie beim Öffnen eines dortigen Kleiderschrankes. Eine Mischung aus Desinfektionsmittel, Putzmittel und Ausdünstungen etlicher Patientenleben. Krankengeschichten.
Menschenschicksale.
Lieber wäre es mir allerdings, wenn diese Menschen die Schränke mit Kulis oder, wenn vorhanden, mit Farbe und Kreide vollgekritzelt hätten.
So wie damals die Höhlenbewohner.
Der Duft des Krankenhauses wird mir immer mehr zuwider.
Mit jedem Krankenhausaufenthalt wird es extremer.

Ich stelle den Koffer komplett in den Schrank.
Kümmere mich um meinen Nachtschrank.
Meine Bettnachbarin wälzt sich die ganze Zeit hin und her. Jetzt versucht sie, aus dem Bett über das Gitter zu steigen. Ich versuche, sie anzusprechen. Sie hält mich für Ihre Schwester und freut sich riesig, dass ich sie jetzt aus dem Kindergarten abhole. Schließlich habe ich ihr ja versprochen, in den Zoo zu gehen.
Ich lache. Die Situation ist echt komisch.
Tragisch.
Wir brauchen nicht mal mehr Eintrittskarten zu kaufen.
Wir sind schon längst im Zoo angekommen.

Nächste Attraktion:
Um 17:00 Uhr:
Fütterung der Raubtiere und Menschenaffen
... heute, aufgrund des schlechten Wetters, befinden sich alle Tiere im Innenbereich.

HERZLICH WILLKOMMEN!

011 – Später Nachmittag – 17:15 Uhr

Es gibt Abendbrot.
Dem Geruch nach zu urteilen, befinden wir uns im Haus des Tapirs.
Die Frau im Nachbarbett hat eingekotet.
Ich bin gerade anderthalb Stunden da und habe schon viermal für und wegen meiner Bettnachbarin geklingelt.
Peinlich!
Ich wollte doch hier eigentlich die ganze Misere unsichtbar absolvieren......
Und schon bin ich als die potentiell nervige, nörglige, neue Klingelpatientin ins Visier des Pflegepersonals geraten.
Mannomann.

Apropos Tarnkappe und verschwunden ... ich gehe dann jetzt doch mal in die Cafeteria und schlürfe ein Teechen.
Melde mich ohne großartige Erklärung beim Pflegepersonal ab.
Nele versteht mich.

Irgendwann muss ich aber wieder zurück auf die Station.
Vor der Zimmertür atme ich noch mal schnell durch.
Einerseits als Frischlufttherapie für meine Lunge und andererseits, weil sich meine Fluchttendenz den 100% nähert ...

012 – Protokoll der letzten Stunden

22:00 Uhr:
Meine Mitpatientin wird gelagert.

23:15 Uhr:
Meine Mitpatientin wird gelagert und aus nicht vermeidbaren Gründen wird auch das ganze Bett ausgewechselt.

0:30 Uhr:
Meine Bettnachbarin hat Durchfall.

Ich gehe spazieren.

1:50 Uhr:
Meine Mitpatientin ist hellwach und hätte gerne Mittagessen.

3:15 Uhr:
Sie wird auf die andere Seite gelagert.

5:30 Uhr:
Und noch mal Durchfallalarm.

Ich schau mal, ob vor dem Krankenhaus schon die ersten rauchenden Patienten unterwegs sind …

Ob da auch schon die ersten Taxen bereitstehen?

Fluchttendenz: 111%

013 – Guten Morgen!

Vormittags – 9:00 Uhr. Das ist gut! Ich habe, auch wenn ja eigentlich „nur" Therapien und keine Diagnostik geplant sind, doch ein paar Gänge zu absolvieren, zum Beispiel zum Röntgen. Da komm' ich aus dem Zimmer raus und runter von der Station. Da kann es mir auch noch so schlecht gehen, ich bin gerne unterwegs. Ich brauche Input. Bewegung. Diese Art von Aktivität ist auch gleichzeitig so etwas wie geistige Nahrung für mich.
Hierbei ist auch gar nicht wichtig, ob ich in Kontakt mit anderen Menschen komme. Ich muss auch nicht irgendwo sitzen und Leute beobachten. Im Moment habe ich einfach das Gefühl, dass ich alles um mich herum besser im Gehen aufnehmen kann. Ich behaupte sogar, wenn das logistisch möglich wäre, könnte ich im Laufen ein Buch lesen. Beschreiben, wie viele Menschen sich während der letzten Minuten durch die Eingangsdrehtür des Krankenhauses bewegt haben, was die Küche gerade geliefert bekommen hat, was heute auf dem Speiseplan steht, mit wem der Pförtner telefoniert, wer Besuch bekommt, wer heimlich und wer offiziell raucht, wer unerlaubt das Gelände verlässt und überhaupt ...
Das mag verrückt klingen. Vielleicht ist es das auch.
Der Wahnsinn.
Oder ist es doch einfach stinknormal?
Zu viele Krankenhäuser.
Zu viele Lebensgeschichten.
Zu viele Schicksale.
Der Drang, den normalen, lang vermissten Alltag mit aller Gewalt innerhalb kürzester Zeit, wieder einzufangen, geht wohl nur im visuellen Schnelldurchlauf. Und um auch nicht das Gefühl der völligen Isolation vom Leben aufkommen zu lassen, nehme ich selbst so abstruse, unwichtige Situationen aus dem Eingangsbereich eines Krankenhauses mit Begeisterung auf. Ich muss dringend nach Hause.

Leider kostet mein „reales Fernsehen gucken" eine Menge Energie und mein Akku für Aktionen dieser Art von Unternehmungen ist schnell aufgebraucht. Mein Kraftspeicher ist so leer, dass ich kräfte- und kreislaufmäßig gerade gar nicht weiß, wie ich zurück auf die Station kommen soll...

**Es kann doch nicht so schwer sein,
einfach wieder gesund zu werden, oder?**

014 – Halbe Stunde später.
Ich – Konditionswunder – Ich!

Ich hab es geschafft. Gerade so.
Zunächst hätte ich jeden Zweiten, der mir entgegen kam, ansprechen können, ob er mich bitte zurückbegleiten könnte.
Einen halben Gang später hätte ich alle nur noch anflehen können, mich zurückzuschleppen.

Scheiße!

Das kann doch nicht so schwer sein, wieder gesund zu werden, oder?

015 – „Wege entstehen dadurch, dass man sie geht!“

(Franz Kafka)

Ich habe eine neue Bettnachbarin. Elisabeth.
Elisabeth ist 76 Jahre alt und total aufgeregt. Sie wird begleitet von ihrer Tochter und zwei Enkelkindern.
Alle drei müssen zur Arbeit und verabschieden sich schnell.

Innerhalb von zehn Minuten schafft es Elisabeth, 23 Fragen zu stellen und ihre Lebensgeschichte zu erzählen.
Wie bei den meisten Menschen im Krankenhaus weiß auch bei ihr niemand so richtig, was mit ihr los ist und warum Symptome wie Diarrhö und Gewichtsabnahme aufgetreten sind.

Symptome ohne Diagnose.
Willkommen im Klub.

Sie fragt mich, ob ich gleich entlassen werde. Ich verneine und erkläre, dass ich auch erst gestern gekommen bin.
„Ach so! Ich frage nur, weil du noch Kleidung anhast!“
Ich schmunzle. Die Klamottenfrage ist oft Thema unter den Patienten.
Ehrlich. Man könnte wirklich meinen, dass alle ganz andere Probleme haben müssten.
Aber nein!
Besonders ältere Patienten sind da wirklich eigen. Zum Beispiel: Sich anzuziehen, bevor die Visite kommt, geht gar nicht. Eventuell noch ein frisches Nachthemd, aber Jogginganzug und/oder womöglich eine Hose mit Straßencharakter … nein.

Es ist traurig.
Ich habe festgestellt, dass es dabei gar nicht um´s nicht Wollen oder um's „weil man das früher immer so gemacht hat“ geht (wer ins Krankenhaus kommt, braucht nur Nachtzeug und einen Bademantel mitzubringen). Nein. Leider nicht.
Vielmehr geht es bei den meisten Patienten um die Aufmerksamkeit der Ärzte und des Pflegeteams.
Die Angst, nicht ernst genommen zu werden, ist enorm groß. Frei nach dem Motto: „Wer sich anziehen kann, der ist auch fit!“ bzw. „Wer kein

Nachtzeug an hat und nicht im Bett liegt, der hat auch nichts. Der kann gar nicht krank sein!“
So lächerlich das klingen mag. Die Angst ist wirklich da.
So ein bisschen kann ich das nachvollziehen.
Ich wurde aufgrund meines Bewegungsdranges schon oft falsch eingeschätzt. Und war deshalb manches Mal ganz schön enttäuscht. Nur weil man sich bewegt? Nur weil man sich anzieht bedeutet das, dass man nicht krank ist? Wer sich anzieht, hat also vorher nur simuliert?
Warum?
Um auch mal ins Krankenhaus zu dürfen?

Das ist doch irgendwie zu einfach gedacht.

Bei mir ist das irgendwie anders.
Ich glaube, wenn es mir so richtig gut gehen würde, dann würde ich mich auch mal gemütlich mit Schlafanzug und dicken Socken irgendwo hinfläzen. Vielleicht auch den ganzen Tag ins Bett. Mit ‘nem guten Buch und leckerem Teechen.
Aber nicht jetzt. Im Moment fühle ich mich von diesem Verlangen nach Gemütlichkeit entfernter als jemals zuvor. Je schlechter es mir körperlich geht, umso größer wird mein Bewegungsdrang und damit verbunden auch das Suchen nach Normalität.
Nach Alltag.
Die Angst, den Anschluss an das Leben zu verpassen oder schlimmer: zu verlieren, ist wahnsinnig groß.
Also, was bleibt einem da anderes übrig, als sich anzuziehen und auf den Weg zu machen?

Wenn das doch der Gesundheit dient, kann es doch nicht so schwer sein, gesund zu werden, oder?

016 – Retro|Perspektive Dezember 2007
Die Erinnerungen kommen zurück!

Ich bin mit meinem weltbesten Freund Lasse im Centerpark Bissinger Heide. Uns geht es sau gut. Tagsüber verbringen wir die Zeit im Aqua Mundo und im Market. Lasse kann sich hier austoben. Durch seine Behinderung fällt er immer schnell auf. Im positiven Sinne. Lasse hat so viel Charme und Witz, dass er immer schnell Kontakt zu anderen Menschen findet oder sie zu ihm. Was soll auch so ein „armer" Bademeister machen, wenn ein Kind zum 68igsten Mal auf dem Weg zur Wildwasserbahn an ihm vorbeiläuft, mit einem Lächeln im Gesicht, als wäre er gerade in der Erwartung, das erste Mal in seinem Leben Schwimmen und Rutschen zu dürfen......
Und dann wird er auch noch mit „Danke lieber Mann, dass ich rutschen darf!" angesprochen. Da kann niemand anders!
Das Kerlchen muss man doch gerne haben, oder?
Diese positive Berühmtheit hat zur Folge, dass ich relaxt im Liegestuhl lesen kann und Lasse auch mal seine Wege alleine durchs Schwimmbad bestreitet. Selbstbewusst kommt er alle 2 Minuten an mir vorbei stolziert und fragt mich, ob er das nicht toll macht und ob er nicht doch schon groß ist ...
Das ist er. Er ist vierzehn Jahre alt.
Wir lassen es uns richtig gut gehen und haben eine Menge Spaß.
Ich wiege zu dieser Zeit noch fast 85 Kilo. Und klar, da ist einiges auf meinen Rippen ... doch, und das ist jetzt kein Kokettieren, ... es macht mir nichts aus. Ich esse vergnügt meine Pommes. Beobachte ein paar Mädchen im Teenie-Alter. Sie scheinen Stress zu haben und verschwinden alle paar Minuten auf die Toilette, um sich herzurichten. Korrigieren ständig ihre Frisuren und Badeanzüge. Zum Schwimmen kommen sie nicht. Richtig relaxt und nach reinem Schwimmvergnügen sieht das nicht aus. Ich schätze, Pommes sind auch nicht angesagt. Mit einem Blick auf meine nicht ganz schlanken Rehbeine atme ich entspannt aus und bin eigentlich nur froh, in einem Alter zu sein, in dem ich meine frittierten Kartoffeln essen darf und mich auch mit meinen „Röllchen" arrangiert habe.
Alles Okay. Alles bestens.
Bevor wir für den heutigen Tag den Centerpark verlassen, gönnen Lasse und ich uns noch ein Softeis. Lecker.
Für mich hat das allerdings fatale Auswirkungen. Spät abends geht es los. Übelkeit, Erbrechen, Durchfall, wahnsinnige Kopfschmerzen. Nachts kommt noch Fieber hinzu.
Ich blöde Kuh. Ich weiß, dass ich eine Laktoseunverträglichkeit habe. Liegt bei uns in der Familie, meine Brüder haben das auch. Kann man mit leben.

Einmal im Jahr meine ich aber auch immer, diese Laktosegeschichte überprüfen zu müssen. Noch mal testen … könnte sich ja verflüchtigt haben … Hat es sich aber anscheinend auch in meinem 36-sten Lebensjahr noch nicht.
Ich ärgere mich. Egal, da muss ich jetzt durch. Meistens hat sich dieser jährliche Test auch nach 12 Stunden erledigt.
Diesmal nicht.
Auch nicht nach 3 Tagen. Wird irgendwie nicht wirklich besser.
Unser Urlaub ist zu Ende. Schade.
Zu Hause suche ich dann doch mal eine gemeinschaftliche Hausarztpraxis auf. Dr. Heinrich und Dr. Olaf Engteswing gehen von einer Magenverstimmung bzw. Überreizung durch die Laktose aus. Zur Sicherheit gebe ich aber auf Anraten der Beiden auch noch einen Stuhltest auf Salmonellen ab.
Es soll in den nächsten Jahren nicht der einzige Test dieser Art werden und bleiben. Auch wenn das Resultat, so wie beim ersten Mal, immer negativ sein wird.
Ich bin zu diesem Zeitpunkt natürlich noch sehr erleichtert, über das „Nicht-Salmonellenergebnis". Salmonellen hatte ich schon mal nach einem einjährigen Aufenthalt in Australien und die Prozedur, die man selbst (und alle anderen, wie Familie, WG-Bewohner, Arbeitskollegen) da so mitmachen muss, fand ich echt unangenehm und peinlich. Das Wort „Desinfektor" empfinde ich seit dieser Zeit als höchst bedrohlich …

Frei nach Pippi Langstrumpf: „Pfolgt der Spuhr!", beginnt auch bei mir hiermit ein langer Geheimpfad. Immer entlang an den Indizien meines Körpers.
Diese sind auch nach einiger Zeit ziemlich prekär: Innerhalb weniger Monate nehme ich zwanzig Kilo ab. Später sind es noch mal 10, bzw. 15 Kilo.

017 – Jetzt haben wir das Jahr 2010

Die Unverträglichkeiten von Nahrungsmitteln, Medikamenten und so weiter haben sich potenziert.
Ich bin wie ein Zuschauer meiner eigenen, schlechten Vorstellung innerhalb eines erfolglosen Wanderzirkus. Der außer meinem festen Ensemble, bestehend aus weltbestem Freund Lasse, meiner Familie, guten und lieben Freunden und wenigen Ärzten und Therapeuten, immer wieder neue Städte und Kulissen zum Überleben aufsuchen muss.

018 – Ein Abend, Ende August 2010

Elisabeth hat sich eingelebt. Bekommt viel Besuch und ist ein absoluter Fan von Promis, egal welcher Rubrik sie angehören. Absolute Fachfrau für den aktuellen Karrierestand sämtlicher Musiker. Genauer: Volksmusikanten!
Ich bald auch.
Wann immer ich von irgendwelchen Exkursionen außerhalb unseres Zimmers wieder zu meinem Nachttisch gelange, liegen da schon sämtliche „Blättchen", ach was sage ich: Es liegen da alle in Deutschland zur Verfügung stehenden Klatschzeitungen.
Sie leiht sie mir gerne.
Ich will nicht unhöflich erscheinen und schnappe mir ein Exemplar. Okay, so'n bisschen Tratsch ist ja auch mal ganz nett zu lesen.
Elisabeth ist glücklich.
Kaum habe ich die Zeitung in die Hand genommen, erzählt sie mir den gesamten Inhalt des Hochglanzjournals. Ihre Sätze enden immer mit der Frage, was ich dazu meine. Es dauert 10 Minuten, bis ich checke, dass ich gar nicht mit Wörtern antworten muss. Nicken oder den Kopf schütteln reicht auch.
Sie erzählt und erzählt.
Praktisch! Ich blättere einfach nur noch die Zeitungen durch. Nach dem vierten Journal weiß ich allerdings nicht, ob ich mich vielleicht mit dem Zeitungsstapel vertan habe? Kommt mir alles so bekannt vor, was ich da an Fotos zu sehen bekomme …
Nach nur zwanzig Minuten bin ich schon ganz durcheinander. Nach 30 Minuten völlig verwirrt und erschöpft.
Boah …!...So viele Intrigen.

Nach der Einführung in die Promiwelt gehe ich noch mal eine Runde durch das Krankenhaus.
Als ich wiederkomme, liegt meine Bettnachbarin schon im Bett und lächelt still in den Fernseher.
Florian Silbereisen lächelt zurück und kündigt ein musikalisches Duo an. Es kommt auf die Bühne gehüpft. Das Ehepaar küsst sich laut schmatzend und fängt an zu jodeln ...
Florian Silbereisen nimmt inzwischen Kontakt mit seinen Fans auf. Verteilt Flugküsse an das Publikum, lässt sich von mehreren älteren Damen in der ersten Publikumsreihe betatschen und abschlabbern.

„... äh???? Elisabeth? Entschuldige, wenn ich dich störe." Vorsichtig versuche ich in das Glamour-volks-musikalische-Gehör meiner Bettnachbarin vorzudringen …
„Ich dachte, das Pärchen hätte sich getrennt? Nachdem sie fremdgegangen ist, er ihr eine runtergehauen, den Liebhaber krankenhausreif geschlagen und das Auto demoliert hatte!" Ich wollte jetzt auch mal etwas von meinem gerade erworbenen Wissen rauslassen. Aber da antwortet Elisabeth mir auch schon: „Ja schon, aber das stand doch in der Ausgabe von letzter Woche! Jetzt ist alles wieder in Ordnung. Siehst doch, wie nett die zusammen singen!"
Wow. Ich bin beeindruckt.
So dicht liegen also Leid und Freud zusammen.

Na dann: Euch noch ‘nen schönen Abend, Herr Silbereisen und Elisabeth!

Ich geh noch mal ... SPAZIEREN

019 – NOTIZ GOTT / EINS

Hier im Krankenhaus ist überall Gott.
Und seine Familie.
Das kann, auch wenn man nicht religiös ist, mit dem Sinnesorgan „Auge“ sofort erkannt werden.
Zum Beispiel genau gegenüber von meinem Bett. Ich weiß nicht, ob es an der eigenartigen Architektur des Zimmers liegt. Es ist sehr klein und es hat fünf Wände. Eine Wand ist total ausgefüllt. Ein riesiges Kreuz mit einem „angenagelten“ Jesus nimmt die gesamten 12 qm^2 Wandfläche ein. Es erdrückt mich.
Zwangsläufig leidet man mit Jesus und möchte ihn eigentlich nur noch vom Kreuz runter holen und das riesige Holzmonstrum aus dem Fenster schmeißen. Nicht nur, um Gottes Sohn einen Gefallen zu tun und ihn menschenwürdiger sterben zu lassen, sondern auch für uns Zimmerbewohner, die ganz gern noch leben möchten, aber kaum Platz zum Atmen haben.
Zusätzlich hängen rechts und links von Jesus noch zwei Muttergottesbilder.
Über Jesus hängt der Fernseher.
Gebührenpflichtig.
Es sei denn, man stellt den christlichen Privatsender des Hauses ein. Da hat man auch ohne die sonst täglich anfallenden zwei Euro ein klares Bild. Sonntags wird der Gottesdienst direkt – LIVE! – aus der hauseigenen Kapelle übertragen. Zeitgleich erscheint auf den anderen Sendeplätzen: Schneegestöber! Oder total verwackelte Bilder, wenn man nicht gezahlt hat.
Ich möchte jetzt doch ganz gern mal wissen, inwieweit dieses wirtschaftlich vorteilhafte, Geld einbringende, christliche Krankenhaussystem von Gott befürwortet ist?!

020 – Morgens, kurz nach der Visite

Ich bin genervt.
Gerade kam eine junge Ärztin ins Zimmer. Stellte sich vor. Sie war in den letzten Tagen auf einer Fortbildung.
Es ist die fünfte Medizinerin in fünf Tagen.
Und ich weiß, dass es nett gemeint ist und ich ja auch für jede neue Idee (sorry Dr. Miles!) empfänglich bin. Meine Gedanken dazu erscheinen vielleicht auch unsachlich, aber wenn man nach 16 Monaten gefragt wird, ob auch schon mal über eine psychische Erkrankung nachgedacht wurde, gehen bei mir zwei Gruppen von Alarmglocken an. Diese Alarmglocken lösen Kettenreaktionen aus, die zunächst in der Schaltzentrale meines Gehirns aktiviert werden. Ich glaube, es ist die Großhirnrinde, die für Erinnerungen, Aufmerksamkeit, Denkantrieb, Charakterveränderungen usw. zuständig ist oder in der zumindest die Orte für solche Handlungen liegen.
Naja. Wie auch immer. Ich finde Fragen dieser Art immer unglaublich. Vielleicht bin ich jetzt ungerecht und arrogant, aber … Natürlich ist daran schon mal gedacht worden. Ich bin doch nicht erst seit gestern erkrankt. Ich habe sogar schon eine stationäre Therapie in einer Klinik für psychosomatische Erkrankungen mitgemacht. Ich war dort außergewöhnlich lange 8 Wochen. Bin dann mit einer herzlichen Umarmung und dem Vermerk einer Therapeutin entlassen worden, doch bitte niemals den somatischen Weg zu verlassen und nicht aufzugeben, nach der Ursache aller Symptome zu suchen. Außerdem würde Ihnen allen alles sehr leid tun. (?) Auch, dass Sie so lange gebraucht haben, bis sie zu dieser Erkenntnis gekommen sind. (?) Aber sie hätten lange gesucht. (?) Würden jetzt auch in den Abschlussbericht etwas von Somatisierungsstörungen schreiben müssen, da sie ja auch irgendwie gezwungen sind, die acht Wochen Psychotherapie vor dem Rententräger zu rechtfertigen. (?) „Sie können sich ja noch mal melden, wenn Sie was raus bekommen haben ... Das (!) interessiert uns natürlich auch.“ (Die Klinik hat sich tatsächlich nach einem Jahr bei meinem Hausarzt gemeldet. Sie hätten sich noch mal meinen Fall angeguckt und ob er schon mal über eine seltene, erblich bedingte Nierenerkrankung nachgedacht hätte. Dr. Heinrich wäre fast vom Stuhl gefallen. Und konnte auch nicht wirklich nachvollziehen, was dieses plötzliche Interesse bedeuten sollte).
Gespräche dieser Art gab es ganz viele. Dabei ist auch der medizinische Fachbereich egal. Auch völlig einerlei, ob eine somatische oder psychi-

sche Richtung eingeschlagen wird. Es ergibt sich leider keine für mich hilfreiche Lösung.
So! Zurück in die Gegenwart: Jetzt sitzt da die arme Ärztin an meinem Bett. In meinem Kopf ziehen natürlich wie in einem Film all diese Gespräche an mir vorbei. Leider weiß sie nichts davon.
„Psychische Erkrankungen darf man auch nicht so einfach außer Acht lassen."
Nein. Weiß ich. Ist mir auch bewusst.
Alles schon hundert Mal durchdacht. Besprochen.
Mein Leben ist physisch und psychisch schon so auseinander genommen worden, dass eigentlich alles klar sein müsste. Ist es aber nicht.
Und jetzt kommt eine Situation, die wirklich jedes Mal auf einer somatischen Station auftritt, aber immer nur von Ärztinnen angeregt wird.
„Meine Freundin hatte auch mal eine Essstörung!"
Ach. Wirklich.
Ich weiß, dass es immer wieder nett gemeint und bestimmt auch nicht einfach ist, einer Patientin so eine Erkrankung darzustellen und sie damit zu konfrontieren. AAAAABBBBBBBBEEEEERRRRRRR.
Das hatte ich doch schon alles mindestens einhundertundein Mal. Ich empfinde solche Situationen auch als völlige Überheblichkeit den früheren Ärzten und Therapeuten gegenüber.
Ich werde sauer. Vielleicht auch ungerechterweise. Aber was glaubt sie eigentlich, was ihre früheren Kollegen sich schon alles zu meiner Situation so ausgedacht haben? Was das Ganze hier soll? Und was ich eigentlich für mich in den letzten Monaten in Richtung Gesundung unternommen habe?!

Oha. Bin ich genervt.
Schaue aber vermeintlich besonnen aus dem Fenster und antworte in einem ruhigen Ton. Äußere meine Erfahrungen und Therapien und auch, dass ich die ganze Zeit immer wieder psychotherapeutisch begleitet wurde und werde.
Das klingt jetzt natürlich erst recht nach totaler Ablehnung meiner Psyche. Wahrscheinlich ein gefundenes „Fressen" für die mir gegenübersitzende Ärztin. Ablehnung = eigentliches, nicht akzeptiertes Problem. Durfte ich mir auch schon anhören.
Ohhaha. Gibt es ein Superlativ zum Wort „genervt?"
Aber! Ehrlich! Ich habe schon alles so oft durchgekaut. Manchmal wäre ich froh, wenn es eine psychische Ursache gäbe.

Dann könnte ich, bzw. wir, endlich mit einer geeigneten und erfolgreichen Therapie beginnen, und ich könnte dann endlich nach Hause und frohen Mutes wieder mit meinem besten Freund Lasse zusammenleben.
Schöne Dinge unternehmen und einfach nur glücklich sein.
Einfach nur leben.

„Patienten wie du sind echt die Pest!“

Es kann doch nicht so schwer sein, einfach wieder gesund zu werden, oder?

021 – Retro|Perspektive – Februar 2009

Seit der Borreliosegeschichte gehe ich regelmäßig zur Physiotherapie. Cranio-Sakraltherapie. Wie immer lege ich mich auf die Liege. Der Physiotherapeut Rolf kommt und bietet mir ein Stufenkissen an. Wie immer.
Sportlich hebe ich beide Beine gleichzeitig in die Höhe, damit das Kissen platziert werden kann. Auch wie immer.
Ich senke meine Beine etwas ab.
Es knackt.
In meinem Rücken.
Es ist ein wahnsinniger Schmerz, der da in diesem Moment durch meinen ganzen, kompletten Körper fährt.
Das Knackgeräusch war wohl auch außerhalb meines Körpers zu hören.
Rolf guckt ganz erschreckt. In meinem Körper hört es sich erstaunlicherweise an, als hätte ein Orkan einen ganzen Wald zu einer Lichtung degradiert.
Ich glaube, meine Gesichtsfarbe ist in diesem Moment weg.
Ich atme tief durch und habe das Gefühl, dass sich der Schmerz beruhigt.
Aber nur im Liegen, wie ich eine halbe Stunde später feststellen muss.
Ich schlurfe vorsichtig aus der Praxis zum Auto.
Verdammt.
Die Schmerzen schießen vom Rücken direkt ins linke Bein.
Also! Der Ischiasnerv hat eindeutig die richtige anatomische Position. Und aktiv ist er auch.
„Na! Das Nervensystem funktioniert doch noch!“ versuche ich mich selbst zu beruhigen.
„Wird schon gleich wieder!“.....
Mittwoch. Es ist Mittwoch. Mittwoch. ...
Natürlich. Mittwoch.
Irgendwie passieren Ereignisse dieser Art doch immer mittwochs oder sonntags, oder?
Ich habe zehn Minuten Zeit zu überlegen, ob ich noch schnell in die Vormittagssprechstunde meines Hausarztes husche. Schließlich ist heute auch noch „Lasse-Tag“.
Mein absoluter Lieblingswochentag. Ich hole Lasse immer mittwochnachmittags von der Schule ab und wir machen uns einen schönen Nachmittag. Auf keinen Fall möchte ich das absagen.
Geht gar nicht. Würde ich niemals wegen so einer Lappalie machen. Ich könnte ja auch bis morgen warten. Aber irgendwas beunruhigt mich. Benennen kann ich's nicht.
Also fahre ich doch noch schnell in die Praxis.
Ich bin ein Mensch, der besser mit Schmerzen oder irgendwelchen merkwürdigen Symptomen umgehen kann, wenn er dafür einen Namen, eine

Erklärung oder auch eine Diagnose bekommt. Ich finde, es lässt sich dann einiges einfach leichter aushalten. Oder man akzeptiert die Situation irgendwie besser.
Olaf Engtswing, einer der beiden Hausärzte, ist noch da. Ich darf auch noch in die Sprechstunde. Schildere kurz, was passiert ist. Erkläre, dass es mir kurzzeitig besser ging, der Schmerz aber wieder da ist.
Wahrscheinlich Muskelverhärtung und dadurch Nervenreizung.
Ich bekomme eine Salbe verschrieben und soll am nächsten Tag wieder in die Sprechstunde kommen.
Das muss ich dann auch.
Die Schmerzen sind über Nacht intensiver geworden. Und irgendwie ist auch mein Oberschenkel taub.
Ich bekomme eine Cortisonspritze. Ein paar Sekunden später bemerke ich eine angenehme Wärme im Rücken.
Geht doch!
Leider verteilt sich diese Wärme plötzlich in meinem ganzen Körper. Was sich jetzt nicht mehr so angenehm anfühlt. Die Wärme wird zur Hitze.
Ich verlasse die Praxis. Ich will nur noch an die frische Luft und nach Hause.
Schön blöd...
Ich fahre nach Hause. Aber aus dem Auto komme ich nicht mehr. Mein Kreislauf ist im Keller. Beziehungsweise irgendwie gar nicht mehr da. Und plötzlich weiß ich nichts mehr. Irgendwann spüre ich mich dann doch wieder, allerdings in Form von Schmerzen. Hat ja auch was Positives, so ein Schmerz ... ich weiß, dass ich am Leben bin!
Ich vertraue darauf, dass Schmerzen etwas rein Irdisches sind.
Elke, eine liebe Nachbarin, sieht mich lethargisch im Auto sitzen und hilft mir ins Haus.
Gut, dass heute Donnerstag ist, da kann ich auch gleich mal nachmittags in der Praxis meiner Hausärzte anrufen. Telefonisch erhalte ich die Bestätigung, dass es sich - mal wieder - um eine allergische Reaktion handelt.
Das gespritzte Medikament enthielt nicht nur Cortison, sondern auch ein Schmerzmittel.
Super.
Die Liste in meinem Allergiepass wird immer länger.
Wir überprüfen das Medikament am nächsten Tag noch einmal.
Die Reaktion bleibt dieselbe.

Sommerhitze im Februar.

Die Schmerzlage wird nicht besser.
Die Fläche des Taubheitsgefühls wird immer größer.
Durch den Stoff meiner Jeanshose kann man sehen, wie mein Bein zuckt.
Außerdem ziehe ich es hinter mir her. Die Schmerzen werden unerträglich.

Natürlich ist inzwischen Wochenende, und ich weiß mir nicht mehr zu helfen. Ich schlurfe in die Notaufnahme des „Paulus-Melchers-Krankenhauses“.
Werde stationär aufgenommen. Alle sind sehr nett, wissen aber nicht so richtig, wie sie mir helfen können, da alle gängigen Medikamente auf meiner Liste stehen.
Ich kann nachvollziehen, dass alle vorsichtig mit der Schmerzmittelgabe sind.
In der Vergangenheit sind Versuche dieser Art auch schon mal mit dem Besuch einer Intensivstation beendet worden.
Einer der Stationsärzte probiert in der Nacht doch noch ein Medikament aus.
Die Hitze bleibt aus. Dafür habe ich, verteilt am ganzen Körper: Pickel.
Für den kommenden Tag ist ein Kernspin anberaumt worden. Leider fällt es wegen akuter Notfälle aus.
Die nächste Möglichkeit in die Röhre zu kommen ist in fünf Tagen.
Fünf Tage warten?
Liegen. Laufen. Liegen. Laufen.
Und das auf dem begrenzten Raum eines Zweibettzimmers, das mit drei Betten belegt ist.
Ohne Schmerzmittel?

Ich entlasse mich selbst mit der Option, in 5 Tagen wieder zum Kernspin zu erscheinen.

Lieber nach Hause.
Lieber allein durch das Haus streifen.
Nachts. Tagsüber.
Egal wann. Stören tue ich dann ja niemanden.
Zu Hause bewege ich mich wie Rilkes Panther im Käfig. Ich bin so froh über meine Entscheidung. Den aktuellen Zustand hätte ich im Krankenhaus nicht ausgehalten.
Meine Güte! Ich habe solche Schmerzen. Richtig losjammern kann ich aber schon gar nicht mehr. Ich bin einfach baff. Geschockt. Stehe wohl auch neben mir. Wie haben die Menschen das im Krieg bloß ohne Schmerzmittel ausgehalten?
Meine Bewunderung für die Überlebenden steigt mit jeder Minute.

Um mich abzulenken, versuche ich tagsüber, meinen Alltag einfach weiter zu führen und unternehme schöne Dinge mit meinem besten Freund Lasse.
Wir gehen trotz Schnee in den Zoo.
Trinken hinterher im nahegelegenen Naturkundemuseum Tee und Kakao.
Die Ablenkung tut gut und ich glaube, Bewegung hilft mir immer.

Am nächsten Tag bringe ich Lasse zur Schule und nehme einen Termin im Bombast von Hohenheim-Hospital bei Prof. Jericho wahr.
Prof. Jericho ist ein Arzt, der ebenfalls seit ein paar Jahren bemüht ist, mit allen möglichen Ideen herauszubekommen, was mit mir und den Unverträglichkeiten los ist.
Allerdings steht dieses „weite Feld des Ungeklärten" heute nicht im Vordergrund.
Er sieht auch mein selbstständig gewordenes Bein. Nimmt mich kurzerhand „unter den Arm" und fragt mich, ob ich Lust auf einen Spaziergang habe!?
Ich willige ein.
Der Spaziergang endet zunächst einmal in der Radiologie, wo ich und mein akutes Problem vorgestellt werden.
Und schwupps ... bekomme ich am nächsten Tag einen Termin für ein MRT.
Super.
Ich bin Prof. Jericho wirklich dankbar.
Und neben meiner Dankbarkeit bin ich, wie schon oft in meinem Leben, beeindruckt, was man mit „Vitamin B" alles erreichen kann.
Ist vielleicht arrogant, aber ich nehme die Berühmtheit des Herrn Professors in seinem Krankenhaus gerne an.
Sehr gerne.

Ich kann mich nicht erinnern, dass ich mich jemals auf eine MRT - Untersuchung so gefreut habe wie jetzt. Und schon gar nicht nach meinen bereits erlebten Erfahrungen mit und in einem Kernspin.
Aber das erzähle ich später.
Vielleicht kommen wir ja endlich der Ursache meiner Schmerzen auf den Grund.

Kann doch nicht so schwer sein, einfach wieder gesund zu werden, oder?

Liebes Buch!
Ich muss aufhören, in der Vergangenheit herum zu schweifen ... Ich bekomme gerade „in der Gegenwart" Besuch von Birgit und ihrer Schwester Helga.
Juhu!
Ich freue mich sehr.

022 – Abends, und der September im Jahre 2010 ist auch schon da... Paulus-Melchers-Krankenhaus

Ich bin bestimmt undankbar. Ich freue mich immer sehr über Besuch. Das ist superschön, wenn Birgit kommt. Extra aus Gütersloh.
Aber! Die Stunden des Besuches gehen dann auch immer so schnell vorbei. Irgendwie bleibt man immer zurück.
Meine Freunde versuchen, mich immer und weiterhin am Alltag teilhaben zu lassen. Es gibt Tage, da sauge ich diese „Alltags-Informationen" nur so auf. Ich könnte den anderen Löcher in den Bauch fragen.
Es ist dann wirklich schön, zu erfahren, was da „draußen" so los ist.
Es gibt aber auch Tage, da kann ich diese Informationen nicht für einen Cent ertragen. Ich vergehe dann vor Selbstmitleid.
Erstens, weil ich das Gefühl habe, alles Schöne dieser Welt und des Lebens zu verpassen. Alles wird an solchen Tagen extrem wichtig: Kino. Poetry Slam. Stadtgang. Shoppen. Spaziergang. Zu Hause auf dem Sofa rumhängen ...
Der Alltag.
Es reicht dann einfach nicht aus, ihn erzählt zu bekommen.
Ich will ihn erleben.
Mit meinen Freunden.
Mit meiner Familie.
Mit Lasse.

Und wenn dann noch jemand mit dem Spruch kommt: „Sei froh, dass Du hier drin bist! Draußen ist es kalt und nass!"... dann bin ich nicht nur traurig, frustriert oder sauer, ich bin dann echt beleidigt.
Kann sich denn niemand vorstellen, wie rücksichtslos solche Äußerungen mir gegenüber sind?
Verdammt! Ich würde gerne draußen frieren!
Und verdammt noch mal: Ich würde es einfach nur schön finden, wenn der Regen meine Haare nass macht. Und wenn dann die Regentropfen so langsam über das Gesicht laufen ...

Das wäre schön.
Nass und herrlich normal.

**Es kann doch nicht so schwer sein,
einfach wieder gesund zu werden, oder?**

023 –

Frühling verpasst
Sommer verpasst
Herbst verpasst
Lasse verpasst
Noch einen
Frühling verpasst
Noch einen
Sommer verpasst

Clowns verpasst

024 – Noch vor dem Nachmittagstee, um 14:30 Uhr

Ich habe ein Konzil beim Neurologen.
Das Gute an diesem Termin ist: Ich muss dafür das Krankenhaus verlassen! Zwar nur bis zur anderen Straßenseite, aber mehr würde ich mir im Moment an Wegstrecke sowieso nicht zutrauen. Diese Anstrengung nehme ich gerne in Kauf.
Sehr gerne.
Die geballte Ladung an Sinneseindrücken auf dem kurzen Weg zur Praxis kommt mir gewaltig vor.
Schön! Ein Gänseblümchen! Mitten auf dem Weg!
Einfach toll!
Und am Himmel: Ein riesiger Vogelschwarm! ...
Unzählige Vögel, die sich merkwürdigerweise zu einer riesigen Einheit über dem Krankenhaus formatieren.
Wildgänse.
Ich betrachte für einen Moment dieses eindrucksvolle Spiel der Natur.
Beeindruckend und wunderschön.
Ich erkenne, dass sich die Wildgänse in Richtung Süden aufmachen.
Es ist Herbst.

Und ich habe nun zwei Sommer hintereinander verpasst.

Auf dem Weg zur neurologischen Praxis geht mir das Gedicht „Wintergarten“ von Erich Fried immer wieder durch den Kopf ... wie viel Wahrheit seiner schönen, aber traurigen Worte sind Teil meines vergangenen und bevorstehenden Lebens?

(nachzulesen im Internet oder dem Band „Es ist was es ist!“ erschienen im Wagenbach-Verlag ISBN 978-3-8031-3118-8)

Den heute von mir zu konsultierenden Neurologen kenne ich.
Ich misstraue ihm.
Er ist an meiner verkorksten Rückensituation nicht unwesentlich beteiligt.
Er weiß es.
Ich auch.

Das Zusammentreffen verläuft nicht besonders harmonisch.
Zu viele Schuldgefühle liegen in der Luft. Die Ursache für den im Raum herrschenden Sauerstoffmangel wäre ganz leicht zu beheben. Wir müssten nur mal „verbal“ miteinander kommunizieren.
Doch leider spricht der Arzt nicht.
Und ich auch nicht.
Minuten vergehen. Geschäftig räumt er seinen Schreibtisch auf. Krankenakten werden immer wieder von rechts nach links verschoben. Ich versuche, ein Ordnungsprinzip zu entdecken.
Erkenne aber keins.
Weitere Minuten vergehen.
Er schlägt ein erneutes Kernspin vor. Springt vom Stuhl auf und verlässt das Sprechzimmer. Ich höre irgendeine Anordnung an die Arzthelferin bezüglich meiner Überweisung.
Dann Stille.
Ich warte.
Zehn Minuten später sitze ich immer noch mit der Erwartung auf meinem Stuhl, dass das doch wohl nicht das Ende unseres Kontaktes war?
Ich nehme mir erneut vor, bis Hundert zu zählen. Soll mir doch später niemand vorwerfen, ich wäre zu ungeduldig...
Bei fünfzig höre ich auf.
Das ist mir dann doch zu blöd.
Ich bewege mich Richtung Anmeldung.
Überrascht und dann erwartungsvoll werde ich gefragt, ob ich noch was möchte. Sie hatten eigentlich gar nicht mehr mit meiner Anwesenheit gerechnet. Ich frage, ob der Arzt noch mal mit mir das weitere, von ihm kurz angedachte Procedere besprechen wird? Irritation blickt mir entgegen.
„Wieso? Der Arzt hat doch schon die Praxis Richtung Heimat verlassen!“

Später diskutieren Dr. Canis und ich über den Vorschlag einer erneuten Kernspinuntersuchung.
Die Frage und Feststellung von Dr. Canis: „Was sollen wir unternehmen, wenn sich eine erneute Verschlechterung bestätigt? Operativ können wir da zurzeit an ihrem Rücken nichts mehr machen“, bestärken meine ebenfalls überlegte Ablehnung der geplanten Diagnostik.
Wir lassen es sein.

Der Ausflug zum Neurologen hat sich hinsichtlich meiner Naturimpressionen auf jeden Fall gelohnt.

Kann doch nicht so schwer sein, wieder gesund zu werden, oder?

P.S. Und wie viele Wildgänse sind wohl nötig, um einen Menschen, z.B. mich, in die Luft zu heben? Um mich dann, per Freiflug, mit nach Afrika zu nehmen?
?

025 – Retro|Perspektive vom 27. März 2009 und der 13915. Tag in meinem Leben - Bombast von Hohenheim-Hospital, auch in O-City

Der von Prof. Jericho forcierte Kernspin-Termin ist gerade gelaufen.
Ich befinde mich in der neurochirurgischen Praxis der Klinik.
Dr. Speerkämpfer, der dortige Neurochirurg, nimmt mich in Empfang.
Jetzt ist es Fakt. Bandscheibenvorfall L3/L4.
Mit Nervenbeteiligung. Muss operiert werden. „So schnell wie möglich", erklärt mir der Arzt. Ich bitte um Bedenkzeit und sage, dass ich mich am nächsten Tag melden werde. Verlasse das Sprechzimmer.
Als ich an der Anmeldung stehe, um nach der direkten Telefonnummer zu fragen, steht Dr. Speerkämpfer hinter mir und erklärt mir im Fokus der Praxisöffentlichkeit die Dringlichkeit der Operation. Er könne sonst für nichts garantieren. Ich frage, was das zu bedeuten hat.
Und warum hat er mir das nicht gerade im Sprechzimmer erklärt???

Mindestens fünfzehn Augenpaare aus dem offenen Wartezimmer gucken uns entgegen.
Was ich nachvollziehen kann.
Wenn es einem nicht so gut geht, hört man sich auch gerne die Weh-Wehchen der anderen an.
Interessanterweise gibt es da verschiedene Hörweisen.
Entweder, man ist voller Anteilnahme und hat das Gefühl, dass es einem selbst eigentlich supergut geht. Man schon voller Optimismus bereit ist, mit einer nie da gewesenen Beweglichkeit die Praxis zu verlassen, oder ... man hört voller Eifersucht dem Gespräch zu.
Ich glaube, das ist in so einer Situation wirklich eine Charakterfrage.
Gar nicht zu verurteilen.
Je nachdem, zu welchem Typ Mensch man gehört, scheint man sich auch gar nicht groß gegen seine Gefühle wehren zu können.
Ich nenne das jetzt mal Gefühle oder Stimmungslagen, da ich der Meinung bin, dass die extremen Verhaltensweisen einiger Mitmenschen sonst rational nicht zu erklären sind.
Zum Beispiel jetzt: Dr. Speerkämpfer wiederholt seinen geplanten Operationsvorschlag. Erklärt erneut, dass er die Verantwortung für einen möglichen irreparablen Nervenschaden oder Querschnitt ablehnt, wenn ich mich gegen eine Operation ausspreche !!!?????????

Räuspern aus dem Wartezimmer.
Ohne in den Glaskasten mit offener Tür zu gucken, verspüre ich die mir zugeteilte, fast schon unangenehme Aufmerksamkeit sämtlicher Wartender.
Über die Aussage des Arztes bin ich ganz irritiert.

Was soll das denn heißen?
„Ich lehne die Verantwortung von Folgeschäden ohne Operation ab?“
Und wieso, ich verstehe es immer noch nicht, hat Dr. Speerkämpfer das nicht gerade mit mir im SPRECHZIMMER besprochen?
Isoliert und abseits von fremden Zuhörern?
Intimsphäre?
Datenschutz?

Ich kann mich jetzt, im Sinnesbrennpunkt so vieler Augen- und Hörzeugen, erst recht nicht entscheiden.
Mein Zögern hat Folgen:
Jetzt reicht es dem Zuhörer des Charaktertyps ||.
Er verbalisiert seine Eifersucht in Form von aggressiven Schreien. Dabei zeigt er immer wieder auf seine Uhr.
Gut, dass er diese Gebärde ständig wiederholt ...
... bedingt durch sein Geschrei ist seine Sprache so schlecht zu verstehen, dass ich mich kurz frage, um welche Nationalität es sich bei ihm wohl handeln mag???
Doch bei genauem Hinhören erkenne ich eine Verwandtschaft mit der deutschen Sprache.
Mein Mitpatient ist nicht zu beruhigen.
Seine Artikulationen nehmen so merkwürdige, schwammige Laute an. Die Wörter ziehen sich wie Kaugummi in die Länge, ... und sehe ich da tatsächlich Spuckefäden?
Ja! Man muss sich jetzt doch mal zivilcouragemäßig besorgt fragen, ob der Herr vielleicht gerade einen Schlaganfall erlitten hat?

Na!? In der richtigen Abteilung wäre er ja bereits.
Aber er scheint Glück gehabt zu haben und nicht nur das, er wird für sein Schreien belohnt und direkt ins Sprechzimmer gebeten.
????
!!!!!!!!

Ich staune.

So macht man das also.
Gut!
Weiß ich jetzt auch Bescheid, ... fürs nächste Mal. Im Falle einer mir zu lang vorkommenden Wartezeit!
Dr. Speerkämpfer scheint seine Ohren auf Durchzug gestellt zu haben und überreicht mir mit einer eindrucksvollen Ruhe die Visitenkarte der Praxis.

Ich rufe am nächsten Tag, nach einer ziemlich schmerzhaften Nacht, in der Praxis an und sage zu.

Natürlich.
War wahrscheinlich auch gleich gestern schon klar.
Aber ich muss immer erst nach Hause und überlegen, ob es nicht doch noch eine Alternative zu Operationen und damit verbundenen Krankenhausaufenthalten gibt ...
Ich weiß nicht, warum.
Zeit meines Lebens entscheidet sich mein Bauchgefühl fast immer gegen operative Eingriffe. Vielleicht ist es aber auch nur die natürliche menschliche Angst.
Vor Kontrollverlust?
Vor der Krankenhausatmosphäre?
Ich weiß es nicht.
Ich traue mir selber nicht und versuche, bei Dr. Børge eine alternative Lösung zur Operation einzuholen. Doch leider sieht er bei diesem Krankheitsverlauf auch keine andere Möglichkeit.
Tag der stationären Aufnahme soll schon der 02. April sein. Operationstermin dann der 03.04.2009 ... das gibt mir ja dann doch noch die famose Gelegenheit, ein paar Tage über eine krankenhauslose, konservative Strategie nachzudenken ...
Samstagnachmittag: Ich muss mich entscheiden: Entweder mein Gehirn explodiert vor lauter nichterfolgreichen Gedankengängen, oder ich genieße jetzt einfach und entspannt mein Wochenende mit Lasse und akzeptiere die bevorstehende Operation.
Ich entscheide mich mit Herz ... für Letzteres.
Okay, dann mal los. Außerdem hat mir Dr. Speerkämpfer am Telefon noch mal versichert, dass es sich um einen harmlosen und schnellen operativen Einsatz handeln wird. Und auch der nachfolgende Genesungsverlauf sei schnell vollzogen. Maximal eine Woche Krankenhausaufenthalt. Danach ein bisschen ambulante Reha.

Eine fatale Falschaussage, wie sich herausstellen wird.

026 – Retro|Perspektive – Zwei Tage später, der 01. April 2009 und der 13920. Tag in meinem Leben

Ich wache morgens auf.
Bewege mich ganz vorsichtig. Ich hatte eine Horrornacht. Durch die Bettdecke konnte ich beobachten, wie meine Beinnerven so dermaßen unter Stress standen, dass sie selbst und auch meine Beinmuskeln ständig kontrahierten.
Unglaublich. Ich wusste nicht, ob ich staunen oder einfach nur heulen sollte. Verdammt! Das waren Schmerzen.
Und ich dachte in den letzten Tagen schon ... mehr geht einfach nicht. Doch ging. Ich konnte es sehen und fühlen ... Umso erstaunter bin ich, dass ich jetzt plötzlich auf meinen beiden Beinen im Badezimmer stehe. Einfach so. Und auch ganz ohne Schmerzen.
Mein Bein fühlt sich zwar schlapp an und schlurft hinter mir her. Muss es immer etwas nachziehen.
NNNNAAA UUUNNNNDDD?
Spontan Heilung nach dem absoluten Schmerzhöhepunkt?
Super!
Ich werde dann allerdings etwas misstrauisch, weil mir das Buch von Oliver Sacks plötzlich wieder einfällt:
„Der Tag, an dem mein Bein fort ging". Es handelt sich um ein biografisches Buch, in dem der Herr Sacks von der langen, nicht endenwollenden Krankheitsgeschichte seines Beines erzählt.
Ich behaupte jetzt mal, dass es das rechte Bein war. Er hatte immer Schmerzen, konnte es nicht richtig bewegen, nicht auftreten. Eines Morgens fiel er so ungünstig aus dem Bett, dass er sich das linke Bein brach. Er versuchte aufzustehen, um sich Hilfe zu holen. Als er dann begriff, dass er sich auf dem vorher nicht belastbaren rechten Fuß ganz normal zum Telefon geschleppt hatte ... war es schon passiert. Und er konnte sich zunächst kaum erklären, was passiert war. Der rechte Fuß war von diesem Zeitpunkt an wieder gesund und belastbar. Das beschreibt er dann ein ganzes Buch lang. Aus neurologischer und psychiatrischer Sicht. Die genaue Erklärung weiß ich jetzt gar nicht mehr. Ist ja egal, ich kann mich nur noch an den Anfang der Geschichte erinnern und genau das macht mich so skeptisch, dass ich im Badezimmer erst mal die Funktionen meiner übrig gebliebenen Gliedmaßen kontrolliere.
Geht ganz gut.
Das freut mich sehr.
Juhu! Es ist also nicht nur Mittwoch und damit Lasse-Martha-Tag, sondern zusätzlich noch ein „Glücksschmerzfreier Tag"!
Voller Übermut gehe ich in den Garten und pflanze ein paar Blumenzwiebeln ein.

Im Nachhinein muss ich sagen, dass meine Körperhaltung mir vielleicht selber mal ein bisschen zu denken hätte geben müssen.
Na, ja. War halt einfach nur froh.
Während ich da so buddelte, kam meine liebe Nachbarin Anke, von Beruf Physiotherapeutin, und fragte mich etwas erstaunt, ob ich schon operiert worden sei. Ob sie irgendwas verpasst hätte? Ich verneinte und erklärte ihr noch, dass ich den OP-Termin für morgen hätte, aber schon überlegt habe, ihn wieder abzusagen.
Bin wieder heile!
Der Kommentar von Anke war eigentlich ziemlich klar und ich hätte da auch mal über meine „Spontanheilung" selber nachgrübeln können:
„AHA!", sagte sie zunächst und offensichtlich erstaunt.
„Tu mir doch einen Gefallen und gehe persönlich ins Krankenhaus, um den OP-Termin abzusagen. Dann können die Kollegen auch gleich mal Anteil an deiner Spontanheilung haben." Und sie lachte. Etwas verschmitzt.
Ich fand die Idee gut. Schließlich waren die Damen und Herren im „Bombast von Hohenheim-Hospital" ja sehr um einen schnellen Operationstermin bemüht gewesen ...
Am nächsten Tag fuhr ich Lasse zur Schule und dann gleich weiter zum Krankenhaus ... und irgendwie, warum weiß ich nicht mehr, landete ich direkt in der Anästhesie. In der befand sich auch zeitgleich der Arzt, der mich aufnehmen wollte. Ich erklärte die Situation und entschuldigte mich für den ganzen Aufstand. Er lachte und sagte auch: „Aha!"
Freuten sich jetzt alle mit mir oder was war um mich herum los?
„Bevor Sie gehen, kommen Sie doch mal bitte mit!"
Also!? Das war anscheinend normal hier, im „Bombast von Hohenheim-Hospital" ... Von Prof. Jericho war ich auch schon zweimal zum Spazierengehen durch die Klinik eingeladen worden.
Allerdings mit dem Hintergedanken, meine Atmung beim Treppensteigen zu testen, und zu sehen, ob ich mit dem mir zur Verfügung stehenden Lungenvolumen die Qualifizierung zur Olympiade 2012 noch hinbekommen könnte ...
Was für eine sportliche Geschichte das jetzt hier werden sollte, war mir zunächst nicht bewusst, bis Dr. R. sich vor einen Schrank stellte und mich raten ließ, was da wohl drin sein könnte??? „Kleiner Tipp", sagte er und zeigte auf das Schild, auf dem dick „ Operationsbereich" stand, und lachte dabei ... „Ist schon ein lustiges Völkchen hier im Hospital", dachte ich noch, da hatte der Arzt schon den geheimnisvollen Schrank geöffnet und überreichte mir feierlich ein OP-Hemd, Antithrombosestrümpfe und die passende grüne Mütze.
Haben Sie heute schon gefrühstückt?
Das ist ja eine nette Frage.

Sollte ich jetzt auch noch zum Frühstück eingeladen werden? Jetzt wurde ich aber doch etwas misstrauisch. Das war mir alles ein bisschen zu viel der Blödelei.
Der Arzt kannte mich eigentlich gar nicht und das Wartezimmer vorhin war auch nicht gerade leer gewesen.
Also Langeweile konnte er auch nicht haben, oder?
Nein.
Hatte er tatsächlich nicht ...
„Wir müssen Sie gleich notoperieren. Die Schmerzen haben nachgelassen, weil die Nerven eingeklemmt sind. Es geht jetzt um Stunden, damit der ‚Schaden' nicht zu groß ist."

Und plötzlich verstand ich die vielen AHA´s!

027 – Retro|Perspektive – der 02.April 2009 Bombast von Hohenheim-Hospital

Wegen meiner zahlreichen Medikamenten-Unverträglichkeiten, besonders von Schmerzmitteln, lande ich nach einem traumlosen Schlaf zur Beobachtung auf der Intensivstation. Werde aber kurze Zeit später auf die neurochirurgische Station verlegt.
Dort lerne ich Karin kennen.
Eine sehr liebe und, wie sich schnell herausstellen wird, eine absolut verlässliche, immer freundlich bleibende, geduldige und tröstende Bettnachbarin.
Ich habe Schmerzen, aber nicht vergleichbar mit denen der letzten Wochen.
Irgendwie anders.
Noch mache ich mir keine Sorgen.
Erst am nächsten Tag werde ich das erste Mal etwas argwöhnisch. Aber wie so oft versuche ich, das Ganze humoristisch zu sehen ...
„Ist die Karin doch süchtig nach Zigaretten und sind Raucher nicht immer schneller wieder fit als Nichtraucher?"
Ich gebe mir einen Tag länger zur Genesung. Schließlich bekomme ich ja auch keine Schmerzmittel.
Zunächst nicht.
Vielleicht bin ich dadurch einfach etwas wehleidiger!?
In der Nacht werden die Schmerzen intensiver.
Irgendwann kommt der diensthabende Klinikarzt und weiß eigentlich auch nicht, was er machen soll.
Wir einigen uns auf ein weiteres „der Dinge harren, die da kommen" (beziehungsweise: die da bitte gehen!).
Die dann entstehende Situation habe ich nicht erwartet.
Niemals.
Ich kann mich irgendwann kaum noch bewegen.
Der Arzt kommt erneut und verabreicht mir Morphium i.v.
Die einzige, angeblich auch für Allergiker gut verträgliche Medikation, die er mir anbieten kann.
Ohje.

„Keine Macht den Drogen!", ulken wir noch rum.

Karin hat mich am Nachmittag etwas gefoppt, weil ich als Nichtraucher doch statistisch gesehen die Gesündere sein müsste, aber leider immer noch wie „der sterbende Schwan" im Bett lag.
Inzwischen ist aus dem Schwan aber ein auf dem Rücken liegender, nicht mehr zu bewegender Käfer (– huhu, Herr Kafka!) geworden.
Leider bleibt es nicht bei dieser lethargischen Haltung.

Das Morphium zeigt seine Wirkung. Allerdings nicht auf die schmerzstillende Art und Weise, sondern in Form von Übelkeit.
Ich kann mich nicht daran erinnern, jemals in meinem Leben so gekotzt zu haben, wie in dieser Nacht.
Die metallenen Nierenschalen reichten von Anfang an nicht aus.
Ich habe keine Ahnung wieso. Ich habe an diesem Tag so gut wie nichts gegessen, brauche aber für den immer wiederkehrenden, nicht aufhörenden, nach außen drängenden Mageninhalt dann irgendwann: Waschschüsseln!
Echt wahr.
Das kann auch nicht der Inhalt meines Magens allein sein. Ich glaube, das war mein gesamtes Körpervolumen.
Die arme Karin.
Das zieht sich über viele Stunden hin.
Und ich befürchte, in dieser Nacht bin ich für ihren nicht mehr zu stoppenden Zigarettenkonsum vor dem Hospital verantwortlich.
Ich glaube, ich habe ihr nie die Zigaretten zurückgegeben beziehungsweise bezahlt.
Vielleicht sollte ich das mal machen???
Vielleicht habe ich ihr so aber auch zu ein paar „Mitternachts-schnell-wieder-mobil-Physiotherapie-Einheiten" verholfen!?
Ich bin auf jeden Fall immer sehr erleichtert, wenn sie von ihren Gespensterexkursionen wiederkehrt.

Die Situation wird immer prekärer.
Nicht nur, weil ich immer erschöpfter bin und sich trotz des Morphiums meine Schmerzlage nicht verändert, sondern weil sich die Stimmung der diensthabenden Krankenschwester mit jeder K-Attacke verschlechtert.
Irgendwann platzt sie.
Ist richtig sauer und mault mich an, dass es noch andere Patienten auf der Station geben würde, und sie nicht bereit sei, die ganze Nacht neben meinem Bett zu stehen, um mir Brechschalen entgegen zu reichen.
Aha.
Karin bietet an, das für sie zu tun.
Ich kann nicht protestieren. Nehme nur dankbar an. Nach einer weiteren Stunde gehen uns die Schalen aus und wir müssen mit der Nachtschwester Kontakt aufnehmen.
Karin ist inzwischen selbst schon ganz eingeschüchtert und schlägt vor, statt nervig zu klingeln, einfach mal zum Schwesternzimmer zu gehen. Dann könnte sie auch gleich neue Schüsseln mitbringen.
Ach, ... mein liebes Nachtgespenst geht ... und kommt ganz still zurück. Im Schlepptau eine hysterisch schreiende Schwester.
So würde das nicht weiter gehen. Sie würde gleich noch mal den Bereitschaftsarzt kontaktieren, der ja jetzt eigentlich seine Nachtruhe verdient habe. Was der da jetzt noch machen kann, wüsste sie aber auch nicht.

Das Donnerwetter und die Schwester fliegen davon.
Karin und ich liegen ganz still.
Keiner sagt etwas.
Gerade als Karin ansetzt, das Schweigen zu brechen, prallt die Zimmertür gegen die Wand.
„Der Schrecken der Nacht“ steht wieder vor uns.
„Möchten Sie immer noch, dass der Arzt kommt? Können Sie sich nicht zusammenreißen?“
Ich verneine.
Kurz kommt mir der Gedanke, dass ich mal in einem Beipackzettel gelesen habe, dass man gegen die Nebenwirkungen von Morphinen nicht wirklich was unternehmen kann, da das mit dem Zentralnervensystem zu tun hat, Gleichgewichtssinn usw.
Aber sollte ich das jetzt mit meinem Halbwissen der Krankenschwester erklären und mich auf diese Art rechtfertigen? Der Gedanke ist noch nicht zu Ende gedacht, da spricht sie schon weiter: „Der Arzt kommt gleich netterweise! Wir verstehen gar nicht, Frau Maschke, warum Sie nicht ins “Paulus-Melchers-Krankenhaus“ gegangen sind. Wir können hier mit Ihnen und Ihren Allergien nichts anfangen. Naja. Müssen Sie jetzt auf den Arzt warten. Aber das kann dauern.“

Die Tür fliegt zu.
Wir liegen im Dunkeln.
Trotzdem kann ich spüren, wie Karin die Zähne zusammen beißt.
Sie knirscht etwas.
Dann springt sie gazellenartig aus dem Bett und bäumt sich wie ein Riese vor mir auf.
“Es gibt jetzt drei Möglichkeiten, Martha!“
Aha.
Ich lausche.
Diese zierliche Person, meine gutmütige Bettnachbarin, versprüht plötzlich so eine Energie, dass man förmlich die Bewegung der einzelnen Atome, die man zur Entstehung von Reibung braucht, sehen und spüren kann. Und ich hoffte inständig, dass jetzt nicht der Arzt durch die Tür kommt. Ich glaube, er müsste sich dann nicht mehr bemühen, beim Verlassen des Raumes eine Tür zu schließen, eher dürfte er einen Freiflug genießen ...
Also. Ich hänge da gefangen in der Dunkelheit. Ausgestreckt im Bett, mit einer Brechschüssel auf dem Bauch und wartete auf die fortführenden Gedankengänge meiner Bettnachbarin....

„Möglichkeit No. 1“: Wir rufen jemanden an, der dich tatsächlich ins Paulus-Melchers-Krankenhaus bringt!“

Jetzt brauche ich nicht lange zu überlegen. Allein die Vorstellung, irgendwohin transportiert zu werden, geht rein schmerz- und übelkeitsmäßig gar nicht.
Okay.
Und wie ist dann „Möglichkeit No. 2“?
„Wir klingeln … und ich haue der alten Sumpfkuh eine rein.
Am besten in den Magen. Damit ihr ganz schlecht wird, und dann sehen wir mal, wer hier große Waschschüsseln zum Kotzen braucht!“

Aha.

Ich bin von Karin echt beeindruckt.

Meine Spannung auf „Möglichkeit No.3 “ steigt jetzt mit jeder Sekunde.
„Möglichkeit die Dritte ...“
Stille.
Ich warte.
Nichts.
Karin?, frage ich langsam und leise.

„Fällt mir nicht mehr ein. Ich bin von dem gerade Geschehenden völlig fassungslos. Ich kann es gar nicht richtig realisieren.“

Ich, ehrlich gesagt, auch nicht.

Irgendwann kommt der Arzt dann erneut und spritzt mir ein Antibrechmittel.
Karin muss noch 4 Mal ihren Einsatz zeigen.
Oh je.
In dieser Nacht rettet sie mich – sowohl psychisch als auch physisch.
Zwischendurch lachen wir sogar einfach nur noch.
Mir laufen die Tränen.

Aber hey, jetzt habe ich drei mögliche Gründe zum Heulen:
A: aus Schmerzen
B: weil das nun mal ein Reflex beim Erbrechen ist
und
C: vor Lachen.

Die Krankenschwester bekommen wir in dieser Nacht nicht mehr zu Gesicht.

028 – Paulus-Melchers-Krankenhaus September 2010

Es ist NACHT
genauer: 23 Uhr und 47 Minuten

Otey. Otey. (Lasses Okay)
Ich gebe für diese Nacht auf.
Schnappe mir meinen Laptop.
Die Odyssee des Kränkelns hat mir in meinem Leben zu mehreren nützlichen Dingen verholfen.
Sekundäre Krankheitsgewinne.
In dieser Nacht profitiere ich von einem Surfstick, den ich von einer Verkäuferin in einem Telekommunikationsladen zu meinem Handyvertrag „gratis" erhalten habe. Ich durfte zwischen zwei Geschenken wählen … extra für Behinderte … man muss auch mal Glück haben!
Oh verdammt!
Der Laptop erleuchtet doch größere, weit gefächerte Areale unseres Zimmers, als ich gedacht habe.
Meine Bettnachbarin wird unruhig …
Nicht dass sie das Schnarchen unterbrechen würde……nö.
Zu den Schnarchgeräuschen kommen jetzt mir altbekannte, schabende Geräusche! Ausgelöst durch ihre trockenen Fußsohlen, die sich über das Bettlaken bewegen …
Haben denn alle älteren Menschen trockene Füße?
Okay! Dann halt auch noch Kopfhörer.
Ich entscheide mich für Neil Young.
Oh, nein ... und höre weiterhin die erwähnten Geräusche.
Bin ich zu empfindlich?
Meine Bettnachbarin wacht auf.
Es ist nicht mehr Elisabeth. Elisabeth durfte nach Hause.
Meine neue Bettnachbarin heißt „Tante Anna".
Sie bekommt auch, wie Elisabeth, viel Besuch.
Eine riesige Verwandtschaft. Alle sind total bemüht und besorgt. Unheimlich liebevoll gehen sie mit diesem quietschgelben Urgestein um.
Sie stöhnt.
Sie ist 90 Jahre alt.
Pankreastumor.

Sie hatte heute ihre 4. Gastroskopie in fünf Tagen!
Und fragt sich natürlich zu Recht, ob diese Strapazen in Ihrem Alter noch sein müssen.
Die Ergebnisse der Gastroskopien erklärt ihr niemand. Auch die Verwandten trauen sich nicht, mit ihr darüber zu reden. Sie haben Angst.
Doch Tante Anna weiß genau, was los ist.
"Ich habe Krebs. Was hast Du?" fragte sie mich während unserer ersten Vorstellungsrunde.
„Niemand will mit mir darüber sprechen. Aber ich bin doch nicht dement! Ich kann meinen Körper doch noch gut einschätzen. Merke, wenn was nicht stimmt. Guck doch, wie ich aussehe!! Ganz gelb. Das ist doch die Leber! Und da ich in meinem ganzen Leben noch keinen 'gehoben' habe ... was soll das dann wohl sonst sein, mh?"

Das Licht vom Laptop stört sie.
Ich werfe die Bettdecke komplett über mich.
Neil Young schafft es nicht, die Fußgeräusche und das Schnarchen zu übersingen.
Ich entscheide mich für Billy Talent.
CD2.
Danke, Billy! Du hast wirklich Talent für laute, einfach nur schöne musikalische Kompositionen.
Danke!
Ich google.
Was für eine Bedeutung hat eigentlich das Schnarchen?
Gibt es da irgendwelche Rudimente? Und wenn ja, ist dieses Verhalten in unserem heutigen, menschlichen Entwicklungsstand unbedingt nötig?

Ich bilde mir ein, dass ich mich, wenn ich die Eigenschaften dieses Geräusches erklärt bekomme, vielleicht besser darauf einstellen kann!?
Wenn es doch bitte, bitte, bitte, bitte irgendwie der Menschheit und der Evolution dient????????
Ich werde enttäuscht.
„Mit **Schnarchen** bezeichnet man ein knatterndes Geräusch, das in den oberen Atemwegen eines schlafenden Menschen erzeugt wird. Das normale Schnarchen wird auch als kompensiertes Schnarchen bezeichnet und ist eine Normvariante ohne Krankheitswert. Mit zunehmendem Alter schnarchen rund 60 % der Männer und 40 % der Frauen. Etwa 10 % der Kinder schnarchen."

Einspruch gleich mal an dieser Stelle: Ich behaupte, es sind 100 % aller Frauen durch das Schnarchen betroffen. 99 % geben Geräusche von sich, die übrig gebliebenen 1 % sind Menschen wie ich, die nicht schlafen können ... aufgrund des Lärms!
„Bei sehr ausgeprägtem Schnarchen kann es zu einer Verminderung der Sauerstoffversorgung und in der Folge zu einer Störung des Schlafes kommen. Man spricht dann von obstruktivem Schnarchen.“, so Wikipedia.

Ich schiele unter meiner Bettdecke hervor. Was da jetzt weiter übers Schnarchen steht, macht mir doch Sorgen!
Ich will ja auch nicht, dass die Tante Anna stirbt.
Schuldgefühle kommen jetzt doch so leicht in mir auf …
Irgendwie bekommt man ja doch fiese Gedanken …

Plötzlich wird mir die Decke weggezogen.
Adrenalinausstoß. Verteilt im ganzen Körper … na, das funktioniert ... ja immerhin!
Der Herr Pfleger Alfons tickt mich an.
Die Bässe von Billy dröhnen zu Laut aus meinen Kopfhörern.
„Wenn du sowieso nicht schlafen kannst, dann such dir doch im Foyer eine gemütliche Sitzgelegenheit!“
Nett gemeint.
Okay. Nachts gibt es da eventuell eine von mir tagsüber noch nicht bemerkte Chance.
Seit 1 ½ Jahren bin ich krank.
Eigentlich seit 3 Jahren.
Das ist jetzt das elfte Krankenhaus … seit dem letzten Jahr.
Ich will jetzt nicht jammern. Nur erklären:
In jedem Krankenhaus habe ich es mir zur Aufgabe gemacht, einen Ort oder Platz zu finden, an dem ich einfach mal meine Ruhe haben möchte.
Wo man einfach mal alleine sein kann.
Es ist nicht möglich.
Ehrlich nicht.
Ich habe alles versucht.
Hinter irgendwelchen abseits gelegenen Türen? Nö.
Unter Treppen? Nö.
Einsame Parkbänke? Gibt es nicht.
Kapelle? Nö.
Toilette? Badezimmer? Nö, irgendjemand muss immer.

Schwimmbäder? Nö ... und auch nicht erlaubt.
Patiententeeküchen? Gibt es leider nur sehr selten in den Krankenhausabteilungen. Interessanterweise eher auf Stationen wie Hämatologie, Onkologie, etc.
Wieso eigentlich? – Kann mir das jemand erklären?
Und wenn sie dann doch existieren, dann sind sie so beliebt, dass diverse Menschen (Patienten, Pflegepersonal, Raumpfleger, diensthabende Ärzte, Laborratten, Angehörige) zu jeder Uhrzeit dort aufzufinden sind. Begleitet von diversen Gerüchen, die wahrscheinlich bei den meisten Diätassistenten Pickel im Gesicht erzeugen würden …
Also: Nö.
Ich mache mich auf den Weg.
Ich muss, da die Schnarchgeräusche immer lauter und noch lauter und ganz, ganz laut werden … die Frequenz steigt bis zum Höhepunkt, der dann mit Schnappatmung, begleitet von fiesen Grunzgeräuschen, die absoluten Spitzenwerte erreicht. Dieses Szenario ist jetzt so geräuschvoll und so extrem arrhythmisch, dass ich schon das Atemverhalten von Tante Anna unweigerlich übernommen habe … da würde es jetzt auch Iggy Pop nicht mehr schaffen, irgendwas zu übertönen …
Trotz meiner immer stärker werdenden Müdigkeit gehe ich los ...
Vielleicht hätte ich besser mal bei Wikipedia recherchieren sollen, was das Schnarchen mit Menschen macht, die sich seit 18 Monaten solchen Geräuschen aussetzen müssen.

Übrigens: Tag und Nacht.

Ich habe nämlich festgestellt, je oller nachts gesägt wird, umso kaputter und müde sind diese Menschen am nächsten Tag und legen sich nach der Morgentoilette auch gerne gleich wieder ins Bett. Schnarchen natürlich gleich weiter. Natürlich meistens noch mit dem diskreten Hinweis, dass sie in der vergangenen Nacht wirklich nicht gut und total wenig geschlafen haben ...
Meine Synapsenübertragung ist dann immer völlig überfordert und ich drohe durchzudrehen …

Einweisungsdiagnose für die Psychiatrie: Traumatisierungsstörungen durch Schnarchen der Mitmenschen ... Patientin nicht mehr heilbar!
Doch alles nur PSYCHISCH!

Tschüss Tante Anna! Und schlafen Sie noch guuuuuuut!

029 – Retro|Perspektive – es ist der 03.April 2009 Bombast von Hohenheim-Hospital

Karin ist fit.
Es ist 8:00 Uhr morgens und trotz der vergangenen Nacht war sie schon zweimal unten in der Raucherzone des Krankenhauses. Unglaublich. Ich versuche, mich zu bewegen und stelle fest, dass es nicht geht.
Ich liege da. Einfach so.
Ich denke über meine Bettnachbarin nach. Wieso ist die so fit? Raucherbonus? Ja, das muss es sein. Das ist mir schon während meiner Ausbildung aufgefallen. Operierte Patienten mit Nikotinsucht sind oft schneller wieder auf den Beinen. Der Lungenschmacht macht mobil. Vielleicht fange ich auch mit dem Rauchen an?
Am besten sofort. Ich bemerke nämlich, dass meine Miktionsbedürfnisse nicht mehr zu ignorieren sind.
Also. Entweder ich reiße mich zusammen und stehe einfach auf oder ich klingele. Ich versuche, mich aufzurichten. Nach der letzten Nacht und unseren Erfahrungen mit dem Pflegepersonal liegt mir nichts ferner, als nach einem „Pisspott" und der damit verbundenen Hilfe zu fragen.
Die Tür öffnet sich und herein kommt Bea, Physiotherapeutin und sehr sympathisch. Obwohl sie mich noch nie behandelt hat, erkennt sie sofort, dass hier irgendwas nicht stimmt.
Sie versucht, meine Beine zu bewegen. Und irgendwann stehe ich auch vor dem Bett.
Schmerzen ohne Ende. Aber ich stehe. Ein erster Schritt zur Unabhängigkeit und zur Toilette ist bewerkstelligt!
Irgendwie schaffen wir es, mein größtes momentanes „Bedürfnis" zu befriedigen und erreichen nach einer, peinbelastet, gefühlten Ewigkeit die patientenzimmerinterne Toilette.
Motiviert und blasentechnisch entlastet wage ich mit Bea ein paar Schritte. Auf dem Stationsflur befindet sich an der Wand ein Handlauf, an dem wir uns so entlang hangeln.
Schritt und schlurf, Schritt und schlurf.
Wir treffen auf die Visite.
Oberarztvisite. Das bedeutet, dass Dr. Speerkämpfer, der Operateur von gestern, auch dabei ist. Er schaut etwas irritiert drein und fragt mich und Bea, was denn los sei. Die Operation sei doch ohne Komplikationen verlaufen? Wir schildern die Situation. Dr. Speerkämpfer wirft einen Blick auf die Kurve. „Ihr Bewegungs- und Schmerzverhalten ist überhaupt nicht erklärbar, Frau Maschke! Das ist wohl eher eine psychische Sache. Wir haben alles erfolgreich operiert!"

Aha!
Nur noch mal zum Verständnis: Die OP war gerade einen Tag vorbei und wir befanden uns aktuell auf dem Flur der neurochirurgischen Station. Ich hatte eine schmerzhafte Nacht mit Morphiumgabe hinter mir und stand hier nun, wenn auch in sehr gekrümmter, schmerzhafter Körperhaltung, auf meinen eigenen beiden Füßen und musste mir eine psychosomatische Diagnose anhören … mit der ich auch gar nichts anzufangen wusste. Was sollte das denn jetzt bedeuten? Gestrige OP? Schmerzen? Unbeweglichkeit? … passte jetzt wohl nicht mehr in das Profil einer „guten“ Patientin.

Kommen jetzt die Männer mit den Zwangsjacken?

Gut, dass da mehrere Menschen um uns herum standen und alle einen etwas irritierten Eindruck machten. Der Stationsarzt versuchte, die Situation zu retten. Die Stationsschwester und Bea ebenso. Alle drei brachten mich ins Zimmer zurück. Ich saß auf der Bettkante und überlegte.
Was war das gerade? Der Stationsarzt rechtfertigte das Verhalten des Oberarztes mit Argumenten wie Notoperationen am frühen Morgen, wenig Schlaf und damit einhergehend schlechter Laune.
Aha.
Und jetzt?
Ich sollte mich ausruhen, die Physiotherapie mit Bea fortsetzen und dann morgen weiter sehen.
Im Laufe des Tages wurde meine Mobilität immer stärker eingeschränkt.
Karin und ich durchlebten die zweite Horrornacht.
Am nächsten Morgen kam Bea schon ganz früh. Überprüfung der Reflexe. Die waren jetzt aber noch weniger vorhanden als am Vortag. Irgendwie stellten wir mich wieder vor das Bett. Ich wollte unbedingt per pedes ins Badezimmer. Ich weiß nicht mehr wie, aber plötzlich lag ich da.
Ich spürte meine Beine nicht mehr.
Dann doch mal ein Kernspin.
Zum Ausschluss der Somatik.

Drei Stunden später Besuch von Dr. Speerkämpfer.
Er müsse sich bei mir entschuldigen, sie hätten den falschen Wirbelbereich operiert und müssten mich spätestens morgen erneut operieren. Aufgrund der Unverträglichkeiten und der nicht unerheblichen Anstrengungen für meinen Körper, auch durch die schnell aufeinanderfolgenden Operationen, sei ein Aufenthalt auf der Intensivstation geplant.
Ich rufe meinen Bruder Tom an und bitte ihn, nach Schilderung der letzten OP-Pläne, mit dem Arzt zu sprechen.
Als mein Angehöriger, aber auch als Arzt.

Ich merke, dass ich jetzt mit dieser Situation nicht allein sein möchte. Das Gespräch zwischen den beiden Ärzten findet auch statt. Darüber bin auch heute noch froh.
Nicht nur, weil es perverserweise immer gut ist, einen befreundeten oder familiären Arzt mit ins Boot zu holen, sondern auch, weil mein Bruder eine Art Zeuge wird.
Dr. Speerkämpfer schildert ihm die gleiche Situation wie mir, mit nicht richtiger OP usw.
Leider sollte das später nie wieder so beschrieben werden.
Im ersten Entlassungsbrief wird stehen, dass es sich um ein Rezidiv gehandelt hat. Sprich: das eigentliche Problem der ersten OP fällt einfach unter den Tisch.

Meine Eltern, Birgit und auch Adelke kommen vorbei und besuchen mich. Das ist sehr schön.
Auch wenn ich das Gefühl habe, dass ich alle an meinem Bett sitzenden, lieben Menschen trösten muss oder möchte.
Es sind alle bedrückt und voller Sorge.
Ich im Moment nicht.
Ich bin schon fast erleichtert.
Gibt es da doch eine somatische und damit hoffentlich schnelle Lösung für mein superschmerzhaftes Rückenproblem?
Eine OP schaffe ich schon noch.
Am Nachmittag vor der OP habe ich noch keine Ahnung, dass es nicht nur der letzte Besuch von Adelke sein wird, sondern dass sie auch eine Vorbotin für viele Veränderungen ist, die sich in Bezug auf meine Freundschaften in den nächsten Monaten einstellen werden.

Karin wird am 6.Tag entlassen.

Ich werde ein zweites Mal operiert.
Zwischen der ersten und zweiten OP liegen aufgrund von Notfällen fünf Tage.

Ich mag es kaum beschreiben.
Aber! Nach der zweiten OP werde ich zunächst wieder auf die Intensivstation gelegt. Die zwei kurz aufeinanderfolgenden OPs haben mich mehr geschlaucht, als ich erwartet hätte.
Aufgrund der Unverträglichkeiten mag mir auch niemand Schmerzmittel verabreichen.
Ich liege da ohne irgendwelche Medis.
Ich muss da jetzt durch.
Es ist merkwürdig. Die jetzt von mir gefühlten Schmerzen haben nichts mehr mit den vorherigen zu tun.
Damit habe ich nicht gerechnet.

Ich kann es nicht glauben.
Ich versuche, mich an die Aussagen sämtlicher bandscheiben-operierter Freunde und Bekannter zu erinnern.
Ausnahmslos alle sprachen davon, dass sie sich sofort besser bewegen konnten, beziehungsweise keine Schmerzsymptomatik mehr aufzuweisen hatten.
Ich verstehe das nicht.
Nicht mehr.
Vielleicht doch alles psychisch?
Was will oder kann ich gerade nicht sehen?
Meine Eltern sind gekommen. Ich bin echt froh.
Ich gehe mit ihnen alle spekulativen Fragen durch.
Frage immer wieder nach. Fällt Ihnen eine Erklärung ein?
Der Arzt kommt. Ich erzähle ihm, dass es mir nicht wesentlich besser geht. Eher das Gegenteil ist der Fall.
Schmerzen.
„Also, Frau Maschke! Jetzt haben wir aber wirklich alles wegoperiert. Da ist definitiv nichts mehr. Erholen Sie sich mal in den nächsten Tagen und dann ab in die Reha nach BOH."

Es ist Ostern.
Und die Klinik wie ausgestorben.
Das bringt mich in die glückliche Lage, ein Einzelzimmer zu erhalten.
Die Temperaturen draußen sind wie im Hochsommer. Lasse, meine Eltern, Birgit, Helga, Senta, Kay, Eva und Familie, Jört, Silke und Kids, Shorty, Anke und Familie, Marlis, Maria und Frau Anuuk, Patricia, Elkes, Kerstins … .
Alle waren da.
Das ist so schön. In kurzen Hosen. T-Shirts. Alle gut drauf.
Haben mir die Sonne von draußen mitgebracht. Irgendwie dufteten alle nach warmem Frühling. Wenn sich nicht doch alle auch so langsam Sorgen machen würden ...
Ich kann wirklich nur unter Schmerzen, wahnsinnigen Schmerzen, aufstehen. Liege ich ganz ruhig, geht es.
Sobald ich mich drehe, krampft es im Rücken.
Merkwürdig.
Auch das linke Bein lässt sich nicht von alleine bewegen.

Ich bestehe, auch wenn es für mich nur Unannehmlichkeiten bedeutet, darauf, dass mir doch bitte abends meinen Schlafanzug aus dem Schrank an mein Bett gelegt wird. Allein diese Hilfestellung erzeugt neuen Unmut bei einer Schwester:
„Müssen Sie denn immer Extrawünsche haben? Können Sie sich nicht morgens entscheiden, was Sie die nächsten 24 Stunden anziehen möchten? Sie liegen doch sowieso nur im Bett."

Eben! Und deshalb entscheide ich mich auch gern für ca. 12 Stunden, was ich anziehen möchte. Und dann erneut ... noch mal für die Nacht! Wegen der Gefühlswelt und so. Tag und Nachtrhythmus und so. Und überhaupt! Muss ich mich für den Wechsel meiner Kleidung rechtfertigen?
Zähneknirschend und mit deutlich spürbarer Disharmonie bekomme ich meinen Schlafanzug.
Dafür aber kein Zahnputzzeug ...
Man muss wohl Prioritäten setzen, stimmt´s?

Plötzlich steht der Chefarzt, außerhalb der offiziellen Visite, vor meinem Bett. Er ist sich mit Dr. Speerkämpfer darüber einig, dass es sich bei mir um eine dissoziative Somatisierungsstörung handelt.
Also psychisch.
Am nächsten Tag soll ich in die Reha.
Ich weiß nicht, wie der Weg nach BOH, logistisch gesehen, funktionieren soll, aber ich bin einfach nur froh, dass ich diese Klinik verlassen darf.
Es ist so eindeutig, dass ich die Ärzte hier im Krankenhaus nicht mehr von ihrer gestellten Diagnose abbringen kann.
Und inzwischen auch schon gar nicht mehr will.
Ich telefoniere mit Herrn Armando, wie so oft in den nächsten Monaten, um die Diagnosen zu verstehen und auch um handeln zu können. Er ist Psychologe. Er kennt mich doch!
Was sehe ich nicht?
Was läuft hier eigentlich an mir vorbei?
Was bekomme ich nicht mit?
Wieso entstehen immer wieder so aggressive Verhaltensweisen?

Ich verstehe das nicht. Und in Anbetracht der Retro|Perspektive: Es klärt sich auch nicht auf. Irgendwie … nicht!

Mich würde zu diesem Zeitpunkt nur mal interessieren, ob Menschen mit einem psychischen-dissoziativen- somatischen Beschwerdebild keine ärztlichen Hilfestellungen mehr brauchen?
Und/oder erhalten dürfen?????????

029.1 – Paulus-Melchers-Krankenhaus 2010
Immer noch Station D3

Mittag, ca. kurz vor 11:00 Uhr

Die Tür unseres Zweibettzimmers hat sich geöffnet.
Der Krankengymnast für Tante Anna kommt herein. „Anklopfen“ ist bei 70% der Hereinkommenden nicht mehr üblich.
Hiermit sind aber nicht nur die Mitarbeiter des Krankenhauses gemeint, sondern auch die Besucher.
Mal abgesehen von der Tatsache, dass man mit jedem Hereingepolter oder auch einfachen Auftreten in einem Zimmer den dort befindlichen Bewohner schon fast in die Kardiologie befördern könnte… (wegen bekannter oder nicht bekannter Herzvorerkrankung), frage ich mich manchmal, ob irgendjemandem eigentlich bewusst ist, dass man als Patient in einem Krankenhaus 24 Stunden präsent ist. Für alle.
Die Tür abzuschließen ist ja nun mal nicht möglich.
Tag und Nacht der „ewig offenen Tür“.
Hereinspaziert.
Intimsphäre? Ach wat. Diesen Anspruch darf man gar nicht haben.
Otey. Dann aber vielleicht einfach nur mal die Mitteilung in Form von Klopfen und eine kleine, freundliche Ansage. Etwa so: „Huhu! Sie bekommen Besuch!“... würde vollkommen reichen und wäre einfach nett und respektvoll.

„Frau G, wie geht's uns denn heute?“ Tante Anna öffnet ein Auge. Es ist 11:00 Uhr und sie hat gerade ihr 2. Schnarchkonzert an diesem Vormittag absolviert.
Das macht müde, wie ich dank Wikipedia weiß. Sauerstoffverbrauch, obstruktives Schnarchen und so weiter. Das bekommt auch der Physiotherapeut zu spüren.
Tante Anna schließt ihr Auge einfach wieder.
Der junge, sehr junge Mann beugt sich tiefer über Tante Anna, tippt sie vorsichtig an und eröffnet ihr seinen heute beabsichtigten Physiotherapieplan.
Sie öffnet wieder das *eine* Auge. Auch wenn sie zwei völlig intakte, ihrem hohen Alter untypisch gut funktionierende Adleraugen besitzt - eines der beiden menschlichen Fenster darf auch in diesem Moment einfach weiter schlafen. Sie schüttelt vehement und prophylaktisch den Kopf, nachdem sie vorher noch schnell auf ihre Uhr, die auf dem Nachttisch

steht, geschaut hat … Das Mittagessen ist schon fast da und alle Termine, die sich in Richtung Zeitfenster „Mittag“ bewegen, lehnt Tante Anna kategorisch ab.

Hierbei macht sie auch keine Unterschiede danach, ob an ihrem Bett ein Arzt, das Pflegepersonal, Krankentransporter oder ihre Familie stehen.

Essen ist heilig!

Der Krankengymnast versucht es weiterhin: „Wenn wir uns beeilen, Frau G., dann schaffen wir noch so´n Ründchen auf dem Flur.“

Tante Anna wirft mir einen skeptischen Blick zu.

Das hat jetzt nicht nur mit der bevorstehenden, körperlichen Aktivität zu tun, sondern auch mit (und dafür lege ich meine Hand ins Feuer) ihrer Schwerhörigkeit.

Je lauter und schriller man mit ihr spricht, umso weniger versteht sie. Leider haben das die meisten Menschen um uns herum immer noch nicht gemerkt.

Ich glaube aber nicht, dass Tante Anna das auf irgendeine Art und Weise großartig stört, geschweige denn, dass sie irgendjemanden auf ihre Schwerhörigkeit hinweisen möchte.

Sie ist die Ruhe in Person.

„Machen Sie mal. Machen Sie mal alleine, junger Mann.“ Der nette Physio versucht es noch mal: „Ich würde aber gerne mit Ihnen zusammen über den Flur gehen, Fr…“

Tante Anna unterbricht ihn energisch. Ihre Geduld ist erschöpft.

„Nee, nee! Ich bin doch jetzt müde und gleich kommt das Mittagessen.“

Physio: „Ja, aber das dauert doch noch eine halbe Stunde.“

Tante Anna: “Nee, nee! Geh´n Sie mal allein. Ich war gestern schon!“

Aha!

Ich tue so, als würde ich lesen.

Beiße ganz doll auf die Innenseiten meiner Wangen, damit ich nicht laut loslache.

Der „Herr Krankengymnast“ gibt nicht auf und ist weiterhin sehr bemüht.

Seine Stimme wird immer lauter und schriller.

Leider hat er immer noch nicht mitbekommen, dass sich seine Tonlage und die damit verbundenen steigenden Frequenzen immer weiter von der Hörkapazität seiner Patientin entfernen.......

Was meine Bettnachbarin aber auch nach wie vor nicht weiter beeindruckt.

Sie atmet entspannt aus.

Er versucht es weiter. Diesmal mit *noch* mehr Körpernähe und *noch* weiterem Vorbeugen. Sein Gesicht ist jetzt sehr nah an dem Gesicht seiner null Bock habenden Patientin.
Ich weiß nicht, ob ich Tante Anna da jetzt irgendwie eine listige Absicht unterstelle (?!), aber aus meiner Sicht nutzt sie diese Situation schamlos und (besonders für mich als Zuschauer) faszinierend aus:
Tante Anna rülpst dem armen Physio nämlich die gesamte Luft (!!!) der letzten vier Gastroskopien ins Gesicht!
Dieser weicht erschrocken zurück und stellt sachlich fest, dass das Diskutieren mit Tante Anna jetzt so viel Zeit in Anspruch genommen habe, dass die Physioeinheit just in diesem Moment beendet sei, und man es ja morgen noch mal versuchen könnte. Ob er es aber dann schafft, zu kommen, weiß er auch noch nicht. Aber vielleicht eine Schülerin.
Tschüss! Und die Tür fällt zu …

Ich versuche, mit ernstem Ausdruck Blickkontakt mit Tante Anna aufzunehmen.
Sie hat sich auf die Seite gedreht.
Gesicht in meine Richtung. *Ein* Auge auf.
Sie lächelt.
„Gibt doch in einer Viertelstunde Mittagessen, oder? Dann ruh´ ich mich noch kurz aus ...“, flüstert sie in ihr zurechtgeknuddeltes Kopfkissen ...

Die These, dass Menschen, wenn sie auf der Seite liegen, nicht schnarchen, kann ich in diesem Moment nicht bestätigen.

Es kann doch eigentlich nicht so schwer sein,
zur Ruhe zu kommen und gesund zu werden, oder?

030 – Retro|Perspektive – immer noch der Rücken

April 2009

Ich habe zunächst Glück.
Die mir empfohlene Reha-Klinik in Bad Oeynhausen hat Plätze frei und ich kann übergangslos vom Krankenhaus dorthin wechseln und so direkt mit der stationären Therapie anfangen.
Ich weiß nicht, ob es schon ein schlechtes Omen ist, aber der Taxifahrer, der mich von O-City nach BOH bringen soll, weiß eigentlich gar nicht so richtig, wie man zum Kurort kommt. Geschweige denn, wo die Klinik überhaupt liegt. Ein Navigationsgerät hat er auch nicht an Bord.
Aber! Ich weiß, wo die Stadt liegt, und es kann ja eigentlich auch nicht so schwer sein, sich vor Ort durchzufragen, denke ich noch zukunftsfreudig. Leider wird dieser Optimismus jäh gestoppt. Ich habe solche Schmerzen und bin so unbeweglich, dass ich gar nicht weiß, wie ich in das Standardtaxi einsteigen soll. Der Weg vom Zimmer runter zum Eingangsbereich war schon nicht ohne. Jede Unebenheit im Boden gehörte den Schmerzrezeptoren meines Rückens. Als ich mich auf der Station vom Pflegepersonal verabschieden möchte, ist niemand aufzufinden.
Ich bin verwundert. Irgendjemand rennt doch hier immer herum?
Jetzt gerade nicht. Und wie sich herausstellt, hat auch der Taxifahrer schon meine sämtlichen Papiere für die Reha.
Ich bin also entlassen. Wir können los.

Na dann, Tschüss, ... erst mal.

Das Einsteigen ins Taxi erweist sich als 1. Albtraum.
Ich habe weder ein Korsett noch irgendeine andere Stütze. Es ist für mich unmöglich, die gut einstündige Fahrt bis nach BOH so, ohne orthopädische Hilfsmittel, schmerzarm durchzustehen. Das ist mir jetzt schon klar.
Ich versuche noch mal, aus dem - wie mir jetzt auffällt - sehr alten Auto auszusteigen und baue mir aus meinem Knuddel-Kissen eine provisorische Alternative zum nicht vorhandenen Korsett oder dem ebenfalls nicht vorhandenen Spezialsitz für „Frisch-am-Rücken-Operierte", geeignet für eine „anderthalb-Stunden-ohne-genaue-Zielvorgabe-A30-Huckelpisten-Schlagloch-Erdkrater" - Tour.
Der Taxifahrer hat noch eine Decke, die er mir freundlicherweise für die Exkursion mit dem Ziel „Erholung" leiht und in meinem Rücken platziert. Gerade noch rechtzeitig setze ich mich ins Auto. Meine Beine machen schlapp. „Naja!", denke ich mir noch, die aufkeimende Panik unterdrückend, „ist ja auch schon zwei Wochen her, dass ich so viele Meter hinter mich gebracht habe."
Es geht los.

Eigentlich bin ich ja immer sehr an den Geschichten anderer Menschen interessiert, doch jetzt kann ich mich überhaupt nicht auf ein Gespräch mit dem Taxifahrer konzentrieren.
Die A30 ist erwartungsgemäß eine Katastrophe. Überall Schlaglöcher. Der Taxifahrer und ich haben schon nach wenigen Metern eine gemeinsame Gefühlsebene, die da folgende wäre:
Angst.
Er: Angst um sein Taxi, einen Mercedes-Oldtimer.
Ich: Angst um mein menschliches Gerüst. Mittelalt.
Und schaut man sich meine Probleme und die des Autos im Detail an, fällt auf, dass auch die weitere materielle Basis unserer Angst identisch ist:
Stoßdämpfer.
Ich würde auch mal behaupten, dass die Fahrgestelle „unserer beider Angstobjekte" identisch alt sind.
Bis zu diesem Augenblick ist mir die Ähnlichkeit zwischen Taxis und Menschen noch nie so bewusst gewesen.
Mal sehen, wer sich von uns beiden robuster gibt …

„Autostoßdämpfer" gegen „Bandscheibenstoßdämpfer".
„Bandscheibenstoßdämpfer" gegen „Autostoßdämpfer".
Mensch gegen Maschine.
Maschine gegen Mensch.
Ich bin wirklich gespannt, wer von uns beiden länger durchhält.

Bis zum Kurort schaffen wir das noch ganz gut.
Der Taxifahrer steuert gleich die erste Tankstelle an, um sich nach dem Weg zu erkundigen. Die Auffahrt zur Tankstelle fühlt sich in meinem Rücken an, als hätten wir einen Fels übersehen und wären versehentlich einfach drüber gefahren.
Die Schmerzen werden immer stärker. Aber! Es ist fast geschafft! Nach weiteren 10 Minuten sind wir am Ziel. Ich bin so froh, dass ich mich mental in der Lage fühle, mal schnell aus dem Auto springen zu können …Ich werde gestoppt, da sich zwar mein Kopf in Richtung Beifahrertür bewegt, der Rest des Körpers aber nicht folgen will.
Ich komme nicht aus dem Taxi. Nichts geht mehr.
Ich weiß vor Schmerzen nicht, wie ich mich hinauskatapultieren soll.
Irgendwann geht's doch.
Der nette Taxifahrer hat einen Rollstuhl besorgt.
Mannomannomann. Das ist mir vielleicht unangenehm und peinlich.
Okay. Ruhe ich mich erst mal aus und lauf dann später los, denke ich voller Zuversicht.
Ich werde auf die Station gerollt.
Die diensthabende Krankenschwester ist sichtlich über meine nicht ganz rehafähige Konstitution erstaunt. Ist aber sehr nett. Fragt nach, ob es da

vielleicht ein Versehen mit der Anmeldung gegeben habe. Ob ich tatsächlich für die orthopädische Station vorgesehen sei? "So wie Sie sich hier gerade präsentieren, wären Sie doch vielleicht eher ein Fall für die Frühreha, oder?"
Ich verneine diese Überlegung. Alles richtig. Ich muss mich gerade nur von den zwei Operationen und der Fahrt hierher erholen; morgen bin ich bestimmt wieder fit! Sie ist skeptisch und holt mir erst mal einen Tee.
Das ist sehr lieb.
Plötzlich steht der Rehaarzt vor mir und will das ihm natürlich direkt und brühwarm geschilderte Drama im Patientenzimmer in Augenschein nehmen.
Er schüttelt den Kopf. Sämtliche Untersuchungen werden meinerseits mit einem tonlosen Wehklagen begleitet. Er sieht es meinem Gesicht trotzdem an. „Okay, Frau Maschke. Dann werden wir *das* mit Ihnen mal in den nächsten Tagen beobachten."
Ich melde mich für „Essen im Speiseraum" an. Auf keinen Fall will ich hier weiter im Bett rumliegen.
Mehrere Gehversuche meinerseits scheitern, aber Schwester Katharina ist so lieb und rollt mich im Rollstuhl runter ins Erdgeschoss.
Und ist eine richtig gute Idee. Im Nachhinein betrachtet ist es sogar das Beste und Schönste, was mir in meiner gesamten Reha-Zeit passieren sollte. An dem mir zugeordneten Tisch sitzt nämlich Katja.
Wie sich im Laufe der Zeit herausstellen wird ist sie eine meiner Lebensretterinnen (auch wenn sie das nicht gerne hören mag).
Ich sitze mit ihr noch keine Minute am Tisch und habe das Gefühl, sie schon eine Ewigkeit zu kennen. Eine ganz merkwürdige, fast schon unheimliche Vertrautheit. Natürlich tauschen wir Diagnosen und familiäre „Eckdaten" aus. Wir philosophieren noch während unseres ersten Abendessens, als würden sich alte Freundinnen treffen und quatschen.
Da wir mit den schrägsten Mitpatienten der Klinik am Tisch sitzen, kommunizieren wir zwischendurch nonverbal.
Unsere Mitpatienten wollen sich nicht unterhalten, schließlich haben sie genug zu tun, sie nehmen Nahrung auf. Warum dann noch mit anderen Menschen kommunizieren?
Der Instinkt des Überlebens, des nicht Verhungerns, kommt erfolgreich zum Einsatz.
Okay. Jeder hat ja seine eigene Art zu essen. Vielleicht erscheine ich jetzt auch überheblich. Ich kann mir immer nur nicht vorstellen, dass sich Menschen zu Hause so benehmen würden, wie sie es an unserem Tisch tun. Keiner würde seinen Esstisch wie ein Schlachtfeld hinterlassen, oder? Und warum dann ausgerechnet hier? Nur weil da Serviererinnen sind, die aufräumen?
Unsere „Jäger" verlassen die Höhle kommentarlos und begeben sich sprunghaft wieder auf die Jagd...

Na, dann mal Tschüss.
Katja und ich sitzen zunächst alleine an unserem Fünfpersonentisch.
Später kommt noch Helmut, ein weiterer lieber Mitpatient, dazu.
Es wird sogar richtig gemütlich, nachdem wir das Schlachtfeld aufgeräumt haben...

Gleich an meinem ersten Abend verweile ich mit Katja und Helmut so lange im Speiseraum, bis wir von der Serviererin „hinausgeworfen" werden. Katja bringt mich nach oben in mein Zimmer.

Das Sitzen, so schön es war, hat die Schmerzen und Krämpfe verstärkt. Ich bekomme so gerade meine Schuhe abgestreift. Lege mich angezogen ins Bett. Bis Mitternacht versuche ich noch diverse Male, mich umzuziehen. Dann gebe ich irgendwann auf.
Schlaf ich halt in den Klamotten. Auf die Idee, jemanden um Hilfe zu bitten, komme ich erst zu spät. Das Pflegepersonal hat schon längst Feierabend.

Am nächsten Morgen werde ich von Schwester Katharina geweckt. Sie erkundigt sich, wie es mir geht und fragt, ob ich mir vorstellen kann, unten im Speiseraum zu frühstücken? Außerdem hat sie mir schon meinen vorläufigen Therapieplan mitgebracht. Neben diversen Pflichtvorträgen über gesunde Ernährung, „schonende aber effektive körperliche Aktivitäten im Alltag nach Bandscheibenoperationen", sowie „Leben mit einer Endoprothese", stehen auch Physiotherapie und Lymphdrainage auf dem Plan.
Super!
Ich bin motiviert und freue mich sehr, dass es endlich mit der Krankengymnastik und, für mich automatisch damit verbunden, in Richtung „Gesund werden" losgehen kann.
Mein Optimismus bekommt einen kleinen Stich, als ich versuche mich zu bewegen, um aus dem Bett Richtung Badezimmer zu kommen. Gemeinsam schaffen es Sr. Katharina und ich, mich ins Badezimmer zu bugsieren.
Erst mal Duschen.
Ich finde, Duschen ist ein wundervolles Heilmittel.
Für alles.
Psychisch wie physisch.
Allerdings brauche ich dafür auch eine bestimmte Wassertemperatur. Die Gradzahl des Wassers beträgt laut Thermostat angebliche 35° C.
Gefühlt scheinen es aber nur 15,5° C zu sein.
Ich friere. Meine Muskeln erstarren und ich fange tatsächlich unter der Dusche an zu zittern.
Super.

Ich überlege noch kurz, ob ich einfach warte, bis das Zittern der Muskeln sich in Wärmepotenziale umwandelt und vielleicht dadurch meine Muskulatur entspannen lässt...
Ich habe noch nicht zu Ende gedacht, da schleiche ich mich Zentimeter für Zentimeter doch lieber aus der Dusche. Ich trockne mich ab und zelebriere meine morgendlichen Rituale. Es klopft an der Tür und ich werde von Katja begrüßt, ob ich keine Lust auf Frühstück gehabt hätte?
Ich bin etwas verdutzt und muss dann aber feststellen, dass sich meine „schnellen Bemühungen", zum Frühstück zu kommen, gute 1 1/2 Stunden hingezogen haben ...
Der Speiseraum ist inzwischen zu und wird für das Mittagessen vorbereitet.
Schwester Katharina kommt und informiert mich, dass der Stationsarzt mich erneut sehen möchte.

Er erkundigt sich nach meinem Befinden und erklärt mir, dass sämtliche physikalischen Anwendungen für die nächsten zwei Tage gestrichen sind, das Team mich aber „dafür" beim Psychotherapeuten angemeldet hat.
Dafür?
Wofür?
Ich bin über alle Maßen enttäuscht.
Mein Gesicht scheint Bände zu sprechen. „Wir möchten, dass Sie sich in den nächsten zwei Tagen erst mal ausruhen. Danach sehen wir weiter. Zwei Operationen innerhalb so kurzer Zeit sind einfach auch Stress für den Körper. Außerdem werde ich mich noch mal bei den Kollegen in O-City erkundigen. Ihre körperliche Konstitution ist mir irgendwie nicht ganz schlüssig. Wir treffen uns morgen noch mal zur Chefarztvisite."

Am nächsten Tag stehen zwei Doktores vor mir und erläutern mir ihr Telefonat mit den O-City-Kollegen.
Sie sind der Meinung, dass es sich um dissoziative Schmerzen handelt. Ich einfach mehr Zeit zur Erholung brauche als andere Menschen.
„Das wird man in den nächsten Tagen zu beobachten wissen!
Versuchen Sie mal, unseren schönen Park zu genießen. Und überwinden Sie einfach mal, bezüglich ihrer Mobilisation, ihren inneren Schweinehund. Gehen sie ins Bewegungsbad oder ins Dorf. Eis essen, Kino, etc. ... .
Wir sehen uns dann Ende der Woche zu einem erneuten Gespräch wieder. Schönen Tag noch, Frau Maschke!"
Schöne Vorschläge. Wunderbare Ideen.
Wenn da nicht der angebliche imaginäre Schweinehund wäre.
Meine Bewegungen werden immer weniger.
Das Pflegepersonal hat die Aufforderung, mich nicht mehr in den Speisesaal zu bringen.
Ich soll ja mobil werden.

Katja, Karin und Helmut leiden tierisch mit mir mit.
Es geht nichts mehr.
Ich kann mir weder die Schuhe anziehen, noch komme ich alleine aus dem Rollstuhl raus.
Anziehen/Ausziehen geht auch nicht.
Wenn ich auf der Bettkante, mithilfe meiner drei Musketiere und oft auch Katjas Mann Micha, angelangt bin und dann womöglich das von mir linksseitig stehende Telefon klingelt, habe ich null Chance, daran zu kommen.
Katja wird dann immer schon ganz nervös.
„Los, komm. Versuch zu telefonieren. Wenn es vielleicht was Wichtiges ist."
Ist mir egal.
Ich lege mich hin.
Inzwischen bedeutet jede kleine Muskelbewegung einen Krampf.
Der geht eindeutig vom Rücken aus und lässt meinen gesamten Körper schmerzhaft erstarren.
So schmerzhaft, dass ich nicht mal mehr heulen kann.
Das würde auch gar nicht gehen.
Das unterdrücke ich in sentimentalen Momenten lieber, da ja auch Weinen oder Schluchzen wiederum Muskelkontraktionen erzeugen …

Katja holt mich zum Essen ab.
Es ist eine Tortur.
Jede Unebenheit, besonders jede Fuge des gefliesten Fußbodens, gehört mir und erzeugt bis zum Speiseraum 13 Krämpfe.
Katja, die Arme und Tapfere, wartet jede Attacke ab.
Wir brauchen für den Weg runter 15 Minuten.
Irgendwann sind wir am Tisch angelangt.
Als ich versuche, den Tee mit einem Löffel umzurühren, verkrampft sich mein Rücken so dermaßen, dass der in meiner Hand befindliche Löffel zwei Tische weiter fliegt.
Nun bin ich an einem Punkt angelangt, an dem ich mir das Heulen doch erlaube.

Wir sind alle total fertig.
Zurück auf der Station ist Schwester Katharina schon über das Ereignis im Speiseraum informiert worden. Sie spricht mit mir und versucht, die Situation zu erfassen. Man merkt auch bei ihr, dass sie unsicher und hilflos ist. Sie rollt mich zum Stationsarzt. Der lässt sich die Situation der letzten Tage erläutern.
Schulterzucken und Resignation seinerseits.

Er hat mit seinen Kollegen in O-City bereits mehrfach gesprochen. Die Sache ist für sie klar: Psychisch! Und braucht Zeit.

„Es ist ihre Entscheidung, wann Sie die Piratenkiste mit der darin liegenden Schatzkarte zum Gesundwerden öffnen und lesen wollen, Frau Maschke!“
Das habe ich gerade noch gebraucht: Tipps, um das Abenteuer des Lebens zu bestehen ...
„Genießen Sie das Wochenende und wir sprechen uns dann nächste Woche.“

Hatten wir diesen Satz nicht schon mal?

Schön, dass ich jetzt nicht alleine bin und völlig fassungslos dasitze. Schwester Katharina schüttelt nur den Kopf.
Auf dem Weg in mein Zimmer bespricht sie mit mir einen Notfallplan bezüglich Mobilität, Anziehhilfen, Essen, Waschen, frischer Luft, Spazierengehen, etc.
Katja, Micha, Helmut und Karin sind auch mit involviert. Ich habe gegenüber meinen lieben Mitpatienten ein echt schlechtes Gewissen und kann nur sehr schwer deren Hilfe annehmen.
Mannomann.
Das kann doch nicht sein.
Wenn diese lieben Menschen sich nicht um mich kümmern würden, was dann?
Das kann doch nicht sein, dass drei gerade frisch operierte Patienten in der Reha einen anderen Patienten pflegen müssen?
Das ist doch nicht normal!

Dass ich da größtenteils hängen gelassen werde, nur weil irgendwelche Ärzte fernab in O-City meinen, ich solle mich zusammenreißen, alles psychisch???

Man braucht also einen psychisch kranken Menschen nur im Alltag zu ignorieren und dann wird er wieder gesund?

Also, faktisch gesprochen: wenn mein Hunger so groß ist, dass ich es nicht mehr aushalte, werde ich schwuppdiwupp meine psychischen Wehwehchen zur Seite legen? Hier im Zimmer für den Moment platzieren und ausruhen? Dann aus diesem Rollstuhl aufstehen und im Galopp nach unten rennen? Mit einem strahlenden Lächeln im Gesicht, vorbei an allen Ärzten, Krankenschwestern, Physios???
Juhu! Ich habe gerade so großen Hunger bekommen, dass meine Beschwerden nur noch sekundär sind! Ach, was sage ich: Ich habe Hunger und hatte eigentlich nie Schmerzen!
Oder: Die Schmerzen sind weg, gebt mir einfach was zu essen!?
Und wenn ich gegessen habe, können wir auch gleich mal so richtig mit der Reha beginnen!

Aha.
Gut.
Ich vermute jetzt mal, dass ich aufgrund der Schmerzen nicht allzu großen Appetit habe.
Schade.
Hunger, bzw. Essen ist für mich also momentan auch kein guter Motivator, um mal wieder in Bewegung zu kommen.
Es wird also ein bisschen dauern, bis ich mich trotzdem für diese Variante entscheide.
Heute ist Freitag.
Na? Okay.
Wenn der Hunger dann spätestens Sonntagabend eintritt ... dann passt das doch ...
Montag könnte ich mit hundertprozentigem Einsatz beginnen ...

Ich erzähle Katja meine Erkenntnis.
Sie lacht und eröffnet mir, dass sie mit den anderen schon meine Versorgung für die nächsten Tage besprochen hat.
Sie sagt auch ganz ehrlich, dass sie zwischendurch alle eine Auszeit von mir brauchen. Da sie auch nicht mehr wissen, wie sie mir helfen können, es aber so gerne würden.

Die Lieben!

Ich werde mit tollen, gesunden, laktosefreien Leckereien und Büchern sowie selbst erfundenen Rätseln versorgt.
Da ich alleine in einem Zimmer mit Doppelbett liege, treffen wir uns hier auch immer gemütlich zum „Wer wird Millionär?"-Gucken. Jugendherbergsflair.
Oh je. Es sind alle so lieb besorgt.
Zwischendurch bekommen meine Musketiere etwas Entlastung, da am Samstag, Gott-sei-Dank!, meine Eltern kommen.
Sie retten mich aus meiner neun Quadratmeter großen Höhle und fahren mit mir in ein nahegelegenes Einkaufszentrum.
Ich brauche einiges an Lebensmitteln, da die Klinikküche mit meinen diversen Unverträglichkeiten nicht klarkommt und mir ständig für mich nicht genießbares Essen präsentiert oder auch glutenfreies Essen nicht so einfach bestellen kann.
Erst nächste Woche.
Dann bin ich mit meinem Essproblem aber auch schon über eine Woche vor Ort ... Ich will jetzt nicht jammern.
Wie gesagt: Katja und Co hatten mir schon viele Lebensmittel mitgebracht.
Kleinigkeiten sowie diverse Hygieneartikel fehlen mir noch.

Also bugsieren mich meine Eltern in den Rollstuhl und ins Auto, um ins Einkaufszentrum zu fahren.
Nie werde ich diesen Shoppingvormittag in meinem Leben vergessen ...
Kann mir irgendjemand erklären, warum es in einem Kurort so viele Rechts-vor-links- Straßensituationen gibt?
Ich dachte, ich überlebe es nicht.
Ständig stoppen, anfahren, stoppen, anfahren, stoppen, ...
Alles schmerzhafte Grüße an meinen Rücken. Ich kann es gar nicht beschreiben ... Noch nie sind mir so viele kontraproduktive rückenmuskulaturbedingte Straßensituationen aufgefallen wie in dieser Zeit.
Eine weitere für mich ungünstige Bodenbeschaffenheit muss ich dann am nächsten Tag krampfhaft erfahren ...
Aber trotzdem ist das Einkaufen – auch rein visuell – eine prima Abwechslung.
Außerdem gehen wir noch einen Tee und Kaffee trinken.
Das ist dann auch mit Schmerzen sehr schön.

Sonntag!

Ich freue mich riesig!
Birgit, meine beste und langjährige Freundin, kommt aus Gütersloh.
Weiß natürlich von meiner momentanen Situation. Will mich, ein bisschen Ablenkung tut der Psyche ja auch bekanntlich gut, ins Dorf zu einem Käffchen einladen.
Wir rollen los. Sie schiebt mich. Nach zweihundert Metern kommt: Kopfsteinpflaster!!
Super! Ich brauche ja jetzt nicht mehr zu erklären, was das bedeutet??
Birgit trägt mich samt Rollstuhl über das Kopfsteinpflaster.
Geschafft! Leider nur fünfzig Meter. Da kommt schon das nächste Areal mit riesigen Hinkelsteinen.
Wieso wohl eine Stadt, ein anerkannter Kurort mit **752** Kliniken, davon größtenteils orthopädische / neurologische Fachkliniken, im gesamten Innenstadtbereich mit Kopfsteinpflaster ausstaffiert ist?
Das verstehe ich nicht.
Das versteht niemand.
Ich bin doch hier nicht die einzige mit Rücken und Rollstuhl.
Ich finde, Patienten sollten mehr in die Städteplanungen von Kurorten miteinbezogen werden, oder?
Die Situation ist so tragisch-komisch, dass wir beide nur noch lachen können.
Jede Lachsalve hat leider ähnliche Nebenwirkungen wie Weinen:
Sie löst natürlich auch Krämpfe aus.
Wir schaffen es bis zum nächsten Café.

Ich kann mich überhaupt nicht mehr nach vorne beugen, um zum Beispiel das Teeglas in die Hand zu nehmen.
Birgit, die Liebe, schiebt mir immer schon das Glas bis zum Tischrand. Das verkürzt zwar den Weg von der Hand zum Mund, ändert aber nichts an dem Winkel. Es folgt ein Krampf nach dem anderen. Ich will nicht aufgeben. Ich hasse Situationen wie diese. Man ist so machtlos.
Der Kopf hat ganz andere Dinge vor als der Rest des Körpers.
Birgit steht auf und verschwindet. Kommt wieder und hat mir einen Strohhalm mitgebracht.
„'Ne Schnabeltasse habe ich nicht auftreiben können!"
Danke.
Ein Teil unserer wunderbaren Freundschaft ist, dass wir nicht den Ernst der Lage verkennen, aber trotzdem lachen können.
Zumindest für eine Zeit. Oder in Sequenzen. Die Themen bleiben bestehen, aber Lachen, Kichern, Schmunzeln, Lästern verschafft einem eine kleine Denkpause, und man kann dann auch später wieder an die bestehende Problematik anknüpfen.
Ich empfinde das immer als Energieschuss in sämtliche Gehirnareale und für meine Seele.
Das Schwert für den gerade noch bestehenden Gordischen Knoten ist aus der Scheide gezogen und die Durchtrennung des Problems scheint nahe.
Eines der ganz besonders kostbaren Privilegien unserer Freundschaft.
Es gibt Menschen, die dieses Verhalten als humoristische Fassade bezeichnen und mir das auch oft vorgeworfen haben.
Ich kann denen nur empfehlen: Lacht doch mal!

Kann doch nicht so schwer sein, wieder gesund zu werden, oder?

Das Wochenende geht zu Ende.
Am Sonntagabend liegen immer die Therapiepläne für die kommende Woche in den patienteneigenen Briefkästen. Helmut platziert mich nach dem Abendessen am Fahrstuhl und besorgt die neuen Nachrichten. Aus der Distanz betrachtet, erinnert mich das Gewusel vor den Postkästen an einen Bienenstock. Nicht nur die Bewegungen, auch das Summen in Form von Stimmengemurmel ist dem Verhalten der fleißigen Tiere gleichzusetzen.

Spannend ist, dass kaum jemand zufrieden ist.
Entweder zu wenige oder zu viele Anwendungen.
Die Frage stellt sich mir nicht.
Ich habe keinen Therapieplan bekommen.
Aber einen Zettel mit der Notiz, dass ich morgen erneut zur Visite ins Arztzimmer kommen soll.

031 – Retro|Perspektive – Bad Oeynhausen 2009 Montag, neue Woche in der Reha

Mir geht's nicht besser und das schildere ich auch dem Arzt.
Schulterzucken seinerseits und die Androhung (so empfinde ich das als Patient natürlich), dass man, sollte sich mein Zustand in den nächsten Tagen nicht doch langsam verbessern beziehungsweise ich keine Ambition zur Mobilität zeigte, über anderweitige Maßnahmen nachdenken müsse. Zum Beispiel über einen Aufenthalt in einer Klinik mit Schwerpunkt Psychosomatik.
Hier könne es auf keinen Fall so weiter gehen.
„Das kostet den Rententräger auch einfach zu viel Geld. Und zusätzlich blockieren Sie anderen, wirklich rehabedürftigen Menschen auch den Therapieplatz."

Das mit dem Blockieren eines Therapieplatzes kann ich sogar nachvollziehen. Schließlich habe ich immer noch keinen Therapieplan und verbringe quälende 24 Stunden täglich hier in der Institution, ohne dass was passiert.
Der Arzt telefoniert mit einem Physiotherapeuten.
Für den Nachmittag bekomme ich meine erste Therapiesitzung.
In der Muckibude.
Aha.
Wenn, dann auch gleich dicke.
Hätte man nicht eine leichte krankengymnastische Einheit wählen können?
Katja bringt mich, kopfschüttelnderweise, in den Kraftraum.
Der nette Physiotherapeut schüttelt ebenfalls sein Haupt und lässt ein mir sehr verständliches *"Aha!"* aus seiner Kehle entweichen. Sympathisch.
Ich glaube, er versteht meine und Katjas Bedenken. Also zumindest was diese netten, mir gegenüberstehenden, Gerätschaften anbelangt.
Er rollt mich an ein Monstrum aus Eisen ran. Mich erinnert dieses Bauwerk an mittelalterliche Foltergerätschaften. Da sind auch irgendwie so merkwürdige mittelalterliche Zugseile dran.
??????
Und irgendwie liegen da, wohl noch von meinem Vorgänger, 50 Kilo Gewichte drauf. Ich setze an, um die Gewichte zu stemmen. Aber natürlich geht das gar nicht.
Jeder Versuch, auch wenn die Gewichtsscheiben schon reduziert wurden, wird synchron von Krämpfen begleitet.
Die von mir geforderte Zugkraft liegt irgendwann bei null Kilogramm.
Aber das macht auch nichts. Wir stellen fest, dass das Gewicht gar nicht relevant ist. Allein die Zugbewegung nach vorne löst im Rücken einen

Spasmus aus. Das Horrorszenario geht an verschiedenen Sportgeräten weiter. Irgendwann haben wir alle Geräte ausprobiert.
Dann hören wir auf.
Beziehungsweise gibt mir der „Herr Sporttherapeut“ einen Holzstab in die Hand ...
Definitiv letzter Versuch.
Den Stab soll ich mit beiden Händen greifen und die Arme dabei ausstrecken.
Das klappt bis zur Hälfte.
Dann schießt ein so heftiger Schmerz aus meinem Rücken in meine Arme, dass ich das Halten des Stabes nicht mehr kontrollieren kann. Und dieser durch den ganzen Raum fliegt.
Leider an den Kopf eines anderen Mitpatienten.
Dem Therapeuten reicht die ihm soeben von mir dargebotene Situation.
Meine Therapieeinheit ist hiermit beendet.
Ich heule los.
Der Therapeut ist so stinkig, dass er direkt mit dem Stationsarzt telefoniert und ihn fragt, ob er noch alle Tassen im Schrank hat, eine Patientin in diesem Zustand in die Muckibude zu stecken.
Sie streiten sich.
Der Arzt schreit so laut, dass meine Mitpatienten und alle weiteren Menschen im Raum hören können, dass er der Meinung ist, dass man mir nur mal richtig in den Allerwertesten treten muss. Und dann sollte das mit der Mobilisation auch schon klappen.
Jetzt schreit auch der Therapeut.
Es ist das erste Mal, dass mich jetzt mal jemand von der medizinischen Seite unterstützt.

Katja und ich werden immer kleiner.
Gut, dass ich schon sitze.
Das Telefonat wird von beiden Seiten beendet.
Katja und der inzwischen dazu gekommene Helmut werden von sämtlichen, weiteren Anwendungen befreit und bekommen die Aufgabe, mich direkt (!) vor das Zimmer des Chefarztes zu katapultieren.
Das will ich natürlich nicht.
Ich will hier raus.
Raus aus dem Schlamassel und das möglichst unsichtbar.
Und fit.

Kann doch nicht so schwer sein, wieder gesund zu werden, oder?

Leider nehmen Katja, Helmut und Karin inzwischen ihre Aufgabe sehr, sehr ernst und lassen sich auf keine weitere Diskussion mit mir ein.
Ein bisschen gemein ist die folgende Gegebenheit schon... schließlich kann ich mich nicht alleine vom Zimmer des Chefarztes wegbewegen, da

das Rotieren der Räder am Rollstuhl so viel Kraft beansprucht ... und die habe ich leider nicht - und schon gar nicht mehr nach meinem gerade absolvierten Fitnessprogramm.
Netterweise klopfen „die Drei“ noch an die Sprechzimmertür.
Dann gehen sie.
Leider reagiert niemand auf das Klopfen.
Der Chefarzt scheint nicht da zu sein.
Kann eigentlich auch mal irgendwas glattgehen?
Ich warte ein paar Minuten. Es tut sich absolut nichts.
Verdammt.
Ich bewege meine Arme Richtung Räder. Ich schaffe es innerhalb von drei Krämpfen, vorsichtig meine Hände auf die Räder zu legen.
Leichte Fingerspitzenbewegungen und Druck nach vorne auf die Räder ... vielleicht komme ich so weiter.
Nach ein paar Minuten lasse ich aber von dieser Idee ab. Ich glaube, ich bin 30 Zentimeter vorwärtsgekommen. Acht Krämpfe in zwanzig Minuten. Das konnte ich auf der Fluruhr beobachten.
Als sich meine Augen nicht mehr allein auf den Minutenzeiger, sondern auch mal auf den Stundenzeiger fokussieren, fällt mir auf, warum es hier in der Verwaltung und im Chefarztbereich so still ist. Es ist nämlich schon 19:00 Uhr.
In mir fällt alles zusammen.
Das gibt's doch nicht.
Ich kann nur hoffen, dass hier in unserem von mir sonst sehr vehement abgelehnten „Big Brother is watching you“-Zeitalter vielleicht doch irgendwo heimlich eine Kamera auf mich gerichtet ist und dadurch dieses „Es steht ein Patient auf dem Flur-Drama“ ein Ende haben kann. Sehen kann ich nämlich keine ....

Es dauert noch einen Moment, da kommen meine drei Mitpatienten und zeitgleich die Chefsekretärin den Flur entlang.
Ahahahahahahahaaaaaa.
Bin ich froh.

Und es hat letztendlich doch noch was Gutes gebracht. Die Chefsekretärin will gleich morgen früh dem Oberhaupt der Klinik von meiner Misere in der Folterburg berichten. Ich hätte natürlich lieber einen anderen Weg eingeschlagen, muss aber spätestens jetzt erkennen, dass es so nicht weitergeht. In den Gesichtern der anderen Drei erkenne ich auch immer mehr Besorgnis und Hilflosigkeit.
Zurück auf meinem Zimmer fange ich an zu telefonieren.
Und das Tolle ist, dass ich an diesem Abend das große Glück habe, nicht nur alle Menschen, die ich telefonisch zu erreichen versuche, auch tatsächlich sofort an die Strippe bekomme. Nein, zusätzlich bin ich in der

glücklichen Situation, mit Menschen sprechen zu können, die mir wirklich Mut machen.
Das tut gut.
Ich spreche mit Birgit, mit Herrn Armando, mit meinen Eltern und mit meinem Bruder. Der arrangiert ein weiteres Telefonat mit seinem Freund Stephen, einem Neurologen.
Wir telefonieren.
Gut, dass er schon von Tom über meine aktuelle Lage informiert ist, so muss ich mit meiner Weh-Wehchen-Story nicht mehr ganz von vorne anfangen. Stephen bemerkt meine schmerzbedingte Zerstreutheit und fängt ganz kategorisch an, mich über die letzten zwei Wochen, die letzten Tage, die letzten Stunden zu befragen.
Das ist die beste Idee überhaupt. So können wir „ruckzuck" das Gesamtpaket Martha analysieren.
Und ich bekomme das erste Mal neurologisch-fachkompetent die Bestätigung, dass mit mir eindeutig was nicht stimmen kann. Stephen zieht auch psychische Varianten in Betracht. Wir dröseln diese Seite an mir ebenfalls auf. Aber was soll ich da großartig berichten? Natürlich komme ich zurzeit auch an meine psychischen Grenzen. Ich merke ja auch, dass mein Ziel, nach drei Wochen Reha einfach wieder nach Hause zu kommen, in eine etwas bedrohliche, zeitlich nicht benennbare Entfernung rückt.
Außerdem habe ich ein Versprechen einzulösen. Ich hatte Lasse versprochen, mit ihm den Sommer zu verbringen. Reiterferien in Lüneburg, Schwimmen, etc. Das war von uns beiden eigentlich schon für die Osterferien geplant. Ich will nicht schon wieder mein Versprechen brechen müssen. Ich freue mich außerdem schon tierisch darauf.
Also. Los geht´s.

Während des Telefonates mit Stephen wird ziemlich schnell klar, dass definitiv irgendwas mit meiner Wirbelsäule nicht stimmt. Als Stephen mich nach dem Ergebnis des letzten Kontroll-MRT´s fragt, stutze ich. Was denn für ein Kontroll-MRT?
„Na! Im Bombast von Hohenheim-Hospital. Das letzte nach der 2.OP! Bevor die dich in die Reha verlegt haben!"
Äh?
Vielleicht ist jetzt meine anfängliche Zerstreutheit wieder aufgetaucht? Ich kann mich an kein postoperatives MRT erinnern.
Ich durchsuche mein Gehirn: nichts.
Ich durchsuche meine Unterlagen: nichts.
Stephen ist erst etwas irritiert, dann skeptisch, dann fassungslos.
„Wie? Du bist innerhalb einer Woche zweimal wegen Rezidiv usw. an der Wirbelsäule operiert worden und hast kein Kontroll-MRT erhalten?"
Definitiv nicht.
„Aber du brauchst eins! Dringend!"

Super! Und wie soll ich *das* den Herren und Damen Doktores mit ihrer vorgefertigten psychischen Diagnose verdeutlichen?
Huhu! Tausche Muckibude gegen Kernspin?
Na, die werden sich freuen und in allem bestätigt fühlen. Wir diskutieren und überlegen die bestmögliche und schlauste Variante.
Also: Ich bin ja dafür, dass mich meine Brüder mitsamt ihren Freunden hier aus der Klinik entführen und „zum Bilder machen“ direkt in ein anderes Krankenhaus bringen.

Dieser Gedanke und viele andere tolle Ideen von mir werden kategorisch abgelehnt.
„Du hast nur eine Möglichkeit“, so Stephen. „Du musst denen so eindringlich und vehement verklickern, was du willst und vorhast, als wenn es um dein Leben ginge.“
Wie Recht er mit dieser Aussage hat, ist uns Gott-sei-Dank zu diesem Zeitpunkt noch nicht wirklich bewusst. Mir jedenfalls nicht.
Stephen und Tom hatten ja schon eine Vorahnung ...
Noch mal: Super!
Das ist ja jetzt genau meine Mentalität:
Immer nach vorne! Auf sich aufmerksam machen und dann noch eine Untersuchung fordern, die nicht nur so was von somatisch ist, sondern auch noch richtig viel Geld kostet.
Und ich wollte doch eigentlich unsichtbar und möglichst fix meine Reha durchziehen!
Mir wird ganz „blümerant“.
Katja kommt mit Helmut, um mir beim Ausziehen zu helfen.
Beide sind von der Kernspin-Idee schwer begeistert.
Das wollte ich jetzt nicht unbedingt hören.
Super! Super! Super-Gut, dass ich noch die ganze Nacht über meine Strategie nachdenken kann.
Irgendwann schlafe ich dann aber doch für eine halbe Stunde ein. Und wache nicht nur mit Schmerzen auf.
Ich fühle meine Beine nicht mehr richtig.
Dafür sind meine Hände umso taktiler und spüren irgendwas Nasses.
Oh, nein.
Ich habe ins Bett gemacht.
Und nichts davon mitbekommen.
Das ist auch mir jetzt ein bisschen too much.
Ein weiteres Problem kommt auf mich zu: Ich kann auch nicht aufstehen, um mein Desaster zu entfernen.
Ich klingele.
Die Nachtschwester kommt.
Sie hilft mir und ruft die diensthabende Ärztin.
Die kommt auch.
Ist ziemlich angenervt.

Es ist 2.00 Uhr morgens.
Fragt mich, wie ich mir den weiteren Rehaverlauf vorstelle. Wartet aber nicht auf eine Antwort meinerseits, sondern schlägt für den nächsten Tag eine Hypnose vor.
HYPNOSE?????
Ich kann es zunächst nicht glauben.
Sie erklärt mir ihren Standpunkt: Ihrer Meinung nach vertusche ich sämtliche Kindheits- und andere Traumata. „Das müsste doch jetzt mal professionell bearbeitet werden!"
Aha.

Hier an dieser Stelle eine kleine Bemerkung: Ich habe bis vor ein paar Minuten noch nie mit dieser Ärztin zu tun gehabt. Und gottlob hatte sie ein Namensschild an ihrem stark zerknitterten und leicht verschwitzt-schmuddeligen T-Shirt, sonst hätte ich nicht mal gewusst, ob ich es hier mit der Kantinenfrau, Raumpflegerin, Mitmenschen welcher beruflichen Qualifikation auch immer oder eben mit einer Ärztin zu tun gehabt habe. Was vielleicht auch egal gewesen wäre, denn wer weiß - die Frau aus der Kantine mit eindeutig viel mehr Menschenkenntnis hätte mir in dieser Situation möglicherweise besser helfen können?
Aber. Diese Kuriosität hat auch was Gutes. Ich mache, dank der vielen Telefonate und Mutmachworte des vergangenen Abends, meinen Standpunkt klar.
Und stoße - auf totalen Widerstand.
Zickenalarm.
Ich merke, dass mir die Argumente ausgehen, und versuche noch eine andere Strategie.
Ich schlage der jungen Ärztin einen Deal vor.
Wenn ich morgen ein Kernspin bekomme, stelle ich mich sämtlichen Hypnotiseuren dieser Welt.
Sie ist über meinen Vorschlag so überrascht, dass sie einwilligt. Vielleicht ist sie auch nur des Redens müde und will ins Bett.
Ist mir aber auch egal.
Ich bin gespannt, was der nächste Tag bringt.

Kann doch nicht so schwer sein, wieder gesund zu werden, oder!?

Der nächste Morgen in der Reha

Es klopft an meine Tür. 7:30 Uhr.
Es ist nicht Katja. Es ist auch nicht Schwester Katharina.
Es ist der Chefarzt.

Zu einem „Guten Morgen!“ oder Ähnlichem ist er offenbar nicht aufgelegt. Er ist sauer über den nächtlichen Deal zwischen der Ärztin und mir.
Wow.
Heute Morgen bekam ich noch leichte Zweifel, ob dieser Deal jemals eine autorisierte Person erreichen wird.
Na, das hat ja wohl schon mal funktioniert …
Das Gebrummel und Gefluche des Chefarztes lasse ich an dieser Stelle jetzt mal aus, da es auch ein paar Minuten später erneut an die immer noch offen stehende Türe klopft und zwei Rettungssanitäter mit einer Liege vor meinem Zimmer stehen. Und die … holen mich – tatsächlich – zu dem bereits organisierten Kernspin ab!
Der Chefarzt schaut sich das Drama, das sich nun zum ersten Mal für ihn ersichtlich abspielt, aus einiger Distanz mit an. Dann kommt er auf mich zu. Hilft den Sanis, mich irgendwie auf die Liege zu bugsieren.
Tätschelt meine Schulter und sagt leise, dass der Termin mit dem Hypnotiseur wohl erst mal nicht stattzufinden brauche. „Wir sehen uns, wenn Sie von der Untersuchung zurück sind, Frau Maschke.“ Ich bin überrascht. Was für eine Wandlung! Vom angesäuerten Chefarzt zum Beobachter, zum Verschwörer ...

Wie ich hinterher erfahren habe, geriet bei meinem Abtransport der halbe Speisesaal in einen positiven Aufruhr.
Das mit meiner Tarnkappe hat wohl nicht so wirklich funktioniert, denn ganz viele Menschen freuten sich einfach nur für mich, dass endlich was passierte …
Mannomann.
Das ist auch im Nachhinein ein merkwürdiges Gefühl …
Aber davon habe ich zunächst nichts mitbekommen.
Um es kurz zu machen: Die Fahrt ins nahe gelegene Krankenhaus, die dortige Untersuchung, und auch die Rückfahrt in die Rehaklinik waren ein Albtraum. Und wenn ich mich zurückerinnere, kann ich jeden Huckel, jeden einzelnen Stein des schon erwähnten Kopfsteinpflasters, die Fliesen im Krankenhaus (samt Fugen!) und den Horrorweg zur Toilette und in die Röhre noch genau nachempfinden!

Ich erhalte viele aufmunternde Worte. Auch vom Radiologen, der nach der Untersuchung direkt Kontakt mit der Rehaklinik aufnimmt und mit dem Stationsarzt telefoniert.
Ich weiß allerdings immer noch nicht, was eigentlich los ist. Der Radiologe möchte es dem Chefarzt überlassen, mich über das Ergebnis aufzuklären. Bevor ich wegtransportiert werde, möchte er noch unbedingt von mir wissen, mit welchen Drogen ich das Dilemma der letzten zwei Wochen ausgehalten habe???????
Zurück in der Reha-Klinik sind meine Sachen schon gepackt.
Ein Krankenwagen, zurück nach O-City, ist bestellt.

Wie bitte?
Ich soll zurück nach O-City?
Zurück in das „Bombast von Hohenheim-Hospital"?
Jetzt hätte ich doch gerne erst die Sitzung bei dem Hypnotiseur.
Und jetzt hätte ich doch auch gerne eine reine psychische Erkrankung!
Ich will nämlich nicht zurück.
Auf gar keinen Fall.
Was habe ich eigentlich?
„Spondylodiszitis!"
Das klingt nicht gut.
Aber trotz meiner Ausbildung habe ich keine Ahnung, was das bedeutet.
Itis = Entzündung. Das bekomme ich noch rekonstruiert. Dann hört es aber auch auf. Ich frage nach. Aufklären will mich jetzt niemand: „Das sollen mal die Kollegen in O-City übernehmen!"
Der Stationsarzt ist sichtlich erleichtert, dass ich jetzt zurück verlegt werde.
Das finde ich jetzt doch etwas unangebracht. Und unfair. Schließlich war er doch derjenige, der mir gegenüber die „Piratenkistenvariante" vertreten hat.
Schwester Katharina klärt mich ein paar Minuten später darüber auf, dass der Arzt nicht nur seit zwei Wochen immer wieder in Kontakt mit dem Hospital steht, sondern auch direkt am ersten Tag versucht hat, mich aufgrund meines schlechten, nicht rehatauglichen Zustandes zurückzuverlegen. Was aber wiederum von seinen O-City-Kollegen vehement abgelehnt wurde.
Aha.
Wieso kann man da eigentlich nicht die betroffene Patientin in die vom Arzt praktizierten Unternehmungen mit involvieren? Mit dem Patienten offen über alles reden?
Also ... mit mir?
Warum wird man immer auf eine Art und Weise für unmündig, bzw. unterbelichtet und doof gehalten?
Wieso kann man nicht kooperieren? Und das für beide Seiten Bestmögliche zu erreichen versuchen?
Kann mir das mal jemand erklären?

Kann doch nicht so schwer sein, einfach wieder gesund zu werden, oder doch?

Ein Fazit des heutigen, sehr aufschlussreichen Tages lautet: Auch leicht imperatorische Chefärzte können zum Helfer und später sogar zum hilfreichen Tröster werden.

032 – Retro|Perspektive – Zwei Stunden später → zurück nach O-City

Ich hatte innerlich verdrängt, dass die Taxifahrt vor zwei Wochen nach BOH ja schon der Horrortrip schlechthin war. Und was jetzt in den nächsten anderthalb Stunden aufgrund der Straßenunebenheiten auf mich zukommt, ist der Albtraum – PUR!
Oder einfach nur Folter.
Die beiden Fahrer des Krankenwagens leiden mit mir unter meinen starken Rückenschmerzen... dabei sage ich gar nichts.
Ich kann mich vor Schock und Schmerz nämlich gar nicht mehr artikulieren. Nach ein paar Kilometern machen sie mir den Vorschlag, dass sie mich auf eine Luftmatratze umlagern könnten. Sofort kommt mir ein Gedanke. Ich frage vorsichtig und zweifelnd nach: „Bedeutet das, dass wir auf dem nächsten Rastplatz anhalten? Sie mich hier raus zerren, umlagern, hochstemmen und wieder in den Wagen reinschieben?“
Die beiden Männer nicken. Wie soll es auch sonst funktionieren?
Ich lehne ab.
Während der krampffreien Intervalle von ca. 15 Sekunden, gefühlten zwei Sekunden, schaffe ich es immer noch, kurz daran zu denken, dass ich auf keinen Fall zurück in das Bombast von Hohenheim-Hospital möchte.
Was soll ich da auch, wenn doch sowieso alles dissoziativ ist?

Irgendwann erreichen wir O-City.
Da auch dieser Rettungswagen kein Navi hat, er ist eigentlich nur für ortsgebundene Fahrten bestimmt, fragt mich der Fahrer nach dem kürzesten und rückenfreundlichsten Weg.
Ich erkenne meine Chance.
DIE GELEGENHEIT ist zum Greifen nahe ...
Für einen kurzen Moment überlege ich, ob ich dem Fahrer vielleicht einfach die Route in ein anderes Krankenhaus erklären sollte ...???
Der kurze Moment war zu lang.

Der Fahrer hat schon Hinweisschilder mit dem Weg in das Hospital gefunden ...

033 – Paulus-Melchers-Krankenhaus 2009
Die „Vagusschlacht“ live in O-City

Mir ist vorhin der zweite ZVK gelegt worden. Ist nicht so gut verlaufen, wie beim ersten Mal.
Leider brauchte ich einen Neuen, da der Erste schon ganz vereitert war und ich auch Fieber bekommen habe.
Diesmal hat der Arzt leider den Vagusnerv getroffen.
Das sind wirklich Schmerzen. Verdammt!
Meine rechte Seite, also Schulterblatt, Arm, Brustkorb, eigentlich alles, tat saumäßig weh.
Ein ganz merkwürdiger Schmerz. Verdammt! Man ist dem Schmerz gegenüber auch so machtlos. Ich hab total schlecht Luft bekommen. Ich fühlte mich wie ausgeknockt. Ich bin echt fertig.
Mir reicht es. Verdammt. Verdammt.
Immer passiert etwas Neues.

Tag danach

Heute, und das verstehe ich mit einem bisschen zeitlicher Distanz ja auch, hat mir der „Verursacher“ der gestrigen „Vagusschlacht“ doch tatsächlich nach dem „Unfall“ sagen wollen, dass Zwischenfälle dieser Art passieren. Wenn auch selten, aber sie passieren. Und das unterschreibt man ja auch schließlich auf dem Aufklärungsbogen ... Natürlich hat er juristisch gesehen recht.
Aber! Wo bleibt denn jetzt an dieser Stelle mal die Menschlichkeit?
Ich habe ja auch gar nicht mit einer Entschuldigung gerechnet, aber jetzt die ganze Geschichte mir in die Schuhe zu schieben und so abzutun, als wäre ich alleine dafür verantwortlich, finde ich doch ganz schön fies.
Was mir stattdessen wirklich geholfen hätte, wäre, wenn einfach mal jemand gesagt hätte:
„Mist. Scheiße. Das ist jetzt völlig daneben gelaufen! Aber wir kriegen das wieder hin.“
Das ist mir doch in so einem Moment wie gestern total und so was von egal, ob ich da was unterschrieben habe, oder nicht!
Ich will einfach nur überleben und verdammt noch mal getröstet werden.
Verdammt. Verdammt.
Jetzt ist die Situation so, dass ich hier in meinem Bett liege.

Supertraurig bin. Alleine bin.
Meine Bettnachbarin schnarcht schon wieder.
Ich das Gefühl habe, aufgeben zu müssen.
Ich will jetzt keine weiteren Schmerzen haben.
Ich will auch keine Schnarchgeräuschkulisse dieser Art mehr haben.
Nee.
Ich will Ruhe. Für Körper, Geist und Seele.

„Lese jeden Tag etwas, was sonst niemand liest. Denke jeden Tag etwas, was sonst niemand denkt. Tue jeden Tag etwas, was sonst niemand albern genug wäre, zu tun. Es ist schlecht für den Geist, andauernd Teil der Einmütigkeit zu sein."

Gotthold Ephraim Lessing

Meine Gedanken sagen jetzt, dass ich mutig nach Hause gehen werde und hier erst mal fertig bin.

Morgen.

034 – Retro|Perspektive – Mai 2009
„Bombast von Hohenheim-Hospital"
Lieferanteneinfahrt, Kellergeschoss,

Ob es wohl ein schlechtes Omen ist, wenn man durch den Ausgang für Leichen in ein Krankenhaus hineingefahren wird?

Ich werde schon von Oberarzt Dr. Speerkämpfer erwartet.
Er lächelt mir süffisant entgegen und begrüßt mich mit den Worten: „Naaaaaaa, Frau Maschke! Was können wir denn jetzt wieder für Sie tun?"

In meinem Kopf geht direkt ein stummer Hilfeschrei los.
Ich versuche, mich zu konzentrieren.
Wie komme ich hier wieder weg?
Konzentriere Dich!
Motorengeräusche dringen an mein Ohr. Jetzt bekomme ich doch etwas Panik. Meine Idee, die Fahrer des Krankentransporters zu bestechen und zu fragen, ob sie mich bitte nach Hause fahren können, kommt zu spät. Sie fahren bereits vom Hof.

Ich werde also bleiben müssen.

035 – Retro|Perspektive – „Bombast von Hohenheim-Hospital"

Auf der neurochirurgischen Station

Dr. Speerkämpfer steht am Fußende meines Bettes. Ich befinde mich immer noch in einer Anspannung, die sämtlichen rudimentären Fluchtinstinkten alle Ehre machen würde.
Fragt sich nur: Bin ich Großwild? Elefant?
Und habe sowieso keine Chance zu entkommen?
Oder bin ich Kleinwild? Also Känguru oder Dachs? Mit zumindest einer geringen Chance auf Überleben? Zum Beispiel durch schnelles Davonhüpfen oder Auffinden eines unterirdischen Baues/Ganges?

„Warum sind Sie jetzt eigentlich wieder hier, Frau Maschke?"
Mmh !? Also!?
„Diese studentenhafte Panikmache der Kollegen in BOH verstehe ich überhaupt nicht. Die Kernspinbilder, die Sie mitgebracht haben, können wir hier nicht gebrauchen. Das System ist total veraltet. Mit Papierbildern von so schlechter Qualität arbeiten wir schon lange nicht mehr."

Mir geht dieses überhebliche Getue und Gegrinse ziemlich auf die Nerven.
Ich stoppe meine gedanklich immer mehr Gestalt annehmende Flucht und versuche es mit Beschwichtigung. Aber noch ohne Demutsverhalten:
„Ich kann Ihnen nur sagen, dass der Chefarzt der Rehaklinik das Kernspin veranlasst hat, mir daraufhin mitgeteilt wurde, dass man auf den Bildern eine Spondylo … irgendwas sehen kann, und ich dringend wieder in ein Krankenhaus muss."
Der Arzt lacht laut auf.
„Wir haben Ihnen doch schon bei Ihrem letzten Aufenthalt zu verstehen gegeben, dass da nichts Krankhaftes mehr an ihrer Wirbelsäule ist, und wir von disso …"
Ich unterbreche ihn.
„Mir ist momentan ziemlich egal, ob es sich um ein somatisches oder psychisches Problem handelt. Ich bin nicht gerne und schon gar nicht freiwillig hierher zurückgekommen. Ich bin, wie Sie gesehen haben, gebracht worden. Und wenn Sie der Meinung sind, dass ich hier nicht richtig bin, dann organisieren Sie mir doch bitte einen Transport, wohin auch immer. Und wenn das nicht möglich ist, dann organisieren oder leihen Sie mir bitte ihr Handy. Damit ich mal telefonieren kann. Ich habe nämlich leider kein eigenes Telefon parat. Und psychisch oder somatisch, eins ist definitiv und Fakt: Ich komme aufgrund von Unpässlichkeit meines Körpers we-

der an meine Tasche, noch kann ich mal eben in ein Telefonhäuschen laufen.“

Vom Gejagten zum Beschwichtiger. Nun zum halben Angreifer ... Ich bin von mir selbst ein bisschen überrascht.

Herr Armando und Frau Anuuk wären jetzt, glaube ich, ein bisschen stolz auf mich ...

Vielleicht gehört das gerade eben aber auch nur zu meinem Überlebensinstinkt.

Ich sehe mein weiteres Rückenleben, zumindest hier in dieser Klinik und auf der Kommunikationsebene mit meinem Gegenüber, etwas in Gefahr.

Ich liege ganz still.

Nur mein Mund hat sich bewegt. Ich merke aber, dass sich dennoch ein neuer Krampf anmeldet. Der andere war ja auch schon 2 Minuten her ...

Komischerweise will ich auf gar keinen Fall, dass das der Dr. Speerkämpfer mitbekommt. Soll er doch Recht haben...mit seiner psychischen Psychohypothese!

Ich will hier nur weg.

„So einfach geht das jetzt auch nicht. Wir müssen ja jetzt die Aussage der Kollegen mit einem modernen Kernspin widerlegen!“

Bitte?

Meinem Gehirn droht jetzt tatsächlich die absolute Tilgung.

Meine eben noch hochkonzentrierten, essenziellen Überlebensinstinkte sind weg.

Ich versuche, die letzten Potenziale meiner Gehirnkapazität zu mobilisieren.

Ich schaffe das gerade so, auch weil ich die Eingebung habe, dass ich wohl, wenn sich das Ergebnis des BOHner Kernspins tatsächlich als falsch erweist, endlich nach Hause kann.

Ich wäge noch mal ab.

Schließlich bedeutet das Kernspin ja auch, dass ich mich erneut in die Röhre begeben muss. Sprich, dass ich aus dem Bett krabbeln und mich auf die Liege bugsieren muss.

Naja.

Kann ich dann ja auch gleich als Vorübung für meinen Nachhauseweg nutzen ...

Ich bin bereit.

035.2 – Retro|Perspektive – Zweieinhalbstunden später

„Gute oder schlechte Nachricht zuerst?"
Mir ist absolut nicht nach Hop-oder-Top-Spielchen zumute...Da ist er wieder: Dr. Speerkämpfer! Facharzt für Neurochirurgie! Vor ein paar Stunden hat er seinem Namen alle Ehre gemacht und mir per Injektionsnadel Rückenmarksflüssigkeit aus meiner Wirbelsäule entnommen.
Jetzt scheint er sich erneut kriegerisch und schmerzhaft in meine Seele zu bohren.
„Der Chefarzt und ich haben gerade ausführlich Ihre Bilder mit dem Radiologen besprochen und sind zu der Erkenntnis gekommen, dass es sich um eine dringende stationäre, behandlungsbedürftige Spondylodiszitis LW3/4 handelt."
In mir: Gedankenchaos.. aber einige Buchstaben schaffe ich doch zu artikulieren:
Erste Frage meinerseits:
Kann man diese „Itis-Geschichte" nicht doch ambulant behandeln?
Dr. Speerkämpfer lacht irritiert.
„Gleich wird eine Schwester kommen und Ihnen einen Blasen-Katheter legen."
Zweite Frage meinerseits:
Wieso?
„Das muss man bei dieser Erkrankung machen."
Dritte Frage meinerseits:
Erkrankung? Ich dachte, wir sprechen hier von einer kleinen Entzündung meiner bereits schon operierten, tendenziell gut verheilenden Bandscheibe?
„Ja. Äh. Nein. Das ist jetzt nicht mehr ganz richtig ausgedrückt. Ist schon ein bisschen mehr."
Vierte Frage meinerseits:
Und den Katheter legen Sie mir, um genauere Urinwerte bestimmen zu können?
„Nein. Nicht wirklich!"
Ich werde misstrauisch, da *der* Dr. Speerkämpfer eine mir fremde, richtiggehend fürsorgliche Stimme bekommt. Er bemüht sich jetzt auch, wirklich nett zu sein.
Oh, Manno.
Ich weiß. Ich bin nicht einfach. Und um ehrlich zu sein, erkenne ich schon seit einigen Minuten, dass es dem Herrn Dr. Sperrkämpfer mit dieser Situation auch nicht besonders gut geht. Ich bin aber auch noch etwas sauer über diese teilweise schon sehr, sehr arrogante Verhaltensweise seinerseits.

Was soll das Ganze? Bis vor ein paar Stunden hat er doch einfach die medizinisch gestellte Diagnose seiner „Nicht-neurochirurgischen-Kollegen“ so arrogant abgeschmettert?
Und jetzt?
Gut. Seine Kollegen in der Reha haben sich menschlich auch nicht besonders fair verhalten, aber medizinisch haben sie aufgrund der Meinung ihrer „koryphäeischen Kollegen aus der Stadt“ zwei Wochen lang nicht agiert.
Ich kann das nicht leiden ...
Mir ist doch auch schon längst klar, dass die „einfachen“ Ärzte mit ihrem „Studentenwissen“ die richtige Diagnose gestellt haben.
Damit konfrontiere ich den Herrn Neurochirurgen ... und irgendwie bin ich wohl immer noch angesäuert, sonst würde ich auch nicht so doof weiter fragen.
Fünfte Frage meinerseits:
Ob er damit zum Ausdruck bringen möchte, dass seine Kollegen in BOH etwa recht gehabt haben?! Trotz der altertümlichen „bildgebenden Methode von 1829“!?
Sechste Frage meinerseits:
Also! Warum einen Blasenkatheter?
„Mmh. Früher sind Patienten mit dieser Erkrankung, wie Sie sie jetzt haben, für ein halbes Jahr in ein Gipsbett gekommen, da Bewegungen jeglicher Form kontraindiziert sind. Das ist heute nicht mehr so. Und das ist dann auch gleich die gute Nachricht: Heute vertraut man den Patienten und erwartet einfach deren Kooperation.“
Siebte Frage meinerseits:
Äh. Was genau bedeutet?
„Sie müssen voraussichtlich sechs Wochen stramm im Bett liegen. Dürfen sich nicht bewegen und dementsprechend auch nicht auf die Toilette oder Duschen gehen etc.“
Achte Frage meinerseits:
Etc.?
„Blasenkatheter!“
Bis hier keine Fragen meinerseits mehr.

Trotz Schmerzen will sich mein Oberkörper hinsetzen.
Ich gebe diesem Verlangen nach.
„Das mit dem Aufrichten ist übrigens auch vorbei. Sie dürfen aber das Kopfteil des Bettes auf einen Winkel von maximal 20 Grad einstellen, wenn Ihnen das bequemer ist.“
Neunte Frage meinerseits:
Dr. Speerkämpfer! Ich weiß, dass ich kein einfacher Patient bin. Das gibt Ihnen aber doch noch lange kein Recht, mich zu veralbern. Bis vor zwei Stunden haben Sie sich noch mehrfach zu meiner dissoziativen Geschichte geäußert. Diese Theorie nehme ich inzwischen gerne an und su-

che mir auch gerne einen Therapeuten bzw. habe da ja schon Herrn Armando. Der mich auch gerne, das weiß ich, weiter betreut. Ambulant!
Ich versuche, mich noch mal aufzurichten. Doch Dr. Speerkämpfer drückt mich vorsichtig, fast schon behutsam wieder in die Liegeposition zurück.
Ich nehme jetzt gerne ein paar Schmerzmittel von Ihnen entgegen, aufgrund meiner Allergien auch gerne unter ärztlicher Aufsicht. Mehr möchte ich gar nicht. Dann ein Taxi, mich zu Hause erholen und dann meine Reha fortführen. Ich möchte gerne in einer Woche mit meinem Freund Lasse in den Urlaub fahren.
Dr. Speerkämpfer: „Das wird definitiv nicht möglich sein!"

Ich habe da noch weitere 91 Fragen...
Bekomme sie aber nicht mehr in meinem Gehirn sortiert.
Das bemerkt auch der Arzt. Ein effektives Gespräch ist gerade nicht mehr möglich.
Er verlässt das Zimmer.
Ich bin allein.
Das ist auch gut so.
Ich muss mich konzentrieren.
Ich bin auf der Flucht. Ich bin ein Großwild.

Vielleicht ... bin ich ein Wal?

035.3 – Retro|Perspektive – Eine Stunde später

Ich liege flach.
Ich habe inzwischen einen Blasenkatheter.
Aber ich habe auch immer noch Fluchtgedanken.
Ach, gut. Es ist inzwischen Nacht.

Natürlich kann ich nicht schlafen. Ich habe die ganze Zeit darauf gewartet, dass die Nachtschwester ihren Rundgang absolviert.
Jetzt ist endlich Ruhe.
Fast schon Stille.
Ich habe diesen Zeitpunkt lang ersehnt und abgewartet, da ich versuchen möchte, das Krankenhaus zu verlassen. Ich spüre, dass das hier nicht gut für mich ist.
Einfach Bauchgefühl.
Ich will nach Hause.
Ich will zu Lasse.

Ich habe mir vorgenommen, dass ich, wenn ich es in die aufrechte Sitzposition schaffe und von dort aus in den Stand, und dann bis zur Toilette, und dann auch gleich bis zum Kleiderschrank (da hängt nämlich meine Jacke), dann auch nach Hause gehen kann.
Bis zur Sitzposition benötige ich eine Stunde.
Wenn das in diesem rasanten Tempo so weiter geht, laufe ich dem Frühdienst direkt in die Arme ...
Nach zwei Stunden gebe ich auf. Ich bekomme zurzeit noch keine Medikamente, da noch keiner weiß, was ich überhaupt vertrage. Außerdem habe ich, das glaube ich zumindest, die Strapazen der letzten Wochen, Tage, Stunden und die Horrorfahrt ins Krankenhaus zum MRT und hierher zurück nach O-City wohl unterschätzt.
Ich bin so groggy, dass ich nicht mal mehr heulen kann.
Ich hoffe weiterhin auf eine Fehldiagnose, die vielleicht vom Chefarzt am nächsten Tag bestätigt wird...

035.4 – Retro|Perspektive – Nächster Tag

Endlich hat mal jemand nettes Dienst.
Die meinem Zimmer zugeteilte Schwester kenne ich schon vom letzten Mal.
Oha.
Ich hatte nämlich in der vergangenen Nacht das Vergnügen, auf die Schwester zu treffen, die mir schon beim letzten Mal das Paulus-Melchers-Krankenhaus vorgeschlagen hatte. Ich glaube, Freundschaft wird sich zwischen uns beiden nicht mehr entwickeln.
Aber! ... Heute Morgen werde ich krankenschwesterpflegerisch nett betreut.
Unglaublich, wie das Befinden eines Patienten davon abhängt, wer gerade Dienst hat.
Ich habe ja früher selber in diversen Krankenhäusern gearbeitet, aber mir ist das mögliche Machtpotenzial des Pflegepersonals nie wirklich bewusst gewesen ...
Unweigerlich muss ich an den Film Misery denken. Wie hieß noch mal die dortige, psychopathische Krankenschwester?
Mist. Komme gerade nicht drauf.
Doch. Doch. Dooooch ... Hieß sie nicht Annie?
Annie Wilkes?

Hauptsache, so ein Film wird nicht zur Realität. Bitte nicht.
Ganz schön gruselig.

Kann doch nicht so schwer sein, ganz schnell wieder gesund zu werden, oder?

Nachmittags öffnet sich die Zimmertür einen kleinen Spalt ...und da sind sie!
Juhu!
Birgit, Senta, Helga, und auch Katja und Micha sind direkt aus Gütersloh und BOH gekommen.
Ich heule sofort los.
Aber auch vor Freude. Bin ich froh, dass alle da sind.
Am Nachmittag kommen auch noch meine Eltern. Und Freunde. Und Nachbarn. Und das erste Mal habe ich neben dem Heulen auch gleichzeitig das Gefühl, dass ich das vor mir liegende, eventuell sechs Wochen dauernde Szenario irgendwie schaffen werde.
Ich bin ja überhaupt kein Mensch, der sich mal eben so hinlegen kann. Geschweige denn, regelmäßig ein Mittagsschläfchen einzulegen. Ich bin immer gern unterwegs.
Das fällt jetzt ja wohl erst mal flach! Und dieser Gedanke hat vergangene Nacht doch etwas Panik in mir ausgelöst.
Dieses Gefühl der grausamen Angst hat an diesem Nachmittag allerdings gar keine Chance, weiter zu bestehen.
Mein Zimmer gleicht einem Bahnhof. Ähnlich wie auf einem Bahnsteig stehen meine Besucher irgendwie erwartungsvoll um mich herum. Statt entlang des Gleises dem ankommenden Zug entgegen zu schauen, sehen alle auf mich runter. Stille. Wir warten. Unweigerlich kommt in mir die Fantasie auf, dass hier im Zimmer gleich eine Lautsprecherdurchsage mit der Mitteilung ertönen wird, dass in wenigen Minuten der ICE von „Schmerz“ nach „Sofortheilung“ eintreffen wird. Um Abstand und Vorsicht am Bahnsteig wird bei Eintreffen des Schnellzuges gebeten. Plötzlich eine weitere Durchsage. Leider kann der erwartete Zug in diesem Bahnhof nicht halten. Es handelt sich nur um eine Durchfahrt. Fahrgästen ist es heute nicht möglich, einzusteigen ...
Besuch zu haben ist zwar auch anstrengend, besonders die Kommunikation aus meiner Liegendposition fällt schwer (der Blickwinkel ist tatsächlich ein völlig anderer, als sonst ...), aber es ist einfach nur schön, so viele liebe Menschen um sich herum zu haben.

Irgendwann hat Katja die super-geniale Idee, mein Zimmer „sechswochentauglich“ umzudrapieren.
Alle sind begeistert. Endlich kann man um mich herum etwas tun.

Ich finde das auch klasse. Es kann nämlich auch manchmal ein bisschen ermüdend sein, seinen Besuch zu unterhalten. Außerdem guckt inzwischen die Hälfte meines Besuches, aufgrund des Mangels an Sitzgelegenheiten, auf mich herunter.
An das Gefühl habe ich mich immer noch nicht gewöhnen können.
Also gesagt, getan.
Mein Bett wird an die Fensterbank geschoben, der Nachtschrank auf die andere Seite des Bettes gerollt. Das Bett wird hochgepumpt, damit ich die Fensterbank als Regalbrett, bzw. Nachttischerweiterung nutzen kann. Irgendjemand hat vorausschauend Bilder mitgebracht.
Und aufgehängt.
Sämtliche mitgebrachten Bücher werden platziert.
Ich erhalte außerdem noch ein paar Seifenblasen, Aufziehspielzeug (eine kleine Schnecke), dicke Socken, Salzstangen, Pepsi light, Hörbücher, Blumen, Notizblock, Stifte, Tesafilm, Aufladegerät für den MP3-Spieler, Deo, Unterwäsche, etc. ...
Mannomann ...gut, dass der Psychologe der Klinik jetzt gerade nicht anwesend ist, sonst würde ich mich bestimmt mit der Frage des „Sekundären Krankheitsgewinns“ auseinandersetzen müssen. (Alle anderen mir bekannten Psychologen hätten es mir wahrscheinlich einfach nur gegönnt und sich mit mir gefreut ... aber hier weiß man ja nie ...)
Um mich herum wirkt es schon fast gemütlich.
Zwei Knuddelkissen colorieren mein Bett.

Erst mal alles gut soweit.

Kann doch jetzt nicht mehr so schwer sein, einfach wieder gesund zu werden, oder?

035.5 – Retro|Perspektive – ICH IRRE MICH GEWALTIG

Das Privileg, ein Einzelzimmer zu haben, ist in der letzten Nacht beendet worden.
Ich glaube, der Nachtschwester, oder auch einfach situationsgerecht benannt: dem „Ungeheuer der vergangenen Stunden“, war es total egal, dass ich (als doch nun schon bald eingestaubtes, lebendes Inventar der Station) auch noch in dem Zimmer lag - nachts und schlafend - , in das sie nun hinein wollte.

Um 2:18 Uhr ging es plötzlich los.

Die Uhrzeit weiß ich deshalb so genau, weil ich zunächst schreckhaft wach wurde. Gar nicht wusste, was um mich herum passierte. Ich unterbewusst nur ein wahnsinnig lautes „Rums“ hörte.
Als der Instinkt „Vorsicht Gefahr!“ so langsam verschwand, registrierte ich, dass nicht meine Höhle, bzw. das Krankenhaus eingestürzt war.
Ein Erdbeben? Im Wiehengebierge? Im Teutoburger Wald? Mein Gehirn meldete sich jetzt und ließ meine Augen in Richtung Wecker gleiten.
2:18Uhr.
Da öffnete sich auch schon die Tür und eine neue Mitpatientin wurde hereingeschoben.
„Frisch von der Intensivstation und noch ganz durcheinander“, klärte mich der Schrecken der Nacht auf. „Wenn Sie jetzt sowieso wach sind und nicht mehr schlafen können, Frau Maschke, dann können Sie ja mal ein Auge auf die junge Dame werfen. Klingel haben Sie ja.“
Äh, ja. Wieso? frage ich vorsichtig nach.
„Na, das sehen Sie doch jetzt selber! Frau XX ist so durcheinander, dass sie völlig orientierungslos ist und sich im Moment mit nichts identifizieren kann.“
Identifizieren? Nachts um ... inzwischen 2:32Uhr!
Wer kann das schon?
Ich fragte jetzt lieber nicht mehr nach, da ich schon eine leichte Disharmonie in unserem Zimmer verspürte.
An wem mag das jetzt wohl liegen???
Ich äußerte mich zur momentanen Krisenlage jetzt mal lieber nicht öffentlich.
Hatte sowieso keine Chance mehr, die Tür war zu.
Ich war also mit Frau XX, die desorientiert war und sich nicht eigenständig mit ihrer Klingel bemerkbar machen konnte; die sich auch nicht „identifizierte“ oder sprach, aber dafür ununterbrochen laut stöhnte, außerdem einen bis kurz vor dem Zerplatzen gefüllten Urinbeutel hatte ...und eine motorische Unruhe aufwies ... nachts ... um inzwischen 2:41 Uhr,

... allein.

035.6 – Retro|Perspektive – 30 Minuten später, ... die Nacht wird wohl lang

Aus dem Urinbeutel tropft es.
Frau XX versucht, aus dem Bett zu klettern.
Über das Bettgitter. Natürlich.
Erst jetzt sehe ich, dass sie das schon auf der Intensiv-Station versucht haben muss.
Sie ist fixiert.
Aber sie ist auch stark.
Nach dem zerreißenden Geräusch zur urteilen, hat sie sich „befreit".
Kann man ja verstehen.
Doch irgendwie mache ich mir Sorgen! Das Gitter ist nicht wirklich ein Hindernis für sie. Ein Bein hängt schon drüber, das andere zwischen den Gitterstäben. Sie versucht, das eingeklemmte Bein wieder zurückzuziehen. Leider steckt das Knie fest. Es hat auch schon eine ziemlich rote Hautveränderung angenommen. Und wenn ich mich nicht ganz doll irre, wird es auch schon bedrohlich dick.
Ihr jammerndes Wehklagen hat sich vom Stöhnen zu lautem Schreien potenziert.
Der „Schrecken der Nacht" hat wohl beim Wechseln der Infusion und beim Verbinden der Braunüle® vergessen, die Schere wieder mitzunehmen ... sehr zur Freude meiner Bettnachbarin.
Trotz hoher, aber leider nicht vergehender motorischer Unruhe, beherrscht sie die Schere gut. Sie ist jetzt sogar geräuschlos, konzentriert.
Schneidet zunächst den Verband durch.
Dann zieht sie sich die Kanüle aus dem Arm.
Das Blut spritzt bis auf meine Bettdecke und verteilt sich punktuell im ganzen Zimmer.
Nach einigen Sekunden, gefühlten Stunden, hat der Druck der Vene abgenommen. Das Blut tropft jetzt nur noch langsam auf Frau XX und auf die Bettdecke und auf den Fußboden ...
Ich hoffe jetzt sehr, dass Frau XX einen superguten Hämatokritwert hat und überhaupt ein gutes Blutbild, mit suuuuuuperschnellen Blutplättchen, die dann, bitte, bitte, bitte ganz eilig, vom Knochenmark aus aggregieren und sich Richtung Austrittstelle der ehemaligen Nadeleinstichstelle bewegen!!!
Aber kaum habe ich diesen Wunsch gedacht, da platzt er.
Wie eine Seifenblase ...
Frau XX hat gerade erkannt, dass der Butterfly doch eigentlich in die Vene ihres Armes gehört und versucht, diesen wieder hineinzuschieben ...
Schmerzempfinden scheint sie nicht so unbedingt zu besitzen, beziehungsweise wahrzunehmen.

Im Gegensatz zu mir und meinen Schmerzrezeptoren, die anscheinend ziemlich aktiv und empfindlich zugleich sind und momentan sogar auf visuelle Reize reagieren.
Ich versuche aufzustehen, gefühlte tausendmal, kann mich aber nicht bewegen. Und aus dem Bett komme ich schon gar nicht.
Sie kichert.
Der Mandrin hat inzwischen die Form einer sich umherwindenden Schlange angenommen.
Ja.
Sieht wirklich lustig aus.
Ha! Ha!
Stoisch beobachtet Frau XX, wie sich das Blut so langsam auf ihrer Bettdecke verteilt. Okay, das mit den Thrombozyten scheint nicht so ganz zu klappen ... trotzdem hoffe ich weiterhin auf die Reproduktionsleistung des Knochenmarks, man soll ja nicht aufgeben ...
Meine verbalen Aufforderungen, zum Beispiel die Bettdecke auf die Wunde zu drücken, kommen nicht wirklich bei Ihr an.
Warum soll sie auch was ändern? Das Muster auf ihrer Bettdecke nimmt langsam Formen eines Kunstwerkes an und erfreut sie immer mehr.
Nach einigen Versuchen schaffe ich es, mich auf die Seite zu drehen und komme an meine Taschentücher heran. Das Päckchen fällt mir natürlich auf den Boden. Frau XX lacht sich über meine Verrenkungen kaputt. Na, wenigstens eine Person, die hier noch Spaß hat ...
Ich erreiche meine Taschentücher mit den Fingern und kann sie auch umklammern, komme aber leider nicht wieder hoch, da mich ein Krampf nach dem nächsten außer Gefecht setzt und mich nicht wieder in die Ausgangslage zurückkommen lässt.
Super.
Aber eins habe ich durch meine akrobatische Hampelei geschafft: Frau XX´s Aufmerksamkeit ist auf mich gerichtet.
Das ist gut.
Ich komme irgendwann wieder hoch und wedle mit meinem Taschentuch. Sie versteht und sucht ebenfalls nach einem Taschentuch in ihrem Nachtschrank. Sie findet ein Päckchen in ihrer Kulturtasche.
Wo die Tasche jetzt herkommt, weiß ich auch nicht. Gerade stand sie da noch nicht. Leider versteht sie nicht, dass sie mit ihren Taschentüchern mal schnell auf die blutende Stelle drücken könnte. Sie schnäuzt alle Tücher einmal an und wirft sie dann in meine Richtung.
Eins ist noch übrig. Letzte Hoffnung.
Ich gestikuliere wild.
Das kann doch alles nicht wahr sein.
Ich habe doch lang genug mit Gebärdensprache kommuniziert.
Hilft nichts.
Normale Gesten reichen hier und jetzt aber auch nicht mehr aus.
Mein Blick fällt auf meine Seifenblasen.

Die bunte Flasche erregt auch die Aufmerksamkeit meiner Bettnachbarin.
Ich puste ihr ein paar Seifenblasen entgegen.
Sie lacht und will noch mehr.
Ich sage ihr, dass das nur geht, wenn sie das Taschentuch ganz fest auf ihre blutende Stelle drückt.
Juhu.
Das funktioniert. Irgendwann hört es auch auf zu bluten.
Gerade rechtzeitig, denn irgendwann sind auch die schönsten Seifenblasen nicht mehr besonders attraktiv für Frau XX.
Sie entdeckt erneut ihre Kulturtasche. Kramt wie wild darin herum.
Ich glaube, sie bekommt immer stärkere Schmerzen.
Das Lachen ist nicht mehr da.
Dafür schreit sie nur noch.
Oder wimmert.
Sie ruft immer wieder um Hilfe und spricht mich mit ‚Mama' an.
Ich soll sie retten.
Das würde ich ja auch gerne machen.
Aber wie?
Die Klingel habe ich schon vor 25 Minuten betätigt. Allerdings auch schon vorher mindestens viermal ... immer, wenn Frau XX aus ihrem Bett klettern wollte. Die Nachtschwester ist auch immer gekommen und hat sie völlig entnervt ins Bett zurückgelegt.
Wahrscheinlich denkt sie jetzt wieder, dass es sich nur um vergebliche Versuche des „Türmens" handelt.
Oder sie hat zu viel zu tun.
Vielleicht ganz viele Frau XX´s?
Ich weiß es nicht. Ich sehe nur immer wieder auf meinen Wecker. Und sehe, wie die Zeit vergeht. Oder auch nicht.
Ich überlege auch schon die ganze Zeit, wie wir auf uns aufmerksam machen können. Das Wimmern und laute Schreien muss bis nach Timbuktu zu hören sein.
Also diesen Weg der Aufmerksamkeit können wir knicken.
Ich gebe es zu: Auch wenn ich früher mal im Krankenhaus gearbeitet habe, ich habe mir wahrlich nie Gedanken darüber gemacht, dass man so eine Bettklingel nur einmal drücken kann.
Das ist doch eigentlich total fahrlässig, oder?
Wir bzw. ich, habe vor nunmehr 30 Minuten geklingelt.
Die wahre Not und den Anlass meines Tuns kann ich doch nicht mit einmal drücken verdeutlichen.

Das ist doch Scheiße.

Ich kann doch nichts dafür, wenn wir vorher schon dieses, frei nach Mary Poppins, „superkalifragilistisch expiallegorische"-System in Anspruch nehmen mussten, oder?

Ich mache mir jetzt aber wirklich Sorgen. Die Kopfschmerzen von Frau XX scheinen sekündlich stärker zu werden. Sie schlägt sich immer wieder an den Kopf. Dann ans Bettgitter.
Sie setzt sich aufrecht ins Bett.
Entdeckt Ihre Kulturtasche. Und ... ich kann es mir nicht anders erklären, verwechselte diese mit einer Nierenschale.

Sie kotzt rein.

035.7 – Retro|Perspektive – 07:30 Uhr
Mein Wecker funktioniert immer noch

Frau XX schreit seit nunmehr vier Stunden.
Sie ist inzwischen hygienisch und pflegerisch vom Frühdienst versorgt worden. Schmerzmittel kann sie im Moment nicht bekommen.
Der Arzt, der einen neuen Zugang legen soll, war noch nicht da. Tropfen und Tabletten spuckt sie immer wieder aus.
Eine Schülerin kommt in unser Zimmer und will den Blutzucker bei meiner Bettnachbarin messen.
Das klappt nicht.
Ich vermute, Frau XX will einfach keine weiteren Schmerzen zugeführt bekommen. Auch nicht, wenn es sich nur um einen kleinen Pieks handelt.
Das kann ich nachvollziehen.
Sie hat einen ganz roten Kopf.
Oh, manno. Das sieht aber so gar nicht danach aus, dass nur der zu hohe Blutzuckerwert das Hauptproblem darstellt.
Außerdem werden die Hilferufe nach ihrer Mama immer häufiger.
Ich frage die Schülerin, ob sie nicht mal Blutdruck messen könnte. Bei uns beiden. Ich habe mir in der Zwischenzeit überlegt, dass meine Idee vielleicht nicht so doll als klugscheißerisch auffällt, wenn ich diese Tätigkeit auf uns beide verlege.
Ich habe einen ganz blöden Verdacht.
Ich konnte ja jetzt auch eine gewisse, für mich ewig lange Zeit Frau XX beobachten.
Mir gefällt sie gar nicht. Ich mache mir wirklich große Sorgen.
Und die Schülerin ist motiviert.
Nachdem sie sich dreimal vergewissert hat und immer wieder nachmisst, geht sie los und holt eine examinierte Pflegekraft. Sie kann nämlich den oberen Wert des Blutdruckes nicht bestimmen.
Und dann endlich mal was Gutes!
„Lieblingspfleger Willi“ hat ausnahmsweise Frühdienst. Ich habe selten einen Menschen mit einer so hohen Aufmerksamkeitskapazität erlebt.

Er reagiert sofort, wartet auch nicht mehr auf einen Arzt, sondern schiebt die arme Frau direkt auf die Intensivstation.
„Verdacht auf Schlaganfall“.

Was für eine merkwürdige Stille. Plötzlich.

Ich habe die Batterien aus meinem Wecker entfernt. Ich will nicht mehr wissen, ob die Zeit schnell oder langsam vergeht.

035.8 – Retro|Perspektive – Ein paar Stunden später. Nach der Ersten ... kommt unweigerlich auch die Zweite ...

Und da ist auch schon die nächste Zimmergenossin!
Eine „Augenpatientin“.
Das heißt, sie wird nur über Nacht zur Beobachtung bleiben und morgen dieses Krankenhaus wieder verlassen.
Das hat ja auch was für sich.
Man braucht sich nicht so wirklich auf den neu dazu kommenden Menschen einstellen.
Das hat etwas Beruhigendes. Etwas Entspanntes.
Dachte ich immer, zumindest bis zu diesem Zeitpunkt.
Ich habe das mit der Aufregung nicht einkalkuliert...
In den nächsten Minuten lerne ich für die nächsten sieben Wochen: Auch wenn man sich nur für ein paar Stunden, also kurzfristig, ins Krankenhaus begibt, ist die Aufregung nicht unbedingt geringer. Ganz im Gegenteil. Man hat den Eindruck, dass die Angst dieser Menschen weitaus höher ist als bei Patienten, die sich auf einen längeren Aufenthalt einstellen ... und auch das Mitteilungsbedürfnis, also das Erzählen der gesamten Lebensgeschichte ... das muss anscheinend auch, weil man ja nur kurzzeitig da ist, sofort verbalisiert werden.
Unglaublich.
Folgende Handlung ist im Laufe meiner Liegerei immer wieder faszinierend zu beobachten:
Patientin wird vom Pflegepersonal ins Zimmer geführt. Eigentlich immer mit einem Angehörigen.
Man wird vorgestellt.
Der Schrank wird gezeigt.
Funktionen von Klingel, Licht, Fernseher werden präsentiert. Das System der Freischaltung von Fernseher und Telefon versteht nie wirklich jemand.
Alles, was von der unermüdlichen Darstellung seitens des Pflegeperso-

nals über dieses Procedere hängen bleibt, da spreche ich aus eigener Erfahrung, ist, dass man sich in die Verwaltung begeben muss, um diese lebenswichtige „Hallo-Welt–Kommunikationsstechnik" anzumelden.
Man kann auch allen immer einen „Na-Gott-sei-Dank-da-kann-ich-dann-noch-mal-Jemanden-fragen-Blick" ansehen.
Der Nachtschrank wird mit einer Wasserflasche und einem Glas bestückt.
Die Handtasche, mit einem Blick auf meine Person, freizügig auf die „Essplatte" des Nachttisches gelegt.
Und wenn die Frage nach einem zimmereigenen Tresor ausbleibt, kann ich mir schon zu fast 95 Prozent sicher sein, dass ich als einigermaßen vertrauenswürdig inspiziert wurde.
Die restlichen fünf Prozent erübrigen sich dann, wenn meine Mitpatis mitbekommen, dass ich gar nicht aufstehen kann.
Aber das dauert immer ein bisschen. Eine gesunde Portion Misstrauen ist ja auch gar nicht schlecht.
Die Pflegis fragen dann oft noch nach, ob alles in Ordnung sei oder ob noch Fragen bestehen. Dies wird zunächst immer verneint.
Dann bekomme ich den zweiten Aufmerksamkeitsblick mit der Bemerkung: „Ansonsten kann uns ja die junge Dame bestimmt weiter helfen."
Das ist auch in den wenigsten Fällen eine Frage, sondern eher eine sehr energische Feststellung für die gerade noch sehr eingeschüchterten, aufgeregten, meist älteren Damen.
Der Angehörige wird dann entweder in die Verwaltung oder nach Hause geschickt.
Dann geht's los.
Mit meinem Job.
Ob ich will oder nicht.
Egal, ob ich lese oder auf dem Topf sitze, ob ich Kopfhörer aufhabe, ob ich telefoniere, ob …egal.
Mit dem Schließen der Zimmertür werden zunächst einmal die mitgebrachten Krankengeschichten ausgepackt und erzählt.
Dabei macht es auch gar keinen Unterschied, ob ich mich in irgendeiner Form an den Ausführungen meines Gegenübers beteilige, zum Beispiel durch Nachfragen, oder wie auch immer...
Am Anfang war ich immer noch der Überzeugung, dass es an meiner verbalen Beteiligung läge.
Also an meinem Interesse, was eigentlich auch meinerseits in den meisten Fällen besteht. Im Laufe der Zeit bemerkte ich aber, dass ein Kopfnicken zur Bestätigung ausreicht, um die Ausführungen meines Gegenübers zu forcieren. Und bei manchen Mitpatienten ist auch diese motorische Tätigkeit meinerseits nicht nötig. Sie reden einfach.
Unterbrochen werden diese meist einseitig geführten Gespräche von präoperativen Maßnahmen wie Blutabnehmen, OP-Einverständniserklärungen unterschreiben oder Aufklärungsversuche der Anästhesisten.

Wenn dann wieder die Tür zufällt und die OP-Utensilien wie Hemd, Mütze und Netzhose inspiziert werden, brechen viele in sich zusammen. Und aus den oft chronologisch, emotionsvoll geschilderten Krankengeschichten (besonders gerne auch die Stuhlgangprobleme der letzten 50 Jahre), wird eine nicht endend wollende Elegie angestimmt.
Unglaauubblliicchh!!!!
Schluss ist erst, und zwar abrupt, wenn jemand an die Zimmertür klopft. Und, je nachdem, um wen es sich handelt, geht's anschließend nahtlos weiter.
Dabei kann man sehr gut die Verhaltensweisen der verschiedenen Nationalitäten studieren.
Türkische Frauen klagen gern vor Angehörigen und Ärzten.
Sobald der Besuch wieder weg ist, verstecken sich die meisten unter Ihrer Bettdecke, drehen sich zur Wand und warten einfach ab.
Krankenhauseigenes Essen wird kategorisch abgelehnt und mit einem gequälten Gesichtsausdruck - und dem Hinweis auf totale Appetitlosigkeit und Übelkeit - wieder zurück in die Küche geschickt.
Bis dann abends, gerne auch so um 22 Uhr, das mit reichlich Knoblauch gewürzte, „richtige Essen" von einem Angehörigen vorbeigebracht wird. Dann ist auch der Hunger zurück. Und auch die vorher sehr versteckten Lebensgeister sind wieder da.

Russische Frauen klagen ebenfalls sehr gern vor Angehörigen und Ärzten.
Sie begeben sich bei diesem Wehgeschrei oft auf die Ebene eines Kleinkindes. Aus der primären Augenerkrankung wird dann ein komplexes Krankheitsbild konstruiert, welches aus dem Pschyrembel abgeschrieben sein könnte. Mitgebrachte Gehhilfen sollen in Rollstühle umgewandelt werden. Die ganze Welt ist schlecht.
Kaum ist der Arzt wieder draußen, wird aus der gerade nicht mehr zu mobilisierenden, von starken Schmerzen geplagten Statur ein Wiesel. Und das bewegt sich dann in einem rasenden Tempo durch unser Zimmer, dem man kaum mit den Augen folgen kann und sich schon gar nicht wehren ... Mir runtergefallene Sachen werden mal eben so schwuppdiwupp aufgehoben. Ich bin dann immer von diesem „metamorphischen Wandel" zwischen „fast-schon-Leiche", hin zur „Sportskanone" völlig überfordert ...
Meistens werde ich noch auf eine liebevolle Art und Weise verspottet, weil ich nicht verheiratet bin. Das ist übrigens auch oft die erste Frage dieser Damen, das scheint wichtiger zu sein als der Grund meines Hierseins: Ehemann? Haus? Kinder? Russische Verwandte?
Danach wird weiter gequasselt, bis die Angehörigen mit Essen kommen. Im Unterschied zu türkischen Frauen haben die russischen das Krankenhausessen selten abgelehnt, behaupten aber vor Pflegepersonal und Ehemännern oft, dass sie noch gar nichts gegessen hätten. (Leider können sie sich oft auch vor Magenspiegelungen und diversen anderen Un-

tersuchungen, bei denen man theoretisch nüchtern sein sollte, nicht zurückhalten und behaupten einfach steif und fest, nichts gegessen zu haben.)
Das Essen wird nicht in Plastiktüten mitgebracht und Reste werden auch nicht nach der Mahlzeit entsorgt ... Nee! Da kommen die Plastikbehälter ins Spiel!
Diese werden dann im Nachtschrank und gerne auch im Kleiderschrank und auf unserer Fensterbank deponiert.
Allzeit erreichbar.
Also auch nachts.
Dabei ist es auch egal, ob man als Bettnachbar eine Chance hat, vor dem mir sehr verhassten Geruch von Borschtsch aus dem Zimmer fliehen zu können oder nicht ...
Leider gibt es auch immer wieder das Problem mit der Frischluft ... Gut, dass ich am Fenster liege!

Deutsche Frauen leiden natürlich auch.
Gerne vor Mitpatienten. Weniger vor Ärzten. Dafür wird dann aber kurz nach der Visite gerne das zeitlich sehr begrenzte, überforderte Pflegepersonal mit eingeschaltet.
Was oft zu Verärgerungen und Genervtheiten seitens der Krankenschwestern führt.
Das Essen wird meistens nicht abgelehnt, aber dafür umso mehr bemängelt.
Eigentlich ist es nie richtig.
Nie schmeckt es.
Selbst die Konsistenz der in diesem Krankenhaus ofenfrischen Brötchen ist nicht „passabel".
Außerdem, verglichen mit anderen Nationalitäten, ist die Uhrzeit des Essens verdammt wichtig. Eine Stunde vor der jeweiligen Mahlzeit wird schon mit den Hufen gescharrt und ... wehe das Essen kommt zu spät oder ist kalt. Oh je!
Und wenn ich schon das Essverhalten der „Krankenhauskunden" beobachte ... das Problem der Nahrungsverdauung ist bei den verschiedenen Nationalitäten: GLEICH.
Ich glaube, es ist auch ein typisches Problem von uns Frauen. Egal, wo wir uns befinden.
Also, das mag sich jetzt alles überheblich und voyeuristisch anhören, aber was sollte und soll ich sonst machen?
Ich kann doch nur beobachten und analysieren. Versuchen, nicht laut loszulachen. Versuchen, nicht zu weinen. Versuchen, nicht den Seelsorger des Krankenhauses zu kontaktieren. Ernst zu bleiben, nicht durchzudrehen und immer die Minuten des ca. 24-Stunden-Aufenthaltes oder des eventuell doch noch erweiterten Aufenthaltes langsam rückwärts zu zählen, oder?

Meine aktuelle Mitpatientin ist Deutsche.

Als ich nachts von ihr wachgerüttelt werde, weiß ich nicht, ob ich aufgrund meines Fiebers vielleicht halluziniere. Dann erkenne ich aber die mir sonst gegenüberliegende Frau. Verstehe nur im ersten Moment gar nicht, was los ist.
Es ist drei Uhr nachts.
Das erkenne ich auf meinem inzwischen mit neuen Batterien bestückten Wecker.
Dann, ich kann es kaum glauben, fragt sie mich, ob ich noch was vom Abendbrot übrig habe.
Hä?
Ich hebe eigentlich nicht irgendwelche Speisen auf. Also verneine ich.
„Hast Du Obst? “
Nee.
„Schokolade? “
Nee.
Wenn gleich noch die Frage „Hattu Möhrchen“ kommt, drücke ich die Klingel.
Ach was! Ich löse Feueralarm aus.
Gibt´s doch nicht!
Sie schlurft ins Bett zurück. Ich rate ihr noch, vielleicht mal bei der Nachtschwester zu fragen, ob die vielleicht noch was in petto hat. Ist ja auch wirklich blöd ... wenn man Hunger hat, ist das mit dem Schlafen ja auch nicht so leicht.
„Nee! Ich hab jetzt keine Lust raus zu gehen!“
Gut.
Ich bin gerade erneut eingeschlafen, da werde ich wieder wach. Ich höre Schritte in Richtung meines Bettes. ???
Diese stoppen allerdings vor meinem Nachttisch.
Meine Schublade entfernt sich von mir, wird also langsam rausgezogen.
Und?
Was macht man in so einem Fall?
Ich bin da doof.
Ich bin da Kaninchen vor der Schlange. Ich verharre.
Die gute Dame zieht! Mein! Paket mit den Salzstangen sehr, sehr zielstrebig heraus und begibt sich wieder in Richtung ihres eigenen Bettes.
Woher kennt *sie* den Inhalt meines Nachtschrankes?

Ich bin doch eigentlich kontinuierlich 24 Stunden anwesend!? Und ich bin mir ziemlich sicher, dass die gute Dame nicht an meinem Nachtschrank war.
Ich knipse das Licht an.
Darüber erschrickt sie so heftig, dass ihr die Packung auf den Boden fällt. Und da sie schon auf dem Rückweg zum Bett die Tüte etwas aufgerissen

hatte, fallen gut zwei Drittel der Salzstangen heraus. Sie schaut mich erbost an und poltert los, ob ich noch alle Tassen im Schrank habe!?
„Nicht nur, dass du verschweigst, dass du was zu essen in der Schublade hast, jetzt erschrickst du mich auch noch fast zu Tode!"
Das nächtliche Gezeter geht weiter.
Träume ich?
Ich solle mir jetzt auch nicht einbilden, dass sie auf dem Boden rumkrieche, um die Salzstangen aufzuheben ... (Tja... wieso hatte ich bis jetzt noch diese Eingebung? Gute Frage...)
„Das kann ja wohl die Putzfrau morgen früh machen!", sprachs und schlurfte zum Bett, um da genüsslich die letzten – also meine letzten – Salzstangen geräuschvoll zu kauen ...

Kann doch nicht so schwer sein, wieder gesund zu werden, oder?

I want to go home.

036 – Engelsverschwörerin und Herr Immanuel Kant

Eine meiner vielen ausgedachten Theorien darüber, warum das Leben so verlief oder ist, wie es gerade ist - also mein Leben -, ist folgende:
Ich muss in meinem vorherigen Leben ein Arschloch gewesen sein.
Vielleicht ein Despot? Feldherrscher? Tierquälerin? Dieb? Kaputtmacher?

OOOOOOOOOOhhhhhh! Selbstmitleid?

Tue ich mir, zu diesem Lebenszeitpunkt, mal wieder ganz doll selbst leid?
Ja. Stimmt.
Ich finde, viele Sachen und Ereignisse des Lebens sind mit dieser Theorie leichter auszuhalten und erfordern bei mir ein Schulterzucken, tiefes Ausatmen. Okay …, vielleicht auch ein Stöhnen.
Und danach ... Geht's weiter.
„Da muss man durch!" Auch so ein Satz, den ich in den letzten Monaten circa 876543210 Mal zu hören bekommen habe.
Interessanterweise aber nicht von Mitpatienten, sondern von Nichtpatienten. Ich weiß, dass das oft ein Satz der Verzweiflung und des „Nicht-mehr-wissens-was-man-sagen-soll" ist. Aber, und das ist so spannend an dieser These, ich behaupte einfach mal, dass 2/3 der „Sprecher" bereits bei Schnupfensymptomen verzweifeln ...

Einfach mal Schnauze halten!

Moment!
Da fällt mir auch gleich noch, sozusagen zur Bestätigung der schlechten Nachtstimmung und meiner depressiven Arschlochvariante, die Geschichte mit der Esoterikerin ein:

Ich war mal in früheren Jahren bei einer Heilpraktikerin. Das war schräg: Sie bestätigte meine schon damals aufgestellte „Theorie", indem sie sagte, dass ich von schlechten Engeln und negativer Energie umgeben sei.
„Negative Energie" hatte ich schon gehört. Aber „Böse Engel? Schlechte Engel"? Ich dachte, Engel seien immer gut?

Diese esoterische Bestätigung meiner Arschlochtheorie sollte mich nach 60 Minuten stolze 180 Euro kosten. Inklusive eines Papiers, lang wie eine Papyrusrolle aus der Pharaonenzeit. Dieses Schreiben hatte die Funktion eines Rezeptes, das ich nur in einer bestimmten Apotheke in der Stadt einlösen konnte.
Die Nachfrage meinerseits, ob das nicht zu viele Medis auf einmal seien, da mein Körper ja sowieso mit diversen Allergien vorbelastet sei, wurde verneint.
Sofort musste ich mich auch der Frage stellen, ob ich vielleicht gar nicht gesund werden wolle … „Äh? Doch, natürlich".

Jetzt hatte ich tatsächlich einen Engel, der in meinen Gedanken herum kreiste ...Aber auch gleichzeitig einen Teufel.
Diese beiden imaginären Wesen verursachten doch ein leichtes Chaos in meinem Gehirn. Wörter wie: Hab dich nicht so!/ Stell Dich nicht so an!/ Jetzt mal nicht so skeptisch!/ Ist doch alles nur Hokuspokus und Geldschneiderei!/ Probiere es doch mal aus!/ Kann doch nicht schaden!/ Die will Dich nur veralbern ... liefen quer und durcheinander auf meiner „Festplatte". Sie glühte förmlich. Ich war etwas überfordert...

„Na, dann nehmen Sie die aufgeschriebenen Tabletten, Kräuter, Tees alle paar Stunden ein und schon wird sich eine Besserung einstellen! Gesundung tritt sofort ein. Und die Auswirkungen werden Sie auch sofort spüren."
Stimmt.
Das zusätzliche Loch in meinem Portemonnaie war sofort zu spüren, da 125 Euro direkt in der Apotheke blieben.
Ab nach Hause.
Da ich ja Heilung wollte, begann ich auch mit der direkten Einnahme der vorgeschriebenen Medis.

Einige Stunden und Mittelchen später ging das Rumoren in meinem Magen-Darm-Trakt dann los.
Aber das wusste und ahnte ich ja schon.
Das war normal: Alles Schlechte muss ja raus!
Auf dem Weg zur Toilette musste ich an einem Spiegel vorbei.
Ich ignorierte diesen aber zunächst.
Als ich dann so am Waschbecken stand und unweigerlich einen Blick in den vor mir hängenden Spiegel warf, konnte ich das Erblickte nicht mehr ignorieren: Rote Flecken, Pusteln und ... ne!

Alles Schlechte muss raus?
Aber doch nicht so!
Und schon gar nicht für 305 Euro.
Ich rief die Heilpraktikerin an.
„Das sind die bösen Geister, die sich auf diesem Weg verabschieden wollen."
Aha!
Ich zog das Ganze noch ein paar Tage durch.
Bis zu dem Tag, an dem ich meinen besten Freund Lasse von der Schule abholte...
Die Klasse war noch unterwegs auf Exkursion. Ich saß wartend auf einem der Holzstühle und mein Blick fiel auf die Pinnwand. Ein mir bekanntes Symbol auf einem Blatt Papier erregte meine Aufmerksamkeit. Ein Rezept meiner Heilpraktikerin für einen Mitschüler von Lasse. Ich stand auf, um das Geschriebene genauer lesen zu können.
Lasses Mitschüler und ich, das ist ja schon aufgrund des Altersunterschiedes klar, sind zwei völlig verschiedene Individuen. Dachte ich.
Aber nicht laut des ausgestellten Rezeptes.
Nicht nur die Medikamente waren identisch, auch Einnahme und Dosierung.
Interessant.
Ich schien einen verjüngten, gegengeschlechtlichen Klon zu besitzen.
Wie es wohl dem Mitschüler von Lasse hautmäßig ging?

Ich wartete.

Wir wollen doch nur gesund werden, das kann doch wohl nicht so schwer sein, oder?

Ach ja. Gut, dass mir das noch eingefallen ist. Das ist so abstrus, dass mir jetzt schon wieder zum Schmunzeln zumute ist.

„Sapere aude - habe Mut, dich deines eigenen Verstandes zu bedienen!"
Der Herr Kant hat mir schon oft geholfen.

Danke.
Erst mal: Tschüss!

037 – Retro|Perspektive – Bombast von Hohenheim-Hospital Oberarztvisiten

Ich habe Fieber. Oft morgens schon 39.5 Grad.
Ironischerweise erst, seitdem ich das Antibiotikum bekomme.
Das ist nicht so ganz nachzuvollziehen.
Ratlosigkeit bei allen.
Das verändert sich auch in den nächsten Tagen zunächst nicht.
Bis dann der Herr Oberarzt eine zündende Idee hat. Naja, eigentlich ist es schon eine vorgefertigte Meinung. Diese eröffnet er mir auch direkt bei der Oberarztvisite:
„Frau Maschke! Wir können uns Ihr Fieber unter der Gabe von Antibiotikum überhaupt nicht erklären! Kann es sein, dass Sie das Fieberthermometer manipulieren?"
–
–
–
Ich vergesse, Luft zu holen.
... Die anderen anwesenden Ärzte und Pflegis ebenfalls.
Alle sind sichtlich irritiert.
Weil ich mit meinem Erstaunen nicht alleine bin, bin ich dann doch so motiviert, eine Frage zu artikulieren:
Wie?
„Ja, zum Beispiel unter heißem Wasser?"
Wie? Äh? Wo?
„Ach, ja richtig! Sie können ja gar nicht ins Badezimmer. Dann vielleicht an der Lampe!"
- Die Lampe befindet sich hinter mir an der Wand, also auch unerreichbar!
Wie?
„Ach, ja. Geht ja auch nicht. Ja, dann ist es wohl wirklich Fieber. Aber die Ursache ist, wie so oft bei Ihnen, unklar. Wir wissen nicht weiter und sehen nur, dass es Ihnen schlecht geht. Wir werden das beobachten müssen!"
Es ist ganz still im Zimmer geworden.
Der Oberarzt scheint das aber nicht zu bemerken und entschwindet mit seinem Gefolge.
Die Tür schließt sich.

Die Tür öffnet sich wieder.
Der Stationsarzt kommt herein. Steht vor meinem Bett. Klopft vorsichtig auf mein Bein. Eigentlich soll es wohl eine nette Geste sein ... „Vergessen Sie einfach, was gerade gesagt wurde. Der Oberarzt hatte Nachtdienst mit Einsatz."

???
Und wieder schließt sich die Tür.

Es mag vielleicht hysterisch klingen, aber die Oberarztvisite hat nicht gerade dazu beigetragen, dass ich mir irgendwie vorstellen kann, hier die nächsten Wochen auszuhalten, beziehungsweise einfach wieder gesund zu werden ...
Und so kontaktiere ich Menschen meines Vertrauens, meine Familie, Freunde, aber auch Herrn Armando, Frau Anuuk, Dr. Børge und Olaf Engtswing.
Ich brauche die Bestätigung, dass man mir glaubt. Dass ich, auch wenn es nicht in Schema A wie Antibiotika passt, nun trotzdem einfach mal Fieber habe. Einfach so.
Ohne Manipulation.

Herr-Gott–noch-mal!

Kann doch nicht so schwer sein, einfach wieder gesund zu werden. Gibt's da denn nicht einfach einen geraden, leichten Weg?

Eine Gesundstrecke, die man gemeinsam absolviert?
ZUSAMMEN?
Ich meine, es geht doch hier um mich. Um die Beseitigung der Entzündung. Um wiedergewonnene Mobilität.
Um Lebensqualität. Um Genesung und die damit verbundene, möglichst naheliegende, bevorstehende Entlassung.
Um einen gemeinsamen Erfolg.
Wir wollen doch wohl alle das Gleiche, oder?

Ich weiß auf jeden Fall: Ich will hier weg!
Möglichst gesund und ohne Rollstuhl.

Ist doch verrückt.
Ich liege hier im Krankenhaus und um meine Genesung fortzuführen, benötige ich Hilfe.
Und wo finde ich die?
Außerhalb des Krankenhauses!
Alle gerade erwähnten Menschen helfen mir.
Das ist so klasse.
Alle nehmen sich Zeit und überlegen mit mir zusammen, wie das weitere Prozedere in meinem Sinne verlaufen kann.
Ich bekomme zwischendurch schon Panik, dass ich vielleicht doch irgendwie selbst an dieser Misere Schuld haben könnte und einfach nicht kapiere, wie ich mich selbst wieder gesund bekommen kann. Vielleicht habe ich irgendeine Beschwörungsformel übersehen?

Das wäre doch der Hammer.
Ich liege hier und müsste eigentlich nur mal eine Zauberformel aussprechen und der ganze Spuk wäre – Schwupps – vorbei. Ich bin mir da allerdings nicht ganz sicher, ob ich dann nicht vor Schreck und vor Trauer über so viel vergangene Zeit voller Leid usw. so stark traumatisiert wäre, dass ein weiterer Aufenthalt im LKH unvermeidbar wäre.

Aber nee.
Ich spinn` gerade rum.
Ich würde mich freuen. Sehr sogar.
Und da, wo ein Zauberspruch ist, ist meistens auch ein ganzes Buch. Und das würde ich dann doch ganz gerne mal lesen … ich hätte da ein paar Ideen und Wünsche ...

Man muss ja perspektivisch denken, oder?

038 – Retro|Perspektive – Krämpfe und immer noch stationär ... im Bombast von Hohenheim-Hospital

Jetzt liege ich schon zwei Wochen hier.
Das mit dem Gesundwerden scheint sich doch noch etwas hinzuziehen.
Mir geht das viel zu langsam.
Nicht nur wegen der „Mitpatientensituation" ...
Diese verdammten Krämpfe sind immer noch da.
Sie haben sich insoweit verändert, vielleicht ist das auch schon eine Verbesserung, dass ich tagsüber ein paar Sekunden vor der Attacke schon spüren kann, dass da gleich eine unkontrollierbare, schmerzhafte Muskelkontraktion auf mich zukommt. Das ist gut. So habe ich zumindest die Gelegenheit, mich noch selbst zu schützen.
Oder kann es wenigstens versuchen.
Kommt so ein Krampf, verzieht sich die gesamte Muskulatur meines gerade noch entspannten Körpers so dermaßen, dass es mich auf die Seite wirft. Vorzugsweise in Richtung Fensterbank.
Da wir ja die Fensterbank als erweitertes Regal umfunktioniert haben, ist das Bett mit dieser Erweiterung fast auf gleicher Höhe. Ich knalle also immer mit dem Kopf gegen den Rand der Fensterbank.
Eine Marmorplatte. Das hat schon zu mehreren Beulen am Kopf geführt. Oder, wenn irgendjemand das Bett nicht direkt an die Fensterbank zurückgeschoben hat und sich dadurch ein Spalt zwischen Bett und Wand befindet, lande ich genau dazwischen.
Die andere Seite meines Bettes ist aber die noch ungünstigere Variante. Wenn es mich auf die Seite des Nachttisches schleudert, habe ich echt schlechte Karten. Nicht nur, weil ich erst mit dem Kopf gegen den Metallnachtschrank schlage (das ist dann immer schon die nettere Aktion), sondern weil ich, wenn ich nicht vom meist ausgeklappten Tisch aufgefangen werde, bis zum Becken abwärts Richtung Fußboden stürze.
Das bedeutet dann eine ziemlich schmerzhafte, nicht enden wollende Kettenreaktion. Der Rücken befindet sich in einem Spasmus, einem Flitzebogen verdächtig ähnlich. Ich weiß dann immer gar nicht, wo da in der Muskulatur noch Freiräume für weitere Kontraktionen sind.
Aber scheint zu funktionieren.
Entweder befördert mich dann die nächste Attacke komplett aus dem Bett oder ich hatte schon versucht, mich in Richtung Bettoberfläche zu bewegen und befinde mich dann wieder auf dem Weg zum Fußboden.
Ich komme dann nicht in einem Rutsch hoch. Einfach, weil ich für den Abstand der einzelnen Attacken viel zu lange brauche.
Schön, wenn es dann fitte Mitpatis gibt, die für mich klingeln können.

Ansonsten sieht es in solchen Momenten ziemlich schlecht für mich aus, da mich in manchen Situationen der Überraschungseffekt einholt und mir es dieser nicht mehr ermöglicht, noch zur Klingel zu greifen.
Und das ist dann so eine frustrierende, demütigende Situation:
Da möchte ich nur noch nach Hause.
Laufend.
Erhobenen Hauptes! ... was dann ja auch gleich bedeuten würde, dass mein Rücken wieder stabil genug zum Gehen, Rennen und Stehen wäre ...
Das wäre schön.
Leider befinde ich mich dann ja eher kopfüber.
Die dann entstandene Schwerkraft auf meinen Kopf scheint auch den Augeninnendruck zu beeinflussen.
Kompression verteilt sich auf die Tränendrüsen und Kanäle.
Heulen geht dann immer ganz schnell.
Könnte ja befreiend sein.
Aber ich kann natürlich nicht gut kopfüber weinen und sprechen. Außerdem erzeugt dieser Zustand in Sekundenschnelle heftige Kopfschmerzen...
Eigentlich wäre Schreien in so einem Augenblick wohl angebrachter.
Nicht nur zur seelischen Erleichterung, sondern auch um Hilfe zu ERBRÜLLEN!!!!!
Wenn ich in so einem Hängezustand stecke, habe ich jetzt für mich die schmerzfreiere Alternative zum Warten auf Rettung erkoren: Ich lasse mich einfach vorsichtig und langsam aus dem Bett gleiten und warte.
Wenn ich Glück habe, kommt Besuch oder eine meiner Mitpatientinnen von irgendeinem Ausflug zurück.
Das Problem dieser Variante ist nur, dass der Boden ganz schön kalt ist.
Und ich habe mir wahrscheinlich durch diese artistischen, kostenlosen Zirkusvorstellungen eine Blasenentzündung eingefangen.

Man muss Prioritäten setzen, oder?

Apropos Blasenkatheter.
Das ist natürlich auch noch so ein Hindernis. Leider fungiert der Schlauch auch nicht gerade als Sicherheitsseil, um vom Gipfel ins Tal zu stürzen.
Im Gegenteil.

Aua. Aua.

Willi reicht es.
Er hat Nachtdienst und durfte nicht nur explizit mein Geknutsche mit der Fensterbank erleben, er muss jetzt auch noch meine Platzwunde versorgen...

Der Krampf hatte mich im Schlaf überrascht und nicht nur erwachen lassen ... ich konnte auch nicht mehr reagieren .... .

Willi ist ein superlieber Pfleger. Und Mensch. Optisch und im Herzen ein Paradiesvogel.
Da kann man noch so traurig, schlecht gelaunt, demotiviert sein. Wenn Willi ins Zimmer kommt, hat man noch gefühlte 2 Minuten Zeit, sich in seinem Schmerz und „die Welt ist schlecht"- Drama zu suhlen. Dann fängt man plötzlich an, lustig, gut gelaunt und motiviert zu sein und auch die komischsten Lebenssituationen wieder positiv in Angriff zu nehmen.
Mich erinnert unser Nachtspiel gerade an Mozarts Zauberflöte:
Wir befinden uns im folgenden Akt der Aufführung:
Papageno und Tamino bauen ein Schiff, um der Königin der Nacht Paroli zu bieten.

Selbst das Glockenspiel ist dabei! Willi ist so dermaßen gepierct, dass die Ringe an seinem Körper Klänge von sich geben. Und durch die körperlichen Aktivitäten seinerseits (er hievt mich wieder zurück in die Liegeposition und versorgt meine Platzwunde mit Pflaster) entsteht dabei auch noch eine eigene Komposition.
Mozart wäre jetzt bestimmt ganz neidisch.
Ich erzähle meine Impressionen Willi.
Der antwortet nur trocken, dass es jetzt wohl doch mal Zeit wird, das Morphium runter zu dosieren.

Ja.

Willis Konstruktion ist super.
Der Spalt zwischen Fensterwand und Bett sowie die Fensterbank an sich sind mit vielen Decken und Kissen gepolstert.

„Pflegerische Variante, damit unkontrollierbar nervige Patienten zur Prinzessin auf der Erbse mutieren", so Willi.

Gerne doch.

039 – Retro|Perspektive – Alltagsstress? Oder der alltägliche Wahnsinn, seine menschlichen Bedürfnisse irgendwie human zu befriedigen......

So ab 7:00 Uhr werden Waschschüsseln verteilt und Vitalzeichen kontrolliert. Kann aber auch mal 8:00 Uhr werden. Je nachdem, was auf der Station so los ist.
Mir ist eigentlich immer nur wichtig, dass ich angezogen bin, wenn die Visite beginnt oder das Frühstück kommt.
Ich ziehe mich jeden Morgen um. Also richtige, aber gemütliche Klamotten.
Keine Jogginghosen etc.
Richtige Hosen.
Ich könnte nicht im Schlafanzug oder Ähnlichem den ganzen Tag hier herumliegen. Das empfinde ich als ein Stück Selbstaufgabe. Außerdem beschert mir das noch ein bisschen das Gefühl von Tagesrhythmus und Abwechslung. Das ist mir super wichtig.
Ich glaube, für dieses Verhalten und Verharren in meiner Selbstständigkeit und meine Form der Selbstmotivation hassen mich hier einige vom Pflegepersonal.
Vielleicht sogar sehr.
Ich weiß nicht, wie oft ich die Frage beantworten muss, ob das mit dem morgendlichen und damit logischerweise auch abendlichen Akt der Umzieherei sein müsse.
„Es ist doch egal, was Sie anhaben! Außerdem reicht es doch auch, sich alle zwei Tage umzuziehen. Sie bewegen sich doch gar nicht. Schwitzen tun Sie auch nicht. Nur für uns ist das immer sehr zeitaufwendig."
Die ersten Tage habe ich mich immer noch gerechtfertigt und versucht zu erklären, was es für mich bedeutet.
Inzwischen schweige ich.
Manchmal musste ich mir den Vorwurf anhören, einfach eine sehr sture Patientin zu sein.
Das hat mich zunächst verletzt. Jetzt empfinde ich es immer mehr als faszinierend, zu beobachten, wann, von wem und in welchen Situationen diese Aussagen kommen?!
Das ist wirklich spannend.
Gibt mir natürlich auch die Möglichkeit, das Ganze aus einer bestimmten, seelisch nicht mehr ganz so verletzenden Perspektive zu betrachten.
Wenn man das zweite Mal innerhalb kürzester Zeit auf einer Station wie dieser ist, scheint man nicht nur zum Inventar zu gehören, man verliert auch den Respekt der Anderen.
Sich diesen Respekt jeden Tag wieder zu erarbeiten, erscheint mir neben dem Gesundwerden als eigentliche Mission eines Patienten. Welches von

beiden die schwierigere Obliegenheit ist, weiß ich momentan noch nicht zu benennen.
Ich habe selber in der Pflege gearbeitet. Schon während meiner Ausbildung ist uns immer wieder verstärkt eingeimpft worden, dass es in unserer Arbeit um Menschen geht. Um würdevolles Leben.
Egal, wen man da vor sich hat.
Egal, in welcher Situation.
Ich weiß noch genau, dass zu Beginn unserer Ausbildung bei der Begrüßung nicht der Name unserer Tutorin an der Tafel stand, sondern „Circle of Protection"!
Dieser Begriff sollte auch in den folgenden drei Jahren der Leitfaden für die Ausbildung werden. Und jetzt, in meiner momentanen oppositionellen Stellung als Patient, kann ich die manchmal schon nervige, immer wieder vehement und energisch an uns gerichtete Ansprache unserer alten Tutorin viel besser verstehen.
Jetzt, nach weiteren zwei Wochen des Liegens, ist der Umgang zwischen Team und Patient manchmal ganz schön heftig.
Anklopfen beim Eintritt ins Zimmer ist sowieso nicht mehr nötig.
Waschschüssel bekomme ich noch. Habe ich Extrawünsche, zum Beispiel Haare waschen oder neue Bettwäsche, wird das kategorisch auf den nächsten Dienst verlegt. „In dieser Schicht ist dafür keine Zeit."
Zeit scheint auch generell keine mehr da zu sein, wenn es zum Beispiel um das Herausgeben von Klamotten aus dem für mich unerreichbaren Kleiderschrank geht.
Oft passiert es, dass ich bis zum Erscheinen der Physiotherapeutin zwar gewaschen aber nicht angekleidet bin.
Das ist meistens so um 11:00Uhr.
Bis dahin habe ich natürlich schon oft geklingelt. Die Tür öffnet sich dann jedes Mal einen spaltbreit, eine Hand liegt auf der Türklinke. Die andere drückt den Schwesternruf aus.
„Ist es wichtig, Martha? Kann es noch warten? Ich komme gleich wieder!"
Tür zu.
Es bringt rein gar nichts, schnell „Stopp!" oder Ähnliches zu rufen.
Schwupps! Tür zu.

Wenn ich dann erneut und mit zu geringem, zeitlichem Abstand wieder klingele, werden meine Rufe total ignoriert. Das Dröhnen der Klingel kann supernervig sein. Auch für mich. Letztendlich schaufelt man sich damit dann auch sein eigenes Grab, wie ich schmerzlich feststellen musste:
An irgendeinem chaotischen, ignoranten Vormittag hatte ich mich nach dem dritten Klingeln damit abgefunden, dass ich das Anziehproblem seitens der Schwestern nicht mehr gelöst bekäme und doch auf Besuch oder Physio Bea warten muss. Leider tat sich ein neues Problem auf:

Ich musste ...
Ganz dringend.
Durchfall.
Paradoxe Reaktion auf das Morphium. Wie immer.
Obstipation wäre mir lieber gewesen.
Ich klingelte erneut. Aber es kam niemand.
Es hörte mich auch anscheinend niemand.
Mir stand dann irgendwann buchstäblich der Schweiß auf der Stirn, kurz vor dem Kreislaufkollaps. Weitere fünf Minuten vielleicht könnte ich noch meine Pobacken zusammenkneifen.
Ich zählte die Sekunden.
Sechs Minuten können so lang sein ... Vor allem malte ich mir schon aus, wie jemand den Kopf durch die Tür steckte und „Was is´n?“ und „Kannst du noch warten? Komm gleich wieder!“ rief, und womöglich zeitgleich wieder verschwand ...
Auch das passierte nicht.
Es passierte nämlich gar nichts.
Und wenn man am Anfang noch „das Problem“ eher in den unteren Gefilden seines Torsos spürt, so wird einem nach einigen Minuten ja doch bewusst, welche Verbindungen im gesamten Körper so vorherrschen und was rektale Impulse und Kontraktionen für Auswirkungen auf das zentrale und vegetative Nervensystem haben können. Beziehungsweise ... in meinem Fall eindeutig hatten.
Ich wusste nicht, sollte doch jemand vom Pflegepersonal ... so ganz spontan mein Zimmer betreten und mich nach meinem Problemchen befragen, was jetzt die vorherrschende Priorität hat: Darm oder Kreislauf!?
Irgendwann, eine gefühlte Ewigkeit später, muss mein interner körperlicher Kampf und Krampf externe, visuelle Spuren in Form von der Farblosigkeit meines Gesichtes verraten haben, denn als Barbara, meine Bettnachbarin, vom Rauchen wieder ins Zimmer kam, erkannte sie noch in der Tür meine Dramen. Schnurstracks stiefelte sie in den Fäkalienraum und kam sofort wieder ... mit einem Schieber in der Hand! Und half mir in meiner Not.
Danke.
Lebensretter.
Unglaublich, wie oft ich in den letzten Wochen von den diversen Aufmerksamkeiten meiner Mitpatienten profitiert habe. Und dabei handelt es sich nicht um Profit in Form von habgierigem Konsum wie Geld, Nahrungsmittel, sondern trauriger- und dramatischerweise „nur“ um menschliche Bedürfnisse.
Um mein Leben.

040 – Retro|Perspektive – Nackte Blutentnahme

Morgens, so ab 8:00 Uhr, ist immer Blutentnahme.
Davor beginnt schon das allmorgendliche Waschen.
Jeden Morgen bettele ich so ab 07:30 Uhr nach einem Bettlaken. Oder nach einer Decke. Oder, als Alternative, nach einem Badehandtuch.
Es klappt nie. Ich werde immer vertröstet.
Das Problem?
Blut entnimmt immer der Stationspfleger. Um ehrlich zu sein, ein auf mich sehr unangenehm wirkender Mensch.
Irgendwie schmierig und schmuddelig im Aussehen.
Und wenn das nicht ausreichen sollte: ein uns Frauen immer wieder auffallende voyeuristische Blicke. Es ist echt unerträglich.
Ich werde zum Waschen immer komplett ausgezogen.
Bin also nackt. Noch genauer: Ich liege da ausgestreckt in meiner vollen „Pracht“ ... wie Gott mich schuf ... GANZ NACKT.
Man legt ja in so einer Krankenhausodyssee schon viel an Intimsphäre ab ... aber so ein bisschen Scham bleibt doch übrig. Und die ist intensiv.
Und ich habe keine Chance, mich zu verstecken ...

Sind meine Ansprüche zu groß?

Erwarte ich zuviel?
Später mehr.

Es kann doch nicht so schwer sein, einfach wieder gesund zu werden, oder?

041 – Retro|Perspektive – Ganz schön früh … und die Erkenntnis, dass der Blick in ein Fenster die ganze weite Welt bedeuten kann …

Ich habe wohl traumlos ein paar Stunden geschlafen und bin mit einem merkwürdigen Gefühl wach geworden. So, als hätte ich was sehr Bedrohliches geträumt. Irgendwas muss mich erschreckt haben.
Ich habe Angst.
Ein Blick auf meinen Wecker verrät mir, dass es gerade erst 4:30 Uhr ist.
Puuh. Selbst bis zum Wechsel des Nacht-Frühdienstes ist es noch etwas hin. Heute hat zwar Willi Dienst gehabt, ein Gesprächspartner, bei dem immer die Option besteht zu klingeln und zu reden, aber ich habe nachts mitbekommen, dass ziemlich viel los war, und ich will nicht stören.
Ich kann auch gerade gar nicht eruieren, was mit mir los ist.
Also schaue ich mich mal um. Da Willi Dienst hat, bedeutet das auch, dass ich einen Blick aus dem Fenster werfen kann.
Er lässt nämlich das Bett immer so hochgepumpt, dass ich aus dem Fenster schauen kann … das ist nicht immer so. Die meisten (Gott sei Dank nicht alle!) der Pflegis, haben ein sehr ausgeprägtes Pflichtbewusstsein sämtlichen Vorschriften gegenüber.
Was in meinem Fall bedeutet, dass das Bett fast auf Fußbodenniveau heruntergelassen wird (ich könnte mich ja so intensiv bewegen, dass ich rausfallen könnte, ha, ha, ha) und sich dadurch mein sowieso sehr eingeschränkter Horizont, der sonst immer an der nächsten Hauswand endet, auf die 10 cm entfernte Heizung reduziert wird.
Super.
Ich kämpfe jedes Mal um eine kleine Erhöhung des Bettes, und um damit die Möglichkeit auf eine kleine, eigene Welt zu haben.
Meistens habe ich jedoch keinen Erfolg damit.
Genauso wenig wie mit dem Wunsch nach „Umdrehen" des Bettes. Was mir ebenfalls eine abwechselnde Perspektive verschaffen könnte.
Ohgottohgottohgottohgottt.
Seitdem befinde ich mich nur noch in der Kategorie: „aufmüpfige, sture Patientin".
Dabei habe ich allenfalls eine gewisse Teilschuld.
Die Hauptlast dürfte Prof. Jericho, nebst Ehegattin, auf seinen Schultern tragen:
Letzte Woche, an einem schönen sonnigen Abend, öffnete sich irgendwann die Zimmertür und Herr Prof. Jericho kam mit seiner sehr sympathischen Frau vorbei. Sie würden gerade einen Abendspaziergang unternehmen und dachten sich, in diesem Zusammenhang könnte sie doch mal bei mir vorbei schauen und sich nach meinem Befinden erkundigen!
Ich bin so freudig überrascht, dass ich gleich mal die Chance nutze und frage, ob sie sich nicht einen attraktiveren Spazierweg vorstellen könnten.

Also, ich wüsste da einen! Gleich hier in der Nähe! Und wenn sie zu zweit mal eben die Bremsen von meinem Bett lösen könnten? Ich mach mich auch ganz dünne. Halte mich unter der Bettdecke ganz still, atme bis zum Fahrstuhl einfach nicht mehr ... dann könnte ich Ihnen auch einen ganz speziellen, einmaligen Geheimweg zeigen, der sich auch prima zum Spazierengehen eignen würde! ... .
Das mit dem unauffälligen „runter schieben“ von der Station würde sich bestimmt auch leicht umsetzen lassen. Kissen zum Drapieren des Bettes habe ich auch noch. Wir könnten im Notfall also auch eine Art Leiche bauen ...
Er als Chefarzt, also bitte! Da fragt doch so schnell keiner nach, warum er, als Internist, mal eben eine Tote von der Neurochirurgie in die Pathologie überführen muss, oder?

Ich fand den Plan super.
Herr Professor Jericho nicht so. Er hat nämlich keine Lust mehr auf Sport, wie er sagte, sondern wollte nur mal ganz gemütlich durch die Gegend laufen.
Aha!
So ganz kann ich das zwar nicht nachvollziehen, wie man sich gerade dafür den Parcours in der eigenen Klinik aussuchen kann. Aber bitte.
Ich finde es sehr schön, dass die beiden so spontan vorbei gekommen sind und sich mit mir unterhalten.
Aus früheren Begegnungen in der Praxis von Professor Jericho weiß ich - und habe es auch sehr zu schätzen gelernt -, dass man sich auch mal nicht nur über Krankheiten, sondern auch besonders gut über Literatur und Kunst unterhalten kann.
Das tun wir jetzt auch.
Klasse. Das tut gut.
Plötzlich dreht sich Herr Prof. Jericho zu der hinter ihm befindlichen Wand.
„Frau Maschke! Sie wollen mir aber nicht allen Ernstes zu verstehen geben, dass Sie vierundzwanzig Stunden am Tag nur diese demolierte Häuserfassade unserer Klinik im Blick haben, oder? Sie können ja noch nicht mal in die Ferne schauen. Werden Sie tagsüber umgedreht? Damit Sie mal Richtung Straße, Rasenstück und Baum sehen?“

Was für eine Straße?
Was für ein Rasenstück?
Wieso umdrehen?
Mein Zimmer liegt am Ende eines Gebäudes.
Im 90° – Winkel zeigt sich, sozusagen an meinem Bettende, schon das nächste Gebäude.
Genau dieser rechte Winkel der beiden Gebäude bildet meinen Horizont.
Die ganze Zeit.

Mauer an Mauer.
Wand an Wand.
Loch an Loch.
Riss an Riss.

Früher haben wir als Kinder immer in die Wolken geschaut und Fantasiebilder entstehen lassen. Ähnlich versuche ich das mit dem vorhandenen Grünspan und den Rissen an der Mauer ... .
Luftschlösser bauen ist aber um einiges schöner ... .

Irgendwann war mal das Fenster komplett aufgemacht worden. Im Spiegelbild der Fensterscheibe habe ich gesehen, dass sich, irgendwo in der anderen Himmelsrichtung, ein Baum befindet und die Blätter sich bewegten ... .

Die Idee mit dem Umdrehen hatte ich auch schon.
Habe mich aber nicht getraut, das anzusprechen.
Dafür habe ich Bilder an die mir gegenüberliegende Zimmerwand hängen lassen.
Ich hatte auch schon die Idee, den Verlauf meiner Spondylodiszitis in Form von Kernspinbildern an die Wand zu pinnen.
Dann könnte ich mich vielleicht selber jeden Tag mittels Autosuggestion und einem täglichen inneren Monolog (und damit einer intensiven Besprechung meines Dramas) dazu aktivieren, schneller gesund zu werden.
Dieser Vorschlag ist aber abgelehnt worden.

Aber zurück zu den „Eheleuten Jericho".
Sie waren wirklich berührt und anscheinend voller Tatendrang, meine perspektivlose Zeit zu beenden.
Kaum waren die beiden wieder auf ihrer Abendrunde unterwegs, bollerte ein Drache in mein Zimmer und versprühte imaginäre Funken:
„Der Professor hat angeordnet, dass Sie mit dem Bett immer tagsüber umgedreht werden sollen. Ich möchte ja gerne mal wissen, wie wir das auch noch leisten sollen. Aber typisch! Die von der ‚Inneren' haben ja keine Ahnung, was wir hier so leisten müssen."

Auch wenn ich mir in den nächsten Wochen eine Menge Flüche über mich anhören musste und den Pflegis täglich die ärztliche Anordnung von Professor Jericho ins Bewusstsein rufen musste:
Lieber Professor! Ich danke Ihnen an dieser Stelle vielmals.
Auf der ganzen Welt gibt es wohl keinen schöneren Baum, als auf einem kleinen Rasenstück auf dem Gelände des Hospitals ...
Danke.

Ach, ja. Also ... ich schaue so Richtung Fensterbank, die ja auch gleichzeitig als Bücherregal fungiert, und musste feststellen, dass ich kein einziges Buch mehr zum Lesen hatte.
Das konnte doch nicht sein.
Oder?
Vielleicht war der desolate Zustand meiner Lektürenauswahl doch begründet. Bei genauer Überlegung hätte ich vielleicht etwas vorausschauender planen können? Aber: Um nicht in Panik zu verfallen und nicht ständig die Zeit der ursprünglich anvisierten sechs Wochen rückwärts zu zählen, habe ich einfach nur gelesen und gelesen.
Aber, ich weiß doch genau, dass ich irgendwo immer noch zwei, drei Bücher in petto habe, die noch ungelesen sind!?
????
Ein anderes „Aber" kommt mir in den Sinn: Um gar nicht erst lektürefreie Momente entstehen zu lassen und die reale Situation nicht erfassen zu müssen, habe ich blindlings ein Buch nach dem andern aus dem provisorischen Bücherregal gezogen.
Aufgesogen.
Mannomann.
Wann ist das denn PASSIERT?
Albtraum.
Nein.
Ich will nicht so lektürenlos der realen Welt ausgeliefert sein.
Ich brauche Orte der Phantasie.
Orte, die ich von außen betrachten kann.
Orte, an denen ich aus der Distanz und/oder nach eigenem Ermessen entscheiden darf, ob ich daran teilhaben möchte.
Orte, an denen ich meine Gefühle und Emotionen selbstständig delegieren kann.
Wie ich möchte.
Das mag panisch klingen.
Stimmt. Ist es auch.
Und jetzt?
Wie komme ich an mein Überlebenselexier?
Barbara, meine Zimmerkollegin, hatte sich für zwei Tage von der Klinik beurlauben lassen. Besuch hatte sich keiner angekündigt.
Pflegis? Keine Zeit.
Bücherei zu.
Panisch hielt ich bis zur Eröffnung des Kiosks durch. Wählte die Nummer. Leider erzählte mir die Verkäuferin im Kiosk, dass sie mir gerne Bücher/Zeitschriften vorbeibringen würde, es aber seitens der Klinikverwaltung nicht gestattet sei.
Mein Angebot, dass ich mal bezüglich einer Notsituation und möglichen Ausnahmeregelung mit der Klinikverwaltung telefonieren könne, lehnte sie ab. Sie habe Angst um ihren Job.

Aha.
Es mag überzogen klingen. Aber! Meine Panik stieg ins Unermessliche, als ich auch noch feststellen musste, dass die Batterien meines CD-Spielers leer waren.
Stimmt ... Eva wollte mir (schon!!!) übermorgen neue mitbringen ...
Also auch keine Hörbücher.
Ich versuchte, mich mit dem Aufräumen meines Nachtschranks - oder besser gesagt dessen Schublade - abzulenken und fand!:
Die Visitenkarte der Buchhandlung!

9:15 Uhr.

Ich warte.

9:38 Uhr … . Ich weiß! Ich weiß, ... die Buchhandlung macht für den Publikumsverkehr erst um 10:00 Uhr auf.
Aber vielleicht geht ja schon jemand ran?
Ich wähle die Nummer.
Anrufbeantworter.
Mit der Mitteilung, dass sie erst ab 10:00 Uhr zur Verfügung stehen.
Ahnte ich doch schon.
9:55 Uhr.
Ich tippe schon mal, ganz langsam die Zahlen ein und versuche, es, ohne auf den Sekundenzeiger zu achten, so hin zu bekommen, dass sich dieses Sieben-Zahlen-Eintippen auf eine Minute hinzieht.
Beim fünften Versuch klappts: Tipp ..., tipp ..., tipp ..., tipp ..., tipp…, tipp.., tipp., tipp= tipp × sieben = 10:00 Uhr?
Jipp! Stimmt genau mit dem Ziffernblatt meines Weckers überein.
Der Wecker ist übrigens von Heinz, ein liebevoller Ferienvater aus meiner Kindheit!
Letzte Zahl getippt: Besetzt.
Das gibt's doch jetzt nicht.
OhOoOoOoOoOoOoh, doch!
Die nächsten zwei Stunden ... ist immer besetzt.
Aber nicht so schlimm.
Ich versuche diverse Varianten des freien Tippens.
Zum Beispiel: Den Hörer in verschiedene Positionen halten, ohne das Tastenfeld zu sehen, und trotzdem zu tippen!
Nach einiger Zeit habe ich es dann auch kapiert: Wann immer ein Freizeichen erklingt, bin ich nicht mit der Buchhandlung verbunden, sondern mit anderen Menschen.
Anderen netten Menschen, morgens gegen 10:00 Uhr in Deutschland.
Irgendwann klappt es dann doch und ich bin zunächst so überrascht, dass ich mir dermaßen einen zurecht stottere, dass die Buchhändlerin überhaupt nicht versteht, was ich eigentlich will und beinahe auflegt, weil

sie sich doch etwas veralbert vorkommt. Ich kann mich und meine Freude dann aber doch insoweit kontrollieren, dass ich einfach nur noch: *HILFE!* in den Hörer schreie. Was zunächst auch nicht unbedingt zur gefühlten Ernsthaftigkeit meiner Gesprächspartnerin führt. Ich versuche, meine verbalen „Ergüsse" weiter auszuführen und schaffe es dann, den folgenden Satz zu verbalisieren: " Hilfe! Ich bin in einer Notlage!"
„Aha! Und wo befinden Sie sich? Was können wir für Sie tun? Das hier ist eine Buchhandlung. Soll ich für Sie den Notarzt informieren?"
Bin doch schon im Krankenhaus!
„Aha!"
Ausatmen meinerseits.
Konzentrieren!
„Ehrlich! Ich brauche Ihre Hilfe! Ich habe nichts mehr zu lesen und muss hier aber noch so circa vier Wochen im Bett liegen."

So langsam versteht die arme Buchhändlerin Kerstin mein Problem und meine wirkliche Notlage. Als Bücherwurm kann sie, nachdem ich meine Geschichte dann doch irgendwann artikulieren konnte, meine Bredouille verstehen. Kerstin, die Liebe, kann sich an mich als Kundin erinnern und nimmt sich eine halbe Stunde Zeit für mich. Mit dem Telefon am Ohr kurvt sie mit mir durch alle Bücherregale und macht Vorschlag um Vorschlag.
Irgendwann haben wir dann fünf schöne Bücher zusammen.
Ich bin beruhigt, und auch die Vorstellung, dass es ja jetzt mit dem Versand und so weiter trotzdem noch 2 bis 3 Tage bis zum Erhalt der Bücher dauern wird, macht mir keine Angst mehr.

Ich kann ja diese Zeit mit Vorfreude füllen!
Ich bedanke mich herzlich und bin einfach nur froh, eine so schöne Perspektive zu haben.

Drei Stunden später klopft es an meiner Tür und eine mir unbekannte Dame betritt das Zimmer.
Sie ist bepackt wie ein Watussirind.
Ehrlich.
In jeder Hand einen vollen, und, wie es aussieht, schweren Leinenbeutel. Des Weiteren noch einen prall gefüllten Rucksack auf den Schultern.
Sie stellt sich vor: „Ich bin Nancy! Von der Buchhandlung! Ihr Notruf hat die Runde durch all unsere Abteilungen gemacht. Mein Bereich zum Beispiel ist eigentlich die juristische Fachliteratur. Aber das ist ja auch egal. Wir haben uns in der Frühstückspause überlegt, dass es doch mit ihrer Bestellung auf dem normalen Postweg viel zu lange dauert, bis Sie an Ihre Bücher kommen ... und deshalb bin ich hier! Meine Kollegen haben mir für den Rest des Tages freigegeben, damit Sie nicht noch durchdrehen, nur weil Sie keine Literatur mehr haben! Ihre Situation ist ja sowieso schon richtig mies. Und wenn so ein paar Bücher ihr seelisches Wohlbe-

finden positiv beeinflussen, wenn das alles ist, was fehlt, um ein bisschen glücklich zu sein, ja, dann spiele ich gerne auch mal fortunische Postbotin!"
Pause
„Freuen Sie sich?"
Ich bin kurz davor, vor lauter Rührung laut loszubrüllen. `
Stattdessen kommen mir ein paar Tränen.
Und dann muss ich doch los schluchzen.
Danke! Ach. Oh. Ist das lieb!
Ich weiß nicht, was ich sagen soll.
Die drei Taschen beinhalten zwar auch meine fünf bestellten Bücher, aber stellen sich ansonsten als ein wunderbarer Schatz heraus. Die Mitarbeiter der Buchhandlung haben mir zwei Taschen mit Hörbüchern, Leseexemplare, Schokolade, Sudokus, Luftballons und einer wunderschönen Sonnenblumenkarte gefüllt.
Ich bin wirklich sprachlos.

Das muss auch jetzt gar nicht weiter kommentiert werden, oder?

VIELEN LIEBEN DANK!
Ihr habt mich gerettet.

Später an diesem Tag öffnet sich noch mal die Tür. Hereinspaziert kommen zwei junge Mädchen mit einem riesigen, schönen Blumenstrauß. Von meinem Arbeitgeber.
Der Chef des „Insiders" lässt mir mit dem Blumenstrauß übermitteln, dass ich mich bei Fragen, auch im medizinisch - juristischen Bereich, gerne an ihn wenden kann.

Was für ein Tag des Zuspruches!
„Ich hab heut` Glückstag!", würde mein Freund Lasse zu sich selber sagen ...
Ich bin wirklich glücklich.
Und wenn die Aufmerksamkeit des heutigen Tages zum sekundären Krankheitsgewinn gehört ... ich glaube, dann nehme ich diesen heute mal gerne an!

Kann doch gar nicht so schwer sein, einfach wieder gesund zu werden, oder?

041.2 – Retro|Perspektive – Später

Oh.
Die heute anwesende Nachtschwester hat schlechte Laune.
Das merkt man schon am Geräuschpegel.
Wenn sich das allabendliche hektische Gewusel auf der Station bis 23:00 Uhr nicht verringert und man auch um diese Uhrzeit noch das Gefühl hat, eigentlich immer noch voll im morgendlichen Stationsstress zu leben, ... dann ist Gefahr in Verzug!
Es nützt nichts. Ich muss klingeln.
Mir ist total schlecht vom Morphiumpflaster.
Ich brauche eine Brechschüssel.
SIE kommt:
„Was is´n? Ich hab zu tun!"
Ich entschuldige mich für mein Klingeln und erkläre den Grund meines Meldens.
„Hätten Sie nicht vor zehn Minuten klingeln können? Da hab ich mich nämlich im Fäkalienraum aufgehalten. Jetzt bin ich da eigentlich fertig und wollte auf die andere Seite der Station gehen."

Entschuldigung.

Vor zehn Minuten hatte ich aber selber noch nicht das Bedürfnis, schon wieder einmal die Brechschüssel in Anspruch nehmen zu müssen.
Sich übergeben zu müssen, mit einer Entzündung im Rücken, ist nicht unbedingt empfehlenswert und spaßig. Deshalb vermeide ich das eigentlich tunlichst!
„Können Sie jetzt noch ne halbe Stunde warten, bis ich meinen Rundgang fertig habe?"
Ich erkläre noch mal meine Not. Entschuldige mich.
Ehrlich wahr.
Ich entschuldige mich!!!!!!:
„Es tut mir wirklich leid."
Ich bin auch schon kurz davor, aufgrund meiner permanenten Forderung nach einer Schüssel in Tränen auszubrechen.
Da stöhnt sie und setzt sich in Bewegung. Aber nicht, um mir eine Schüssel zu holen, wie ich erhofft hatte, sondern um der Ursache eines anderen Klingelns auf den Grund zu gehen.
Fünf Minuten vergehen. Sie kommt nicht wieder.
Ich kann mich nicht mehr zurückhalten ...
... und schwallartig verlässt der Mageninhalt meinen Körper.
Ich kann mich schon gar nicht mehr um mein Unwohlsein kümmern, sondern denke nur darüber nach, wie ich das der Schwester erklären soll.
Sie kommt.

Kommentarlos, eigentlich auch emotionslos, begutachtet sie die Misere. Löst die Bremse des Bettes und schiebt mich komplett Richtung Badezimmer aus dem Zimmer raus.
Die Idee finde ich gut.
Meine Zimmernachbarin schläft schon und schnarcht laut und ich will sie nicht wecken.
Ich nutze die Gelegenheit und frage nach, ob mich *die Nachtschwester* nach dem Frischmachen bitte in eines der momentan vielen freien Zimmer schieben könnte, wie ich es mit dem Spätdienst besprochen hatte. Der hatte diese Idee heute, da es zimmertechnisch möglich ist und ich seit elf Tagen nicht mehr schnarchfrei schlafen konnte.
Ich sollte *der Nachtschwester* Bescheid sagen.
Okay.
Vielleicht hätte ich auch einfach noch eine zwölfte Nacht durchhalten müssen!
Schließlich habe ich meinen pflegerischen Anspruch für diese Nacht schon erhalten ...
Dieser Meinung ist wohl auch *die Nachtschwester*.
„Frau Maschke. Wissen Sie eigentlich, wie Sie mir auf den Keks gehen? Immer diese Extrawünsche!"

Dann gibt diese geschätzte *120kg Frau Krankennachtschwester* dem Bett vom Kopfteil her so einen Schubs, dass ich einige Meter allein über den Gang rolle.
Bis eine Wand meine „Peterchens Mondfahrt" geräuschvoll und schmerzhaft beendet...

Das Geräusch des Aufpralls muss auch bei *der Nachtschwester*, die kurzfristig cerebral ausgeschalteten Areale wieder aktiviert haben.
Zumindest setzt sie sich wieder in Bewegung.
Mit dem Ziel, mein Bett einzufangen.
ZU SPÄT.

Ich glaube, wir waren beide ganz käsig im Gesicht.
Vor Schreck.
Und ich zusätzlich vor Schmerzen.
Und ich hatte in diesem Moment Angst.
Richtig Angst.
Hier war ich jetzt in einer Situation, in der man unter normalen Umständen einfach nur seine Klamotten schnappen und gehen sollte.
Leider war mir das nicht möglich.
Ich hatte Angst.
Richtig Angst.
Ich konnte für den Bruchteil einer Minute auch nicht mehr einschätzen, um was es hier eigentlich geht.

Um die Wut meines Gegenübers?
Warum?
Wieso?
Weshalb?
Ich hatte wirklich keine Idee, um was es hier eigentlich geht.
Geht's überhaupt um mich?
Verdammt.
Ich versuche schon, mich so gut wie möglich unsichtbar durch die Wochen der hoffentlich anstehenden Heilung zu manövrieren.
Und jetzt so was …

Ich bin entsetzt.
Ich habe Angst.
Richtige Angst.

Mit einem Menschen normal umzugehen, der so viel Zorn und Aggressionen versprüht, empfinde ich als sehr schwierig.

Ich habe Angst.

Es ist so schwer einschätzbar, wie die vor mir stehende Person im nächsten Moment reagieren wird.
Ich entscheide mich fürs Schweigen.
Meine zusätzlichen, durch den Aufprall des Bettes entstandenen Schmerzen helfen mir bei dieser Entscheidung.
Ich habe Angst.
Aber auch mein Blick in das Gesicht der Nachtschwester veranlasst mich dazu, das ganze Drama nicht zu verbalisieren.
Sie ist von der Nachtschwester zum Nachtmonster mutiert.
Sie schiebt mich wortlos in ein freies Zimmer.
Schließt leise die Tür.
Kein Wort.
Keine Erklärung.
Keine Entschuldigung.

Ich bin allein.
In einem Zimmer.
Ich habe Angst.

041.3 – Retro|Perspektive – Merkwürdigerweise hat sich die Welt weitergedreht und der Sonne zugewandt ... es ist der nächste Morgen

Ich habe nicht geschlafen.
Ich konnte meine Augen nicht dazu veranlassen, sich einfach mal zu schließen.
Da hatte ich endlich das von mir so gewünschte und ersehnte Einzelzimmer, und konnte doch nicht entspannen und schnarchfrei schlafen.
Auch wenn mein Gehirn immer wieder signalisierte: Du musst keine Angst haben, es passiert nichts mehr! Körper entspannen! Augen zu! ..... ging nicht. Mit Blick auf die Tür blieben meine Augen und Ohren die ganze Nacht wach.

Das nennt mal wohl Angststarre, oder?

Ich werde vom Frühdienst wieder in mein Zimmer zurückgeschoben.

„Tut mir leid, was Dir heute Nacht passiert ist.“
...
„Du solltest überlegen, ob Du das nicht melden möchtest.“
...
„Oder mal mit dem Beschwerdemanagement darüber reden. Die Nachtschwester hat uns heute Morgen berichtet, was ihr heute Nacht passiert ist.“
...
„Und sie ist wohl auch von sich selbst ganz entsetzt!“
Ich räuspere mich.
Mehr kriege ich nicht aus mir heraus.
„Das rechtfertigt das Ganze natürlich nicht.“
...
Beschwerdemanagement?
Das hatte ich doch schon mal.
Ironischerweise arrangiert von der Schwester aus der letzten Nacht ...
Ihr und einer meiner Mitpatienten waren aufgefallen, dass immer, wenn ich morgens nackt im Bett lag, um mich zu waschen, der Stationspfleger zum Blutabnehmen rein kam.
Egal um wie viel Uhr.
Immer wenn ich nackt war.
Er sah es leider auch nicht ein, einfach später noch mal wiederzukommen. Ich sprach ihn darauf an. Natürlich auch bestärkt durch meine Mitbeobachter.

Er lachte daraufhin. Meinte, dass ich mich nicht so anstellen solle, ich wäre ja nicht die erste nackte Frau, die er so sieht ...
Meine Idee, mir einfach ein paar Minuten vor der Blutentnahme Bescheid zu geben, damit ich mir zumindest eine Decke überlegen könnte oder einfach meine Waschzeit ändere, da ich einfach gerne angezogen Blut abgeben möchte, schmetterte er wie folgt ab:

„Jetzt machen Sie mal nicht so einen auf Zicke, Mädchen!“

Das hat mir dann mal wieder die Sprache verschlagen.
Meiner Bettnachbarin dafür nicht.
Bei nächster Gelegenheit erzählte sie das Geschehene der besagten Nachtschwester.
Die hatte sich dann auch Zeit für uns genommen, um das weitere Prozedere zu besprechen ...
Ich war nämlich nicht, wie sich in dem Gespräch herausstellte, die erste Frau/Patientin mit dieser Art von Beschwerde gegenüber dem Pfleger.
??????????????????????????
!!!

Sprachlosigkeit.
Aber nicht gefühllos.
Ist das nicht unfassbar traurig und entsetzlich?
Die armen Frauen.
Und wie viele Frauen haben sich nicht beschwert?
Waren, aufgrund der körperlichen Situation, ausgeliefert, hilflos?
Trauten sich nichts zu sagen?
Schlimm.
Das macht fassungslos.

Und was ist aus den anderen Beschwerden geworden?
Warum arbeitet dieser Mann noch hier?

Und dann ... der nächste Morgen! Trotz meines Gesprächs mit Zeugen erlebte ich einen schlechten Abklatsch des Filmes „Und täglich grüßt das Murmeltier“ … alles beim Alten.
Das gibt es doch nicht.
Die Schwester vom Vortag hatte wieder Dienst und gab mir die Nummer des Beschwerdemanagements.
Zwei Tage und zwei Frühdienste später kam auch jemand.
Wir erklärten nochmal die Situationen und bekamen als Gegenfrage, was denn jetzt von Ihnen erwartet würde.

??

Äh!? Okay.
Ich schlug ein gemeinsames Gespräch vor. Beziehungsweise vertrat erneut meinen Standpunkt, dass der für seine voyeuristischen Ambitionen bekannte Pfleger doch mal zur Rechenschaft gezogen werden müsse.

???!!!!!!!!!!!!!!!

Das wurde dann aber leider mit dem Argument abgeschmettert, dass der Pfleger schon mehrfach aufgrund solcher Vorkommnisse Beschwerden entgegen nehmen musste.
„Das wussten wir bereits. Wir vom Beschwerdemanagement haben auch schon mehrfach versucht, mit ihm zu sprechen. Er ist nicht bereit, was an seinem Verhalten zu ändern. Da können wir nichts unternehmen. Da sind uns die Hände gebunden.
Schließlich sprechen wir hier von einem langjährigen Mitarbeiter des Hauses! Und dann auch noch von einem Stationspfleger!“

???????????????????????????????

Es passierte nichts.
Auch nicht in den nächsten Tagen.
Ich merkte, dass mir einige Pflegekräfte Verständnis entgegenbrachten.
„Er geht übrigens in vier Tagen für drei Wochen in Urlaub. Dann haben wir Ruhe!“, erklärte mir eine Schwester.

???????????????????????????????????

Was kann und soll ich da jetzt in der neuen Situation mit der Nachtschwester machen?

Schnell gesund werden?
Kommentarlos?
Ich weiß nicht, was ich machen soll.
Ich erzähle das Geschehene Birgit.
Dann meinen Eltern.
Und vielen anderen.
Alle sind natürlich entsetzt.
Ich soll es unbedingt weitergeben.
Auch im Sinne anderer Patienten.
Ich merke aber, dass meine Angst zu groß ist.
Was, wenn ich wieder auf diese Person treffe? Zum Beispiel heute Nacht?
Und ich dann völlig ausgeliefert bin?
Machtlos? Soll ich mich wieder gegen die Wand fahren lassen?

Oder ... stundenlang, nur weil niemand mir eine Schüssel welcher Form auch immer bringt, mich in meinen eigenen Exkrementen suhlen?

Das hatte ich doch schon.
Ich lag doch schon in meinem eigenen Erbrochenen.

Und ich lag auch vom Gesäß bis zum Nacken für zwei Stunden in meinem eigenen Kot.
Ich hatte Durchfall und niemand reagierte auf mein Klingeln.
Das ist so erniedrigend. Und demütigend.
Die Dauer meines stationären hiesigen Aufenthalts ist ja nicht klar temporär begrenzt.
So, wie es aussieht, muss ich doch auch noch ein paar Wochen hier liegen.
Was soll ich machen?

Die Stimmung wird doch bestimmt nicht besser, wenn ich dafür sorge, dass hier jemand eine Abmahnung erhält.
Oder?

Ich bin feige!
Bin ich feige?

Die Menschen um mich herum können meine Not nicht so ganz verstehen.
„Du hast doch nichts mehr zu verlieren, Martha! So kann das doch nicht weitergehen!“, bekomme ich gesagt.

Und wenn doch?

„Der Rest ist Schweigen!“-Hamlet

041.4 – Retro|Perspektive – KERNSPIN-Röhre des Horrors

Ich muss noch mal in den Kernspin.
Ich war schon diverse Male in der „Röhre des Horrors“.
Man könnte jetzt annehmen, dass meine Angst sich im Laufe der Zeit entmagnetisiert haben müsste, aber mitnichten.
Die Notrufklingel, die man mit in die Röhre bekommt, scheint polarisierend mit meinen Fingern zu arbeiten.
Meine Finger wollen immer drücken!

Kaum liege ich in dieser beengten Atmosphäre, zieht es mich förmlich wieder nach draußen! Da es aber so eng ist, dass man ja sogar mit einem gesunden Rücken Schwierigkeiten hätte, alleine und vorwärts raus zu robben, müsste man also diese Klingel betätigen, um Hilfe zu holen ...

Das bringt aber, wie ich im Laufe meines Patientendaseins erfahren musste, nicht wirklich etwas.
Erstens: Sollte man wirklich aufgrund eines kleinen Not-Drückens der Klingel aus dieser Röhre raus gezogen werden, muss die Untersuchung komplett neu gestartet werden.
Und zweitens: Hege ich den Verdacht, dass diese Notrufklingel eine Art Placeboeffekt beim Angstpatienten bewirken soll!
Nach dem Motto: „Haste mal so ´n Alarmknopf in der Hand, brauchst du auch keine Angst mehr zu haben. Beziehungsweise: Hat man einfach keine Angst mehr zu haben!!!"

Das hat bei mir nicht so ganz funktioniert.

Ich hatte Angst.
Und ich habe die Klingel betätigt.

Seitdem habe ich ganz doll Angst.

Meine Vorstellung war nämlich, dass ich, wenn ich diesen Knopf betätige, automatisch und schnell per ferngesteuertem Klick hinaus befördert werde.
Falsch gedacht.
Eine zunächst freundliche Stimme fragte mich über die Lautsprecher, was denn los sei.
Unter Panik zu sprechen fällt sogar mir schwer.
Was soll man da auch großartig sagen?
Ich wollte nur raus.
„Können Sie mich bitte hier raus holen?"
„Sind Sie denn sicher, dass Sie die Untersuchung abbrechen möchten?"
„Ja!"
„Wir müssen dann aber die ganze Prozedur von vorne beginnen!"
(Hilfe! Ich bin in einer Röhre, holt mich hier raus! Aaahhh!)
„Dazu bin ich gerne bereit. Also später."

„Das geht jetzt aber nicht gut! Atmen Sie tief durch. Dann wird das schon!"
Die Stimme bekam einen ärgerlichen Unterton.

„Entschuldigen Sie die Umstände, aber ich kann nicht mehr hier drin bleiben. Würden Sie mich hier freundlicherweise rausziehen?"

„Das geht jetzt wirklich nicht gut. Halten Sie noch ein bisschen durch."
Die Antwort der MTA hatte jetzt eine so genervte Tonlage, dass ich für einen kurzen Moment nicht mehr wusste, was ich jetzt tun und sagen sollte ...
Meine Rückenproblematik war wie vergessen. Noch vor einer gefühlten Ewigkeit hatte ich zwar Probleme gehabt, überhaupt auf die Liege dieses Monstrums zu gelangen, aber wenn es jetzt darum ging, dieses Drama zu überleben, würde ich es schaffen(!) und vorwärts raus robben!!!!
Ich konnte doch nicht wegen dieses aufrecht stehenden, frei atmenden, bewegungsfaulen Fräuleins von der anderen Seite der Glasscheibe und aufgrund völligen Versagens meiner Vitalzeichen .... sterben!

„Bitte raus holen."

„Die Untersuchung jetzt abzubrechen kostet aber wirklich viel Zeit und ist enorm teuer!"

„Bitte raus holen."

Meine Stimme war eigentlich nur noch ein „Hinaushecheln" einzelner Silben.

„Das verzögert aber unseren ganzen Terminplan. Und die nachfolgenden Patienten müssen auch wegen Ihnen warten. Reißen Sie sich doch zusammen."

„Bitte raus holen."

„Denken Sie an was Schönes. Blumenwiese oder so."

Das hatte mir gerade noch gefehlt.
Jetzt meinte diese Person auch noch, Hobbypsychomöchtegerne -fantasiereiseatemtherapeutin spielen zu müssen.
Hat sie vielleicht eine extra Ausbildung zu Situationen wie dieser absolviert?

Wenn ja, möchte ich gerne, sofern ich überlebe - denn die Phase des Sterbens scheint immer näher zu rücken-, das Zertifikat der Zusatzausbildung sehen!!!!
Unter Umständen würde ich mich auch bereit erklären und mit ihr in die Personalabteilung des Krankenhauses gehen, um dort im Interesse aller nachfolgenden Patienten einen Aufbaukurs mit Thema „Erkennen und einfühlsame Hilfestellung bei Patienten mit Klaustrophobie" zu arrangieren.
Und auch gerne:

Sponsored by Patient!

Nein!
Ich will jetzt keine Blumenwiese oder so was.
Ich will raus.
Ich will den echten Himmel sehen.

Ich begehe einen Fehler und öffne voller Panik meine Augen.
Was ich da hell erleuchtet erblicke, ist der Albtraum schlechthin.
Ich muss nämlich leider „sehen", dass die Decke des Kernspins fast schon meine Nasenspitze berührt. Mein angsterfülltes Ausatmen scheint mir, bedingt durch die Enge der Röhre, meine eigene Luft ohne Sauerstoffanreicherung direkt auf den Brustkorb zu drücken.
Ich bekomme Luftnot. Werde ich durch meinen eigenen Atem ersticken?

Hilfe.
Ich versuch es noch mal mit der Klingel.

„Frau Maschke! Jetzt werde ich aber wirklich gleich ärgerlich. Die Untersuchung dauert doch nur noch 10 Minuten. Sie jetzt da raus zu holen lohnt wirklich nicht. Ist doch gleich geschafft."

Huckleberry Finn kommt mir kurz in den Sinn.
Gern gehörte Geschichte meiner Kindheit.
Wie hat er damals überlebt?
Wieso hat er sich, total bescheuert, wie ich gerade finde, freiwillig eine Tonne zum Wohnen und Leben ausgesucht?

Ich denk drüber nach.
Für fünfzehnkommaachtdreiviertel Sekunden.
Komme zu dem Entschluss, dass Tom Sawyer und Huckleberry Finn nicht mehr in der Liste meiner Kindheitshelden auftauchen werden!

Hat irgendjemand eine Vorstellung, wie lang 9 Minuten sein können?

**Es kann doch nicht so schwer sein,
einfach wieder gesund zu werden, oder?**

042 – Cerebraler Verfall in Aussicht! Paulus-Melchers-Krankenhaus in O-City

Ich glaube, es ist der 08.September und der **14445. Tag in meinem Leben.**

Bei 50 % aller Patienten im Krankenhaus, so die Studie einer Ärztin einer Medizinischen Hochschule in Deutschland, lässt die Konzentration bzw. Aufmerksamkeit innerhalb einer Woche eines Krankenhausaufenthaltes nach…
Ach ... und danach … ????
Angeblich ist es dann nicht mehr ganz so drastisch.
Ach!
Der cerebrale Verfall reduziert sich so langsam und schleichend auf null?
In wie vielen, bzw. wenigen Wochen passiert das denn?????

Von 50 einfach auf null? Oder, und das hoffe ich jetzt doch sehr, zersetzt sich die Gedächtniskapazität wie radioaktives Material ?????
Bitte!
Bitte nicht schneller! …
Was ist sonst mit Patienten, die länger im Krankenhaus liegen?
So wie ich?
Solche Studien sollte man nicht lesen oder erzählt bekommen, wenn man selber im Krankenhaus liegt.
Das tut nicht gut.
Das verunsichert ... ein bisschen.

Oh. Oh.
Und bei mir scheint es auch los zu gehen.
Bin mir auch gerade nicht mal mehr mit dem heutigen Datum ganz sicher …
Doch, doch! Es muss die Nacht zum 09. September sein …
Einfach konzentrieren.
Das ist aber gar nicht so einfach.
Heute ist mal wieder eine Nacht, in der sämtliche, wenn nicht sogar alle Geräusche trotz Kopfhörer meines CD-Spielers zu hören sind ...
Und dabei kann man die Lautstärke auf einer Skala von 0-31 einstellen.
Sie steht bei 27. Noch lauter, und man kann mich auf die HNO verlegen!

-Scharp-scharp-schnarch-schnarch-scharp-scharp-schnarch-schnarch-scharp-scharp-scharp!-schnarch-schnarch ...
Ich bin eine Meisterin des Sekundenzählens geworden.
Das ist in manchen Situationen ziemlich leicht.
Meine aktuelle Bettnachbarin benötigt im Durchschnitt fünf Sekunden, um sich zu bewegen.
Wenn ich die Sekunden bis zur nächsten Bewegung, zum Beispiel das Schaben ihrer trockenen Fußsohlen über das synthetische Bettlaken, oder zu irgendeinem anderen Geräusch zähle und ich dann mal bis zur 11. Sekunde komme, mache ich mir Sorgen, ob SIE noch atmet …

Da Tante Anna sich tagsüber eher so gut wie gar nicht außerhalb des Bettes bewegt und auch die meiste Zeit tagsüber schläft, ist sie nachts topfit. Beziehungsweise ist ihr Körper ziemlich aktiv.
Zu erkennen ist das in Form von Muskelbewegungen der Beine.
Diese Aktionspotenziale der Muskeln enden dann geräuschvoll in den Füßen.
Das ganze Bett wackelt so sehr, das der Metallrahmen des Bettes gegen den Infusionsständer schlägt …
kling, kling, kling, kling, kling, kling …
Da ja heute anscheinend die Nacht der verschiedensten Geräusche und mein Gehirn der Meinung ist, die Sammelstelle für diese akustischen Impressionen zu sein, höre ich natürlich auch den Sekundenzeiger meines Weckers:
Tick- Tick- Tick- Tick- Tick- Tick.

Oh!
Ich habe die 59 Sekunden erreicht … und zack! Tatsächlich! Ein Blick auf meine Uhr bestätigt mein Glück: eine weitere Minute in der langen Krankenhausnacht ist vorbei!
Juhu!
Ich bilde mir manchmal ein, dass ich im Laufe meiner Krankenhausodyssee gelernt habe, die einzelnen „Tick-Ticks“ zu unterscheiden.
Ehrlich.
Manchmal kann ich aus dem Nichts sagen, ob es sich um den 17. Tick oder eher den 42. Tick handelt …

Ja! Ich glaube, ich habe doch mehr Zeit als andere Menschen ...

… und dann auch wieder nicht.

Mittags, 11:00 Uhr.
Lizenz zum Sterben?

Gestern war ich im Wechselbad der Gefühle.
Somatisch und psychisch.
Mir ging es wirklich dreckig.
Wenn ich wenigstens sagen könnte: Ja! Selber Schuld! Hast Dir gestern auch übertriebenerweise die Kante gegeben.
Ey, Mann! Eine Kiste Bier, eine Flasche Wodka … war wohl ein bisschen zu viel ... oder so …
Aber, nein.
Die spießige Wahrheit ist, dass ich noch nie in meinem Leben betrunken war, geschweige denn überhaupt Alkohol zu mir genommen habe. Drogen sämtlicher Art natürlich auch gemieden ...
War das vielleicht mein Fehler?

Schwindel.
Übelkeit.
Zittrige Muskulatur.

Auch ohne diverse illegale und legale Substitutionen schwanke ich durch das Leben.

043 – Esskultur?

**Ist nicht Pflicht! ... das weiß ich ja inzwischen.
Bin ich spießig, wenn ich mich nicht an die animalische Nahrungsaufnahme meiner Mitmenschen gewöhnen kann?**

Hat eigentlich irgendjemand eine Ahnung, was es bedeutet, in einem Mehrbettzimmer zu liegen?
Allein die Einnahme von Nahrungsmitteln scheint für die meisten Menschen eine Körperbewegung zu sein, die akrobatische Fähigkeit verlangt. Geräuscharm essen und trinken? Scheint undenkbar.
Ich verstehe das nicht.
Hat man, nur weil man krank ist, auch gleich in der Aufnahme des Krankenhauses seine „Esskultur" abgegeben?
Okay! So eine Station weist eine Menge Pflegeutensilien auf.
Moltextücher und sämtliche Produkte dieser Art gibt es bestimmt auch reichlich. Benutzt werden sie eigentlich auch ... Waschen muss man die bekleckerte Bettwäsche auch nicht selber.
Aber! Bitte!
Kranksein bedeutet doch nicht, dass man sich so aufgibt, dass man in animalisches Essverhalten und somit in primitivste Verhaltensweisen verfallen muss, oder? Und so einfach vor sich hin gammeln darf, oder?

Das kann und darf doch nicht sein. Das geht doch nicht.
Das Essen bleibt mir manchmal im Halse stecken. Auf Toilette mag ich auch nicht gern gehen und schon gar nicht, wenn man mitbekommt, dass das Händewaschen auch nicht gerade zu den normalen Tagesabläufen einiger meiner Mitpatienten gehört.
Sorry! Aber ich bin gerade etwas gereizt.
Und ich will nach Hause.
Ich will meine eigene Ordnung wieder haben. Meine Wohnung, inklusive gemütlicher, sauberer Küche. Mein Geschirr und Kerzenlicht.
Ja! ... . Und auch Servietten!!!!
Ein sauberes Badezimmer.
Meinen eigenen, von mir bestimmten Tagesrhythmus! Und ich will nur noch die Menschen in meine Wohnung lassen, die klingeln und die ich dann hereinbitte. Und auf die ich mich freue!
Von denen keine Gefahr ausgeht, dass irgendwas nicht in Ordnung ist. Die mich einfach so nehmen, wie ich bin! Die die einfachsten Konversationsregeln beherrschen und einfach ganz normal sind.

Ausgelöst ist meine schlechte Laune durch wahnsinnige Schmatzgeräusche meiner Bettnachbarin während des Essens.
Abgerundet durch lautes Rülpsen nach dem Nachtisch und vollendet mit einem Gang zur Toilette, der aber eindeutig zu spät in Angriff genommen wurde.
Das wird sichtbar, wenn man einen Blick auf den Fußboden wirft: Dort befinden sich überall kleine Lachen von Urin.
Meine Mitpatientin legt sich wieder ins Bett. Natürlich, ohne sich die Hände zu waschen, ohne ihr Missgeschick zu beseitigen, ohne sich Hilfe zu holen.
Natürlich macht sie auch keine Anstalten, ihr pitschnasses, mit Urin vollgesogenes Nachtzeug zu wechseln.
Auch der Bonus ihres Alters ist für mich heute nicht mehr akzeptabel.

Ich merke, dass ich keine Geduld mehr für Situationen dieser Art habe.
Ich bin diesbezüglich ungeduldig und genervt.
Ich bin zu lange unterwegs und habe innerhalb kürzester Zeit einfach zu viele Menschen miterlebt.

Nein. Ich will das nicht mehr.

Wenn man so voller Selbstmitleid ist, niemand mehr weiter weiß. Die Zukunft so unklar ist,...

... hat man dann automatisch die Lizenz zum Sterben?

Es gibt wohl keine Zufälle ... Gerade habe ich in einem Buch rumgestöbert und ein Zitat von Friedrich Nietzsche gelesen:

„Der Gedanke an den Selbstmord ist ein starkes Trostmittel: mit ihm kommt man gut über manche böse Nacht hinweg."

Ach.

Bei solchen Gedankengängen, also von anderen Menschen, fühle ich mich auch nicht mehr ganz so allein … scheint alles ganz normal zu sein. Und das fühlt sich dann auch gleich wieder gut und richtig an.

Kann doch nicht so schwer sein, wieder gesund zu werden oder?

044.1 – Retro|Perspektive – Bombast von Hohenheim-Hospital

Mir war klar, dass irgendwann wieder ein MRT anstehen wird. „Schwupps“, zwei Tage später hatte ich das Vergnügen!
Es ist unfassbar! Aber ich hatte ein schlechtes Gewissen gegenüber dem medizinischen Team in der Radiologie.
Ich schämte mich für meine Angst beim letzten Mal.
„Ach Sie sind's wieder, Frau Maschke. Diesmal kennen Sie ja schon die Situation!“

Mmh.

„Dann brauchen Sie ja diesmal keine Angst mehr zu haben. Sie wissen ja, wie es abläuft!“

Eben.

„Da die Untersuchung diesmal mit Kontrastmittel stattfindet, benötigen wir ca. 40 Minuten.“

Ach!
Oh.
Der Horror vom letzten Mal dauerte 20 Minuten und war ein gerade so überlebter Albtraum!
Und Kontrastmittel? ...
„Sie haben aber meinen Allergiepass zur Kenntnis genommen, oder?“

„Auf unser Kontrastmittel hat noch nie jemand reagiert. Da haben wir gute Erfahrungen. Nun mal ganz entspannt. Im Notfall sind wir ja in Ihrer Nähe!“

AH-HA.
Was war meine Angst beim letzten Mal?
Spaß?
Ich sage nichts mehr.
Meine Bedenken hatte ich geäußert.
Das sind hier die Profis.
Ab in die Röhre.
Nach 10 Minuten merkte ich die erste Reaktion auf das mir gerade eingespritzte Kontrastmittel.
Ich drückte die Klingel.

„Was ist jetzt schon wieder?“
„Mir geht’s nicht gut.“

„Gefühl von Wärme ist normal. Da müssen Sie jetzt durch! Die Untersuchung können wir jetzt nicht stoppen. Sie wissen ja: zu teuer. Und die begrenzten, nachfolgenden Ter...“

„Ja, Ja, Ja.“

Ich werde hier wieder nicht raus geholt! ....war mein letzter Gedanke.
Als ich das nächste Mal wieder eine zerebrale Regung verspürte, sah ich in die angsterfüllten Augen des Radiologen. Direkt vor mir!
Was war passiert?
Ich hatte mit allen möglichen Symptomen auf das Kontrastmittel reagiert. Hatte für kurze Zeit das Bewusstsein verloren. War wohl auch der Mta dann etwas zu still gewesen.
Als es mir mit einer großen Portion Cortison wieder besser ging, maulte mich die besagte Dame noch mit dem Spruch des Tages an:
„Melden Sie sich doch bitte beim nächsten Mal rechtzeitig, wenn es Ihnen nicht gut geht!“

Nächstes Mal?

„Aber nicht mehr in diesem Krankenhaus und schon gar nicht, wenn Du Dienst hast!“, dachte ich so bei mir.

Aber da irrte ich mich gewaltig.

**Verdammt! Es kann doch nicht so schwer sein,
einfach wieder gesund zu werden oder?**

044.2 – Retro|Perspektive – 23. Juni – Welch ein Tag

Und noch mal Kernspin.
Nachdem ich erneut in der Röhre war (und natürlich das Glück hatte, auf dasselbe, altbekannte Team zu treffen, ein wortkarges Unterfangen), bekam ich allerdings heute ein freudiges Ergebnis mitgeteilt!
Ich darf erneut die Reha in Bad Oeynhausen aufsuchen.
Das ist eine schöne Mitteilung.
Und hart erkämpft ...

Zwei Tage vorher

Da sich weiterhin massive Schmerzen entlang meiner Wirbelsäule auf sämtliche Schmerzrezeptoren gesetzt und ausgebreitet haben und einfach nicht verschwinden wollen, tritt natürlich die für den Arzt altbewahrheitete Diagnose zutage:
„Das muss jetzt diesmal aber wirklich psychisch sein, Frau Maschke! Jetzt können wir nichts mehr für Sie tun. Die Entzündung ist laut MRT zurückgegangen. Das ist jetzt nur eine innere Einstellung Ihrerseits. Sie müssen nur WOLLEN!"

Das ist nach dem uns allen bekannten Verlauf doch nun wirklich eine bodenlose Unverschämtheit.
Ich bin entsetzt und fassungslos über so viel Ignoranz des Geschehenen.
„Wir haben uns überlegt, da Sie ja nicht ewig bei uns bleiben können, Sie in ein naheliegendes Pflegeheim zu verlegen!"

PANIK.
Ich spüre in mir Panik aufsteigen.
Ich habe Panik.

Nicht nur, weil ich das „ naheliegende Pflegeheim" aus meiner Zeit als Berufsbetreuer kenne. (Kleine Anmerkung: Von fünf Bewohnern, die dort eigentlich nur vorübergehend stationär aufgenommen werden sollten, sind zwei wieder lebend herausgekommen!)
Sondern auch, weil in meinem Gehirn direkt Impressionen aus der Vergangenheit erscheinen: Das Durchschnittsalter des dortigen Klientels liegt bei 72 Jahren. Und da zu wenig Pflegepersonal vorhanden ist, werden die Patienten, ähnlich wie im Film „Zeit des Erwachens", im Flur entlang der Wand positioniert. Und natürlich steht nicht jedem Patienten an seinem improvisierten Stell-Tagesplatz auch eine Klingel zur Verfügung!
Man stelle sich mal vor, die dreißig aufgereihten Hühner würden auch noch Gebrauch von diesem Notkommunikationsmittel machen...!
Das wäre doch zu viel verlangt ...
Gedanklich zurück. Die Panik ist immer noch da.
Pflegeheim?
Ich bin 38 Jahre alt und wegen einer banalen Bandscheibenoperation hier gelandet.
Hier stimmt doch irgendwas nicht mehr. Die Situation ist im wahrsten Sinne: **VERRÜCKT**.
Mir ist hier schon lange alles zu viel.
Und ich finde, ich habe diesem Ort inklusive der anwesenden Personen gegenüber lang genug Geduld bewiesen.

Es ist bestimmt anstrengend, einen Patienten über so viele Wochen zu begleiten. Das ist für beide Seiten nicht einfach. Vielleicht hier auch auf dieser Station eher ungewöhnlich und eigentlich nicht gewollt.
Klar, das nervt.
Aber berechtigt dieser Umstand dazu, dass der Respekt gegenüber dem Patienten ausgeschaltet, also förmlich ignoriert wird? Und auch das perspektivische Wohlergehen eines Menschen mit so viel ausgespielter Autorität vernichtet werden darf? Wie viel Macht darf eine Person ausüben, um andere Menschen in ihre Abhängigkeit zu bringen?
Ich bin erstaunt über mich selber.
Gott sei Dank scheine ich so viel an Lebensfreude zu besitzen, dass ich, ganz entgegen meiner eigentlichen Mentalität, auf die Barrikaden gehe.
Ich telefoniere, bis die Leitungen glühen.
Einige Pflegis sind schon genervt. Aber das ist mir inzwischen schnurzpiepegal.
Ich brauche hier nicht mehr für Harmonie zu sorgen.
Ich versuche es als Allererstes bei meinen Eltern. Die haben bestimmt Verständnis für meine Revolte.
Dem ist nicht so.
Und das Telefongespräch braucht zunächst alles an Energie auf, die eigentlich für den Kampf notwendig gewesen wäre. Meine Eltern verstehen meine Panik nicht. Halten meine beschriebene Pflegeheimsituation für übertrieben und finden, ich sollte mich auch mal der Situation anpassen und die Ideen der anderen akzeptieren. Nicht immer nur das für mich vermeintlich Vorteilhafteste herauspicken, zum Beispiel, wenn die Einrichtung (wütend benutzt meine Mutter das Wort: Ambiente) nicht meiner Vorstellung entspräche und die Mitpatienten mir nicht genügen!
Ich hätte eine arrogante Haltung, die hier absolut nichts zu suchen hat.

Jetzt schreie ich fast in den Hörer.

Es geht hier nicht um ein schönes Einzelzimmer mit Fernseher sowie mobilen lustigen, alten Mitmenschen ... hier geht's um meine Zukunft! Um meine Psyche! Um meinen Körper!
Um mein Leben!!!!!

Meine Mutter legt auf.

Ich finde, das ist das Schlimmste überhaupt.
Ich versuche, sie erneut anzurufen.
Es geht für die nächsten Stunden niemand mehr ans Telefon.
Dann erbarmt sich mein Vater.
Meine Mutter möchte nicht mehr weiter mit mir diskutieren.
Mein Vater distanziert sich von unserem Streit mit Sprachlosigkeit.

Dieses „Nichtreden“ ist für mich der nächste Tiefschlag in die Magengrube.

Was kann ich zurzeit denn sonst anderes machen als reden?

Ich bin entsetzt.

Damit habe ich nicht gerechnet.

Die Übelkeit in meinem Magen lässt mich wieder von meiner entrückten, entharmonisierten Weltverherrlichung, irgendwo lebbar, aber anscheinend nicht in diesem jetzigen Universum, in mein Krankenhausbett zurückkehren. In mein reales, spürbar existentielles Leben.

Nee. Nee. Nee.

Es ist nicht einfach, vom Bett aus das Leben weiter zu verfolgen.
Man muss so gehörig angestrengt, fast schon diszipliniert, dafür sorgen, an einem Leben „außerhalb“ teilzunehmen. Dafür, den Anschluss an die Realität nicht zu verpassen, die Lebensfreude nicht zu verlieren.
Das ist manchmal ganz schön schwer. Ich zum Beispiel hasse es, im Krankenhaus fernzusehen.
Ich kann das nicht. Schon gar nicht, wenn der Fernseher womöglich an der gegenüberliegenden Wand hängt, hoch oben und schon fast unter der Decke. Wenn womöglich nicht jeder Patient einen eigenen Kopfhörer besitzt und auf die jeweilige Feinhörigkeit des Anderen angewiesen ist. Nun gut, dieses Argument zieht hier im Krankenhaus nicht. Hier hat jeder den Luxus eines eigenen Fernsehers direkt am Bett.
Ich mag's trotzdem nicht.
Fällt mir immer schwer, mich zu konzentrieren. Die Fernsehsucht begrenzt sich auf Nachrichten. Die sauge ich auf.
Ich will LEBEN und mitmachen.
Und eine der wichtigsten Aufgaben ist es, die Kommunikation mit anderen Menschen, besonders mit Freunden und Familie, nicht zu verlieren. Auch das ist nicht immer einfach, da man als chronisch Kranker auch schnell die Realität aus den Augen verliert. Ist man zum Beispiel auf dem Selbstmitleidstrip, ist das ganz gefährlich. Man neigt schnell dazu, zu denken, dass sich keiner mehr um einen kümmert.
Müssten nicht die anderen anrufen?
Mich besuchen?
Dabei ist es doch logisch, dass das Leben da draußen einfach weitergeht. Bei einer akuten, achttägigen Blindarmentzündung kann sich das Rad des Alltages bei Freunden und Familie auch mal kurz langsamer drehen. Aber in so chronisch-kranken Situationen?
Aber gut.

So superlogisches Denken klappt bei mir auch gerade nicht richtig. Obwohl die Panik in mir anscheinend so etwas wie einen Überlebenswillen angekurbelt hat.
Natürlich wäre es jetzt einfach nur schön gewesen, den Rückhalt meiner Eltern zu spüren.
Aber das geht wohl gerade nicht.

Meinetwegen kann das Telefon gleich vor Überstrapazierung Feuer fangen ... ich telefoniere trotzdem weiter.

Ich frage den diensthabenden Pfleger nach einem Telefonbuch und nach einer internen Krankenhaustelefonliste.
Auf beides warte ich unerträgliche 45 Minuten. Und erhalte nichts.

Da kommt mir eine Idee.
Ich telefoniere über die normale Festnetznummer von „außen" mit der Krankenhauszentrale und lasse mich mit der Sozialarbeiterin des Hauses verbinden.
Das klappt.
Sie hat einen Termin frei.
Leider erst morgen.
Oh. Ha.
Warten kann so quälend sein. Ich nutze den Abend und telefoniere mit gefühlt fast allen Menschen, die ich kenne.
Ich brauche die Bestätigung, um die Notwendigkeit meines Tuns, meines Überlebens, durch die anderen genehmigt zu bekommen.

Natürlich eigentlich Quatsch.
Hilft aber trotzdem.
Der Termin, den ich am nächsten Tag mit der Sozialarbeiterin habe, verläuft super. Sie hilft mir. Spricht mit dem Stationsarzt und dem Chefarzt ... unter Umgehung des Oberarztes.
Die Taktik geht auf.
Ich bekomme erneut einen Termin in der vorherigen Klinik: in Bad Oeynhausen!
Sie hatten dort schon mit einer Wiederkehr meinerseits gerechnet. Ging ganz einfach und auch ohne Probleme.
Ich kann in zwei Tagen die Reha beginnen.
Ich sollte mich freuen.
Tue ich auch zu 98 Prozent.
Die restlichen zwei Prozente sind aber der Traurigkeit gewidmet.
Über meine Eltern.
Und auch besonders über die Macht einzelner Menschen.
Angestachelt von Antipathie, siehe Oberarzt.
Das ganze Drama hätte nicht sein müssen.

Mit einem bisschen Kooperation und Austausch zwischen Arzt und Patient hätten wir mein Drama verhindern können.

Ganz schön anstrengend, wieder gesund zu werden.

Meine Mutter meldet sich zwei Tage später mit einem Besuch an. Und kommt nach O-City.
Als sie nachmittags erscheint, habe ich schon einen Rollstuhl organisiert und bitte sie, mit mir eine Spazierfahrt zu machen.
Ohne sie weiter darüber aufzuklären, wohin die Reise geht, navigiere ich sie zwei Straßen weiter.

Direkt vor uns vor uns liegt das beschriebene und von mir abgelehnte Pflegeheim...
Wir betreten es.
Rollen über zwei Pflegestationen.
Wortlos.
Und befinden uns ziemlich schnell wieder draußen und damit auf dem Rückweg ins Krankenhaus.
An der Sprachlosigkeit meiner Mutter merke ich, dass sie mich versteht.

Später bringt auch sie ihr Entsetzten verbal zum Ausdruck.
Das kann sie manchmal richtig gut ... . - Pädagogisch nicht wertvoll!! -
Mit Wörtern, die wir als Kinder nicht benutzen durften!

Wohltuend! Besonders für meine Seele.

Mir geht's wieder gut.

Kann doch nicht so schwer sein, wieder gesund zu werden oder doch?

045 – Paulus-Melchers-Krankenhaus

Nachts
Schnarchalarm auf Zimmer 13

Ich gehe.
Ich muss nachts am Pförtner vorbei. Er kennt mich und ich kenne ihn.
Und natürlich sind mir inzwischen auch schon seine Kollegen bekannt.
Nachts wach und unterwegs zu sein, verbindet ja auch irgendwie …
Im Krankenhaus gibt es eine Ecke mit einem schönen schwarzen Flügel.
Konzerte habe ich noch keine miterlebt.
Aber es ist eine gemütliche Sitzgelegenheit.
Ich mach's mir bequem, mit Tee und Buch.
Die nächtliche Putzkolonne kommt.
Zehn Minuten Einsamkeit ... vorüber.
Gehe ich halt mal auf die Toilette.
Am Pförtner vorbei.
Er lächelt. „Na? Auch schon wieder ein Buch durch? Was lesen Sie aktuell?"
Ich antworte und gehe auf die Toilette.
Genieße kurz die nächtliche Einsamkeit eines Vier-Toiletten-Milieus.
Olfaktorisch überreizt fange ich trotzdem an zu denken:
Wieso ... weiß der Mann von der Rezeption, dass ich ein neues Buch angefangen habe?
Er sitzt im Erdgeschoss.
Der Flügel, die Sitzecke und ich sind doch in der ersten Etage?
Ich gehe in meine einsame Ecke.
Lese. Und plötzlich überkommt mich ein Verdacht.
Wie naiv bin ich eigentlich?
Und Hallo!?
Ein Viertel meiner Bibliothek zu Hause besteht aus Krimis und Thrillern.
Und wollte ich nicht als Kind auch mal zur Kripo? Morddezernat - natürlich!
Nur gut, dass das nichts geworden ist!
Mein Blick fällt an die Decke des Raumes.
Natürlich Kameras.
Einsamkeit, ade.
Ich schlurfe zurück auf die Station.
Desillusioniert.

Gar nicht so einfach, „unbeobachtet" gesund zu werden.

Und warum schnarchen Menschen?

Ich bin müde. Müde. Müde.

Schnarch, schnarch.

046 – Retro|Perspektive – Der Rest der Rehastory

Die Reha ist zu Ende.
Sie können nichts mehr für mich tun.
Und auch nicht vor dem Kostenträger erklären, warum ich vielleicht die Reha noch um zwei Wochen verlängern sollte.
Das ist blöd.
Und für mich ziemlich ungünstig.
Mal abgesehen vom körperlichen Zustand ist die Versorgungsproblematik bei mir zu Hause zurzeit eine unendliche, riesige Katastrophe.
Es ist Sommer.
Genauer: Es sind Sommerferien.
Und was selten in der Vergangenheit vorkam, ist jetzt der Albtraum der Gegenwart geworden: Alle! meine mir lieben und allzeit hilfsbereiten Menschen sind im Urlaub.
Alle.
Ich habe noch keinen eigenen Rollstuhl.
Kann mich aber aufgrund der immer noch bestehenden Entzündung und wegen der Kraftlosigkeit in der Muskulatur kaum auf den Beinen halten.
Gehstützen helfen momentan nicht wirklich. Auch, weil ich aufgrund meiner spastischen Hand nur einen Stock benutzen könnte, was zu einer schmerzhaften Schieflage der körperlichen Statik beim Laufen führen würde.
Die Reha in Oeynhausen endet unerwartet negativ für mich. Ich hatte die Vorstellung, nach vier Wochen Reha fit wie ein Turnschuh nach Hause zu joggen.
Die Welt wieder in meiner vollen Körpergröße betrachten zu können. Mobil und selbstständig zu sein. Frei nach Lust und Laune sowie nach eigenem Empfinden loszulatschen...
Einfach so.
Berufliche Perspektiven in Angriff nehmen.
Einfach unabhängig von körperlichen Grenzen wieder am Leben teilnehmen ...

Ist anders gekommen.
Die Krankenkasse hat eine Haushaltshilfe abgelehnt.
Ich sitze hier in meiner Küche.
Bin gerade abgeliefert worden.
Die netten Rettungssanitäter des Malteser Hilfsdienst wollten kaum wieder gehen und waren voller Sorge. So, wie ich hier in meiner Küche sitze, muss das auch ein tragisch-komisches, hilfloses Bild abgegeben haben.
Zeit zum Rumspinnen:

Als sie die Zivilisation erreichte:

Es war mucksmäuschenstill.

Sommer.

Hitze lag über der Stadt.
Es war so heiß, dass der Asphalt Blasen schlug.
Die Pflanzenwelt drohte auszutrocknen.
Selbst den Vögeln war es zu heiß zum Fliegen. Kein Lüftchen. Keine thermische Bewegung. Alle Menschen befanden sich in eigenen Swimmingpools oder im Schwimmbad oder ganz idyllisch an einem Baggersee mit netten, sommerwarmen, schön erträglichen Schattenplätzchen.
Alle Menschen?
Überall?
Nein!
Da gab es einen kleinen winzigen Ort, kaum auf der Karte zu erkennen.
Adresse: B-Straße-Hochparterre-rechts. Altbau. Eiskalt.

Um etwas Wärme in die Wohnung zu bekommen, müsste man das Fenster aufmachen, damit die warme Luft von draußen reinkommen kann...
Gute Idee!
Aber wie? Wenn man am Küchentisch sitzt, die Küche zwar zwei Glaswände hat, mit Blick nach draussen, sich der Raum jedoch innerhalb der Wohnung befindet und man sich einfach nicht bewegen kann? Was tun?
Ich telefoniere.
Zunächst mit Senta.
Sie ist der mir einzig bekannte Mensch, der sich zurzeit nicht im Urlaub befindet. Allerdings wohnt sie in Gütersloh.
Die Liebe! Sie macht sich trotz der Hitze und des absoluten Baggerseenwetters sofort auf den Weg!

Meine Hochachtung und Dankbarkeit für die Ewigkeit, liebe Senta!
Gerade erst den Führerschein in der Tasche und dann ganz alleine im Auto unterwegs. Zu mir.
Ich bin total gerührt.
Ich telefoniere mit verschieden Hilfsorganisationen. Die Liste habe ich von der Sozialarbeiterin der Reha-Einrichtung bekommen ... bevor sie in den Sommerurlaub ging: „Für den Fall, dass Sie doch entlassen werden, bevor ich wieder da bin."
Gut.
Die Idee war bestimmt nicht verkehrt, doch ... auch Hilfsorganisationen, wie zum Beispiel: „Nachbarschaftshilfe" und viele andere, machen Sommerpause!

Wer sich mal total einsam fühlt, aber nicht mit jemandem reden möchte, sondern einfach nur andere Stimmen um die Ohren haben mag, dem kann ich nur empfehlen, in den Sommerferien zu telefonieren ... überall Mailboxen!
Man muss auch keine Angst haben, gebeten zu werden, sein Anliegen auf den Anrufbeantworter zu sprechen.
Persönliche Anliegen gibt es im Sommer einfach nicht. Punkt.
Ich versuche, noch eine andere Nummer zu wählen. Die Telefonnummer des Sanitätshauses, das für die Lieferung meines Rollstuhls zuständig ist.
Es nimmt tatsächlich jemand ab.
Juhu.
Ein paar Sätze später frage ich mich doch, ob es Gott gibt ... oder irgendwelche Wesen? Energien? Aliens?
Die mich testen?
Nur warum? Was wollen die alle von mir? Was ist der Sinn dieser Prüfungen? Wenn ich diese ganzen Aufgaben bewerkstelligt habe, in welchem irdischen Zustand befinde ich mich dann? Und will ich dann überhaupt ein Leben in einer anderen Sphäre?
Leben, in einer Zeit danach?
Der Herr vom Rollstuhlservice eröffnet mir seine innerbetrieblichen Engpässe.
Natürlich! Ist ja Sommer!
´tschuldigung! Hatte ich schon wieder verdrängt! ...

„Da haben Sie sich aber auch einen schlechten Zeitpunkt ausgesucht, um einen Rollstuhl anzufordern."

Ich höre überhaupt keine Geräusche mehr.
Von draußen kommen ja immer noch keine akustischen Signale der Außenwelt in meine Wohnung herein. Wie gesagt: Fenster zu.
Aber auch hier drinnen ist es totenstill.
Plötzlich wird es mir bewusst:
Ich habe einfach aufgehört zu ATMEN.
Leider geht das nur ein paar Minuten.
Dann dieser Reflex: Schnappatmung.
Die Natur hat mich überlistet.
Ich muss atmen. Ich atme tief durch.
Langsam füllt sich auch mein Gehirn wieder mit Sauerstoff.
Ich versuche, zu denken.
Was genau bedeutet dieser schlechte Augenblick einer Rollstuhlbestellung? Jetzt? In meinem Fall?
Konkret?

„Na ... momentan habe ich nur wenige Leute in der Auslieferung. Und da Ihnen die Krankenkasse keinen neuen Rollstuhl genehmigt hat, bedeutet das, dass wir Ihren Rollstuhl aus dem Außenlager holen müssen. Und generalüberholen. Das dauert ca. zwei Tage und würde noch relativ schnell gehen."

Aber?
„Aber das Problem ist das Lager!"

Ach?
Hat es wegen Sommerpause geschlossen?
Hat der Pförtner „Hitzefrei"? Und den Schlüssel mit ins Freibad genommen?

„Ach, ich höre schon! Sie haben immer noch Humor! Ha Ha."

Diese Stille in mir.
Atmen!

„Aber jetzt mal im Ernst: Das Außenlager befindet sich in Berlin."

Stille.

„Wir sorgen für eine Übergangslösung. Die dauert aber auch zwei Tage."
(Diese Übergangslösung ist eine Katastrophe. Wie sich bei meinen in- und externen Fahrversuchen später herausstellt, hat das Fabrikat namens „Sportiv-Alurolli" einen so starken Rechtsdrall, dass ich es nicht schaffe, den Rolli in der Spur auf dem schrägen Bürgersteig zu halten, so dass er gegen ein parkendes Auto rollt...Macke deutlich sichtbar.)
Ich telefoniere, und telefoniere, und telefoniere.
Und erreiche nichts.
Wenn jetzt meine Kraftspeicher, in Form einer materiellen Telefonbatterie und eines menschlichen Kreislauf-Akkus, den Geist aufgeben, habe ich verloren.
Ich sitze seit zwei Stunden am Küchentisch und kann mich nicht fortbewegen.
Natürlich meldet sich auch langsam meine Blase.
Ich muss mal.
Gut, dass ich in der ganzen Wohnung Parkett habe. Ich lasse mich vom Stuhl auf den Boden gleiten und rutsche auf dem Hintern bis zur Toilette.
Langsam.
Mein Flur ist lang.
Acht Meter.
Irgendwann bin ich im Bad und ziehe mich wieder hoch.
Auf die Toilette.
Vielleicht sollte ich hier einfach sitzen bleiben.
Ist doch irgendwie der sicherste Ort oder?

Es klingelt.
Die Haustür.

Ähähähä.

Senta!

„Der Goldschatz" in Menschengestalt findet seinen eigenen Schlüssel zur Truhe - meiner Haustür.
Bin ich froh.
Danke!

Summer in the City.

Kann doch nicht so schwer sein, wieder gesund zu werden oder?

Mit Blick auf die Retro|Perspektive und die vielen Menschen, die mir geholfen haben, fällt mir immer eine meiner Lieblingsgeschichten von Patrick Süskind ein: Die Geschichte des Herrn Sommer. Die meisten werden sie kennen: Herr Sommer rennt sprachlos, mit seinem leeren Rucksack, im Tempo eines Sehnsüchtigen von Dorf zu Dorf. Gespenstisch hetzt er durch die Landschaft und durch die Tag- und Albträume eines kleinen Jungen. Aber nicht nur Herr Sommer ist ein Albtraum, auch die „uralte, weißhaarige, bucklige, schrumpelige Klavierlehrerin" inklusive ihres „kleinen schwarzen Oberlippenbärtchens". Der kleine Junge hat riesige Angst vor seiner Klavierlehrerin. Auch, weil sie bei nicht richtigem Spielen ihrer Schüler Tobsuchtsanfälle in Form von Drohen und lautem Schreien erleidet. Eines Tages, während einer dieser Klavierstunden, kommt der Junge in eine verheerende Situation. Die Klavierlehrerin Frau Funkel popelt während der Übungsstunden ständig in der Nase. Irgendwann entdeckt ihr Schüler, beim Musizieren einer Partitur von Diabelli, dass einer dieser „Rotzpopel" auf dem „Fis" liegt. Und jetzt? Korrektes Klavierspiel mit Popelschleim? Oder ... Streit mit der Klavierlehrerin? Dafür aber schleimfrei?
Der Junge entscheidet sich für?:
„... und ich, im klarsten Bewusstsein dessen, was ich tat, mit vollkommener Todesverachtung, spielte F."

Ich danke allen, die mich immer wieder ermutigen, viele, viele Fs zu spielen!

047 – NOTIZ GOTT / ZWEI

„Da hilft kein Zorn. Da hilft kein Spott. / Da hilft kein Weinen, hilft kein Beten. / Die Nachricht stimmt! Der Liebe Gott / ist aus der Kirche ausgetreten.“

(Erich Kästner)

Mir geht´s heute nicht so gut.
Neben den alltäglichen Weh-Wehchen habe ich auch noch extreme Kreislaufprobleme.
Und traurig bin ich auch.
Wegen der ganzen Situation.
Und wegen Çiçek.

Ach und überhaupt.
Ich mach mich trotzdem auf den Weg zu einem Spaziergang durch das Krankenhaus.
Wie schon gesagt ... überall Kreuze und Bilder, eine Kapelle, ein Flur voller Geschichten und Fotos mit der kirchlichen Vita des Hauses und ihrer wichtigsten Gottesmänner und Gottesfrauen, aus aktuellen und längst vergangenen Tagen. So scheint es zumindest..
Mir kommt dieser Weg „der historischen Aufzeichnungen“ wie ein Kreuzgang vor.
Oder handelt es sich um einen Büßergang?
Pilgerweg?
Die Fotos der christlichen Helden sind gruselig. Ich habe als Kind schlechte Erfahrungen - übrigens auch im Krankenhaus - mit Nonnen gemacht.
Warum mussten die früher eigentlich immer so böse auf den Fotos und Gemälden gucken?
Bitte nicht den Maler oder Fotografen anlächeln! Sonst Sünde?
Vierzig Vaterunser als Buße?
Herrje.
Gut, dass ich gerade einsam und allein durch die Gänge hinke. Ich finde gerade alles blöde, gemein und ungerecht.
Eigentlich bin ich traurig und habe Angst.
Da kommen solche Bilder auch nicht gerade gut.
Mein Pessimismus bezüglich Menschlichkeit, geschweige denn Optimismus auf ein überirdisches Wunder, geht gerade mit jedem Meter dieser Ahnengalerie dahin.

Also, interessant. Selbst jetzt im Erwachsenenalter empfinde ich so etwas wie ängstlichen Respekt.
Sind doch nur Bilder!
Und die sind bestimmt auch alle schon im Himmel, oder ...?
Wenn ich noch mal kurz und genau gucke ... einige könnten es auch schön warm haben ...
Trotz meiner Neugier auf Historie lasse ich die Geschichte da mal an den Wänden des alten Krankenhaustraktes und wende mich ab.

Ich werde von einer Person angesprochen.
Kurzer Schreck. Habe ich laut gedacht? Ach, egal.
Vor mir steht, so kann ich es zumindest dem Namensschild entnehmen, die Oberin des hausinternen Konvents.
Und obwohl sie zunächst alle meine gerade durch die Fotos assoziierten traumatischen Erinnerungen und Klischees erfüllt, und streng auf mich herunter blickt, fragt sie mich freundlich, ob ich schon lange hier im Krankenhaus sei.
Argwöhnisch, das muss ich jetzt mal zugeben, lasse ich mich auf ein Gespräch ein. Nach ein paar Minuten verabschiedet sich die Nonne namens Schwester Margaret mit dem Angebot, zu ihr zu kommen, wenn ich jemanden zum Reden brauche. Es gäbe aber auch den sozialpsychiatrischen Dienst.
Ich bin erstaunt.
Das scheint sie mir anzusehen.
Peinlich.
Die Oberin fängt an zu lachen. „Ist doch egal, mit wem Sie reden. Mit Gott, mit irgendeinem Menschen. Hauptsache reden! Ich muss jetzt auch mal los. Dem Hausmeister helfen! Der Arme schippt seit heute Morgen vier Uhr das Wasser der letzten Regennacht aus dem überfluteten Keller heraus. Und er pumpt nicht nur Wasser. Sämtliche Scheiße schwimmt da auch drin herum.“

Jetzt bin ich doch irritiert und starre auf die Frau vor mir.
Die Oberin lacht.
„Und ich meine das wortwörtlich! Na, dann! Tschüss!“

Weg ist sie.
Und lässt ein blöd aussehendes, verlorenes Schaf zurück.
Ich gehe zurück zur Station. Vorbei an den Fotos.

Die Personen, die Objekte des Fotografen, schauen immer noch gleich grimmig drein.
Ich bleibe jetzt aber noch mal stehen und fange an, die Geschichte zu lesen. Interessiert mich jetzt doch, um wen es sich da auf den Bildern so handelt ...

048 – 11. September

Ich bin entlassen.

11. Krankenhaus in 17 Monaten.

Unglaublich.

Ist das der Weg zum Gesundwerden?

049 – 14. September 2010

Ich sitze in der internistischen Praxis von Dr. Børge und habe schon mit dem Krankenhaus No.11 telefoniert, um die Ergebnisse des ZVKs zu ermitteln.
Der Katheter hatte sich noch während meines Krankenhausaufenthaltes so stark entzündet und vereitert, dass er, nachdem ich auch noch Fieber bekam, von Pfleger Christian gezogen wurde.
Boah.
Das stank wie zehn vollgesuppte Eiterkompressen auf einmal. Ekelig.
Christian reagierte völlig cool und entspannte damit auch gleich die Situation: „Hast du was dagegen, wenn ich die Katheterspitze mal direkt ins Labor bringe und mich dann später um dein Essen kümmere?“
Natürlich hatte ich nichts dagegen.

Der Geruch hatte mir sogar den Appetit auf Wasser verleidet.

Wie kann man innerlich nur so stinken?

Na. Auf jeden Fall erklärte das mit dem vereiterten Katheter auch meine wahnsinnigen Kopfschmerzen. Ich konnte in den letzten Tagen nicht mal mehr meinen Schädel nach hinten ablegen.
Nackensteife.
Schmerzen.
Es ist ja irgendwie auch merkwürdig. Wenn man länger im Krankenhaus liegt, meldet man sich immer weniger bei neu auftretenden Problemchen.
Ich glaube, wenn der Physiotherapeut meine Unbeweglichkeit nicht mitbekommen hätte, hätte ich auch nichts gesagt.
Ich finde, die Scham gegenüber dem „Weh-Wehchen-Körper“ nimmt immer mehr zu, je länger man Patient ist.
Oder krank.
Das kann natürlich auch nach hinten losgehen.
Ich denke ja mal, dass ich noch ganz gut Glück hatte. Außer einer immer noch rot entzündeten Stelle am Hals ist doch hoffentlich nichts mehr davon in meinem Körper zurückgeblieben?
Sieht ein bisschen aus, als hätte mich ein Vampir gebissen. Antibiotika habe ich dann noch per Infusion bekommen..

So. Das Ergebnis bekomme ich gerade schriftlich.
Der Katheter war ganz gut vereitert. Streptokokken wurden nachgewiesen. Im Blutbild war es auch zu erkennen. Gar nicht so ungefährlich, wegen der direkten Verbindung zum Herzen. Aber das Antibiotikum hat seine Aufgabe erfüllt.
Gut.
Irgendwas nimmt man wohl aus den Krankenhäusern immer noch zusätzlich mit nach Hause.

Aber ist ja noch mal gut gegangen.

050 – Paulus-Melchers-Krankenhaus Medizinische Fußambulanz, 06. Oktober 2010, 13:00Uhr

Dr. Canis ist heute der diensthabende Arzt. Im Gegensatz zu sonst sieht er heute eher brummelig aus und ist auch eher wortkarg. Aber die Stille täuscht. Dessen von mir sehr geschätzten imposant großen „Elefanten"-Ohren sind voll aufgestellt.
„Ja, die Wunde sieht doch gut aus."
Jetzt werde ich brummelig.
In den letzten Monaten ist das, auf meinen Fuß bezogen, zum Standardsatz geworden. Ich habe gelernt, abzuwarten.
Ich warte auf den nächsten Satz. Für mich sieht der Fuß nämlich überhaupt nicht gut aus. Ich bin da aber vielleicht auch nicht mehr objektiv genug. Vor allem, wenn man auf diesem Wege erfährt, dass der Fuß im Vergleich zum letzten Mal doch schon so viel besser aussieht!? Auch gar nicht mehr so nässt, usw.
Aber … hä?
Letztes Mal sah er doch auch angeblich „super!" aus!
????
Ich find so eine Mitteilung über den Gesundheitszustand eines Patienten gegenüber unfair.
Mag ja sein, dass es da Patienten gibt, denen man auf keinen Fall sagen darf, wie es eigentlich um sie steht. Oder wie überhaupt der aktuelle Stand des Einzelnen gerade ist. Aber ich glaube, das sind wirklich nur ganz wenige Menschen.
Die meisten sehen doch, was los ist.
In den überwiegend chronischen Krankheitsfällen behaupte ich sogar, dass die Sensibilität bei Gesundheitsfragen, vor allem wenn es um die eigene Person geht, so hoch ist, dass sowieso jeder spürt, was die Wahrheit ist.
Ich weiß durch Gespräche mit Mitpatienten, dass viele sich veralbert und diskriminiert fühlen. Auf Kleinkindniveau zurückversetzt.
Es gibt einige, die darüber wütend und sehr traurig sind. Wahrscheinlich für die Psyche von Vorteil.
Aber viele ziehen sich „einfach" in ihr imaginäres Schneckenhaus zurück, da sie einen „Wahnsinns-Respekt" vor den Menschen in weißen Uniformen haben.

Und dann resignieren sie still, ohne Aufbegehren, und ergeben sich ihrem Schicksal.
Und dann wird die Seele krank.

Man verliert das Letzte bisschen an Würde und Selbstbewusstsein.
Man wird ANGETASTET.

Gut, dass es hier im Krankenhaus Menschen gibt, die man fragen kann.
Man muss sich leider nur trauen. Und das kostet eine Menge Energie. Die man manchmal nicht mehr hat.
Birgit meinte dazu, als ich ihr meine Erlebnisse schilderte, dass das aber nur im ersten Moment so sei. „Das einsame Dahinvegetieren und tieftraurig und verletzt sein, das Resignieren, kostet nicht nur Energie sondern auch die Menschenwürde. Und vielleicht das Leben.“

Ich finde, da hat sie Recht.

Also!
Hier in der ambulanten Fußambulanz.
Ich habe gewartet und erhalte ein neues Pflaster.
„Gibt es was Neues?“, werde ich gefragt.
Ja! Das gibt es.
Erneut sind die Blutwerte gesunken. Niedriger als vor der letzten Therapie. Das ist nicht gut.
Ratlosigkeit.
„Tja!“, werde ich von einem mir fremden Arzt angesprochen,
„Wie stellen Sie sich eigentlich ihre Zukunft vor? Sollen wir Ihnen hier im Krankenhaus ein zweites Zuhause einrichten? Das geht doch nicht.“
Auch hier warte ich.
Schließlich habe ich mit Gesprächsführung Erfahrung. Auch wenn ich jetzt, in diesem Moment, die passive Rolle spiele ...
Gegenargumente oder Rechtfertigungen bringen in Situationen wie dieser gar nichts.
Ach, ja.
Auch, wenn das medizinische Leben sehr hektisch erscheint, … man muss unbedingt das Warten lernen.
Nirgendwo kann man mit einer schier stoischen Ruhe so toll Menschen beobachten.
Einfach warten.

Doch … ich gebe es zu, auch ich werde nach vier Minuten etwas unruhig.
Wenn das Beobachten zum Glotzen wird, dann muss man sich vielleicht doch mal bewegen und verbalisierend zu erkennen geben, dass man noch geistig anwesend ist.
Räuspern reicht oft schon aus.
Mache ich.
Ich habe wieder die Aufmerksamkeit des jungen Arztes.
Seine Mimik hat sich geändert. Weicher.
Naja.
„Wenn Ihnen aber immer schwindliger wird, Sie immer müder werden, und Sie auch so im Alltag gar nicht mehr in den Quark kommen, dann müssen Sie halt wiederkommen."
Ich warte.
Warte.
„Also! Wenn in der nächsten Woche der Wert noch weiter gesunken sein sollte, müssen wir uns unbedingt eine weitere Therapieoption überlegen."
Aha!
Hatte dieser mir immer noch unbekannte und unbenannte Arzt nicht gerade so etwas wie Therapieresistenz angedeutet?
Jetzt, ca. siebeneinhalb Minuten später, redet er aber schon wieder von einer neuen Therapie ... ???
Und nicht nur das.
Ich frage nach, was das denn dann für eine Möglichkeit sei und wo sie vollzogen werde?
„Natürlich stationär im Krankenhaus. Ambulant wäre das in ihrem Fall nicht möglich."
So. Und jetzt erkläre mir doch bitte mal jemand, was dieses Hin und Her soll.
Innerhalb eines 10-Minuten-Gespräches muss man sich als hypochondrischer, hospitalisierter Patient deklarieren lassen und im nächsten Moment ist doch schon ganz klar, dass ein neuer Krankenhausaufenthalt unumgänglich sein wird.
Ich warte. Ich räuspere mich. Er guckt mich an.
Erneuter Räusperer meinerseits ... von einem tiefen Selbstbewusstseinslungenzug begleitet ..... mir reicht es jetzt doch mit der Warterei und ich frage einfach mal nach, mit wem ich mich da eigentlich die ganze Zeit unterhalte ... ?????
Mehr oder weniger.

Die Auflösung des Spieles: Wer bin ich?:
Ein Arzt im Praktikum. Der zufällig gerade meine Akte gelesen hat.
„So viele Krankenhausaufenthalte in so kurzer Zeit. Also echt, Frau Maschke! Da steht doch bestimmt auch ein psychisches Problem dahinter. Hat denn noch keiner meiner Kollegen Sie darauf angesprochen?“
„Welche Kollegen? Sie kleiner Praktikant!“, hämmert es in meinem Schädel.

Auch, wenn ich äußerlich ruhig erscheinen mag, so einen fiesen Gedanken kann ich zwischendurch auch mal in meinem Gehirn produzieren … Jawohl.
Obwohl ich mich zwei Sekunden später auch für diesen Gedanken schäme und dem Praktikanten gegenüber schon wieder ein bisschen Mitgefühl habe. Er ist ja noch jung, der Herr Praktikant! Aber gut, dass wir darüber gesprochen haben. Dann brauche ich mir das gerade stattgefundene Gespräch nicht ganz so zu Herzen zu nehmen.
Warte ich halt.
Habe ja noch ein paar Chancen und Möglichkeiten...
Warte ich eben auf Menschen wie die oben genannten oder Dr. Miles und Dr. Børge.

Ich gehe jetzt erst mal nach Hause … und merke, dass ich doch ein bisschen angestochen bin.
Dieser kleine Schnösel ... und wo ist eigentlich Dr. Canis geblieben?

Eine Woche warten.
Bin ja geübt.

051 – NOCH OKTOBER – Herbst

Ich war weg und bin wieder da.
Anruf aus der Praxis Dr. Børge. Ein paar der Blutwerte sind nicht so gut. Leider ausgerechnet die, für die ich gerade drei Wochen in der Klinik war und jeden Tag Infusionen bekommen habe!
Verstehe ich nicht.
Na, dann mal los.
Ich vermute, lieber Dr. Miles, dass jetzt doch mal die Forschung losgeht. Und alles, was übrig bleibt, ich ahne es schon, ist dann die Psyche. Und dann ist auch egal, ob man merkwürdige Blutwerte hat oder auch nicht.

Die arme Ärztin in der Aufnahme.
Ich hatte keine Lust mehr, die Fragen von vor drei Wochen erneut zu beantworten. Ich glaube, sie hat es gemerkt.
Die ganze Aufnahme, inklusive EKG, Anamnese und 5 Versuchen, mir Blut abzunehmen, war mir schon nach ein paar Minuten zuwider.
Bedient war ich dann, als die junge Assistenzärztin (so stand es auf ihrem Schild) mir Blut aus dem Handgelenk abnehmen wollte - ... hat natürlich nicht geklappt.
Dafür war die Erzeugung eines Hämatoms erfolgreich. Innerhalb von Sekunden verfärbte sich mein Handgelenk so dermaßen, dass ich mich um ein Armband in den nächsten Tagen nicht zu kümmern brauche.
Ich hab eins.
Sponsored by Doktor.

Das fängt ja gut an.
Auf dem Weg zur Station E3 versuche ich mal wieder, sämtliche Fluchtvarianten in Betracht zu ziehen.
War der Weg von der Aufnahme zur Station schon immer so kurz? Bin ich tatsächlich schon da?
Die Schwelle zu Station E3 ist erreicht.
Unentschlossen stehe ich vor dem imaginären Tor zur Krankenhauswelt.
Mein Oberkörper fällt leicht nach hinten.
Ich spüre einen leichten Zug in Richtung Foyer und damit zum Ausgang.
Ah!
Da ist jawohl mal wieder mein Wink des Schicksals, oder?
Oder auch nicht.

Es sind Nick und Nele, die an meiner Kapuzenjacke ziehen. Und dann stehen auch schon Alfred und Christian vor mir.
Nett. Sie heißen mich herzlich willkommen und wenn ich mich beeile und meinen Koffer schnell genug ins Zimmer bringe, habe ich die Gelegenheit, mir ein Bett auszusuchen!!!

Ist das der Luxus des chronisch Kranken?

Und was ist mit meinem Abzug Richtung Heimat?
Ich fühle mich erpresst. Dieses seltene und nicht selbstverständliche Privileg der Wahlmöglichkeit des Betts, das mir die Pflegis da zugestehen, grenzt schon an einen Ritterschlag und lässt meine Fluchttendenzen kurzzeitig nach unten sinken ...

„So, Martha! Jetzt tu mal nicht so kleinkindmäßig. Ist doch sowieso klar, dass du hier bleibst!“ sagt eine innere Stimme, „Dann kannst du dir auch das Bett am Fenster aussuchen.“
Mach ich.
Dann verlasse ich das Zimmer allerdings schon wieder und bewege mich in Richtung der Fußambulanz.

Als ich zwei Stunden später wieder auf Station bin und das Zimmer betrete, ist das andere Bett schon belegt.

Warum denn jetzt schon?

Und bitte keine Schnarchliese.

052 – Einen Tag später

Ich bin erneut auf dem Weg zur Fußambulanz.
Unterm Arm: Mein dokumentiertes Leben der letzten zwei Jahre. Schön ordentlich in einem Ordner zusammengepfercht.
Ging nicht mehr anders.
Das ist doch wirklich schlimm, oder?
Ich bin noch keine vierzig Jahre und besitze einen Leitzordner – so einen mit breitem Rücken ...

Mein Leben ist aufgeteilt in drei Kategorien:

Orangefarbenes Deckblatt:	Rücken
Rotes Deckblatt:	Hämatologie
Blaues Deckblatt:	Fuß.

053 – Retro|Perspektive – DER FUß

Als ich im Januar 2010 stationär in die Medizinische Hochschule Noah-Nerv verlegt wurde, wusste ich noch nicht, was dieses gerade begonnene Jahr für einen Horrortrip für meine Familie, meine Freunde und mich bedeuten würde.
Ich meine, was sind schon läppische 365 Tage eines Jahres im Vergleich zum bereits gelebten Leben?
Aber! Sorry, lieber Gott, liebes Schicksal, lieber Allah oder was sonst noch so zum Glauben oder nicht Glauben einlädt, hier irgendwo und in den Sphären dieser Welt rumschwirrt und eindeutig nicht nur gute Energie und damit verbunden tolle Ereignissen verbreiten könnte, ... das waren einfach viel zu viele traurige Momente für ein superkurzes Lebensjahr.

Wer auch immer dafür zuständig ist:

Das war unfair.

Chronologisch:
Der traurige und unerwartete Tod von Kurt.
Dann der niemals, niemals, niemals erahnte und unfassbare plötzliche Tod von *ζiçek*.
Die Traurigkeit.
Die Krankheiten von mir sehr nahestehenden Menschen.
Ich.

Mir fällt das Gedicht von Erich Fried ein : „**Der einzige Ausweg**"...
Und schicke es gedanklich an meine traurigen Herzensmenschen.

(nachzulesen im Internet oder dem Band „Es ist was es ist!" erschienen im Wagenbach-Verlag ISBN 978-3-8031-3118-8)

054 – Retro|Perspektive – Fuß, aber der Anfang aller Dinge begann auf der Hämatologie, in der Hochschule Noah-Nerv

Ich lag also auf der Hämatologie, wo sich trotz vieler Gedanken und Bemühungen der Ärzte schnell herauskristallisierte, dass mal wieder keiner weiß, was mit mir los ist.
Eine handfeste, zunächst immunologisch unspezifische Diagnose gab es dann aber doch.
Eigentlich zwei.
Die erste Diagnose war mein altes Thema „Rücken".
Leider stellte sich heraus, dass meine Wehwehchen-Rufe bezüglich meines Rückens keine eingebildeten Zipperlein waren, sondern, so die Neurochirurgen der Noah-Nerv-Klinik, ein ernsthaftes Problem: Die Spondylodiszitis aus dem letzten Jahr (siehe erlebtes Überleben im Bombast von Hohenheim-Hospital) hatte leider die Bandscheibe schon so weit angeknabbert, dass ich um eine anstehende Stabilisierungsoperation nicht mehr herumkommen sollte, wenn ich nicht der Gefahr eines Querschnitts, zum Beispiel durch eine falsche Bewegung oder einen kleinen Sturz, erliegen möchte.
So wurde es mir gesagt.
Es wurde mit mir auch gleich ein stationärer Termin auf der Neurochirurgie für Anfang Februar vereinbart.

Mein zweites Problem? War eigentlich ein Problemchen.
Ein kleines Ganglion in der Größe eines durchgeschnittenen Tischtennisballs.
Nix Dramatisches.
Lag nur ziemlich ungünstig. Direkt auf meinem Fuß.
Ziemlich hinderlich beim Schuhtragen. Außerdem schmerzte es immer mehr und war in den letzten Wochen auffällig gewachsen.
Aber so eine Ganglienentfernung ist kein großer Akt.
„Wenn alles gut geht, dauert die ganze Geschichte eine Woche und Sie sind wieder fit", so die optimistisch-fiktive Aussage eines Arztes.

Natürlich ist die Geschichte bei mir nicht planmäßig verlaufen. Nicht gut gegangen …

Von der Hämatologie bin ich für den operativen Kurzeingriff in den OP der plastischen Chirurgie geschoben worden (ich habe das Gefühl, das Artikulieren der Fachrichtung dauert bald länger als der operative Eingriff).
Zurück auf der Station bemängelte ich am nächsten Tag einen pickligen Ausschlag auf meinem frisch operierten Bein.

Man wird ja so langsam sensibel...Und deshalb zeigte ich bei der nächsten Visite mein Bein und äußerte meine Bedenken.
Der diensthabende Arzt betätigte meine Sensibilität und diagnostizierte „eine trockne Haut“, womöglich ausgelöst durch das Desinfektionsmittel vom Vortag.
Das klang auch für mich plausibel.
Fettcreme drauf und abwarten.
Es wurde nicht besser. Und ich empfand immer mehr Schmerzen im Fuß und in der Wunde.
Ich wurde erneut den Chirurgen vorgestellt. Da der Station kein Rollstuhl zur Verfügung stand und auch keiner von einer anderen Station aufgetrieben werden konnte, bekam ich um meinen Fußverband eine Plastikhaube. Eine Art Mütze, deren eigentliche Aufgabe der Schmuck der Häupter des Operationsteams sein dürfte.
War aber gerade nichts anderes da.
Und damit wurde ich dann „misit in pede“ durch die Hochschule von der Hämatologie bis zur Ambulanz geschickt.
Mein Bauchgefühl sagte mir zwar, dass das vielleicht keine gute Idee sein könnte. Aber richtig „Alarm“ habe ich auch keinen veranstaltet. Ich fragte noch nach einer anderen Möglichkeit, meinen Fuß zu schützen und dadurch möglichst keimfrei in die Chirurgie zu tapern.
Gab es aber nicht.
Also schlurfte ich los.
Wurde schon erwartet.

In der Chirurgie:
„Muss man abwarten! So eine Wunde muss ja auch von innen nach außen heilen!“

Das wird das am häufigsten formulierte Statement des noch vor mir liegenden Jahres 2010 werden.

Und ich sehe heute noch ROT, wenn ich nur den Ansatz dieses Erkläsungsmusters bei meinen Gesprächspartnern bezüglich irgendwelcher Heilungstendenzen von Wunden, meiner Wunden, erahne und höre.

Ich wurde Mitte Januar vorerst entlassen, bis zur erneuten stationären Aufnahme auf der Neurochirurgie im Februar.
Was nicht bedeutet, dass ich zu Hause richtig zur Genesung und Ruhe gekommen wäre.
Da sich meine sehr, sehr bemühten heimatlichen niedergelassenen Haus- und Fachärzte von meinem Fuß und den vorliegenden alten Krankengeschichten überfordert fühlten, wurde ich immer wieder in die Klinik Noah-Nerv überwiesen.

Ich hatte ja auch immer noch „Rücken“ und die Fahrten zwischen O-City und H-City erwiesen sich immer mehr als eine Schmerzbelastungstortur.
Und produzierten Ermüdung und Erschöpfung meinerseits.
Was nicht nur mit dem letztendlich sinnlosen Verfahren vieler Kilometer zu tun hatte, sondern auch immer wieder mit dem Resultat meiner Besuche in der chirurgischen Ambulanz.
Fairerweise muss ich sagen, dass, obwohl sich circa 25 Ärzte in diesem Bereich aufhalten, ich natürlich immer wieder an denselben geraten bin.
Eigentlich bevorzuge ich so eine Behandlung sogar. Ich hasse es, ständig meine Geschichte von Neuem zu erzählen. Und bin eigentlich heilfroh, wenn man immer wieder auf dieselben, bekannten Menschen trifft.
Ist wohl nicht immer optimal, wie ich feststellen musste.
Aber mir eigentlich am liebsten.
Das kann aber manchmal auch von Nachteil sein...
Ach. Wie auch immer ...

Es war im Februar leider etwas ungünstig. Und Pech.
Der Arzt schickte mich immer wieder mit der oben genannten Aussage nach Hause.
Und manchmal auch mit einem Gips.
Dann mit einer elastischen Bandage.
Dann mit einer Gipsschiene, trotz sichtbar verschlechterter Situation meines Fußes.
Beim vierten Mal beklagte ich mich dann doch.
Ich sähe es ehrlich gesagt nicht mehr ein, ständig 150km mit dem Auto von O-City nach H-City zu kutschieren. Mit null Ergebnis, beziehungsweise keinem wirklich sichtbaren Vorwärtskommen.

Das mit O-City hörte Dr. Jakobson, der zufällig vorbeiging und seinen Kopf durch die Kabinentür steckte.

„Zum Glück aus O-City! Wie, Sie kommen aus der Stadt des Glückes, was machen Sie dann hier?“
Dabei warf er zufällig einen Blick auf meine Wunde und erstarrte in seinem freudigen Ausruf.
Er erkannte die Situation: Die Wunde war überhaupt nicht dem Zeitverlauf entsprechend verheilt.
Die sofort vorgenommene Analyse des Abstrichs aus der Wunde zeigte eine enorme Besiedelung mit Keimen: Massenhaft Staphylococcus aureus und andere mehr.
Er riet zu einer sofortigen Operation: Débridement, also Säuberung der Wunde.
Wenn möglich, bereits am nächsten Tag.

Da waren aber zwei in der Kabine der Ambulanz für plastische Chirurgie anwesende Personen ziemlich sprachlos.
Der „überdiagnostizierte" Arzt und ich.
Ich glaube, diese Situation wollten wir beide nicht.
Dr. M.A wollte nicht überstimmt werden und ich wollte eigentlich keine weitere Operation.
Ich bat um Bedenkzeit und Aufschub von drei, vielleicht vier Tagen.
Ich durfte noch mal kurz nach Hause.

Oh. Und das war so schön, weil ich da, ohne es zu ahnen, die zunächst letzten Tage mit meinem weltbesten Freund Lasse verbringen durfte.
Das war so schön.
Ich vermisse ihn sehr.

Ich habe Lasse seit dieser Zeit nicht mehr persönlich erlebt.
Aber ich trage ihn so tief verwurzelt und verankert in meinem Herzen, dass er für mich genauso präsent ist wie vor einem Jahr.
Was mir fehlt, ist sein Lachen, sein Duft, seine Fragen, seine Liebe.
Alles.
Verdammter Mist.

Es kann doch nicht so schwer sein, einfach wieder gesund zu werden, allein, um das Liebste was ich habe, wieder in meine Arme schließen zu können, oder?

Vor der erneuten stationären Aufnahme hatte ich noch einen Herzenswunsch von Lasse zu erfüllen ...

Wir feierten Lasses Geburtstag bei mir zu Hause. Das war toll.
Alle Nachbarkinder sind mit ihren Eltern gekommen und haben mit uns gefeiert. Es ist immer wieder rührend, zu bemerken, wie integriert und akzeptiert Lasse trotz seiner Behinderung in unserer Straße ist. Die Geschenke sind auch immer so liebevoll. Jeder weiß, dass man Lasse mit einer selbst gebrannten und bemalten CD mehr Freude bereiten kann, als mit einer gekauften ... Oder dass man bei ihm riesige Freude mit einem Päckchen Batterien auslösen kann. Oder mit einem Nivea-Männer-Duschgel! Und so weiter ...

Lasse war abends fix und fertig. Und war einfach nur glücklich. Die Geschenke um ihn herum drapiert, schlief er mit einem Lächeln im Gesicht ein.
Das war schön anzusehen.
Und zu fühlen.

Ein paar Tage später begebe ich mich erneut zur stationären Aufnahme an die Hochschule Noah-Nerv.
Diesmal ist die Station der plastischen Wiederherstellungschirurgie mein neues Krankenhausdomizil.
Inzwischen habe ich einfach mal „gezielt" einen Arzt gefragt, ob ich ihn als „Ansprecharzt" kontaktieren dürfte.
Ich finde, dass beide Seiten damit einverstanden sein müssen.
Dr. Virtus Jakobson erklärte sich dazu bereit.
Das war großes Glück für mich und alles andere als selbstverständlich, wie ich später erfahren musste...

Später:
Aus einer Operation werden zwei,
werden drei,
werden vier,
werden fünf und auch sechs.

055 – Paulus-Melchers-Krankenhaus

Nachmittags

Sie heißt Bärbel.
Meine neue Zimmernachbarin.
Und jetzt ist es definitiv.
Auch wenn es noch nicht mal Nacht ist:

Sie schnarcht.

056 – Nachts

Huhu Laptop!
Huhu Nachtwache!
Huhu Kamera!
Huhu Mann von der Rezeption.
Huhu Getränkeautomat!
Huhu Blick auf das Parkhaus!

057 – Der nächste Tag, ein Dienstag, im Oktober Paulus von Melchers Krankenhaus

Natürlich bin ich müde.
Wenn ich in den frühen Morgenstunden in mein Bett wanke und mich ruhig hinlege, nimmt mein Körper diese Haltung und damit die Aufforderung zum Schlafen gar nicht mehr an.
Es ist, als ob mein Körper beleidigt wäre. Aber was soll ich machen?
Die Geräusche meiner Bettnachbarin schießen so vehement in mein Gehirn, ich kann dann nicht mehr schlafen oder mich ablenken.
Ich höre das Schnarchen ... immer.
Auch, wenn ich Kopfhörer aufhabe.
Ich war aber auch in den paar Wochen zu Hause nicht wirklich zum Schlafen gekommen.
Ich habe den Eindruck, so langsam verarbeitet mein Gehirn die letzten Monate.
Es ist schon erstaunlich, was einem in den paar Minuten des Schlafes so für Erinnerungen auf die Bettdecke herunter prasseln.
Träume, die voller Realität und Wahrheiten sind.
Wenn ich aufwache, bin ich oft ganz irritiert, da es sich häufig um Situationen handelt, in denen ich mir tagsüber gar nicht bewusst war, dass sie mich besonders interessierten oder auf irgendeine Weise prägen.
Tagsüber.
Nachts anscheinend doch ... irgendwie.

Diesmal liege ich auf der anderen Seite der Station.
Das bedeutet, dass Sherlock Holmes für mich zuständig ist. Das finde ich gut.
Außer ihm sind auch noch Dr. Canis und Dr. Triton mit im Ärzteteam.
Wirklich. Das ist super. Ich kann jetzt echt nicht rumnörgeln. Ich glaube, ich habe da richtig Glück.
Die drei sind sehr bemüht.
Und ich habe auch das Gefühl, dass ich nichts mehr großartig erklären muss. Was mir sehr entgegen kommt. Dieses immer wieder erzählen zu müssen, das spüre ich, ist auch für einen Teil meiner Müdigkeit verantwortlich. Wie alles: Das Erklären. Die Diagnostik. Die Untersuchungen. Die Lebensgeschichten. Die Frustrationen. Das Aufbauen eines Schutzmantels um mich herum, wenn ich merke, dass mal wieder der Zeitpunkt der Resignation seitens Familie, Freunden, Ärzten, Therapeuten groß ist.

Das Trösten kostet Kraft.
Die Brummeligkeit, die viele Menschen mir gegenüber an den Tag legen, ist tatsächlich oft nur Frust. Das musste ich erst mal kapieren ... ich weiß nicht, wie oft ich mir Gedanken darüber gemacht habe, weshalb ich so oft Ärgernis auslöse. Tatsächlich bin ich schon in den abstrusesten Situationen angemeckert worden. Zum Beispiel auf Fluren irgendwelcher Arztpraxen, vor anderen Patienten natürlich, und an vielen anderen Orten mit Publikumsverkehr.
Datenschutz? Ach wat.
Wahrung meiner Privatsphäre? Ach wat!
Wahrung meiner Menschenwürde? Ach wat!
Ich fühlte mich dann immer schlecht. Ich wusste nicht und verstand es nie, warum andere Menschen so mit mir umgehen.
???
Weil ich krank bin?
Keine „Diagnose" habe?
Und an manchen Tagen kann ich das auch so deprimäßig auf meine Person beziehen, dass ich dieses Unverständnis wie Kaugummi in die Länge ziehen kann, mir dann voller Selbstmitleid überlege, ob es an meiner Unattraktivität und Dummheit liegt, liegen könnte ...
Und wenn es möglich wäre, würde ich mir in solchen Momenten auch gerne selbstständig eine Spirale in meinen Hals drehen.
Das wäre super.
Dann hätte ich mehrere Varianten einer Diagnose.
Jeder sucht sich die für ihn Passende aus.
Alle wären bestätigt.
Ich wahrscheinlich auch.

Solche Tage und Momente gibt es natürlich auch.
Es gibt unter den Ärzten einige, die sich dann auch (sollte ja eigentlich selbstverständlich sein, ist es aber nicht!), entschuldigen können.

Manchmal hilft es auch einfach, abzuwarten und nicht unbedingt den direkten Fluchtweg zu ergreifen.
Seitdem ich das mal ausprobiert habe, ist es tatsächlich passiert, dass sich mein Gegenüber „besonnen" hat. Oder auch einmal entschuldigte.
Das finde ich gut. Irgendwie kann man dann wieder neu überlegen.
Neu starten. Zusammenarbeiten.

Dr. Ralbeo-Unfair ist zurzeit noch motiviert und unterstützt mich, nicht aufzugeben. Echt klasse. Ich werde sogar (!) ständig mit einbezogen und in die Diagnostik integriert.

058 – Herzensmenschen

Was mache ich hier eigentlich? Was schreibe ich hier eigentlich auf? Was soll *das hier* werden?
Tagebuch? Logbuch einer Reise?
Wohin?
Aufzeichnungen? Mit was für einem Auftrag?
Vor kurzem habe ich die Reiseberichte von James Cook gelesen. Auch Darwins Fahrt auf der Beagle und Viktor Klemperers Tagebücher. Und einige andere. Alle natürlich sehr beeindruckend und bewegend.
Ich will das hier nicht unter Tagebuch oder Ähnlichem abspeichern. Ich habe mir überlegt, dass ich das hier Geschriebene einfach unter dem Begriff „Buch“ ablege.
Gedanken ablegen?
Weglegen? Ad acta?
Ich möchte, dass dieses Konvolut an Impressionen meines Gehirns hiermit irgendwann abgeschlossen ist.
Tagebücher, Logbücher oder Aufzeichnungen kann man meines Erachtens endlos fortführen. Ein „Buch“ hat für mich etwas Begrenztes, etwas Abgeschlossenes.
„Das Buch.“
Ich werde ja sehen.
Und noch was fällt mir gerade ein. In allen Büchern sind die Danksagungen immer am Anfang oder am Ende.
Ich glaube, ich möchte meine genau in der Mitte des „Buches“ platzieren.
Vielleicht ist jetzt genau der richtige Zeitpunkt dafür.

Gedankenpause.

Das ist gar nicht so einfach.
Da sind die „HerzensMenschen“.
Da sind die „HelferMenschen“.

Und nun?

Irgendwie... will ich doch keine Rangliste erstellen!
Das geht auch gar nicht.
Alle HelferMenschen hätten da die Positionen 1-3.

Super. Das geht ja wohl auch nicht.
Kann ja schlecht alle übereinander schreiben …
Die HerzensMenschen, „Klaro-klar“, sind ja nun erst recht an keine Positionen gebunden. Sie befinden sich einfach ohne festgelegten Punkt, aber verankert, in meinem Herzen …

Ich kapiere so langsam, warum in Filmen gern die alphabetische Variante benutzt wird. Wahrscheinlich kann man damit genau diesem Problem der Priorität aus dem Weg gehen ...

Aber alphabetisch?
Nee.
Ich beginne einfach. Und jeder weiß dann von selber und kann für sich entscheiden, ob er ein Herzensmensch oder ein Helfermensch ist

Also einfach so gedanklich, aber Ranglisten ungewollt!

Liebster Lasse!
Danke für so viele Stunden der Liebe, der Zuneigung, des Vertrauens, des Spaßes, der Abenteuer und des Wartens!
Du bist was ganz Besonderes!
Und wo ich Dich immer mit mir rumtrage ... ach das weißt du ja.
Für immer.
Weltbester Freund!

Liebste Mama! Liebster Papa!
MaPa !
Der 8967. und der 10225. Tag in Eurem Leben =
: mein 1.Tag!

Danke für mein Dasein!
All inclusive.

Liebster Tom!
Einige Jahre, natürlich nicht genug, hattest du eine Fee an deiner Seite.
***Sie** hat dir die schönsten Flocken ihres Feenstaubes hinterlassen ...*
Danke für eine gemeinsame Kindheit!

Liebster Severin!
Danke! Auch für eine große Portion Pessimismus der Welt gegenüber ... dadurch kam ich oft in die Position, – Klar! – (Als große Schwester kann man nicht immer der Meinung des kleinen Bruders sein, oder?) das Lebenswerte und für mich schöne Leben zu verteidigen. Das nennt man dann wohl Kinetik – pur! Diese Rolle bringt eindeutig Lebensenergie ... Dir, Tatjana, Chris, Sec und L-.P-.A wünsche ich viele schöne Lebensperspektiven!

Liebste Ҫiçek!
Danke für zwei wundervolle Kinder!
... und solange ich kann, werde ich für dich immer(!) die aktuelle Bücherbestsellerliste des „Spiegels" sammeln und dich auf dem neusten Stand halten!
Du fehlst mir mit jedem Tag mehr.

Liebste Ableger der Blüte!
Danke, dass ihr da seid!
Ratz und Rübe!

Liebste Birgit!
Danke! Das war die schönste Begegnung vor einer geschlossenen Tür, die ich jemals hatte.
Das war das effektivste Schulschwänzen aller Zeiten!
Winter, Glatteis und Schnee scheinen doch eine Funktion zu haben, oder?
Ach! Was bin ich darüber froh, so froh!
Und unendlich glücklich freue ich mich auf viele „offene Tore" in unserer gemeinsamen Zukunft! Schön, dass es dich gibt!
Und danke, dass du immer zu mir gehalten und mich unterstützt hast. Egal, in was für einer Lebens-und Krankheitsphase ich mich befand!
Danke! Es gibt soviel zu erzählen ... das ist aber dann ein anderes Buch!

Liebste Eltern von Ҫiçek!
Wenn durch einen Menschen ein wenig mehr Licht und Wahrheit in der Welt war, hat sein Leben einen Sinn gehabt. Und was man tief in seinem Herzen besitzt, kann man durch den Tod nicht verlieren.
Sie ist immer für Euch da!

Liebster Bruder von Çiçek!
Schön, dass wir eine Familie sind!

Liebste Familie Weiss!
... das Segelboot wird nie Wind brauchen, nie eine Flaute überwinden müssen. Eure Liebe wird es durch alle Ozeane dieser Welt tragen ...

Liebste Christel!
Erasmus von Rotterdam: „Die höchste Form des Glücks ist ein Leben mit einem gewissen Grad an Verrücktheit“... und dabei eine Menge Spaß und Freude zu haben ... genau das ist es, was wir Kinder bei Dir immer sehr genossen haben!
Danke ... das war eine schöne Zeit und ist stets in mir präsent!

P.S. Jetzt bist Du vor ein paar Wochen gestorben. Vor kurzer Zeit. Aber es fühlt sich wie eine Ewigkeit an. Ich vermisse Dich.

Liebste Lore!
Liebster Heinz!
Liebste Erna!
Danke für die Einladung nach Frankfurt vor ziemlich genau dreiunddreißig Jahren!
Hättet Ihr damals damit gerechnet, dass das achtjährige kränkelnde Mädchen hinter der Strandhütte diese Einladung tatsächlich so ernst nimmt? Nichts vergisst und in den Herbstferien einfach und allein mit dem Zug zu Euch reist? Zu ... ja doch zunächst etwas fremden Menschen? Gut, dass ich meinem Instinkt des Vertrauens - damals wohl Bauchgefühl -, gefolgt bin ... Ich hätte sonst besondere Menschen verpasst, und Euch später dann doch sehr vermisst!
Nicht nur, dass ihr mich gedanklich immer mit auf Eure Weltreisen genommen habt, auch viele literarische Ausflüge hätte ich ohne Euch nicht unternehmen können ...
Herzlichen Dank für die tatkräftige, unermüdliche Unterstützung und Begleitung!
Danke!
Und eine Telefon-Flatrate für unsere weiteren telekommunikativ-gemeinsamen Jahre kann ich nur empfehlen!

Liebste Katja!
„Glück ist, wenn man die Persönlichkeit hat, ein Clown zu sein". (Charlie Rivel) ... und ich hatte so verdammtes Glück, dass du zur richtigen Zeit am richtigen Ort gewesen bist und danach hörte die gemeinsame Uhr nicht auf zu ticken! Das ist schön.
Etwas später durfte ich dann auch noch von deiner Persönlichkeit profitieren. Das hat mir so unsagbar viele Momente wieder schön gemacht. Danke für alles! Und für viele passende Telefonate voller Mitgefühl und toller Ideen!! Danke!

Liebes Musketier Helmut!
Einer für alle, alle für EINE.....danke. Und nochmals DANKESCHÖN! Ich wünsche dir und Deiner Familie alles erdenklich Gute. Pass gut auf Euch auf.....aber das kannst Du bewiesenerweise ja sehr, sehr gut ...

Liebste Tonka!
Trotz der Rabauken hast du immer Platz und Zeit gefunden, mir schöne Briefe, Hörbücher und Bücher zu schicken, wo auch immer ich war. Dankeschön ... Auch wenn aufgrund dieser Ziegelsteinpakete der Zorn sämtlicher Postboten auf ewig auf uns liegen wird ...
Ist doch egal, oder?
Ich danke Dir vielmals für die Möglichkeit, dass Lasse und ich in Deinem Häuschen auf Föhr wunderschöne Urlaube verbringen durften! Ach! Das war immer superschön!

Liebste Silke!
„Man muss noch Chaos in sich haben, um einen tanzenden Stern gebären zu können.", dieses Zitat ist schon deins und das ist von mir für Euch:
2 x 3 macht 4
Widdewiddewitt und Drei macht Neune !!

Hey ...

... Silke, Ickert, Janina, Kjell, Milan, Annika, Phillip, Svenja, Lena,Sarah
Ihr macht Euch die Welt
Widdewidde wie sie euch gefällt ....
Hey – liebste „Nachbarn" ...

trallari trallahey tralla hoppsasa
Hey -liebste Nachbarn,
Ihr macht, was Euch gefällt!!!!!!!!!!!

Danke für die viele Unterstützung, wo auch immer ich war!

Liebste/r: Anke, Ralf ,Immo, Jelto!
Tut mir den Gefallen und behaltet Eure „Ostfriesische Lebensphilosophie". Bitte.
Sie ist in unseren Breitengraden und dem momentanen Zeitalter wirklich eine Rarität und hilft in allen Lebenslagen mit ihren wenigen, manchmal spontanen und rustikalen, verbalen Äußerungen ... doch: hinter jedem gesprochenem Wort ist viel Nähe und Wärme zu spüren!
Ich hoffe, dass diese Mentalität sich auf Eure Jungs genetisch übertragen hat, dann besteht zumindest die Chance, dass diese Tradition 100%ig beibehalten wird.
Jo.
Dann mal bis später, wa!?

Liebste Anke!
Ich freue mich schon jetzt auf viele winterliche 11:00 Uhr - Kinotermine!

Liebste ECLS !
„Es grünt so grün, wenn ECLSs in den langersehnten Urlaub ziehen!"
Auch wenn ich mich immer sehr für Euch freue, wenn ihr unterwegs seid ... es ist auch schön, Euch in meiner Nähe zu wissen. Das gibt mir ein gutes und sicheres Gefühl ...
Meine lieben Nachbarn! Wer kann schon von sich behaupten, dass er Nachbarn hat, die sich mit dem Geheimnis von grüner Marmelade, grünen Ungeheuern, grünem Rasenschnitt, grünen Bullis, grünen Caddys und grünem Tee auskennen????
Na ... Ich.
Und dafür, sowie für viele andere tolle Dingen: Daaaannnkkkkeeee!
Und was is' mit Tee?

Lieber Jört!
Du hast mir gezeigt, was Freundschaft bedeutet.
Danke!
Hoffe, du wirst immer genug Luft zum Feuerspucken haben!

Liebe Eltern von meinem weltbesten Freund Lasse!
Ich hatte Euch sehr vermisst und bin Euch auf Ewigkeit dankbar für den herzigsten, liebsten Menschen in meinem Leben: Für euren Sohn!

Liebe Marlies!
Danke für die schönsten, blumigsten, elfenhaftesten Sonntagmorgenbesuche!
Voller Sonne und schöner Gespräche ...

Lieber Ulli!
Ohne Dich wäre der „kleine Onkel" niemals ins Rentenalter gekommen. Hätte den verdienten Gnadenhof nie erreicht und damit Lasse und mich ein riesiges Stück Freiheit gekostet.
Danke, dass du „Ihn" niemals aufgegeben hast!

Liebstes ManuSchnarchi!
Ich gebe zu, ich hatte des Nachts schon mal die Bremsen deines Bettes gelöst, um dich auf den Stationsflur ....: Nein, das wäre noch zu zimmernah gewesen ... also dann vielleicht doch das Stationsbad? ... aber was wäre dann mit der besonderen Akustik durch die Fliesen, etc. gewesen. Ne ... ich glaube, es wäre dann wohl doch der Klinikpark geworden ...
... Egal wohin, ich wollte dich schon rausschieben, da bist du wach geworden. Wir sind dann zusammen durch die Klinik gewandert, mit dem Ziel: Süßigkeitenautomat. Du hattest aufgrund deiner „Schildkröte" Heißhunger! Bis heute ist mir unerklärlich, wie man es innerhalb von wenigen Minuten schaffen kann, so viele Schokoriegel, Chips und Weingummi zu verschlingen, ohne zu k. ... Und dann vor lauter Hunger (Zitat: „Ich fühle immer noch ein großes Loch in meinem Magen!") auch den Rest der Nacht nicht schlafen zu können ... bis zum Frühstück. Dann war es nicht mehr zu überhören ... Du schliefst ... wohlgesättigt!
Das war der lustigste Krankenhausaufenthalt meiner Odyssee.
Danke schön ...

Liebste Jana!

„Freunde sind Engel, die uns auf die Beine helfen, wenn unsere Flügel vergessen haben, wie man fliegt." Ich weiß nicht, von wem dieses Zitat ist, es könnte auf jeden Fall auch von Dir stammen ...
Unsere gemeinsame Zeit in Münster ist unvergesslich.
Kämpfe weiter! Nicht nur die Mädchen brauchen Dich!
Erinnerst du dich an unsere Parole?
„Trotz den Prognosen! – Verdammt Nocheins!"
Ohje. Was sind - und hoffentlich nicht waren - diese banalen Wörter mit den unterschiedlichsten Gefühlen, Emotionen und existenziellsten Ängsten etlicher Menschenleben verbunden. Und ich schwöre: wie und wo auch immer - wir finden eine schöne Hose für Dich. Ganz bestimmt!
Wollen wir unsere gemeinsame Geschichte zusammen aufschreiben?

Liebste Maria!

„Er bekam große Lust, Schuhe und Strümpfe auszuziehen und barfuß weiterzugehen (...) ... Er lief im Zickzack von Pfütze zu Pfütze, wechselte sogar einmal die Straßenseite, weil er drüben auf dem Bürgersteig eine besonders schöne Pfütze sah und stapfte ... hindurch, dass es nur so spritzte - gegen die Schaufenster hier und die geparkten Autos dort ... er genoss eine kindliche Sauerei wie eine große, wiedergewonnene Freiheit."... ich wünsche Dir viel Kraft und Gesundheit für viele unentdeckte Pfützen!
Ich danke Dir für viele Besuche, Karten, Bücher, Geschenke und Aufforderungen, endlich mal wieder mit ins Kino zu kommen ... das hat dann ja auch schon mal wieder ganz gut geklappt, oder?
Freue mich auf viele weitere tolle Filme und gemütliche Teesessions auf deinem schönen Balkon ..

Liebste Senta!

Ich danke für eine mir unvergessene, schöne WG-Zeit, für viele schöne Momente, viele schöne CDs, viele schöne Bücher!
Diese Zeilen sind immer wieder im Zusammenhang mit Deiner Musik entstanden. Und ich bin immer noch gerührt, dass Dich eine Deiner ersten längeren Autofahrten zu mir geführt hat!
Ich wünsche Dir das Glück dieser Erde für Deine Zukunft!

Liebste Helga!
Du lieber, anonymer Postbote ... auch wenn die Post nicht angekommen ist, die Idee hat mich sehr gerührt! Tut mir leid, dass deine Bemühungen nicht geklappt haben. Ich danke Dir trotzdem ... dafür und für viele andere, liebevolle Aktionen!

Liebste Christa und liebster Hans!
Danke für die vielen mitfühlenden Gedanken, sorgenvollen Ideen, Honig, selbst gestrickte Socken und den vielen prall gefüllten Briefumschläge! Ohne den Sagemüllerschen Laptop würde es diese Briefe wahrscheinlich nicht geben ...

Lieber Rolf!
Ich weiß nicht, wie oft ich schon verzweifelt wäre und mir vor Frust und Wut am liebsten eine alte Schreibmaschine gekauft hätte ... wenn Du mir nicht immer ... selbst per Ferndiagnose und in einer stoischen Ruhe, Hoffnung bezüglich meiner Computerprobleme gemacht hättest. Dafür: unendliche Dankbarkeit!

Liebe Karin!
„Herrin der Ringe"! Und wieder ein paar Meter den Weg der erlaubten Feminität erlaufen. Danke Dir.
Ich hoffe, dass das Leben Dir ganz viele tolle Momente der Ruhe, Zufriedenheit und des Glücks bringt!.

Liebe Jutta!
Das war damals ein richtig schöner und lustiger Urlaub auf einer nordfriesischen Insel!

Liebe Ilse!
Ich glaube, dass das, was wir zusammen erlebt haben, einmalig ist. Oder hast Du schon mal davon gehört, dass zwei Menschen sechs Wochen nebeneinander in einem Vierbettzimmer lagen?
Also, ich nicht. Du?

Wie viele Menschen sind auf der uns gegenüberliegenden, rechten Zimmerseite vorbeigerauscht?
Ich erinnere mich an 18.
Und Du?
Wahnsinn!
Aber wir haben es gemeinsam geschafft!
Ich glaube, das ist wirklich eine besondere Leistung.
Oder? Und lustig war es auch. Und dank Heinrich auch nährstoffreich!
Danke Euch beiden!
... besonders für die Einführung in das Diepholzer Landleben!

Lieber Medizinmann!
Definitiv! ... brauchten wir für unsere ersten Konversationsmethoden keine Buschtrommeln. Auch irgendwelche Energiefelder, geschweige denn ein Medium, wären nicht nötig gewesen (... auch wenn das von dir später mal kurzfristig mit einbezogen wurde ... und auch wenn hinter deiner Idee ein ganz anderer Tenor steckte, ... es war eines der witzigsten, abstrusesten, durchgeknalltesten Erlebnisse, die ich jemals mitgemacht habe und ich muss nach all der Zeit und all dem Erlebten immer noch loslachen, wenn ich daran denke. Vielleicht hat man auch nur einmal in seinem Leben die Chance, SOWAS erfahren zu dürfen ... Vielen Dank dafür!).
Unsere ersten Treffen in diversen Räumlichkeiten eines Krankenhauses, „inklusive einzelner Insassen", sorgten schon allein für Schwingungen, die dann oft in Kakophonie endeten ...
Schön, dass wir dann später noch die Gelegenheit hatten, das Ganze in eine Art ... modernen Song umzuschreiben - wenn auch manchmal begleitet von Autogeräuschen und Funkstörungen ... aber das macht wohl den Hit aus, oder?

Lieber Herr Armando!
„Ein Mann, der Herrn K. lange nicht mehr gesehen hatte, begrüßte ihn mit den Worten: ‚Sie haben sich gar nicht verändert.'
‚Oh!', sagte Herr K. und erbleichte."
Mal sehen, ob ich diese Weisheiten dank ihrer Hilfe nicht doch mal umsetzen kann ...

Danke für die Erkenntnis, dass Telefonate mit Diplom-Psychologen nicht immer nur analytisch verlaufen müssen, sondern dass man auch einfach mal „ablästern" darf.
Danke für die vielen, nicht psychologischen, dafür aber persönlichen Gespräche. Sie haben mir sehr geholfen und mich oft durch Lachen wieder optimistisch weiterleben lassen!
Die Erinnerung an „Die Geschichte des Herrn Sommer" ist Ihnen ganz besonders gewidmet.

Liebe Renate Medikus!
So einfach Danke zu sagen, erscheint mir nicht genug ... und doch: Danke für viele Kügelchen. Das könnte man so ohne weiteres sagen. Aber! Da ist soviel mehr. Sie betonten zwar immer wieder und gleich bei unserem ersten Termin, dass sie mir nicht großartig helfen können. Das stimmt ganz und gar nicht! Sie gaben mich nie auf!
Und obwohl Freunde und Nachbarn in einer einzigartigen Aktion Geld für mich sammelten, um eine Therapie bei Ihnen zu ermöglichen ... nahmen sie keinen Cent an.
Bis heute nicht ... „Nicht solange ich Sie nicht heilen kann ..."
Dankbarkeit, die ich nicht beschreiben kann, aber Ihnen gegenüber fühle. Ich fühlte mich verstanden.
Jetzt muss ich nur noch für den Erhalt des Augenglanzes sorgen, oder?

Lieber Dr. Børge!
120 Minuten und ein paar mehr für das Elfmeterschießen gehörten neulich wohl mal(!) einem bekannten Fußballverein und damit verbunden der Champions League ... die waren bestimmt nicht so lebensbejahend wie die vielen, vielen anderen Minuten (meistens wohl eher Stunden), die Sie und Elke mir zur Verfügung gestellt haben.
Immer wieder. Zu jeder Zeit.
Danke für Ihr Vertrauen mir gegenüber ...
Mit und meistens ohne Termin.
Ihnen und Ihrem Team: Mehr als nur Danke von ganzem Herzen!

Liebe Frau Anuuk!
„Würdest Du mir bitte sagen, wie ich von hier aus weitergehen soll?
- Das hängt zum großen Teil davon ab, wohin Du möchtest, sagte die Katze." (Lewis Carroll)

Danke! Nie habe ich vorher so gemütlich Tee in „christlichen Gemäuern“ kredenzt bekommen - inklusive toller, wertvoller und hilfreicher Gespräche auf der Spur von Lebenszeichen!

Lieber Dr. Miles!

Auch wenn es manchmal ganz schön schwer war (ist), gegen ihren anscheinend grenzenlosen Optimismus“ anzukämpfen“..., bin ich ja doch froh, dass sich dieser nicht von meinem Pessimismus beeindrucken ließ (und lässt) und nie aufgegeben hat und mir damit andere, perspektivisch wertvolle Spektren dieser Welt aufzeigte.

Ihnen und den „Helfern des Lichts“ (mit ihnen allen wird es auch in fensterlosen Gipsräumen taghell ☻=☺) ***tausend herzliche*** *„Dankeschöns“ für viel, viel Zeit.*

Lieber Virtus Jakobson!

Danke, dass Sie in meiner Not immer wieder in Gesprächen, Gesprächen und nochmals Gesprächen (auch oft nach Dienstschluss) versucht haben, die Dramaturgie in meinem etwas merkwürdig verlaufenden Lebensspiel zu entschärfen und mir dadurch Platz für neue Perspektiven eröffneten.

Mich nicht aufgaben.

Dafür ein Dankeschön aus tiefstem Herzen!

Ich wünsche Ihnen und Ihrer Familie gaaaanz viel gemeinsame Zeit!

Liebe Bette!

Liebe „Elfen-mach-uns-wieder-mobil-Therapeutin!“

Die Wochenenden waren immer stinklangweilig, weil du gefehlt hast!

Ehrlich. An gequält werden kann man sich richtig gewöhnen, mh?

Aber nein!

Tausend Dank für viele Exkursionen, Gang auf, Gang ab!

Und noch viel mehr Dank für viele aufmunternde Gespräche! Und die ständigen Anschubser, dass auch Elfen ihren irdischen Bodenkontakt niemals verlieren dürfen!

Ich wünsche Dir, dass Deine Rosen immer blühen.

Jedes Jahr auf's Neue.

Lieber Dr. Gros!

Kein Mensch vor Ihnen hat jemals für mich so einen Sprint eingelegt wie Sie damals aus dem OP - Bereich direkt auf die Station, um mir zu helfen. Danke, dass Sie und „Franzi" sich nicht von meiner lethargischen Haltung beeindrucken ließen und trotzdem agierten! - Ich fand ja, das alles so lang in Ordnung zu sein hatte, bis ich meinen Nachtschrank in Ordnung gebracht hatte und mich anzog ... erst dann wäre ich bereit gewesen, Bescheid zu sagen, oder, wenn das nicht mehr möglich ... zum Sterben. Damit konnte ich weiter leben!
Dankeschön.

Liebe Praxis „Dr. Armenius"!

Manchmal fühlten sich die Besuche wie ein Déjà-vu an ... war ich nicht gerade erst hier? Hatten wir nicht gestern erst die Untersuchungen negativ abgeschlossen? Natürlich immer wieder und, zu großer beidseitiger Freude, mit positivem Ergebnis! Immer wieder spontane Besuche in Ihrer Praxis ... ohne Termin. Und trotzdem gaben Sie alle mir immer das Gefühl, dass mein Besuch in Ordnung war. Egal, wie voll das Wartezimmer oder wie voll Ihr Terminplaner sich gestaltete. Und ein noch weiteres, tolles Gefühl durfte ich bei Ihnen erfahren: Keine Erwartungen.
Dankeschön!!!!!

Lieber Dr. Castello!

Ihr zehntes Buch ist erstellt! Und ich hätte auch gleich noch „Stoff" für Ihr elftes Werk! ... Und warum schnarchen Menschen?
Ich wäre über eine literarische Antwort ihrerseits und als Schlafforscher sehr dankbar!!!
Vielen Dank für Ihre Ideen und Bücher!

Liebe Anke von der anderen Straßenseite!

Ich hoffe sehr, dass wir uns auch mal außerhalb des „Discounters unseres Vertrauens" unterhalten können .... ich freue mich darauf!
Und warum ausgerechnet Shanghai?

Liebe Barbara!

Die gemeinsame Zeit auf 16 m² wird mir stets in Erinnerung bleiben, danke, dass du stetig für Post an Lasse gesorgt hast!

Liebe Elisabeth!
Euer Kiosk ist, neben vielen schönen Dingen, auch eine liebevolle Oase der Menschlichkeit! DANKE

Liebe Karin! Liebes Nachtgespenst!
Ich danke dir! ... dank dir habe ich damals überlebt!

Liebe Tanja!
Die Tiere der Welt können sich glücklich schätzen, dass es dich gibt ... zumindest in H-City. Danke für eine wunderbare und lustige Einführung in die Tierwelt, fernab der menschlichen Weh-Wehchen-Welt. Ich bin wirklich beeindruckt!
Danke!

Liebe Bianca!
„Alles ist vorherbestimmt, Anfang wie Ende, durch Kräfte, über die wir keine Gewalt haben. Es ist vorherbestimmt für Insekten nicht anders wie für Sterne. Die menschlichen Wesen, Pflanzen oder der Staub, wir alle tanzen nach einer geheimnisvollen Melodie, die ein unsichtbarer Spieler in den Fernen des Weltalls anstimmt." (Albert Einstein)

... nicht Mehr lange und die Tanzparkette dieser Welt werden wieder für Dich bereitstehen ... „Wirst sehen!"

Liebe Cordula!
Wo immer du steckst ... ich wünsche Dir alles Gute und Liebe!
Allen ein herzliches Dankeschön!:
Besonders: meiner gesamten MaPa-Familie, verteilt auf und bis ans Ende der ganzen Welt!!
Und außerdem: sämtlichen wunderbaren und tollen Mitbewohnern und Nachbarn, Vermietern, z.B. Dana, Astrid und Fietje, Katharina, Angela, Ehepaar F. und viele mehr ... Brigitte, Buket, Adi, Anette, Angela und Klaus, Anja, Anna, Anne, Barbara, Bärbel, Birgit, Buket, Dirk, Hella, Helmut, Irena, den vielen Karins, Karsten, Shorty, vielen Kerstins, Marion, Melanie, Monika, Mona, Najat, Nina, Nuria, Andrea, vielen Elkes, Lilith, Hendrik, Stefan, Olga, Ramona, Rita, den vielen Sabine, den vielen Simönchens, den vielen Sonjas, den vielen Tanjas, Uwe, Rike und

Martin mit Lucy, Hannah und Lilly, Yasemin, Selo, Emre, Kerem, Helen und Familie

Lieber Theo Viator!
Der Camino bietet eine echte, fast vergessene Möglichkeit, sich zu stellen ... Du musst ihn alleine gehen, sonst gibt er seine Geheimnisse nicht preis ... Ich muss vor allem an die denken, die diesen Weg nicht gehen können, und ihnen sei versichert: Dieser Weg ist nur eine von unendlichen Möglichkeiten. Der Camino ist nicht einer, sondern tausend Wege, aber jedem stellt er nur eine Frage: „Wer bist du?"
... ich würde trotzdem gern mit vor Ort kommen!
Kriegen wir das hin?

Lieber Professor Jericho!
„Jeder dumme Junge kann einen Käfer zertreten. Aber alle Professoren der Welt können keinen herstellen." (Heinrich Heine)
Können sie es vielleicht doch????
Menschliche Körper wieder „heile" machen? Mh?
Dann hätten wir gute Chancen, einen neuen Anlauf zu wagen. Ich habe da schon mal recherchiert: Die nächsten potenziellen Austragungsorte der „Games of the XXXI Olympiade" könnten sein:
Rio de Janeiro, Tokyo, Madrid and Chicago!
Ich finde, das ist eine nette Alternative zu London.
Und wir hätten da noch gute Chancen, fit dran teilzunehmen, oder?
Und: In bleibender Erinnerung wird mir immer unser Gespräch über die Klarheit bleiben! Danke schön!

Liebes FußambuTeam!
Okay. Da waren anfängliche Querelen. Das kann man nicht schönreden. Ich bin wirklich froh und dankbar, dass wir das irgendwie hinbekommen haben. Letztendlich mit einer Menge toller Ideen (und auch Ausführungen dieser ...), jeder Menge Überweisungen, Rezepte und noch viel, viel, viel mehr Verbandsmaterial!
Ohne Ihre Flatrates bezüglich gepunkteter Binden („Aus einer Ellipse muss ein Kreis werden!") wäre ich nicht nur lymphatisch - elefantös aufgeschmissen gewesen, sondern hätte auch nie die Gelegenheit gehabt, mal an einer Institution wie der HNN zu zeigen, wie fortschrittlich doch

so ein „Provinzkrankenhaus" sein kann. Ihre Kollegen waren beeindruckt!

Lieber Herr Triton!
Danke für respektvolles Umgehen miteinander, inklusive vieler privater Anekdötchen!
Gäbe es Auszeichnungen, Orden oder Gehaltserhöhungen für besonderes, sensibles Strumpf- und Schuhe anziehen ..., sie würden diese Auszeichnungen jeden Tag mehrmals erhalten!
Alles Gute und viel Glück im nächsten Jahr, in einer neuen beruflichen Zukunft!

Lieber Dirk!
Ich hoffe sehr, dass du den von uns anvisierten Prototypen des legendären und dann einzigartigen Marthaschuhs nicht zum Ektypus verfallen lässt. Bitte! Ich will nie, nie, nie wieder einen omakrankenkassennullachtfünfzehnhässlichenblauen Verbandschuh.
Bitte, bitte nicht aufgeben!

Lieber Thomas!
Haben wir es geschafft oder uns schaffen lassen? Egal, was kommt, die spritzigen Getränke werden bereitstehen! So oder so....dank dir rollt mir meine Zukunft entgegen! DANKE!
Viel Spaß beim Modeln!

Liebe „sämtliche" Doktores und dem Eid des Hippokrates Verpflichtete, *auch wenn in Deutschland nicht mehr nötig, hiermit meinen Dank an Sie – für Ihre Ideen und Hilfen in Akut- und Langzeitphasen!*

Liebes Buchhändler-Team!
Einfach: DANKE!
Und immer noch: Seid Ihr eine Oase in der Stadt ... für alle Lebens- und Stimmungslagen!

Liebe „Buch-Kerstin!"
Du hast mich wirklich gerettet. Dankeschön und pass gut auf dich auf!

Liebe Jiska! Liebe Ayla!
Danke für tägliche Entführungen! Und für viele Entstauungsversuche ... ein tolles Gefühl, wenn sich Elefantenbeine so langsam zu, ... äääh, also zu anderen Tierbeinen entwickeln. Dankeschön.

Lieber Jörg-Theo!
Da steht er! Der blaue Bär mit dem roten Hut! Und wartet und wartet ... auf deine Wiederkehr!
Da ich nicht weiß, ob und wann ... entstaube ich ihn einfach ab und zu ... er ist also allzeit bereit, nach Hause zu kommen!
Danke für die schönste Blume, die ich jemals in meinem Leben geschenkt bekommen habe!

Lieber Cineast Stefan!
Du und das Arthouse seid immer weder eine mutmachende Anlaufstelle. Alle erlaubt .Alles möglich :Schweigen. Zuhören. Impressionen sammeln und speichern. Quatschen. Tee schlürfen. DANKE

Liebe Eheleute Schönehre!
Ich danke Ihnen für eine wunderschöne „Villa Kunterbunt"... mein Zuhause, meine Festung, meine Oase der Ruhe . Danke, dass ich sie immer wieder individuell gestalten konnte und ihr Vertrauen bezüglich meiner kreativen Impulse hatte.

Lieber Massoun!
„Wähle dir einen Reisebegleiter und dann erst den Weg."
Dieses arabische Sprichwort habe ich damals, nach einigen schlechten Erfahrungen, beherzigt, unterstützt von deiner Frau Elke.
Und das war genau richtig. Das war gut. Das war lustig.
Und streiten konnte man sich auch noch mit dir!
Danke für das Kutschieren auf sämtlichen - oder waren es alle?- Straßen Deutschlands!

Liebe Sigrid!

Seit Wochen versuche ich akribisch, herauszufinden, wie viele Lymphbahnen, wie viele Lymphknoten und wie viele Lymphdrüsen es eigentlich so gibt ... Ich habe immer noch kein genaues Ergebnis. Ist vielleicht auch egal. Dank Dir klappt's immer wieder mit dem „Abfluss"! ... Danke auch für die für mich noch manches Mal viel wichtigeren Gespräche und vielen, vielen lustigen Momente. Das tat so gut!
Und wie geht's Deinen Ohren?
Knuddel an Hannah!

Liebe Majka, Lieber Stephen!

Danke für die wichtigsten Telefonkontakte in meinem Leben. In den unterschiedlichsten und einer ganz besonders traurigen Lebenssituation!
Dankeschön.

Lieber Cellino!

Sämtlichen großen, sperrigen Lkws und landwirtschaftlichen Fahrzeugen danke ich sehr, ... weil sie dich zum langsamen Fahren auf der Bundesstraße, zum Krankenhaus (oder zurück nach Hause) gezwungen haben! Mein Nutzen? Viele, viele tolle Telefonate, gefüllt mit Ideen, zur Rettung meines Fußes ... und manchmal auch einfach mal zum „Lästern" ... medizinisch und psychologisch war das ebenfalls sehr gesundheitsfördernd!
Danke dir vielmals!

Liebes „Onkel Liebig-Team"!

Ich habe nicht mehr ausrechnen können, wie oft Ihr mich in den letzten Monaten mit Verbandsmaterial und diversen anderen Apothekenutensilien beliefert habt. Fakt ist wohl, dass die Anzahl an Verbänden ohne Schwierigkeiten zum Einwickeln mehrerer Mumien ausgereicht hätte.
Ohne Euch hätte ich das niemals transportieren können. Ihr habt die vielen Pakete - egal, was für eine Wetterlage vorherrschte - geliefert!
Und dafür danke ich Euch vielmals.

Besonderen Dank an die Krankenhaus-Küchen- und Kiosk-Café-Feen,
sämtlicher Kliniken! Ich weiß, dass das mit mir nicht so einfach war.
Ihnen allen vielen Dank für viele nährstoffreiche Versuche.

Lieber G. der Rheumatologie!
Danke für ein ultralanges Durchhaltevermögen!

Liebes Team der plastischen Chirurgie!
Station 37 und Ambulanz!
Ich danke Ihnen allen sehr und hoffe, dass sie sich auch positiv in meiner Retro|Perspektive wiederfinden!
Danke! Vielmals!
Besonderen Dank an Claude und Anne für Ruhe in einer doch manchmal hektischen Atmosphäre, sowie tolle Wundheilungsvorschläge.

Liebes Station 32-Team! Liebes Station 14-Team
So viele interessante Menschen. Egal ob Pflegepersonal oder Patient ... auf Ihrer Station gehörten damals ALLE zusammen. Danke.

Liebe Patricia!
Danke für sämtliche Restaurierungsversuche im Gesicht!
Lieber Dr. Aragon Ziehst! Liebe Lehmanns Buchhandlung!
Liebe Patientenbücherei! Danke für „Literarische und räumliche Flucht-Oasen"... und viele tolle Gedankenaustausch-Dialoge!

Liebe Trixie!
Danke, dass Du immer Termine für mich frei gehalten und mir zugehört hast!
Du liebe Rettungsboje! Dank natürlich auch an deine Schwester und Deinen „bärigen" Chef!

Lieber Tim!
Im ganzen Leben werde ich unsere tollen und intensiven Gespräche nicht vergessen. Wenn man Deinen Wassereiskonsum und meinen Teeverzehr nebeneinanderlegen würde ... 3,5 m^2 würden nicht ausreichen!!!! Ich wünsche Dir und Nina alles erdenklich Liebe!

Und dann gibt's tatsächlich Menschen, die sitzen in einer von den meisten Menschen mit angsterfüllten Assoziationen verbundenen Institution, und sind trotzdem bemüht und immer sehr freundlich. Folgende sind hier unbedingt zu erwähnen: Herr Gutgelaunt, Herr Moorfrau, Frau Richter, Herr Thiot und noch mehrere Personen aus dem Kundenzentrum: Dankeschön

Lieber Herr Advokat!
Sie hätten wahrscheinlich auf juristischem Wege noch einiges für mich erreicht. Tut mir leid, dass ich Ihre Hilfe diesbezüglich nicht in Anspruch genommen habe. Ich glaube, in diesem Fall bin ich der Angsthase schlechthin. Danke für ihre juristischen „Anschubser" und schriftlichen Korrekturen meiner privaten Versuche, dem Recht auf den Grund zu gehen ...

Euch und Ihnen, Euren und Ihren Familien, wünsche ich ein wunderschönes Leben!

Schön.

Wahnsinn. Faszinierend, wie nahe man einem Menschen sein kann, wenn man versucht, sich bei Ihm/Ihr zu bedanken. Ohne, dass der oder die Bedankte etwas davon weiß oder erahnt. Ich habe bei jedem Einzelnen eine bildliche Situation oder die verschiedensten Gespräche vor Augen und Ohren. Wie die einzelnen Personen zu mir gehalten, zu mir gestanden oder geholfen haben.
Oder auch weiterhin zu mir halten, zu mir stehen oder mir helfen.
Wie auch immer.
Ein tolles Gefühl!
Sich zu bedanken bedeutet ja auch irgendwie noch mal zurückzuschauen.

Und doch bleibt da auch immer ein „zu-wenig-gesagt-und-erklärt" - Restgefühl" ...
... Erich Fried könnte an dieser Stelle mit seinem Gedicht: „An dich denken" all meine „Dankesschreiben" hervorragend ergänzen und vervollständigen.

(Kleiner Tipp zum Nachlesen: Wagenbach-Verlag, „**Liebesgedichte**")

Wie kann das angehen, dass man sich trotz der vielen aufgelisteten Menschen manchmal einsam fühlt?

Vielleicht bin ich auch einfach nur müde.

059 – Was für ein blöder, richtig blöder Tag ...

Das mit dem Essen hat heute wieder nicht geklappt.
Ich habe es bis jetzt noch nicht erwähnt ... weil ich auch einfach den Eindruck habe und fühle, dass sich alle viel Mühe geben. Aber die Versorgung aus der Küche bzw. der Diätküche funktioniert nicht.
Das nervt. Beim ersten Aufenthalt vor 4 Wochen war es genauso.
Ich hatte etliche Male meine Wünsche und Nahrungsmittelunverträglichkeiten erklärt und es den Leuten aus der Küche aufgeschrieben.

Wir leben im Computer-Zeitalter, das auch vor dem Krankenhaus nicht Halt gemacht hat. Selbst hier gibt es „Intranet".

Trotzdem:
Allergien oder Unverträglichkeiten passen nicht in die unflexible, fast schon autistische Planung der Krankenhausküche.
Ich bin genervt und habe Hunger.
Zu Beginn meines Aufenthalts hat es fast 10 Tage gedauert, bis ich eine laktose- und fruktosefreie Kost bekommen konnte. Zusätzlich soll ich ja noch auf Fleisch verzichten. Das war die totale Überforderung für alle.
Die ersten Tage gab es gar kein Essen. Dann ständig Wurstaufschnitt und Kartoffelbrei mit Hackfleisch. Sozusagen als „Sahnehäubchen" das ganz noch mit Milch angerührt.
Als Nachtisch jeden Tag Quark oder Obstsalat. Eine Zeit lang fand ich das nicht schlimm, eher schon lustig.
Aber jetzt bin ich schon wieder drei Wochen hier.
Seit gestern kommt das Essen total verkehrt. Es war absolut nichts auf dem Tablett, was ich hätte essen können.
Und warum ich mich da jetzt schriftlich darüber auslasse?
Ich müsste mich doch schon dran gewöhnt haben, oder?
Verdammt, nein.
Ich habe Hunger.
Und ich will nach Hause.
Ich bin heute total frustriert.
Und hilflos.
Ich weiß, dass ich mich heute Nacht für morgen früh entschieden haben muss.
Ich weiß nur noch nicht wie.

„Man braucht nichts im Leben zu fürchten, man muss nur alles verstehen...“
Dieser Satz, von Marie Curie, hat mir doch schon so oft geholfen.
Also tu es doch, Martha!

Doch wo haben sich bloß der Mut und der Verstand versteckt?

Ich hoffe, so was kann man nicht verlieren! Ich such mal los. Zeit habe ich ja noch. Die Nacht wird sowieso schlaflos.

Kann doch nicht so schwer sein, einfach mal gesund zu werden, oder?

060 – Finger weg von invasiven Eingriffen!

Da ich wieder Infusionen bekommen soll, benötige ich einen ZVK. Außerdem ist eine Magenspiegelung geplant. Ich hoffe sehr, dass Dr. Ralbeo-Unfair Zeit hat, mir den ZVK zu legen.
Beim ersten Legen, während des letzten Krankenhausaufenthaltes, hat das ja gut geklappt.
Den Unterschied beim Legen des zweiten ZVK´s durch einen anderen Arzt durfte ich schmerzhaft spüren. Außerdem kam es zu einer leichten Irritation des Vagusnervs. Was mir neben Atemnot, Schwindel und ich weiß nicht mehr, was alles, existenzielle Ängste bereitete …

Dr. Ralbeo-Unfair hat keine Zeit.

Ich werde in die Endoskopie gefahren. Legen des ZVK´s und eine Gastroskopie stehen heute auf dem Plan.
Zuerst der Zentralvenenkatheter. Was ja auch Sinn macht, dann brauche ich für die kurze Narkose während der Gastroskopie nicht noch mal gepiekst zu werden.
Der Arzt vom zweiten ZVK hatte leider Zeit.
Und trifft auch diesmal.
Zweimal.
Er trifft nicht nur. Er sticht auch zweimal durch.
Da mein Kopf mit einem Tuch abgedeckt ist, kann ich noch nicht mal das Gesicht des Arztes inspizieren. Schade. Ich bin neugierig. Ob ich ihn vielleicht als früheren Olympioniken ausfindig machen kann? Kategorie Florett?
Es wird leicht hektisch um mich herum. Ich merke zwar auch, dass mein Hals anschwillt und auch ein befremdliches Gefühl Richtung Kehlkopf wandert, aber die eigentlichen Schmerzen sitzen tiefer. Mein rechter Arm lässt sich nicht mehr bewegen. Das rechte Schulterblatt und mein Brustbein (oder dahinter) schmerzen so heftig. Ich wusste bis jetzt gar nichts von diesen Schmerzrezeptoren ...

Ab einer bestimmten Schmerzfrequenz bin ich stumm.
Ich kann dann weder jammern oder womöglich, was angebrachter wäre, schreien.
Der Arzt und die Pflegekräfte interpretieren meine Haltung als Zustand der Panik und reden immer wieder auf mich ein, dass ich bloß ganz ruhig liegen bleiben soll, alles wird gut und keine Panik …

Dann ist ja gut.

Der treffsichere Arzt rettet mich. Dann poltert und erklärt er drauf los, dass ihm „so etwas“, in seiner ganzen Karriere erst zweimal passiert ist. Die Rechtfertigungen gehen weiter und enden zunächst mit dem Satz des Tages:
„Na, ja! Über die Komplikationen beim Legen eines ZVK´s hatten wir Sie ja auch extra aufgeklärt. Und Sie haben ja auch die Einverständniserklärung unterschrieben.“

Ich bin und bleib einfach mal stumm.
Der Arzt verschwindet zunächst aus dem Untersuchungsraum.
Kurze Zeit später kommt er wieder.
Mit einem Eisbeutel.

Ich glaube, das ist für ihn schon eine mächtige Geste der Entschuldigung.

Ich glaube, der holt sonst keine Eisbeutel.
Er ist nämlich in der Endoskopie - der Chef.
Klar ... da macht man normalerweise solch niedrigen Aufgaben nicht!

Das merke ich am Blick der Krankenschwester.

Mich beeindruckt das gerade nicht so.

Vielleicht noch im leichten Schockzustand stiere ich ihn an. Er stöhnt: „Okay, Frau Maschke! Ich hab die Carotis einmal angekratzt und einmal durchgestochen!“
Ich stiere wohl immer noch, denn er stöhnt erneut und erklärt nochmal: „Vielleicht habe ich die Vene auch zweimal durchgestochen und zu ihrer Beruhigung: Ich starte jetzt auch keinen weiteren Versuch. Das sollen die Kollegen von der Inneren machen. “

Ich schließe einfach mal meine Augen.
Kann ja nicht schaden.

Die nachfolgende Gastroskopie kommt mir sehr entgegen. Es mag pervers klingen: Ich freue mich auf die Betäubung! Frage den Pfleger, ob er mir soviel verabreichen kann, dass ich erst am nachfolgenden Tag wieder aufwache. Er nickt verständnisvoll. Er war nämlich gerade bei der Carotisgeschichte dabei.
„Ich könnte Dir zwei Stunden anbieten!?“

Ich nicke. Komme mir vor, als ich hätte ich gerade auf dem Flohmarkt um ein Buch gefeilscht.
Egal.
Ich kann nicht richtig atmen und die Schmerzen sind enorm.

Ich will einfach nur noch weggebeamt werden:
„Kommandeur der Enterprise, mit Befehl an Mr. Spock: Beamen Sie die Schmerzen in die Unendlichkeit des Universums. Zerstören Sie sie dort in die kleinsten Einheiten der Matrix!"

Genau zwei Stunden später.
Ich wache auf. Der Pfleger hat Wort gehalten.
Auf der Uhr im Stationszimmer ist es Nachmittag.

Aber es muss irgendwas auf meiner Reise durch die Galaxie schief gegangen sein … Mr. Spock, hat meine Anordnungen nicht „befolgt". Ich habe immer noch tierische, ganz irdische Schmerzen.

Dr. Canis und Dr. Ralbeo-Unfair stehen an meinem Bett.
Visite.
Vorwurfsvoll schaue ich Dr. Ralbeo-Unfair an.
Dr. Canis' Blick drückt Verwunderung aus.
Dr. Ralbeo-Unfair klärt den zurzeit noch unwissenden Dr. Canis über das Legen des ZVK`s auf.

„Müssen Sie eigentlich alle Komplikationen mitnehmen?"
Tja.

Diese Frage hätte ich auch selbst gerne mal beantwortet.

Self-fullfillling prophecy?

Egal was es ist.
Ich finde, ich habe eine diagnostische Untersuchung beim Arzt meiner Wahl frei.

Diesen Wunsch äußere ich jetzt schon mal prophylaktisch bei den Beiden.

Ja! Und sie verstehen mich!

061 – Stimmige Gegenwart aus der Vergangenheit

Beim Durchwühlen meines Nachtschrankes fällt mir mal wieder mein kleines Taschenbuch über de Montaigne in die Hände. Ich finde, es immer wieder faszinierend, darin zu lesen. Von einem Mann, der schon 1580 Sachen geschrieben hat, die auch heute noch aktuell sein könnten.

Da ist er:

Michel de Montaigne 28. Februar 1533 - 13. September 1592

Unter anderem hat er geschrieben:

„Um recht zu leben: Gedanken zum Tod“
Gleich auf Seite 9 fängt es an:
„Das Ziel unseres Lebenslaufs ist der Tod; auf ihn müssen wir unseren Blick notwendigerweise richten. Wenn er uns erschreckt, wie können wir dann einen Schritt tun, ohne zu zaudern?
Das gemeine Volk hilft sich damit, dass es nicht an ihn denkt. Woher aber nimmt es sich die Dummheit und Rohheit für solche Verblendung?
(...)
Welche Torheit, sich auf diese Art durchzuhelfen. Die Menschen gehen, kommen, laufen, tanzen; vom Tod haben sie nichts gehört. Das ist alles

recht schön; aber wenn er dann kommt, ob zu ihnen, ob zu ihren Frauen, Kindern und Freunden, unerwartet, am hellen Tag, welche Qual, welch Geschrei, welche Wut! Und welche Verzweiflung ergreift sie! Hat man je schon etwas so Ausgewechseltes, Bedrücktes und Verwirrtes gesehen? Wir müssen uns früher darauf gefasst machen; dieses viehisch unbekümmerte Wesen, dürfte es sich in dem Kopf eines verständigen Mannes einnisten, was mich völlig unmöglich dünkt, wir können es uns nicht leisten. Wenn es ein Feind wäre, dem man ausweichen kann, würde ich raten Zuflucht bei der Feigheit zu nehmen; doch da dies nicht angeht, da er euch doch erwischt, ob ihr feig seid und flüchtet oder euch haltet wie ein redlicher Mann, und da dies nicht angeht, da er euch doch erwischt, ob ihr feig seid und flüchtet oder euch haltet wie ein redlicher Mann, und da euch kein Harnisch schützt, so lasst uns lernen, in festem Stand den Kampf mit ihm aufzunehmen.“
(...)

Okay. War “nur“ an Männer gerichtet ... aber irgendwie geht es uns alle an, oder? Geschlechterlos. Und interessant.
Die Angst vorm Sterben.
Der Tod.

Warum ist es eigentlich so schwer, gesund zu werden?

062 – Der Invasion folgt die Evasion

Ich schlendere ins Badezimmer.
Mein Blick streift das Gesicht, welches im Badezimmerspiegel sichtbar wird.
Ich versuche, das Erblickte zu ignorieren.
Unter der Dusche kann ich eine cerebrale Reflexion des gerade visuell Erfassten, nicht mehr verhindern ...
Ich denke nach.
Das, was ich gerade erblickt habe, könnte meine immer noch bestehenden Schmerzen unterstreichen. Und erklären beziehungsweise bemalen ...
Beim Abtrocknen konzentriere ich mich akribisch auf den Rest des Körpers.
Bloß nicht noch mal in den Spiegel schauen.
Ich will das nicht sehen.
Fühlen reicht.
Nach dem Anziehen:
Ich schaue doch noch mal in den Spiegel.
In einen anderen. Im Zimmer.
Vielleicht hat mich ja das Licht der Badezimmerlampe einfach nur „bunt“ erscheinen lassen.
Leider nicht.
Ich habe einen dicken Hals.
Ach was? Wen wundert`s?
Krass.
Alle Farben des Regenbogens sind zu erkennen.
Und auch ein eindeutiger Fingerabdruck.
Damit wäre der Täter jetzt wohl auch ohne Fingerabdruckanalyse zu ermitteln und zu identifizieren ...

Die Schmerzen sitzen allerdings immer noch tiefer.
Hinter dem Sternum.
Ich bin müde.
Habe in der Nacht nicht geschlafen.
Es war zu laut.

Ich möchte nach Hause.

063 – Retro|Perspektive – Februar 2010 Hochschule „Noah-Nerv": Vierbettzimmer dürfen unendlich groß sein, Nachtschränke besser nicht ...

Das Patientenzimmer der Medizinischen Hochschule Noah-Nerv bedeutet für mich eine neue Herausforderung.
Vierbettzimmer.
Hatte ich in meiner Krankenhauskarriere noch nicht erleben dürfen. Beim ersten Betreten erweckt dieser Raum noch den Eindruck eines Saals. Aber nur für wenige Minuten. Schnell spürt man die menschliche Enge: Vier Individuen = vier Mal Geräuschmacher, vier Lebensgeschichten, vier Krankengeschichten, vier Empfänger für Besucher, vier Frauen, die sich ein kleines Bad teilen. Vier verschiedene Umgangsweisen mit Schmerzen, mindestens drei, die schnarchen, vier verschiedene Essgewohnheiten und besonders: vier verschiedene Essenszeiten!!!
Auch in diesem Krankenhaus durfte ich mal wieder erfahren, was es bedeutet, wenn jemand nachts Hungerattacken erleidet und diese dann auch noch zu Schlafenszeiten zelebriert!
Warum liegen diese Menschen immer neben mir und müssen in mein Ohr schmatzen - ... Und warum vorzugsweise mitten in der Nacht!?
Mich nerven diese Knistergeräusche tierisch. Mir juckt es förmlich unter der Kopfhaut. Aaaaah ...
Mein altbewährter Discman ... hilft auch nicht. Und auch jetzt kann ich dieser akustischen Folter nicht davon laufen.
Ich hänge an der VAC-Pumpe.
Und die hängt an meinem Bettende.
Die jetzt abzubauen ist schier unmöglich.
Wäre ich Mediziner und müsste eine Doktorarbeit schreiben ... ich hätte Stoff und Themen für sechs Dissertationen ... Fachbereich: Psychiatrie: zum Beispiel: Auswirkungen der Folter durch schnarchende und despotische, hungernde Mitpatienten!

So langsam nähert sich ja die Anzahl meiner Mitpatienten der 100.
In zwei Jahren. Das waren viele kuriose menschliche Phänomene.

Ich hatte immer das Gefühl, die verschiedensten Menschen erlebt zu haben, und doch ähneln wir uns alle ...
Irgendwie, in und trotz der verschiedensten Verhaltensweisen.
Dachte ich ...
Denn! ... was die mir gegenüberliegende Frau für Gewohnheiten zutage und zur Nacht hervorbrachte, also davon hatte ich schon gehört, aber noch nie miterleben dürfen ...

Aber warum jetzt, gerade hier, im Krankenhaus? ... Muss das sein?
Im Fernsehen, als Daily Soap, hätte mir das schon gereicht. Dann hätte ich um- bzw. wegschalten können.
Wann immer ich gewollt hätte ...
Wir hatten uns schon oft über den Geruch in unserem Zimmer gewundert, aber ... da wir – Gott-sei-Dank! – alle vier keine Frischluftmuffel waren, hatte wir diverse Ideen, wo wohl der unterschwellig schimmlige, faulige Geruch herkommen könnte. Eine effektive Lösung zur Beseitigung des Problems fanden wir trotz großer Recherche jedoch nicht.
Wir vermuteten schon, dass es vielleicht das Desinfektionsmittel sein könnte, welches die Raumpflegerin benutzt. Wir hatten auch schon unsere eigenen Wunden im Visier ... was nun nicht ganz abwegig war.
Ach ... und diverse andere Fantasien ...
Dabei lag die Lösung so nahe ... mir gegenüber!
So richtig erfolgreich war diese olfaktorische Spurensuche aber erst, auch hier ein kleines Stoßgebet an Gott! - wenn es ihn geben sollte -, als die mir gegenüber liegende Dame sich schon auf dem Weg in die Reha befand.
Sie war schon direkt nach Bekanntgabe des Entlassungstermins, zwei Tage vorher, ziemlich aufgeregt. Fragte immer wieder nach, wer ihr denn beim Einpacken ihrer Sachen helfen würde. Und immer wieder wurde sie von uns und dem Pflegepersonal beruhigt: „Das wird schon klappen" und „Natürlich steht Ihnen jemand am Abreisetag oder, wenn möglich, am Abend vorher zur Verfügung!"
Das mit dem Abend vorher hat aufgrund von Notfällen allerdings nicht geklappt.
Hat aber, von der Patientin mal abgesehen, bei niemand sonst Stress ausgelöst. Auch deshalb nicht, weil die nach außen hin immer adrett wirkende Dame für ihren fast dreimonatigen Aufenthalt erstaunlich wenig Kleidung bei sich hatte. Das Pflegepersonal hatte zwar mehrfach (und diskret) die ab und an zu Besuch kommende Schwester darauf hingewiesen, dass das Mitbringen frischer Unterwäsche und Deo auch mal ganz angebracht wäre, dieser Wunsch ist aber nie erfüllt worden ...
Also! „Eigentlich" wäre das Einpacken ihrer wenigen Habseligkeiten kein Problem und in Minutenschnelle zu erledigen gewesen, wenn nicht ...

Im Nachhinein, und wenn ich die Situation so Revue passieren lasse, bin ich über zwei Dinge besonders froh:
1. Ich war am „Abreisemorgen" meiner Bettnachbarin schon ganz früh wach und durfte mich als Erste waschen und frisch machen. Ich hatte also auch schon meine wohltuende, leicht parfümierte Körperlotion aufgelegt. Und hatte mich auch schon mit wohltuender, duftender Gesichtscreme eingeschmiert!!!! Das war gut so.
Noch konnte ich mich also selber riechen.

(Ungewöhnlich, so detailliert die eigene, ritualisierte Morgentoilette zu beschreiben? Aber! ... diese geschilderte Duftimpression ist für den Fortgang der Geschichte äußert wichtig ...)
2. Ich lag nicht neben Frau Y., sondern ihr gegenüber.
Die Distanz war also etwas größer.
(Anmerkung: Auch nicht ganz unwesentlich!)
Ganz erheblich wirkte sich aber die durch das offene Fenster bedingte Luftschneise aus, in der ich lag. Glücksbettplatz!
Hier die Erklärung zum Verständnis der gerade erwähnten, mir sehr wichtigen räumlichen und zeitlichen Geschehnisse und Gegebenheiten:
Die Krankenschwester des Frühdienstes kam herein. Informierte Frau Y., dass in einer Stunde das Taxi kommen würde, um sie in die Reha zu bringen. Es jetzt also definitiv mit dem Packen los gehen würde.
Frau Y. wurde unruhig.
Die Krankenschwester ignorierte das Gezappel von Frau Y ... zunächst.
Sie öffnete, mit dem leicht verzögerten verbalen Einverständnis von Frau Y., den Nachtschrank und hielt mit dem eben noch hochmotivierten Einpackimpuls ... abrupt inne.
Die Hand oder eigentlich der ganze Körper der Krankenschwester zuckte zurück.
Die Augen wurden groß und größer und konnten sich vom „Einblick" in den Nachtschrank nicht mehr trennen.
Die arme Sr. Amelie wurde ganz weiß: „Das kann doch nicht ihr Ernst sein, Frau Y.!"
Schade, für diesen Moment zumindest, dass von uns drei anderen Patienten die Sinnesorgane Augen und Nase einwandfrei funktionierten. Der taktile Sinn war gerade – juhu – nicht erforderlich.
Hören hätte vollkommen gereicht.
Nur der Geruchssinn hätte sich kurz verabschieden dürfen ...
Unglaublich...
Diesen Geruch kann man nicht in Worten wiedergeben, aber die Erinnerung wird für immer in den Riechrezeptoren meines Gehirns gespeichert sein.

Bewundernswert war die Reaktion von Sr. Amelie. Die war ganz ruhig. „Ich hole dann am besten noch jemanden, der mir hilft ..." (kurzes und hörbares Einatmen der Krankenschwester) „Und Müllbeutel bringe ich auch gleich welche mit!"
Frau Y. geriet jetzt in Panik.
Hilfe? - Okay!
Aber Müllbeutel?
Unfassbar! ... was alles, in einem Nachtschränkchen Platz haben kann! ....

Das von mir, als immer viel zu klein empfundene Volumen meines Nachtschrankes scheint bei richtigem Stapeln als Speicherkammer für drei Monate Nahrung zu fungieren!!!
Diese logistisch-einmalige Fähigkeit hatte Frau Y. in den Wochen ihres Aufenthaltes profimäßig und akribisch betrieben!
Aus Angst heraus, bei einer plötzlichen Entlassung wieder nach Hause zu müssen oder auf der Fahrt in die Reha „Hunger zu verspüren",(O-Ton Frau Y.) hatte sie immer wieder in den letzten drei Monaten Nahrungsmittel gehortet: Fleisch, Wurstwaren aller Art, Käse, Obst, Gemüse, Milchprodukte. Und leider auch ... Eier!
Die wahre Geruchsentfaltung muss sich aber erst in dem Moment entwickelt haben, als Sr. Amelie vor Schreck die Tür des Nachtschrankes offen ließ, dadurch Sauerstoff eindrang und für den „richtigen" Gärungs- und Fäulnisprozess sorgte ...
Für uns drei Mitpatienten ist ganz klar: Sr. Amelie trägt die alleinige Verantwortung für die nachfolgende, stundenlange olfaktorsche Folter in unserem Zimmer!
Das haben wir ihr auch noch Tage später richtig übel genommen.

Frau Y. ist für mich eine wahre Expertin, was Lagerlogistik anbelangt.
Das muss man doch erst mal hinbekommen!

Aber zum Nacheifern nicht unbedingt empfehlenswert!

Sorgt letztendlich nur für Missstimmung und Übelkeit bei den Mitmenschen ...

063.2 – Retro|Perspektive – Hochschule „Noah-Nerv" 2010

Freunde

Birgit und Helga kommen mich besuchen.

Wir sitzen in der Cafeteria. Ich erzähle ein bisschen vom Alltagsleben in der Klinik. Vom Vierbettzimmer.
Ich sitze aufgrund meiner Fuß - Rollisituation etwas seitlich von den beiden am Tisch.
Mit Panoramablick in den Klinikpark.
Stille.
Ich wende mich den beiden zu.

Sie sehen bedrückt aus.
Zwei Gesichter voller Sorgen.
Blicke, die nicht, wie bei mir, in der Flora und Fauna des Gartens enden.
Birgit dreht sich eine Zigarette.
Rauchen ist hier nicht erlaubt.
Helga kramt in ihrer Tasche.
Dann sehe ich erneut in ihre Gesichter.
Sie weinen.
Und schenken mir Tränen.
Gibt es ein wertvolleres Geschenk von Freunden?
Von Herzensmenschen?

Jetzt darf ich auch traurig sein.
Und das bin ich.

064 – Paulus-Melchers-Krankenhaus: Der Versuch, die Macht zu übernehmen, scheitert

Meine Bettnachbarin ist blind. Und hat Diabetes. Und flucht die ganze Zeit. In der Welt der Fäkalsprache kennt sie sich bestens aus.
Mich motzt sie auch kontinuierlich und gern an.
Ich hatte die Balkontür aufgemacht ... Ja! So Frischluft ist nicht unbedingt jedermanns Sache!
Aber, und hier kommt die achtzehnmonatige Erfahrung meinerseits durch … interessanterweise hat der Patient mit dem Fensterplatz nicht nur den besseren Ausblick und die bessere Distanz zur Tür, nö, irgendwie gehört einem auch so´n bisschen das Fenster ... und damit die Macht des Öffnens!

Bin ich reich?

Ich bin die Despotin über das Zimmer 355!!!!

Was kann ich mehr wollen?

Und schwupps … ist meine Herrschaft auch wieder vorbei, da sich Bärbel bei der Nachtwache über mich beschwert.

Die Schwester friert wohl auch und schließt das Fenster.

Kann man auch ohne Frischluft wieder gesund werden?

065 – Retro|Perspektive – Fuß
Immer noch Februar
Immer noch Winter 2010
Immer noch Hochschule „Noah-Nerv"

Ich fühle mich so emotionslos.
Ich glaube, ich stehe unter Schock.
Das muss so sein.
Oder wo sind sonst die Tränen der Traurigkeit geblieben?
Meine Drüsen müssten doch jetzt eigentlich den Niagarafällen Konkurrenz machen und die Tränen müssten nur so dahin fließen.
Nichts.
Ausgetrocknet?
Kann das denn sein?
Und wieso?
Es sind aber nicht nur die Tränen, die nicht laufen. Es ist, als fühlte ich auch nichts.
Mein Gehirn ist wattiert. Ich kann gar nicht richtig denken ...
Auch überhaupt keine Panik.
Nichts.
Angst?
Ich suche nach einer Emotion.
Ich finde nichts.
Ich starre auf meinen rechten Fuß.
Ich fühle nichts.
Aber ich kann was sehen:
Ein großes Loch.
Muskeln.
Sehnen.
Rotbraunes Fleisch.
An den Lochrändern eher graues Fleisch.

Ein Wundkrater ... rechts unten.
Am Ende meines Beines.
Gehört also zu mir.
Ich fühle nichts.
Irgendwie sieht der Fuß tot aus.
Und ich?
Auch tot?
Ich versuche, mein Bein zu bewegen.
Erst habe ich auch dafür kein Gefühl.
Nicht nur meine Emotionen scheinen ausgeschaltet zu sein, sondern auch meine Motorik.

Ich bewege mich gar nicht.
Es ist ein bisschen so, als könnte ich mich von außen selbst betrachten: Da sitze ich im Krankenhausbett. Gestreifter Bettbezug.
Eigentlich optisch und dekorativ gesehen ganz schön.
Die Krankenschwestern wissen um meine Vorliebe für frische Bettwäsche und da ich mein Bett immer selbst beziehe, legen sie mir auch immer unaufgefordert jeden Morgen, einfach so ..., frische Bettwäsche bereit.

Mein Blick wandert über die zum Teil zurückgeschlagene Bettdecke.
Sie hat ein Loch.
Ist mir heute Morgen gar nicht aufgefallen.

Noch ein Loch.

Zwei Löcher auf einer Körperseite.

Das Kopfteil ist hochgestellt. Somit sitze ich fast im 90° - Winkel. Ich habe meinen rechten Arm aufgestützt und meinen Kopf in die Hand gelegt.
Eine selbst improvisierte Stütze.

Das Zimmer hat riesige Fenster.
Die Sonne scheint herein.
Immer morgens.
Immer wenn die Visite kommt.
Direkt in mein Gesicht.
Wohltuend.
Heute also auch.
Die Situation ist mir vertraut.
Vertrautheit bedeutet eigentlich auch eine Art Geborgenheit, oder?

Doch heute ist es anders.
Den Arzt, der heute zur Visite gekommen ist, habe ich bis jetzt immer nur flüchtig bei Chefarztvisiten gesehen.
Nie gesprochen.
Heute ist Samstag und er vertritt seine Kollegen. Ohne groß nachzufragen, hat er routiniert die Verbände meiner Mitpatienten entfernt und die Wunden neu versorgt.
Ich habe gar nicht weiter darüber nachgedacht, mal nachzufragen, was da jetzt wohl bei mir zum Vorschein kommt.
Der diensthabende Arzt hat darüber wohl auch nicht nachgedacht.
Plötzlich fällt mir die Stille auf.
Ungewöhnlich.
Die momentane „Belegschaft“ im Vierbettzimmer ergänzt sich zurzeit bestens. Alle sind, in Bezug auf ihr momentanes Leben, ähnlich ironisch eingestellt.

Manchmal, vielleicht aufgrund der langwierigen und schweren Erkrankungen, herrscht ein dermaßen schwarzer, sarkastischer Ton in unserer „Bude“, dass wir Angst vor Mithörern haben. Die dann vielleicht soviel zu sagen hätten, dass sie uns direkt in die Psychiatrie verlegen könnten. Selten habe ich so viel gelacht wie in dieser Zimmerkonstellation.

Die Stille nimmt gar kein Ende.
Es ist auch keine Bewegung zu spüren.
Ich bin also nicht alleine erstarrt.
Heute bin ich den 9. Tag hier.
Drei Operationen, jeweils mit Vollnarkose, liegen hinter mir.
Meinen Geburtstag, vorgestern, und damit den 14245. Tag in meinem Leben, habe ich deshalb auch nur halb mitbekommen.
Ich war so müde.
Hab viel geschlafen.
Habe auch nur, wie im Traum, den Besuch meiner Eltern mitbekommen.
Schade.
Meine Gedanken kommen und gehen.
Ich kann sie gar nicht richtig steuern.
Die Leere in meinem Kopf (dankend umrandet und eingezäunt von meinem Schädel) und das von mir anvisierte Loch in meinem Fuß gehören doch irgendwie zusammen, oder?!

Die Stille des Zimmers, die Bewegungslosigkeit von mir, von meinen Mitpatienten, vom Arzt und auch von der Krankenschwester gehören alle in dieses Szenario.
Das ist irgendwie beruhigend.
Ich bin nicht allein.
Es ist kein Traum.
Die Realität nimmt endlich wieder Gestalt an, als der Arzt sich bewegt und räuspert. „Tut mir leid, Frau Maschke. Damit habe ich jetzt nicht gerechnet!“
Alle im Raum scheinen diese Bewegung und die ausgesprochenen Worte als eine Art der Befreiung anzusehen. Auch wenn niemand sonst spricht, es ist zumindest wieder Bewegung zu spüren.

ZU SPÜREN ...

Die Emotionen kehren, zumindest zum Teil, wieder zurück!
Gut, dass es im Leben gewisse Routinen gibt. Irgendwie wird man dadurch entlang einer bestimmten Struktur begleitet.
Diese Art von Halt tut gut.
Dem Arzt ist die Wunde zu nässend und somit schlägt er vor, dass dieser „menschliche Gewebe-Sehnen-Muskel-Haut-Schlund“ offenbleibt.
Super.

Ich habe also die nächsten Stunden direkten Blickkontakt auf diesen Krater??????

Und alle anderen im Zimmer auch?????

Dank eines Besuchers, der drei Stunden später in unser Zimmer kommt und direkt, zur Begrüßung, auf „meinen Fuß“ schaut, für ihn besonders: leider!, ... mit einem Stöhnen in die Knie geht und kurz ohnmächtig wird, hat der Arzt Erbarmen und organisiert einen so genannten „Tunnel“.
So ein Gestell, in das ich mein Bein stecken kann. Mit genügend Platz unten drunter und somit auch gleichzeitig genügend Luft für die Wunde bleibt.
Ein Tunnel im Rohbau.
Oben drüber lege ich meine Bettdecke.
Trotzdem zieht es.
Die ganze Abdeckung erinnert mich an den Bahnhof in Frankfurt/Main.
Kopfbahnhof, die Gleise enden mitten drin.
Zur Weiterfahrt geht es erst wieder ein Stück des alten Wegs zurück, um dann die neue Route einzuschlagen.

Ganz schön menschlich, so ein alter Bahnhof.

Kann doch nicht so schwer sein, wieder gesund zu werden, oder? Töff, töff, töff, Tuuut ...

066 – Paulus-Melchers-Krankenhaus Nummer 137 - lebt

Bärbel ist die 137. Mitpatientin in achtzehn Monaten ?????
Unglaublich, aber wahr ...
Nicht, dass ich alle Namen behalten hätte.
Vielleicht sind es sogar mehr als 137? Und ich habe doch schon welche vergessen????
Diese Zahl ist das Ergebnis meiner vergangenen Nacht.
Statt Schäfchen habe ich Mitpatienten gezählt.
Wenn ich jetzt auch noch die Ärzte, Psychologen, Krankenschwestern, Therapeuten, Arzthelferinnen Krankentransporter, Mitarbeiter sämtlicher Cafeterien und Kioske, Damen und Herren der Verwaltungen, der Aufnahmen und Rezeptionen, der Ambulanzen und Rettungssanitäter, Krankenhausbuchhändler, Bibliothekare, Apotheker, Fachangestellte der orthopädischen Sanitätsversorgung, Krankenkassenangestellte, Taxifahrer, Besucher, Raumpfleger, Krankenhausmeister, Stationssekretärinnen, Fotographen, Parkwächter, Diätassistenten und „Laborratten" aufzählen würde, käme ich wahrscheinlich auf 500 und noch viel mehr Menschen ...

Kleine Aufstellung meiner „Kontaktmenschen" in den letzten zweieinhalb Jahren!

Familie und „alte Freunde" noch gar nicht berücksichtigt.

Hinter all diesen Menschen stecken Lebensgeschichten.

Jede einzelne habe ich mir nicht gemerkt. Aber ich glaube doch einige.
Vielleicht drehe ich deshalb manchmal durch? .....
Oder meine das zumindest.

Vielleicht darf ich das auch!!!???!!!!
Doch. Mir geht's gut!

Im Zimmer

Bärbel und ich haben uns arrangieren können, wegen Frischluft und so.
Vielleicht habe ich sie aber auch einfach nur beschwichtigt? Ich habe ihr selbst gestrickte Socken geschenkt.
Mal gucken, was morgen so passiert.

067 – Ein neuer Tag

Ist nicht so richtig viel passiert.
Ich warte.
Auf Ergebnisse.
Auf Besserung.
Mit jedem Tag, den ich hier länger verweile, steigt mein schlechtes Gewissen. Ich stelle meine Daseinsberechtigung hier im Krankenhaus infrage.
Immer mehr.
Ich bekomme schon so etwas wie ein Panikgefühl. Ist das wirklich okay, dass ich immer noch hier bin?
Können die mich denn hier alle noch ertragen?
Wie wird es diesmal enden?
Ich erahne schon den Abschlusssatz und das Schulterklopfen:
„Ja, Frau Maschke! Sie haben es ja bemerkt, wir haben hier alles Erdenkliche für Sie getan. Wir haben Blutwerte abgenommen, wie noch nie vorher bei irgendeinem anderen Patienten. Ohne Ergebnis. Die Werte, die jetzt nicht so okay waren, werden sich schon mit der Zeit verbessern. Ja! Und dann raten wir Ihnen ganz dringend, sich einer Psychotherapie zu unterziehen. Am besten noch mal stationär!“

Ist das jetzt ungerecht und zu fiktiv von mir gedacht?

Oder realistisch?
Fakt ist, dass sich bei diesem zweiten Aufenthalt alle wahnsinnig viel Mühe geben. Ich glaube auch, dass sie mir helfen wollen.
Aber ich kenne das.
Wie schon gesagt, irgendwann kippt die Stimmung. Zunächst ist ganz viel Interesse und vielleicht auch wissenschaftlicher Forschungsdrang zugegen
Vielleicht auch Ehrgeiz?

Dann von jetzt auf gleich: Ende!
Ist am Anfang meines Aufenthaltes noch ganz viel Aktionismus zu verspüren ... dann ebbt dieser irgendwann ab.
Marcel, ein Freund meines Bruders, erklärte mir dieses Phänomen folgendermaßen: „In jedem von uns Ärzten steckt auch ein Narzisst. Patienten wie du kratzen ganz stark an diesem Narzissmus. Und das mag niemand an sich spüren. Wir sind da sehr empfindlich. Das wäre ja dann

auch ein persönlicher Misserfolg auf der ganzen Linie. Und wer will das schon?“

Will ich doch gar nicht.
Ich möchte nur Hilfe.

Da ist es wieder: „Patienten wie du sind die Pest!“

Die Motivation der letzten Tage, die sich von Dr. Canis, Dr. Ralbeo-Unfair und Dr. Triton auf mich übertragen hatte, verschwindet so langsam.
Das ist deutlich zu spüren.
Zwei der drei Ärzte habe ich schon seit vier Tagen nicht mehr gesehen.
Mich macht das unsicher.
Ich meine nicht, dass ich jetzt jeden Tag mit Ihnen reden muss. Nein, aber beide haben gesagt, dass sie sich informieren und mit mir reden wollen.
Ich bin zu ungeduldig.
Aber ich muss doch auch bald mal wieder nach Hause.
Hierbei ist meine Vorstellung allerdings auch etwas unrealistisch, ich weiß wohl:
Ich möchte ein ganz normales Leben.
Voller körperlicher Power und Lebenskraft.
Und genau diese Vorstellung ist mir heute während der Visite etwas geraubt worden. Ich glaube, das hat gar keiner der anwesenden Ärzte oder die Krankenschwester oder meine Mitpatienten gemerkt.
Ich dafür umso mehr.
Und das ist auch so schnell passiert, dass ich die Situation mit meiner inzwischen perfektionierten, humoristischen Fassade überspielen konnte.

Meine Schmerzen im Brustbeinbereich sind immer noch da.
Seit der Carotisgeschichte letzte Woche Dienstag habe ich weiterhin Schluck- und Atembeschwerden.
In der Visite ging es um Schmerzen.
Und in diesem Zusammenhang auch um meinen Rücken.
Eine meiner Zukunftsvisionen handelt von einer Reha. Und das soll dann folgendermaßen für mich ablaufen: Ich gehe da hin und komme auch ziemlich schnell „fit“ wieder raus.
Das kann ich mir doch wohl mal vorstellen, oder?
Das kann ich doch wohl auch mal verlangen, oder?

Dr. Ralbeo-Unfair fragte mich, was ich denn mit einer Reha wolle und was für Vorstellungen ich sonst noch so hätte. Was das Ganze denn noch bringen sollte?
Noch bringen sollte? Ich war irritiert.
Seit der Rückenoperation im März habe ich bisher keine einzige Physio-Einheit mehr erhalten.
Und seit der letzten Fußoperation auch noch nicht.
Ich hatte mir in den letzten Monaten eigentlich überlegt, dass ich mein Blutbild, die Schlappheit und die Ernährungsgeschichte hinbekomme, und dann geht's los!
Sport! Fitness!
Alles gut.
Oder?

Ich war platt...
Als Antwort auf die Frage von Dr. Ralbeo-Unfair stotterte ich mir einen zu Recht von wegen mal irgendwann doch ohne Gehstütze durch die Gegend zu flitzen ... Und nicht beim Tragen von ca. einem Kilogramm sofort das Gefühl zu haben ‚zusammenzubrechen ... und so weiter.
Jetzt schaute Dr. Ralbeo-Unfair etwas irritiert drein.
Beziehungsweise etwas ungläubig.
Er sagte auch nichts.
Gar nichts.
Nicht mal nichts.
Irgendwie kam mir das wie ein Tischtennisspiel vor.
Statt Bälle flog das Gefühl von Ungläubigkeit durch die Gegend. Allerdings spielte ich diese Emotion so doof zurück, dass Dr. Ralbeo-Unfair die einmalige Gelegenheit zum Schmettern bekam...
Diese nutzte er auch.
Matchgewinn.
Ich stammelte nur noch, dass ich mit Professor Jericho abgemacht habe, dass ich mich jetzt mit dem „wieder fit werden“ beeile, um mich für die Paralympics 2012 zu qualifizieren.
Blöd, blöd, blöd!
Aber mir fiel nichts Gescheiteres ein.
Auch wenn diese Vereinbarung ja tatsächlich stimmt...

Ich befürchte, ein weiteres Problem ist eigentlich ganz einfach zu erklären.
Widerspruch in sich?

Ich kann die mir angebotenen, zahlreichen Hilfestellungen nicht gut annehmen.
Und bin dann oft damit überfordert. Ich werde bei zu viel Nettigkeit und Aufmerksamkeit schon ganz misstrauisch.
Ich bin dann oft sauer auf mich selbst. Auf mein „negatives Bauchgefühl". Auf mein pessimistisches Menschenbild.
Dann versuche ich mir immer selbst zu sagen: „Ach wie blöd ist das jetzt schon wieder von mir. Es wird wirklich Zeit, die vor mir liegenden Angebote anzunehmen und die teilweise sehr verletzenden Erfahrungen der letzten Monate ruhen zu lassen ..."

Und schon werde ich und mein ursprüngliches Bauchgefühl wieder bestätigt...

Aber egal. Für heute genug. Ich gehe spazieren.
Und gute Nacht.
Vielleicht wird der morgige Tag ja ganz aufschlussreich.

Es kann doch nicht so schwer sein, gesund zu werden, oder?

068 – Heute ...
Der Tag ist aufschlussreich geworden

Meine Befürchtungen bezüglich Dr. Ralbeo-Unfair haben sich bestätigt. Auch wenn noch einige Blutuntersuchungen und eine Angiografie geplant sind, er hat mich schon aufgegeben.
Ich habe ihn auch direkt gefragt.
Die Symptome, die er trotz wahnsinniger Recherche und mit viel Bemühen und Aufwand betrieben hat, die er aber leider nicht erklären oder medizinisch begründen kann, sind jetzt für ihn unter der Kategorie „Psyche" abgelegt.
Selbst Symptome, die direkt mit meinem Rücken und dem Fuß zu tun haben.
Boah.
Wie schnell das wieder kippte.
Ich muss an gestern denken. An mein Bauchgefühl.
Verdammt! Ich muss nicht immer recht haben...
Und ich bin so blöd und naiv!
Jedes Mal!
Jedes Mal stürze ich mich voller Hoffnung in das nächste Klinikabenteuer.
Ohne Schatzkarte. Aber mit einer Menge Engagement, um den Schatz des Gesundwerdens zu suchen und wenn möglich zu finden!
Jedes Mal!
Ich bin sooooo blöd!
Ich glaube, ich bin am Anfang meiner Reise immer total planlos (also naiv) und nur auf das Ziel fixiert!: GESUND WERDEN!
Ich vergesse, skeptisch und auch logisch an die Sache heranzugehen.
Mannomann.
Da habe ich so viele Abenteuerbücher gelesen und vergesse trotzdem, dass man nie das Ende der Reise, egal ob mit oder ohne Schatzkarte, vorhersehen kann.
Und dass man immer mehr Proviant einplanen muss, als offensichtlich nötig ...
Kann ja immer was mit dem Schiff sein.
Oder die Nahrung vergammelt.
Oder es befinden sich Ratten auf dem Schiff und haben die Lebensmittel aufgefressen und alles zugekotet.
Kann ja alles passieren...

Oder Piraten kommen, um das Schiff des Lebens zu entern.
Auch wenn man sich vielleicht als Schiffbrüchige noch eine Planke ergattern kann. Und auch, juhu, das Festland erreicht ...

Was tun, wenn man erkennt, dass das erreichte Festland nur eine unbewohnte Insel ist?
Was tun, wenn man bemerkt, dass es dort gar kein Frischwasser zum Überleben gibt?

Auch wenn ich bei dieser Reise keinen Piratenschatz gefunden habe … ich werde mir ein neues Schiff bauen.
Material habe ich genug.
Nur leider noch keine neue Crew.

In mir droht tatsächlich alles aufzugeben.

Obwohl ich weiß, dass es da noch einige Menschen in der Zukunft gibt und geben wird, die an mich glauben und versuchen werden, mir zu helfen.

Wie sagte Christel einmal?: „Es geht nicht darum, gerettet zu werden. Es geht darum, Hilfe zu bekommen. Retten kann man sich nur alleine!“

Kapitulieren?

Nicht aufgeben!

068.2 – Wladimir, Estragon und Ich

Ich frage mich schon seit einiger Zeit, was das eigentlich für ein Gefühl sein soll, wenn man behauptet sich nicht gut zu fühlen?
Oder krank zu sein?
Nicht gut fühlen und krank sein, wären dann demzufolge Emotionen?!

Sind diese wirklich beschreibbar?
Sind diese wirklich meinem Gegenüber erklärbar?
Sind diese dann für meinen Zuhörer wirklich nachvollziehbar?

Oder womöglich fühlbar?

Wenn dieses Fühlen und zusätzlich unsere Sinne das Menschsein ausmacht, aber keiner den anderen oder sich selbst verstehen kann ...

Was dann?
Und was soll dann Empathie sein?
Wenn das unsere Existenz ist, in welchem Gefühl steckt dann diese?
Und besitzen tatsächlich alle Menschen diesen Instinkt?

Ein Fazit des heutigen Tages: Der erste Teil des Namens vom Stationsarzt wird gestrichen.
Dr. Unfair! ... reicht und sagt alles aus.
Ein Mann. Ein Name!

069 – Retro|Perspektive – Fuß Ende Februar und Anfang März 2010, immer noch Hochschule „Noah-Nerv" Die Zukunft ist tatsächlich da

Katja war gestern da. Mit einem Picknickkorb voller Brezeln und laktosefreiem Käse.
Das war schön. Und superlecker.

Erwähnte ich schon die tolle, für ein Krankenhaus eher ungewöhnlich große Fensterfront in den Patientenzimmern?
Eine ganze Breitseite des Zimmers besteht aus Fenstern. Nur unten durch eine niedrige Fensterbank begrenzt.
Wenn man das Glück hat, so wie ich zurzeit, direkt am Fenster zu liegen, ist das genauso gut wie einen Film in einem Großraumfilmtheater zu gucken.
Fast sogar noch besser.
Man ist nicht auf einen Sitzplatz fixiert. Man hat das Privileg zwischen Liege-, Sitz- und Stehplatzpositionen! Auch kann man die Distanz zur Leinwand selber variieren.
Das wäre doch überhaupt auch eine Idee fürs Kino: ständig...wenn man möchte, wechselnde Blickvariationen.

Wenn ich im Bett liegend, auf die Seite gedreht, aus dem Fenster schaue, schweift mein Blick direkt über die verschiedenen Dächer der Klinik Noah-Nerv.
Ich liege nämlich im 7. Stock.
Viel höher geht es hier im Gebäude nicht mehr.
Man schaut direkt auf und in den Horizont.
Wundervolle Ruhe!
Außer Vögeln und Wolken keine Bewegung. Man kann den Klinikalltag komplett ausblenden und mit dem Flugverkehr da draußen entfliehen.

Setze ich mich aufrecht hin, fällt meine Perspektive Richtung Park. Oder auf den gegenüberliegenden, aber niedrigeren Gebäudekomplex.
Dort ist die Gynäkologie nebst Kreißsälen.
Da können mir ja noch so viele Statistiken schwarz auf weiß präsentieren, dass nachts, und wenn Vollmond ist, es nicht! zu mehr Geburten kommen soll ... das glaube ich nicht ... Hier ist nachts und an den „Werwolftagen", also wenn Vollmond ist, so was von auffällig viel los. Unglaublich!
Ambivalent und doch nicht widersprüchlich, wie viele Lebensphasen sich innerhalb eines Krankenhauses befinden.
Da gegenüber ... das neue Leben. Hinten rechts, ... der Tod.

Hier im Zimmer: ... Der Kampf ums Überleben und Weiterleben!
Wenn ich auch größtenteils Emotionslosigkeit bezüglich meiner eigenen Situation verspüre, wenn da drüben nachts wieder die Lichter im Kreißsaal angehen und die Gestalten und deren Bewegungen immer mehr und schneller werden, ...
Plötzlich nur noch die Raumpflegerinnen da sind, dann auch dort das Licht wieder ausgemacht wird, dann bin ich immer total gerührt ...

Dann ist gerade ein neues Menschenkind geboren.

Meistens hat diese wunderbare Prozedur die ganze Nacht gedauert. Und was die Protagonisten dieses wunderbaren Films, ausgezeichnet mit einem „Oscar“ für die Regie und einem „Oscar“ für den Beginn eines Lebenswerks, nicht mitbekommen, ich dafür aber umso besser beobachten kann ... hinter der Geburtsstätte, hinter dem Krankenhaus, hinter der Stadt, hinter den Schwarzbergen ...

sieht man die aufgehende Sonne!

Herzlich willkommen, liebes Menschenkind!

070 – Paulus-Melchers-Krankenhaus Helfen Studien tatsächlich, das merkwürdige Verhalten des Homo sapiens zu verstehen?

Ich lese gerade in einer seriösen Zeitung eine interessante Studie.
Die Studie ist über Menschen, die Internierungslager, Krieg, Konzentrationslager oder auch Umweltkatastrophen überlebt haben mit der Fragestellung:
Wer hat/hatte mehr Überlebenschancen: Dicke, dünne oder normalgewichtige Menschen?
Das mag ja erst mal lächerlich klingen. Aber wirklich: Hier haben sich tatsächlich Leute zusammengesetzt und recherchiert, Überlebende befragt.
Und, wie ich finde, mit einem sehr interessanten und spannenden Ergebnis:
Dünne, fast schon untergewichtige Menschen, hatten die größte Überlebens-Rate.
Nicht die Normalgewichtigen.
Nicht die Übergewichtigen.
Wenn man die Studie liest, erscheint das auch logisch.
Auch wenn man zunächst objektiv das Gefühl hat, dass doch vielleicht die Untergewichtigen zuerst, vor allem aufgrund mangelnder Reserven (Fettpolster etc.), sterben müssten.
Dem ist wohl nicht so.
Tatsächlich scheint der Körper sich auf Mangelsituationen einstellen zu können und ab einem bestimmten Gewicht, im Verhältnis zur Körpergröße, Geschlecht, etc., mit wenig Nahrung auszukommen. Der Stoffwechsel in Sachen Fettverbrennung wird anscheinend dann auch so niedrig gehalten, dass man einfach nicht mehr viel Energie verbraucht und trotzdem aktiv sein kann.
Wie zum Beispiel um zu überleben.
Hat man jedoch mehr oder zu viel Körperfett kann der Körper die plötzliche Stoffwechselreduzierung, z.B. durch Hunger bei Nahrungsmangel, nicht „verpacken“ und steht unter Schock.
Der Körper ist überfordert und stirbt.

Zurzeit wiege ich nicht allzu viel.
Trotz wenig Nahrung reduziert sich aber mein Gewicht nicht mehr.
Mein Glück.

Denn ich befinde mich zurzeit auch in einer Art „körperlich gefühlten Kriegszustand“.

Jetzt könnte ich mich doch riesig freuen.
Ich habe die besten Überlebenschancen!!
Aber.
Wie erkläre ich das Menschen, wie zum Beispiel Dr. Unfair?

Ich glaube, wenn ich ihm jetzt von dieser Studie erzähle, würde er sich total veralbert vorkommen.
Er hat mich dazu aufgefordert, Essensprotokolle zu schreiben.
Hätte ich mir schenken können.
Vergebene Liebesmüh'! Oder vergebene Lebenszeit?
Die Ergebnisse der von mir akribisch-verlässlich angefertigten Notizen über meinen Ernährungsplan scheinen die vorgefertigten Hypothesen des Stationsarztes nur noch zu bestätigen.
Eigene Reflexion nicht nötig. Mit der Patientin schon gar nicht. Nicht mehr relevant.
Nicht mehr internistisch. Sondern Psycho!

Nach seiner Meinung kann ich mit so wenig Nahrung nicht leben beziehungsweise müsste stark an Gewicht abnehmen.
Tue ich aber nicht.
Gut so?
Bessere Chancen zu überleben?
Ein weiteres Fazit der Protokolle und sämtlicher körperlichen Symptome ist für ihn, dass ich alle Auffälligkeiten (z.B. Blutwerte) selbst verschuldet habe bzw. die Protokolle nicht richtig führe und meinen Körper manipuliere.
Ja ..., was soll ich da sagen?
Das war gestern während eines Gespräches, da äußerte er sich so.

Ich war entsetzt.

Fragte ihn auch gleich, ob er Scherze mache? Ob er wirklich glaubt, was er da sagt?
Ich kann es wirklich nicht fassen.
Nach all den Wochen des angeblichen Zusammenarbeitens?
Was habe ich hier gemacht?
Däumchen gedreht?

Urlaub?
Ach ja! Die ganze Zeit des Durchhaltens habe ich ja mit der Manipulation meines Körpers verbracht.
Teurer Krankenhausaufenthalt.
Das schöne Geld und meine Lebenszeit für nichts ausgegeben. Umsonst.
Das hätte ich zu Hause aber ein bisschen gemütlicher haben können.
Mit richtigen, mir gut verträglichen, laktosefreien Essen.
Was kostet ein Krankenhausbett täglich?
Wenn ich das gewusst hätte! Da hätte ich doch die ganze Zeit prima zu Hause verbringen können, wäre zur täglichen Blutabnahme und diversen anderen Untersuchungen ins Krankenhaus gegangen und hätte mir dafür dann das Geld meines nicht besetzten Betts gern auf mein Konto überweisen lassen.
Das wäre toll gewesen! Hätte ich doch jeden Tag bei mir zu Hause mit meinen Freunden Party machen können, inklusive Cateringservice.
Ich glaube, das Geld hätte auch für eine private Wundmanagerin und einen privaten Physiotherapeuten gereicht.
Das wäre fantastisch gewesen.

Stattdessen?

Was mache ich hier eigentlich noch?
Hier im Krankenhaus?

Ich verstehe nicht, warum ich immer wieder auf dieser Psychoschiene lande.

Mir fällt bezüglich Essstörungen und anderen kleinen „Psychodefekten" immer eine Mitpatientin aus Hamburg ein ...
Aufgrund des unerklärlichen Verschwindens von Eisen in meinem Blut und veränderten Zellen im Knochenmark sowie eines Leukämieverdachts war ich vor einigen Monaten in der Uniklinik Hamburg. Onkologie.
Die zwei Wochen meines stationären Aufenthaltes waren ein Wechselbad der Gefühle. Sterbenskranke, eindeutig als todkrank diagnostizierte Menschen.
Viele sehr jung. Gerade Familien gegründet.

Und ich dazwischen.
Aber auch hier, wie schon auf der Hämatologie und der Plastischen Chirurgie der Noah-Nerv-Klinik, galt als wichtigstes Lebenselixier: Zusam-

mengehörigkeit, Austausch, Offenheit, zuhören, reden ... viel reden, Mitgefühl, aber kein Mitleid und ganz viel Sarkasmus und Humor!

Letzteres hatten natürlich nicht alle gleichermaßen ... und natürlich lag diese Person mit mir auf einem Zimmer.
Zugegeben: Sie hatte eine ziemlich seltene Bluterkrankung und ihr ging es wirklich nicht gut.
Gerade in so einem schwierigen und bedrohlichen Lebensabschnitt gehe ich immer davon aus, dass das Körpergewicht ... also, wenn es ein klitzekleines bisschen nach oben wandert ... kein Problem sein sollte. Aber ... ganz im Gegenteil:
Auf dieser Station galt es immer, in relativ „guten Phasen“ sich schnell etwas „anzufuttern“. Wer weiß schon, was zum Beispiel die nächste Chemotherapie so an Nebenwirkungen mit sich bringt ...
Meine Mitpatientin, ein kleines zierliches Persönchen, das Ebenbild von Audrey Tautou (und, zufälligerweise, ebenfalls Französin), befand die Aufrechterhaltung ihres wenigen Körpergewichts als schwierigste Aufgabe des Gesundwerdens überhaupt!
Sie hatte eine Körpergröße von 1.60 m und wog 47 Kilogramm.
Wie gesagt, Gewichtszunahme kam nicht infrage.
Um auch auf der Waage kein Gramm zu viel zu haben, wartete sie jeden Morgen erst das tägliche Wiegen ab und ging dann duschen.
Essen und trinken kam natürlich vorher auch nicht infrage.
Egal, wann das Pflegepersonal kam und Zeit hatte.
Es war draußen Hochsommer und auch in unserem Zimmer konnte man die sommerliche Hitze spüren.
Meine Bettnachbarin klagte über starke Kreislaufprobleme.
Es war inzwischen 13:00 Uhr. Und sie hatte noch keine Flüssigkeit zu sich genommen.
Selbstverständlich verweigerte sie auch ihre Infusionen, solange das Pflegepersonal nicht zum Wiegen erschienen war ...
Irgendwann fragte ich mal nach.
Die Antwort machte mich nachdenklich und traurig.
Sie hatte tatsächlich Angst, dass ihr nasses Haar nach dem Duschen das Ergebnis der Waage beeinflussen könnte.
Genauso das Essen. Das Trinken. Die lebenswichtigen Infusionen.

??

Das ist auch auf eine nicht hämatologisch-onkologische Weise ganz schön ... sterbenskrank, oder?

Interessanterweise wurde bei mir auch, nachdem es somatisch-diagnostisch nicht weiterging, eine Essstörung diagnostiziert.
Ich kann machen, was ich will … aus dieser Thematik komme ich nicht raus.

Wer von uns beiden hatte jetzt das Problem?
Bei meiner Bettnachbarin empfanden die Ärzte das als französisches Kokettieren …
Ich fand das Problem ziemlich deutlich.

Zurück in der Gegenwart.
Ich kann doch nicht sechs Wochen meines Lebens, meiner Zeit, die ich doch zum Gesundwerden brauche und auch dafür verwenden wollte, hier so sinn- und erfolglos verbringen beziehungsweise verbracht haben ...
Ich glaube, der Erdboden öffnet sich gleich, und dann falle ich rein.
Und dann bin ich mal weg.
Und komm auch nicht wieder zurück.
Das kann hier und jetzt alles nicht wahr sein.

Kein Krater unter mir.
Der Boden des Krankenhauses scheint stabil zu sein.
Ich bin immer noch da.
In der Realität, wie ich feststellen muss.
Ich warte noch ein paar Sekunden.
Vielleicht träume ich ja ... Bitte! Doch! Nee!
Ich komme in die Verteidigungs- und Rechtfertigungsposition. Was ist mit der Rückengeschichte? Der Spondylodiszitis, der Osteochondrose? Dem Cage? Ganglion OP? Den Notoperationen? Hauttransplantationen? Hämatom nach Carotisdurchstoß - und zwar gleich zweimal?

Alles selbst ... von mir ... provoziert?

„Ja!“ .....davon geht Herr Dr. Unfair aus.

071 – Ein paar Stunden später

Ich stehe immer noch unter Schock, da ich heute Abend erfahren habe, dass Dr. Unfair seinen Verdacht nicht nur den hiesigen Ärzten, sondern auch gleich Herrn Tomás Armando brühwarm mitgeteilt hat.
Und dieser scheint sich jetzt auch den Überlegungen von Dr. Unfair anzuschließen und dessen Thesen zu unterstützen.
Hoffentlich irre ich mich bezüglich Herrn Armando.
Ich kann es nämlich nicht glauben.

Die beiden haben sich noch nie gesehen, noch nie miteinander gesprochen, noch nie beruflich miteinander zu tun gehabt.
Ich versuche, die Situation zu verstehen.
Wer oder was gibt Dr. Unfair das Recht „meinem" Psychotherapeuten, einer Person, der ich seit vielen Jahren vertraue, irgendwelche Psychohypothesen vorzuschreiben?
Und dann auch noch als Internist!?
Sein Doktortitel vielleicht?

Was passiert da eigentlich gerade?
Ohne mich?
Wo und wann soll ich meinem Körper – dermaßen heftig – autoaggressiv manipuliert haben???

„Vielleicht unbewusst!", meinen die beiden.
Aha.
Wenn irgendjemand nicht weiter weiß … gut dass da immer noch die Variante „unbewusst", zur Verfügung steht …
Mannomannomannohjemine.
Verdammte Scheiße!
Seit achtzehn Monaten versuche ich vehement zu überleben. Versuche, an allen mir oft vorgegebenen Spielregeln teilzunehmen.
Halte diverse Situationen aus, wie zum Beispiel sechs Wochen Spondo beziehungsweise sechs Wochen Bettruhe, diverse OPs; arrangiere mich mit den örtlichen, manchmal menschenunwürdigen Begebenheiten.
Aber bestimmt nicht, weil ich nichts Besseres zu tun hatte, als mit Krämpfen im Bett zu liegen …
Ich hatte doch keine andere Wahl!
Ich wusste, dass es nur diese eine Möglichkeit der Bettruhe gibt.

Ach was soll das Jammern ... hab ja selber Schuld ... ne?
Ich wollte doch nur gesund werden.

Bücher, Telefonate, Fernsehen, Hörbücher und vor allem Menschen, die mich besucht und versorgten, haben es mir letztendlich ermöglicht, durchzuhalten.
Ich weiß es auch nicht, im Nachhinein, wie genau wir das geschafft haben.
Ich könnte mir momentan eine Situation wie diese nicht noch mal vorstellen.

Ich glaube es auch nur geschafft zu haben, weil mir nicht bewusst war, was mir eigentlich bevorstand...
Ich bin mir ziemlich sicher, sollte mir jetzt jemand erneut mitteilen, dass ich zum Beispiel sechs Wochen ins Bett legen soll ... das würde ich nicht aushalten.
Und wenn es nicht anders zu praktizieren wäre, ... dann bräuchte ich eimerweise Sedativa.
Das würde ich wirklich nicht mehr durchhalten. Die Schmerzen.
Die Erniedrigungen. Alles ... ne!

Aber, ... damals hat es funktioniert.
Und darauf bin ich stolz.
Darüber bin ich froh.
Darüber bin ich sehr dankbar.
Ich lebe sehr gern.
Wirklich sehr gern.

Anderes Aber! Kaum, dass man sich freut und optimistisch nach vorne sieht … kommen die Skeptiker und Pessimisten. Doch auch mit diesen damaligen äußerlichen Arrangements konnte nicht jeder leben. Im Gegenteil. Es führte zu Unmut.
Oder auch zur Diagnose „Dissoziativ“. Blabla ...
Siehe Retro|Perspektiven.
Verrückt.
Ich versuche, zu überleben.
Dafür gebe ich zurzeit eine Menge auf.
Da ich Perspektiven habe, versuche ich nicht aufzugeben und unterstelle mich diversen, vielfältigen, medizinischen, teilweise auch sehr schmerzhaften Untersuchungen und Operationen.

Und bekomme dafür eine psychische Diagnose.
Und nun?
Und jetzt?
Wer weiß hier gerade nicht weiter?
Wer fühlt sich gerade in seinem wissenschaftlichen Engagement gestoppt?
Und vielleicht verletzt?
Wer besitzt hier gerade nicht die Courage, seine Hilflosigkeit oder sogar Unwissenheit zuzugeben?
WER?
Wer ist hier krank?
Wer hat hier eine Sozialphobie?
Wer ist hier der Narzisst?
Wer hat hier das Problem?
Wer will nicht LEBEN?
Und noch mal: Worum geht es hier eigentlich?
Geht es tatsächlich noch um mich?
Um mich als Mensch?
Und nicht als der Patient?
Lebe ich Euch zu gerne?
Versuche ich zu viel, um zu überleben?
Ich tue das verdammt gerne!
Ich hab da noch n´ paar Dinge vor!
Ich freue mich auf eine Zukunft!
Und dafür könnte ich etwas Hilfe gebrauchen!

Doch die scheint jetzt vorbei.
Einen Hilfeplan ... ich kann keinen mehr erkennen.
Ich will doch gar nicht gerettet werden.
Das schaffe ich schon selber.
Und diesen Aktionismus kann mir auch keiner nehmen.
Braucht auch keiner.
Was ich aber brauche, ist ein Piratenschiff, einen Piratenkapitän, eine Crew.
Ich will das Schiff zur Schatzinsel bringen.
Alleine kann niemand ein kaputtes Schiff bewegen.
Das schafft nicht mal eine Windböe, das schafft auch kein Orkan. Schon gar nicht, wenn da mehrere Holzplanken im Rumpf des Schiffes kaputt bzw. marode sind.

Das verrückte ist: Die Crew wäre doch da und auffindbar. Vielleicht sind sie auch schon, von mir unbemerkt, an Bord gelangt.
Wenn ja, scheint irgendwie niemand von der Besatzung zu wissen, wie man ganz simpel die Hände auf die Löcher legt. Oder, wenn das komplizierter werden sollte, weil die Planken morsch sind und ausgewechselt werden müssen, mal das Flickzeug zu holen.
Ich wäre und bin bereit.
Wie schaffe ich es bloß, die Besatzung zu motivieren?
Hallooooooooo! Insel in Sicht!
Man kann sie schon fast betreten.
Den Schatz riechen.
Das Gold steht bereit.

Ich versteh das nicht.
Ich hatte der Besatzung vertraut.
Bin ich zu naiv gewesen?
Habe ich sie überfordert?

Ich gebe nicht auf. Ich glaube, ich habe die beste Crew der Welt.
Vielleicht brauchen alle mal eine Pause und Landgang.

072 - DIE CLOWNS WAREN WIEDER DA!

Kommt jetzt bald, erneut, der Frühling?
Kommt jetzt bald, erneut, der Sommer?
Lasse?
Das Leben?
Bestimmt!
Die Clowns waren da!

Danke Katja!

073 – Ein Tag, ohne Überschrift

Es ist so schön, immer wieder zu erfahren, dass da immer noch Menschen sind, die zu mir halten.
Jeder auf seiner Art.
Das herauszufinden geht, glaube ich, nur, wenn man sich in einer schwierigen Lebenslage befindet, wie zum Beispiel gerade die Meinige. Es hat ein bisschen gedauert, bis ich verstanden habe, was mit einigen Menschen um mich herum so los ist. Zu Beginn der letzten achtzehn Monate habe ich mich oft auch bemitleidet. Habe nicht verstanden, warum viele meiner Freunde und Bekannte sich abwandten bzw. keinen Kontakt mehr mit mir wollten.
Finden die mich plötzlich alle blöd?
Nur weil ich krank bin?
„Körperlich nicht mehr verlässlich!", wie mal jemand zu mir sagte.

Warum schlägt gute Stimmung mir gegenüber oft ins Aggressive um?
Eine Frage, die ich schon erwähnt und mir selbst oft gestellt habe.
Vielleicht - weil ich es auch oft als ungerecht angesehen habe.
Vielleicht - weil ich mich allein gelassen gefühlt habe.
Das Wort Distanz hat eine neue Bedeutung für mich bekommen.
Ich kann es für mich gleichsetzen mit Angst.
Meine Angst war immer, dass ich den Kontakt zum Leben verlieren könnte.
Zum Alltag.
Zum Besonderen. Ich war immer davon überzeugt, dass ich die anderen durch mein Kranksein verlieren könnte.
Vor Kurzem musste ich erfahren, dass vielleicht die mir besonderen, die mir liebsten Menschen Angst haben, mich zu verlieren.
Distanzieren sie sich deshalb?

Das ist schon alles traurig verrückt.

074 – Retro|Perspektive – Fuß
Hochschule „Noah-Nerv"

März – zwar kalendarisch keine Faschingszeit mehr, aber mein Fuß zelebriert immer noch den Karneval. Dieses Jahr ist das Motto des Umzugswagens: Frankensteins Monsterfuß ... aber nur Zentauren dürfen mitfahren ...

Ich fröne gerade wieder meiner Lieblingsbeschäftigung: Aus dem Fenster schauen. Man sieht dem Himmel an, dass es draußen kalt sein muss. Immer noch niedrige Temperaturen. Aber Sonne, weiße Wolken und blauer Himmel. Ich bilde mir ein, dass die Anzahl der Vögel in den letzten Tagen zugenommen hat und die Zusammensetzung vielfältiger geworden ist.
Und mir kommt es so vor, als wenn die Flugobjekte da draußen jetzt höher fliegen!
Kann das sein?
Kommt der Frühling?
Hoffentlich!
Das bedeutet auch, dass bald Ostern ist und ich will doch mit meinem Freund und weltbesten Lasse in den Urlaub fahren ...

Das Bild hinter der Fensterscheibe zeigt einen photogenen Horizont. Ein wunderschöner Blick in die Ferne.

Der Blick auf „die Nähe" zeigt leider was anderes.
Ich bin das vierte Mal operiert worden. Also das fünfte Mal insgesamt. Am Fuß.
Ich sehe immer noch durch meinen Fuß hindurch bis zur Fußsohle.
Das Loch in meinem Fuß ist riesig.
Und wieder fällt mir das Kinderlied von der unverständigen Liese und ihrem Heinrich ein:
„Ein Loch ist im Eimer, lieber Heinrich, lieber Heinrich, ein Loch."
„Verstopf es,liebe Liese, liebe Liese, liebe Liese mach's dicht."
„Womit denn, lieber Heinrich, lieber Heinrich, womit?"

Aber da hat das Ärzteteam der plastischen Chirurgie eine Idee.

Dazu gleich: Jetzt erst mal wieder zurück zu meinen visuellen frühmorgendlichen Perspektiven ...
... wunderschönes Licht. Die Welt wirkt ganz hell und klar ...

Das ist heute mal wieder so schräg.

Ähnlich, wie der Panoramablick nach draußen reif für einen Bildband über „unsere wunderschöne Heimat“ wäre, könnte mein Frankensteinfuß ein prima Motiv in einem Atlas zu Wundheilungsstörungen abgeben.
Also! Doch irgendwie zu was nütze!? Und rein künstlerisch genauso wertvoll wie die schöne Landschaft da draußen, oder?
Die Muskeln und Sehnen entsprächen dann den Wurzeln und Ästen der Bäume und Pflanzen? Den Mauern und Leitungen der Häuser?
Man könnte, anstatt der Bildbände, ja auch Wimmelbilder für die einzelnen Fachgebiete konstruieren. Thema: Natur oder Architektur? Anatomie/Chirurgie oder Pathologie? Leben oder Tod?
Aber muss dieses Anschauungsobjekt ausgerechnet mein Fuß, mein Körper sein, der da immer zum pathologischen Werk wird?

Ich muss diese kreativen, vielleicht später zu beruflichen Zwecken nutzbaren Ideen als Fotograf und Illustrator unterbrechen ... ich habe gerade einen Anruf von Silke erhalten. Sie und Eva kümmern sich um meine Post in O-City. Ein Brief von der Krankenkasse lässt imaginäre, schwarze Regenwolken am Himmel erscheinen: Sie wollen, nach einem Telefonat mit meinem Hausarzt, die Zahlung des Krankengelds einstellen.
Kann es eine passendere Situation geben?
Das sind so Schicksale im Leben, die verstehe ich nicht.
Ich telefoniere mit meiner Krankenkasse und erfahre, dass mein Hausarzt der Meinung sei, dass ich simulieren würde. Es eigentlich einfach nur mal „Zeit wird“, dass ich mich mal zusammenreißen und arbeiten gehen soll. Außerdem würde er eine (O-Ton-Krankenkasse und Hausarzt) "Tritt-in-den-Hintern-Behandlung gerne unterstützen!“ ... damit ich auch mal wieder in das Berufsleben zurückkäme!
Hatten wir das nicht schon mal?

Ich bitte um eine Unterbrechung des Telefonats und rufe direkt bei meinem Hausarzt an.
Ich habe Glück und bekomme ihn an die Strippe.
Alles, was ich mir vorher an Kraftausdrücken zurechtgelegt hatte, von denen ich bis vor einer Stunde nicht mal wusste, dass sie in meinem „angeblich-begrenzten-geistigen-Schimpfwort-Repertoire“, überhaupt existieren, ist mit dem „Hallo!“ von Dr. Heinrich ... verschwunden.
Da wir uns schon Jahre kennen, wurde irgendwann aus dem "Sie“ ein „Du“, und außerdem wurden fast alle seiner Patienten in der Praxis geduzt.
Wie bescheuert! ... ich fange direkt an zu stottern und werde aber von Karl mit folgendem Statement unterbrochen: „Ich dachte mir schon, dass du noch anrufst. Ich habe mit dem medizinischen Dienst und der Krankenkasse gesprochen. Wir halten es jetzt für sinnvoll und angebracht, wenn du deinen Hintern in Bewegung setzt und mal an´s Arbeiten ran kommst. Kannst dir doch mal n` Job in der Telefonzentrale oder als Por-

tiersfrau suchen. Dann hört vielleicht auch dein Rumgekränkel auf. Verstehe ja, dass du irritiert und sauer sein wirst. Eine vorherige Absprache mit dir wäre mir auch lieber gewesen, aber das Telefonat mit dem Sachbearbeiter der Krankenkasse ergab sich so spontan ...!"
Ich stottere zwar, aber ich antworte:
„Äh, Karl! Abgesehen davon, dass du seit nunmehr sechzehn Jahren mein Hausarzt bist, also ein Mensch und Arzt, der mein Vertrauen besitzt, haben wir uns in den letzten Monaten nicht mehr gesehen, da ich ja auch immer wieder von Dr. Miles und Dr. Børge und der Medizinischen Hochschule versorgt und begleitet wurde. Ich habe dir telefonisch immer wieder Bescheid geben lassen und dich über den aktuellen Zustand und Aufenthalt meiner Person ..."
Ich werde von ihm unterbrochen: „Wieso? Was ist denn?" Ich erläutere ihm die momentane Situation. Die Reaktion verblüfft mich.
Macht mich traurig.
Er wusste angeblich weder von meinem Fuß noch von einem erneuten Krankenhausaufenthalt. Ich kläre ihn darüber auf, dass ich ihn regelmäßig über seine Arzthelferinnen informieren ließ.
„Ach, so? Ich konnte mit den Infozetteln immer nichts anfangen!"

„Ach, so! Lieber Karl ... und wie wäre es mit Nachfragen bei der Patientin? Telefon? Buschtrommel? Briefe ... was gibt es heutzutage nicht für tolle Mitteilungsmöglichkeiten! Wenn man sich nur entscheiden könnte und Interesse an Kommunikation hätte ..."

„Ist doch jetzt egal! Ich kann und werde da aber jetzt meine Aussage bei dem medizinischen Dienst und der Krankenkasse nicht mehr revidieren. Da mache ich mich ja als Arzt lächerlich und unglaubwürdig!"

„Was ist mit mir, Karl? Ich bekomme jetzt kein Geld. Kann meine laufenden Kosten zu Hause nicht begleichen, geschweige denn, wenn das Krankengeld gestrichen wird, mal eben persönlich beim Arbeitsamt O-City vorstellig werden, um denen meinen Personalausweis unter die Nase zu halten. Und zu erklären, dass ich zwar direkt durch meinen Fuß auf meine Fußsohle durchschauen kann und dass sich auch gerade circa zwanzig Ärzte um den Erhalt meines Fußes sorgenvoll bemühen, ich aber, da mein Hausarzt das alles als „Simulieren" bezeichnet, sehr gern dem Arbeitsmarkt zur Verfügung stehe würde ... ab sofort natürlich, ich also damit den vollen Anspruch auf Arbeitslosengeld habe. Meine Kontonummer lege ich ihnen auch direkt vor. Sofortige Bearbeitung und Überweisung wäre PRIMA!"
Karl: „Jetzt wirst du aber sarkastisch. Deine Wut kann ich verstehen, aber ich ändere nichts an meiner Aussage. Das kann ich jetzt nicht wieder zurücknehmen. Auch wenn ich nicht richtig argumentiert und mich nicht richtig verhalten habe. Du hast Recht, ich hätte mich bei dir informieren müs-

sen. Dumm gelaufen, aber ich ändere nichts an meiner Aussage gegenüber der Krankenkasse!“
Ich argumentiere nicht weiter und beende das Gespräch.
Rufe erneut meinen Sachbearbeiter bei der Krankenkasse an und informiere ihn über das eben geführte Telefonat und über meinen aktuellen, körperlichen Zustand. Und da ich den heutigen Tag ja schon mit tollen Bildern begonnen habe, erzähle ich dem Herrn von der Krankenkasse ... aus dem Bauch heraus, ... meine aktuelle, vor mir liegende, visuelle Fuß-Situation.
Mir gelang das anscheinend so plastisch-real (Live-Übertragung, in Farbe aber ohne Monitor), dass auf der anderen Seite plötzlich totale Stille herrschte.
Ich habe schon den Eindruck, dass die Verbindung unterbrochen wurde, da! … ein Räuspern.
„Frau Maschke! Ich bin wirklich schockiert und entsetzt und Sie haben mein Mitgefühl, aber sind Sie sich sicher, dass ich da vorhin mit Ihrem Hausarzt telefoniert habe? Wir haben hier im Team gedacht, dass Sie tatsächlich simulieren ... und dass es sich nur um eine läppische Muskelzerrung handelt, Sie sich womöglich den Fuß verdreht haben, oder Ähnliches. Und, der Aussage ihres Hausarztes nach, tatsächlich keine Lust zum Arbeiten hätten. Ich werde heute noch veranlassen, dass Sie ihr Krankengeld direkt überwiesen bekommen.
Und des Weiteren werde ich veranlassen, dass, egal wie lange es jetzt noch mit Ihrer Heilung dauert, sie keine weiteren Krankenscheine über ihren Hausarzt ausfüllen lassen müssen. So können jetzt die Zahlungen des Krankengeldes bis zur Ihrer Gesundung oder – hoffentlich nicht – Aussteuerung ohne Komplikationen verlaufen und Ihnen regelmäßig überwiesen werden.
Zwei Anliegen habe ich dann aber doch auch noch: Erstens werden Sie schnell wieder gesund und zweitens: Überdenken Sie bitte noch mal die Wahl Ihres Hausarztes. Ich gehe in zwei Monaten in Ruhestand. Habe bereits seit meiner Ausbildung hier gearbeitet. Aber so eine Geschichte, dass ein Hausarzt seine eigene Patientin vor einer Institution wie der unseren nicht verteidigt, habe ich noch nie gehört ... und seitens eines Hausarztes auch noch nie erlebt. Das tut mir wirklich sehr leid für Sie. Alles Gute!“

Kann doch nicht so schwer sein, zu entspannen und wieder gesund zu werden, oder?

075 – Paulus-Melchers-Krankenhaus

Saulus mutiert zum Paulus?

Wie auch immer sich der Aufenthalt aus therapeutischer Sicht, somatisch erfolgreich oder erfolglos, auswirken wird … ich bin Dr. Miles und Dr. Børge dankbar, dass ich nach langer Zeit mal wieder die Chance hatte, in einem ortsansässigen Krankenhaus sein zu dürfen.

Auch wenn O-City keine wirklich große Großstadt ist, bin ich immer wieder überrascht, wenn man auf Menschen trifft, die man lange nicht mehr gesehen hat.
Selbst hier im Krankenhaus.
Ich schlendere so durch die Gänge und muss an der Notfallaufnahme vorbei.
Dort sitzt ein ehemaliger Lehrer von mir.
Einer, der seine Macht gern ausnutzte und mit großem Spaß Menschen in Prüfungen, bevorzugt mündlichen Abiturprüfungen, hängen ließ.
Meine, von ihm so gestellte Abiturfrage im Fach Geschichte hieß zum Beispiel:
„Was ist der Albtraum einer Nation?"
Ich glaube, das werde ich in mein Leben lang nicht vergessen. Das war in dem Moment nicht nur der Albtraum einer Nation, sondern auch mein ganz privater. Ich versuchte, das ganze Chaos in meinem Kopf möglichst schnell zu sortieren. 15 Minuten können auch echt ganz schön kurz sein, vor allem dann, wenn diese Viertelstunde eigentlich aus drei verschieden Fragen besteht und in akribischer Kopf-Detektivarbeit bearbeitet und möglichst beantwortet werden sollen ... Weltkrieg? Bürgerkrieg? Politische Intrigen? Spitzel?
Fünf Minuten können dann auch wieder gaaaanz schön lang werden, wenn man auf eine Frage keine Antwort weiß ... nur angeschaut wird, und selbst ein hoffnungsloser, beschämter Blick mit der Bitte nach Hilfestellung nicht fruchtet.
Von Hilfe keine Spur, kein Hinweis, der besseren Zugang zur Fragestellung gäbe. Und wenn die Frage schon nicht aus eigenen Stücken beantwortet werden kann, dann doch wenigstens die Lösung!
Ich habe bis heute keine Antwort auf diese Frage erhalten. Habe hinterher natürlich Geschichtsbücher gewälzt und historisch bewanderte Menschen befragt, im Internet nach dieser Frage bzw. einer Antwort dazu re-

cherchiert. Auch jede Menge erfahren, aber nichts, was wie eine Antwort auf diese eine Frage aussieht ...

Nicht schlimm. Ich habe zwar diese Geschichtsprüfung nicht bestanden, konnte aber später trotzdem mit dem Studium anfangen.

Als ich diese Gestalt im Flur sitzen sehe und erkenne, um wen es sich hier handelt, ist die erste Reaktion „Flucht“.
Doch dann betrachte ich ihn, aus sicherer Distanz, genauer.
Was ich da sehe, begründet kein Weglaufen aus Angst oder was auch immer ich gerade gefühlt haben mag ...
Ich grüße ihn ganz bewusst ... muss ja sowieso an ihm vorbei.
Herr Dr. Phil. D. scheint sich auch zehn Jahre später noch mit diesem Thema zu beschäftigen ... also mit den Albträumen und den Prüfungen und so. Er sitzt dort in der Notaufnahme, wie ein Häufchen Elend.
Und mit einem blauen Auge.

Ich sag da mal jetzt nichts zu.

Einfach mal Schnauze halten, sagt Birgit immer.

Tschüss

Und gute Besserung!

076 – Räumliche und gedankliche Flucht

Ich hatte einen Termin bei Frau Anuuk. Wir hatten uns länger nicht mehr gesehen, bedingt durch die anderen Krankenhausaufenthalte und meine Zeit in Lüneburg. Wir kennen uns über die Caritas, die mir von der Bundesagentur für Arbeit empfohlen wurde, und hat mir sehr in Sachen Integration und Schwerbehinderung geholfen. Da sie als Psychologin auch im Paulus Melchers Krankenhaus arbeitet, besuchte sie mich und erlöste mich für ein paar Minuten von meiner auch tagsüber schnarchenden Mitpatientin, einfach indem sie mich mit in ihr Büro nahm.
Die Bedeutung und der Luxus von Unternehmungen wie „Ausflüge" - egal wohin, werden mit jedem Tag wertvoller!

Paulus-Melchers-Krankenhaus im November 2010

Sherlock Holmes ermittelt: Verdächtige Spuren am Gebiss?

Dr. Ralbeo-Unfair ist gnädig und gibt mir eine weitere Chance, mich meiner psychischen Erkrankung zu stellen. Heute ist er der Meinung, dass meine Gewichtsabnahme eine von mir nicht akzeptierte Bulimie ist.
Aha.
Ich kann spüren, wie meine Stirn Sorgenfalten aufwirft.
Ich Ignorant.
Mensch! Habe ich doch in den letzten Monaten nicht eine Fress-, geschweige denn die dazu gehörige Brech-Attacke mitbekommen. Das ja blöd....
„Es gibt eine ganz schnelle Möglichkeit, herauszubekommen, ob Sie die Existenz dieser Erkrankung leugnen, Frau Maschke!"
Aha.
„Deutliches und einwandfreies Indiz sind in so einem Fall Ihre Zähne!"
Hhmhm.
Wenn Sie sich so sicher sind, das Sie keine Bulimie haben, haben Sie bestimmt auch keine Bedenken, einen Termin bei unserem Klinik-Zahnarzt beziehungsweise Kieferchirurgen wahrzunehmen, oder?
Nee. Hab ich nicht. „Wann?"
„Jetzt sofort. Habe schon angerufen. Sie können direkt hingehen. Ein Pfleger begleitet Sie."

Geleitservice? Für die Schwerverbrecherin Martha? Damit Sie, ganz junkie-like, statt einer Urinprobe nicht Ihr Gebiss tauscht und manipuliert?
Die jetzige Situation kommt mir so abstrus vor, dass ich aufpassen muss, dass die Sorgenfalten auf meiner Stirn nicht zu Lachwellen werden. Ich glaube, das würde der momentan grandiosen Stimmung zwischen mir und meinem Stationsarzt nicht gerecht werden.
Ich werde tatsächlich begleitet. Darf mir vorher aber doch noch die Zähne putzen. Soviel ... der Hygiene wird mir gerade noch gestattet. Meinem Begleitschutz, einem jungen Pfleger, ist das sichtlich peinlich. Wir haben uns in den letzten Wochen oft nächtelang über Musik und Filme unterhalten. Jetzt ist er still. Eine leichte Schamesröte macht sich auf seinem Gesicht breit.
Irgendwann hält er es nicht mehr aus. Entschuldigt sich und verabschiedet sich in Höhe der Cafeteria. „Tragt euern Krieg alleine aus. Ich spiele da nicht mit. Den Weg kennst Du ja! Bis später!“
Und schon ist er verschwunden.
Ich finde den Weg natürlich alleine und werde von einem Kieferchirurgen erwartet.
„Endlich mal ein Untersuchungsauftrag, der nichts mit Kieferfehlstellungen zu tun hat. Herzlich willkommen! Setzen Sie sich doch schon mal. Es geht direkt los.“
Mach ich.
Nach ein paar Minuten:
„Ihre Zähne haben überhaupt keinen altersentsprechenden Zustand, Frau Maschke.“
Oh. Gedanklich sehe ich mich schon auf dem Weg in die Psychiatrie. Diagnose: „Patientin weiß nichts von Ihrer Essstörung. Weigert sich auch, diese bis auf einige Unverträglichkeiten von Nahrungsmitteln, stichhaltig zu benennen und zu akzeptieren. Egal. Der Psychiatrieplatz ist mir aufgrund eines nicht altersentsprechenden Zahnzustands zu 100 % sicher.“
Leichte Panik steigt in mir auf.
Um Zeit zu gewinnen, spüle ich erst mal übertrieben oft meinen Mund aus.
In meinem Gehirn entsteht ein farbenprächtiges und lautes Feuerwerk, ausgelöst durch erneute Überstrapazierung meiner Synapsen. Denkexplosionen.
Außerhalb meines Körpers herrscht: Stille. Der Arzt schreibt schon am Computer seinen Konsiliarbericht.
Die Panik in mir verstärkt sich.

Bevor die elektronische Post Dr. Unfair schneller erreicht als ich Bescheid weiß, frage ich doch jetzt mal schnell nach: Was genau heißt das jetzt? Nicht altersentsprechend?
Muss ich mich trotz gefühlt stabiler Kauleiste um eine Zahnprothese kümmern?
Während ich das noch frage, drückt die ganze Zeit meine Zunge gegen meine Zähne. Ich kann nichts Wackeliges fühlen. Nur meine Zunge wird schon langsam, von der mir eher unbekannten Mobilisationszungenturnübung, taub....
Der Zahnarzt lacht. Ich finde das hier gerade gar nicht lustig. Die Furchen auf meiner Stirn sind jetzt doch wieder Sorgenfalten...
Wenn ich das hier alles überstehe, brauche ich zur Glättung auf jeden Fall eine Botoxtherapie. Soviel steht fest.
„Nein!", so der Zahnarzt weiter. „Ganz im Gegenteil. Ihrem Zahnzustand nach sind Sie zehn Jahre jünger als ihre Krankenkassenkarte aussagt. Wenn Sie mal in ein paar tausend Jahren von irgendwelchen Wissenschaftlern aus ihrem Grab ausgebuddelt werden, und Sie, und die Chancen stehen gut, mit ihren eigenen echten Zähnen begraben wurden, werden die mit der Altersbestimmung ganz schön daneben liegen".
Dieser heute vom Arzt vorhergesagte Fluch meiner noch nicht einbalsamierten Mumie .... soll mich das jetzt, zu Lebzeiten, beruhigen?
Und was bedeutet das genau? Vor allem für den bevorstehenden „Fast-schon-Aufenthalt" in der Psychiatrie?
Ich werde über die Zerstörung von Zahnschmelz durch Magensäure samt der dadurch resultierenden Zahnkaries, manchmal auch dem Verlust von Zähnen, aufgeklärt, bei Bulimie häufig eine Folgeerscheinung.

Der Besuch beim Kieferchirurgen und mein Weg – allein – zurück zur Station haben mich beruhigt.
Dr. Unfair nicht. Er erwartet mich und wirkt stinksauer. Und auch enttäuscht. Die E-Mail hat ihn bereits erreicht. Den schriftlichen Ausdruck auf Papier habe ich ebenfalls direkt erhalten. Der Zahnarzt bescheinigt noch mal seine vorherige Aussage und dass der Zustand meines Zahnfleischs auf Eisenmangel hinweist.

Der 14507. Tag in meinem Leben

Ich darf nach Hause.

077 – Partitur des Lebens

Ich finde, wenn man die Tastatur des Laptops betätigt, erklingt immer eine individuelle Melodie.
Statt Noten: Buchstaben.
Statt fünf Linien und Notenschlüssel: ein Blanko-Bogen.

Es ist, als würde man die Symphonie seines eigenen Lebens komponieren.

Leider habe ich eben den Fehler begangen und während des Tippens ein Stück Schokolade gegessen. Der Schwindel in meinem Gehirn ist enorm. Und ich habe wahnsinnigen Durst.
In solchen Momenten empfinde ich das Denken und sich dann womöglich noch artikulieren zu müssen, als pure Strapaze.
Im Moment habe ich den Vorteil, dass ich am Tisch sitze.
Oft erzeugt dieser Schwindel auch Koordinationsstörungen. Entweder ich stolpere, wie betrunken, oder mir fällt ständig was aus der Hand. Mein Porzellan hat sich aus diesem Grund schon stark dezimiert.
Schlimmer ist es allerdings, wenn ich gerade am Kochen oder Backen bin und zwischendurch nasche. Dann wird mir so schwindelig, dass das oft auch mit Verbrennungen und kleineren Verletzungen endet. Ich kann mich dann nicht mehr richtig koordinieren.
Wieso, weshalb, warum ... ? ... niemand weiß es.

Das kann in manchen Situationen richtig peinlich werden. Einmal wollte ich ein von mir ausgedachtes Projekt jemandem - ganz offiziell - präsentieren. Da ich nicht unhöflich erscheinen wollte, lehnte ich den mir angeboten Keks nicht ab. Plötzlicher Schwindel und damit auch Artikulationsschwierigkeiten traten auf. Das war vielleicht unangenehm. Peinlich. Ich fange dann richtig an zu lallen und meine Nase läuft wie verrückt. Ich habe mich aus der Situation gerettet, indem ich mich entschuldigt und schnell in der Cafeteria für Flüssigkeitszufuhr gesorgt habe. Danach ging es wieder.

Ich habe mit der Zeit feststellen können, dass Trinken und Abwarten hilft.
Mehr kann ich nicht tun.
So wie jetzt.

Bevor meine Lebensoper in einer Kakofonie endet ... pausiere ich mal kurz.
Der Vorhang bleibt geöffnet...

„... bis das Glöckchen wieder klingelt ...“

Papageno hat mir schon in vielen Situationen geholfen...

Bis später.

078 – Montag der 29. November 2010: Hiobsbotschaft

Ich hatte eben einen Termin bei Herrn Tomás Armando.
Die Auswirkungen und Folgen, die der Entlassungsbericht von Herrn Dr. Unfair verursacht hat, sind fatal und unglaublich und hören irgendwie auch gar nicht mehr auf.
Mannomann.
Ich bin versucht zu sagen: „Wie konnte ich mich in einem Menschen nur so täuschen?“
Aber das klingt zu banal.
Das klingt nach einem schlechten Kitschroman und viel Selbstmitleid. Irgendwie ... würde dieser Satz nicht ausreichen.
Aber wie drückt man so eine Situation in Worte aus?
Kann man so etwas, überhaupt mit einer Frage beschreiben und analysieren?
Ich bin verwirrt.
Und merke, dass ich mir hier gerade einen „zurecht-hasple“ und mich in meinen Gedanken verfranze.
Also ... konzentrieren ist angesagt.

Meine Befürchtungen haben sich bestätigt. Die ausführliche Diagnostik, die Dr. Unfair betrieben hat, blieb ohne Ergebnis.
Ende.
Da könnte man ja jetzt eigentlich froh drüber sein!?
Bin ich auch.
Zum Teil.
Kein Krebs oder ähnliche schlimme Erkrankungen.
Das ist schön.
Fakt ist aber auch, dass es mir mit diesem Nichtergebnis trotzdem nicht besser geht.
Die Symptomatik ist immer noch da.
Die Schmerzen im Fuß und Rücken haben sich verstärkt. Das mag natürlich auch an meiner momentanen, verkrampften Körperhaltung liegen.
Das leugne ich nicht.
Juhu! Endlich ist etwas eindeutig diagnostizierbar!
Ich bin verkrampft, da Dr. Unfair in seinem Entlassungsbrief eigentlich alles, aber wirklich alles, auf meine Psyche zurückführt.
Diese Schlussdiagnose habe ich schon die ganze Zeit während meines stationären Aufenthaltes befürchtet: Ein sehr engagierter Arzt, mit tollen

Ideen, kommt an seine Grenzen ... „the same procedure as every hospitalisation, or most of my doctor visits“ ...
Vielleicht haben da auch jede Menge Enttäuschungen eine Rolle gespielt, zum Beispiel die, dass ich ihm nicht mit einer seltenen Erkrankung zum Durchbruch seiner Karriere und einer möglichen Professur verholfen habe … ich weiß es nicht. Somatisch keine Idee mehr … da kommt sie auch schon: Die Hypothese einer psychischen Somatisierungsstörung.
Bin ich ungerecht?
Wenn psychische Diagnosen dieser Art in der Vergangenheit aufkamen, konnte ich damit vergleichsweise gut leben.
Ich werde auch weiterhin versuchen, den Mut nicht zu verlieren und unbeirrt dem Pfad des Gesundwerdens folgen.
Doch diese Diagnose hat anscheinend dem sehr ehrgeizigen, jungen, sogar sehr jungen Arzt nicht gereicht. Und ohne eine Fortbildung, Studium oder ähnliche Zusatzausbildung und / oder Qualifizierung auf dem medizinischen-psychologischen-psychiatrischem Gebiet, behauptet er, dass ich an einer „artifiziellen Somatisierungsstörung“ leide.

Das erklärt er mir mit einem süffisanten Lächeln einfach so. Vor dem Schwesternzimmer. Vor einer offenen Sitzecke.
Für alle hörbar, inklusive Patienten und deren Besucher.

Was soll das auch, das mit der Intimsphäre? Mit dem Respekt vor der Würde jedes Einzelnen? Das mit dem Datenschutz …?? Wenn doch sowieso alles nur psychisch ist? Dann hat man ja anscheinend eh kein Recht auf Leben, auf Privatsphäre. Man scheint Menschen wie Herrn Unfair die Zeit zu stehlen ...
Dieses Gefühl von Zeitraub scheint sich ähnlich auszuwirken wie bei „Momo“, wenn den „Grauen Herren“ die Zigarren, gedreht aus den Blättern der Stundenblumen, geraubt werden, verfallen sie in Panik und gehen in ihrer Lebensangst auf die eigenen Artgenossen los und klauen diesen dann die Zigarre. Was, wie jeder weiß, zum Tod führt ...
Diese Angst vor Zeitmangel scheint nicht nur Verärgerung gegenüber den Patienten zu erzeugen, sondern bei dem verängstigten Menschen einen kleinen Bereich im Gehirn lahmzulegen. Dieser Bereich ist unter normalen Umständen für Respekt und Achtung dem anderen gegenüber zuständig. Vielleicht auch noch zusätzlich für die einfachsten konservativen Umgangsformen.
Dieses Hirnareal scheint gerade bei Herrn Dr. Unfair ausgeschaltet zu sein. Hat er Angst?

Ich konnte Verhaltensweisen dieser Art in früheren Treffen nämlich nicht an ihm feststellen.
Schade.
Jetzt sind diese von mir an ihm sehr geschätzten Fähigkeiten zur Diskretion und kooperativem Umgang definitiv verschwunden.
Oder wie könnte man sonst diese räumliche groteske Situation erklären?
In der Öffentlichkeit?
Schade. Sehr traurig.
Ich neige dazu, Situationen dieser Art (habe ich überhaupt so etwas schon mal erlebt?) weg zu grinsen.
Das ist ein unangenehmer Reflex.
So eine Art schämen. Fremdschämen?
Ich weiß, dass das auf meinen Gegenüber nicht beschwichtigend wirkt und auch nicht den „Unterlegenen - Hilflosen" symbolisiert. Das hat vielleicht mal vor vielen tausend Jahren bei den Höhlenmenschen funktioniert. Heute fühlen sich die meisten Menschen eher ausgelacht. Ich glaube ... Dr. .Unfair auch.
Was das Ganze nicht einfacher macht.
Ich versuche, mich zu konzentrieren. Und ja nicht zu grinsen!
Ich schaffe es. Ich hätte mich auch gar nicht so anstrengen müssen. Ich hätte einfach nur einen weiteren Satz abwarten sollen. Denn die nächste These des Stationsarztes verschlägt mir nicht nur die Sprache, sondern lässt auch meine Mundwinkel wieder in eine normale Position zurückfallen bzw. entgleitet mir meine ganze Mimik.
Gestik habe ich zunächst auch nicht mehr.
Ich fühle mich wie ein Kaninchen in Schockstarre, in der Hoffnung, dass die Schlange nicht angreift, wenn es sich nicht mehr bewegt ...
Auch wenn ich bewegungsunfähig bin, meine Ohren hören trotz heftigen Rauschens ALLES:
„Ich gehe davon aus, Frau Maschke, dass Sie an allen Operationen, Blutergebnissen und Krankheitserscheinungen selbst Schuld haben. Sie haben ja auch so eine Art an sich, dass man immer das Gefühl hat, sich um sie kümmern zu müssen. Bis man dann merkt, dass Sie spielen. Ich bin sogar der Meinung, dass Sie auf diese Weise ihre Operationen arrangiert haben, wahrscheinlich waren diese vom ursprünglichen Krankheitsbild gar nicht nötig. Auch die Geschichte mit der Borreliose kann ich mir nicht vorstellen, die Unterlagen dazu sind ja auch total lückenhaft."
In diesem Moment reagieren mein Gehirn und mein Verteidigungssystem folgendermaßen:

Äh? ... bekomme ich gerade noch heraus, dann beginnt mein weiteres Gestotterte: „Dr. Ralbeo-Unfair! Sie waren doch derjenige, der sich vor drei Jahren mit der Staatsanwaltschaft H-City auseinandergesetzt hat. Sie waren es doch, der mir erklärt hat, dass meine und die Akte von vielen anderen Patienten leer bzw. unvollständig ist. Sie ..."
Ich höre auf zu argumentieren, da ich schon wieder in ein süffisant lächelndes Gesicht gucke.
Ich merke in diesem Augenblick, dass es rein gar nichts bringt, dagegen zu argumentieren.
Er hat sich seine Meinung über mich gebildet, zementiert.
„Fertig!" Er hält mir den Entlassungsbrief entgegen.
Ich lehne dankend ab und sage ihm, dass ich nicht mein eigenes Todesurteil auf Papier und mit einem faktisch unkorrekten Inhalt entgegen nehmen werde. Er auch kein Geld für Porto auszugeben braucht, da ich nicht möchte, dass dieser Brief zu mir nach Hause, noch in irgendeine Arztpraxis gesendet wird.
Er lächelt und blickt auf mich wie zu einem kleinen Kind herunter.
Hatte ich schon erwähnt, dass er locker 1,90 m ist?
Ich bin 1,64 m.
Der Größenunterschied trägt nicht gerade zu einer Stärkung meiner Position bei.
„Ach Mensch, Frau Maschke! Ich hab` mir so viel Mühe mit dem Brief gegeben und sehen Sie ihn doch als Chance. Sie können doch jetzt anfangen zu beweisen, dass ich mich irre. Ich gebe ihnen auch noch die Adresse eines von mir bekannten Psychiaters mit ... stationäre Therapie würde ich aber in ihrem Fall bevorzugen! Münster, oder so. Na ja. Das Paulus Melchers Krankenhaus hat jetzt alles Erdenkliche für Sie getan. Weitere stationäre Aufenthalte oder Therapien wird es hier in Zukunft für Sie nicht mehr geben!"
Er schaut mich an.
Oder schaut er auf mich runter?
In meinen Kopf schreit es nach Rechtfertigungen.
Ich hole tief Luft. Setze zum Reden an.
Sehe erneut das Lächeln in seinem Gesicht.
Schweige.
Setze erneut zum Reden an.
Ich hänge fälschlicherweise immer noch dem Glauben an, den Entlassungsbrief jetzt, an Ort und Stelle revidieren zu können ...
„Äääähа. Aha!", stottere ich (ich muss dringend an meiner Artikulation arbeiten!). Das einzige, was ich halbwegs koordiniert von mir geben

kann, ist die Frage, warum im Entlassungsbericht nirgendwo erwähnt wird, was zum Beispiel mit meiner durchgestochenen Carotis passiert ist usw..
Das wäre doch mal eine Situation, die auch in seinen Augen real-somatisch passiert ist. Die greifbar ist. Die viele Menschen mitbekommen haben ...
Denke ich mir.
Außerdem habe ich immer noch Schmerzen an der Stelle, dort, ... wo so langsam das Hämatom resorbiert.
„Und wie soll ich dieses Ereignis draußen wiedergeben, wenn alle der Meinung eines Münchhausensyndroms sind, wie Sie, Dr. Ralbeo-Unfair?“
Mit der folgenden Antwort habe ich nicht gerechnet.
„Die Geschichte mit der Carotis? Die interessiert niemanden, Frau Maschke!“

Muss ich jetzt erwähnen, dass ein zerebraler-extern-artikulierter Widerspruch zu diesem Zeitpunkt meinerseits nicht mehr möglich ist?
Blockade. Was soll ich da jetzt noch sagen?
Die jetzige Situation wird zu einem persönlichen Affront.
Das kann so nicht weiter gehen.

Ich bin verletzt.

„Einfach mal Schnauze halten!“
Wer schweigt, bin dann aber ich.

Ich habe schon als Kind nicht verstanden, ob der Gegenspieler von Sherlock Holmes, Professor James Moriarty wirklich existierte oder ob das eine Wahnvorstellung vom Detektiv selbst gewesen ist? Oder war Sherlock Holmes in Wahrheit ein Verbrecher namens Professor Moriarty?

Zugegeben: Spätestens als Moriarty bei den „Rheinfällen“, zu Tode kam, war es dann auch mir klar ... er existierte.

Also die, von mir jetzt gerne in Anspruch genommene Variante, das Dr. Ralbeo-Unfair, alias Sherlock Holmes auch alias Professor Moriarty sein könnte, kommt nicht in Betracht.

Schade. Hätte jetzt helfen können.

Ist es tatsächlich notwendig, seelisch so verletzt zu werden, um physisch zu heilen?

Später, im Gespräch mit Herrn Armando, erfahre ich, dass Dr. Unfair die Theorie in Erwägung ziehe, dass ich mir selber Blut abzapfe.

Wer oder was ist hier eigentlich krank?

Ich empfinde meine Würde als Patient, als Frau, als Mensch angegriffen.
Verletzt. So verletzt.
Ich benötige Pflaster.
Dringend!

Es ist verdammt schwer, gesund zu werden!

Kleines Nachwort zum Geschehenen:
Eigentlich sollte ich mich gut und glücklich fühlen. Ich bin zu Hause. So wie ich es mir eigentlich die ganze Zeit sehnsüchtig gewünscht hatte. Und jetzt stecke ich gedanklich in der mit Dr. Unfair zuletzt erlebten Krankenhaussituation und seinem für mich folgenschweren Entlassungsbericht fest. Ich kann mich über meinen voller Sehnsucht erwarteten Alltag gar nicht freuen, geschweige denn diesen genießen.
Totalblockade.
Nur mein Gehirn rotiert Tag und Nacht. Nonstop.
Ich verstehe durchaus, dass meine Symptomatik für alle Therapeuten, Ärzte und überhaupt Menschen um mich herum ein Dilemma bedeuten. Ich gehe aus vollstem Herzen und mit ganzem Bauchgefühl, aber weniger vom Verstand her, davon aus, dass mir eigentlich auch alle helfen wollen.
Wie kann da ein Mensch, wie zum Beispiel Dr. Unfair, einfach so eine „Diagnose“ wie ein Münchhausen-Syndrom in die Welt setzen? Ich meine, es handelt sich hier doch um keine Banalität wie einen Schnupfen. Leicht und schnell heilbar, meist ohne viel Zutun. Hier geht es aber doch um eine fachlich korrekte Aussage, die ohne eigene Kompetenz, aber auch ohne Hinzuziehen irgendeines Fachkollegen getroffen wird.
Nichts. Zack. Bumm ... Verurteilt.
Allein.
Wie ich es auch hin und her drehe, mein Eindruck bleibt. Mit dieser Diagnose will sich nicht nur Dr. Unfair aus der medizinisch-internistisch-diagnostischen Verantwortung ziehen. Eigentlich eine ganz einfache und

schlaue Methode, sofern man nicht mehr weiter weiß? Und sich vielleicht eigentlich auch mal seinen eigenen Schwächen (und den Schwächen des Gesundheits- genauer: Krankheits-Systems) stellen müsste? Doktortitel und doch nicht allwissend? Und dann auch noch von der Patientin infrage gestellt zu werden. Geht gar nicht. Da kann man dank des weißen Kittels doch auch gleich mal den Erzieher spielen und der Patientin für ihr nicht angepasstes Verhalten einen Denkzettel verpassen.
Ich bin auf das Tiefste meiner Seele gekränkt.
Münchhausen-Syndrom!
Eine wirklich heftige, vielleicht sogar fatale Aussage für meine Zukunft. Besonders dann, wenn es um invasive Eingriffe gehen sollte. Ob das Dr. Unfair bewusst ist? „Sollte nämlich tatsächlich eine artifizielle Störung bei Ihnen vorliegen, wären weitere medizinische Maßnahmen möglicherweise außerordentlich schwerwiegend und schädigend. Das Gleiche gilt leider auch für den umgekehrten Fall, sollte keine artifizielle Störung vorliegen, könnte die weitere Suche nach medizinisch begründbaren Ursachen und möglichen Therapien, wenn sie auch nur linderten, unterbleiben."

(O-Ton Herr Armando – der Psychologe)

079 – Retro|Perspektive – Fuß
Hochschule Noah-Nerv
März 2010, aber noch kein offizieller Frühlingsanfang!

Mein Loch hat einen Deckel bekommen. Das sieht jetzt schon gleich ganz anders aus. Zwar noch eine riesige Narbe, aber ein normaler Fuß lässt sich wieder erkennen! Der „Deckel“ ist aus meiner Haut vom Oberschenkel konstruiert worden. Vom rechten Bein.
Bei der Visite berichtet mir Dr. Virtus Jakobson, das bei der Operation leider ein kleiner Fehler unterlaufen sei. Das Gerät, das die Spalthaut vom Bein trennt, war nicht auf meine Größe bzw. auf das erforderliche Transplantat eingestellt worden.
????
Sozusagen war es noch auf dem Stand der vorherigen Operation eingestellt.
Deshalb ist mir zu viel beziehungsweise das doppelte vom eigentlich errechneten, notwendigen Transplantat abgehobelt worden.
Und sofort wieder drauf genäht worden. Zwei Flicken.
Meine Augen fokussieren meinen Oberschenkel.
Ich kann mich visuell gar nicht lösen.

Wie viele Hirnnerven werden eigentlich bei so einer körperlichen Starre beansprucht?
Mir fällt der alte Spruch von Onkel Ottos Oma ein, mit dem man sich so prima und einfach die zwölf Hirnnerven merken kann:
„Onkel-Ottos-Oma-tanzt-Tango-als-Frau-von-ganz-vornehmer-adliger-Herkunft!“
Ich kann ihn noch aufsagen.

Immer die Anfangsbuchstaben der zwölf Wörter nehmen:

Onkel = olfactorius
Ottos = opticus
Oma = oculomotorius
tanzt = trochlearis
Tango = trigeminus
als = abducens
Frau = facialis
von = vestibulocochlearis
ganz = glossopharyngeus
vornehmer = vagus
Adliger = accessorius
Herkunft = hypoglossus
????????????

Macke?
So was passiert mir oft in solchen stressigen Lebenssituationen ...
Ich muss an das Unwichtigste überhaupt denken. Und natürlich fällt es mir dann auch ein.
Klar.
Wenn ich jetzt wenigstens an was Sinnvolles denken könnte.
Nichts.
Erster Bundeskanzler?
Erste Mondlandung?

Aber solche Gedankengänge, sehr gern auch virtuelle Fahrten quer durch den „Pschyrembel", scheinen mich zu beruhigen und bringen mich ziemlich schnell wieder in die Realität zurück.
Meist sind das nur „Sekunden-Fluchten".
So schnell, dass auch meine Hirnnerven gar nicht reagieren können ...
Meine Augen sind immer noch starr auf meinen neu erworbenes Oberschenkel-Patchwork gerichtet.
Dafür arbeitet mein Gehirn weiter. Ich stehe wohl noch immer unter einem kleinen Schock ... und summe, ich kann es selber kaum glauben, die Anfangsmelodie von Pippi Langstrumpf ... „Ich mache mir die Welt, wie sie mir gefällt ... !"
Und ich muss ehrlich zugeben ... diesmal stimmt mein Gehirn mit meinem Blick überein: Mein Bein hat tatsächlich Ähnlichkeit mit dem Trägerkleid von Pippilotta Viktualia Rollgardina Pfefferminz Efraimstochter Langstrumpf!

Zwei Flicken.

Man sieht Dr. Jakobson an, dass ihm das alles gerade sehr unangenehm ist und leid tut.
Er schaut richtig betroffen drein.
Dabei war er weder der Operateur, geschweige denn bei der Operation anwesend. Sondern nur der Überbringer der Nachricht.
Das Lied von Pippi Langstrumpf kommt mir erneut in den Sinn. Innerlich fange ich erneut an zu summen.
Auch das noch!
Sarkasmus?

Einfacher: Humoristische Fassade als Überlebensstrategie! Mit null Chancen bei irgendwelchen Talent-Sing-Wettbewerben!

Jetzt mal ehrlich.

Was soll ich dazu sagen? Da kann ich doch so langsam auch niemanden mehr einen Vorwurf machen.
Das mit dem „Schiefgehen“ gehört wohl zu meinem Leben dazu, oder?

Wie sich in den nächsten Tagen herausstellt, heilt genau dieser zusätzliche, ungeplante „Flicken“ schlechter als der andere, „richtige“ und neigt zu Entzündungen.

KAAAARRRRMMMMAAAAA????

Das wird schon irgendwann klappen,
das mit dem Gesundwerden.
Kann doch nicht so schwierig sein, oder?

Und doch stellt sich mir, meinem Bauchgefühl, die Frage .... was kommt als nächstes?

Das muss doch jetzt mal aufhören ...

080 – Paulus-Melchers-Krankenhaus

„Auch im Himmel gibt's jetzt Sport!"

Heute hat mich Ulla, die Nichte von Frau „Schildkröte" angerufen.
Tante Anna ist gestorben.
Schön, dass sie im Kreis ihrer Lieben gestorben ist.
Ich kann mir gut vorstellen, dass sie da oben im Himmel alle Wolken als Hürden benutzt und erst mal allen Engeln zeigt, was so ein richtiger Hindernislauf ist …
Ich habe noch nie einen neunzigjährigen Menschen getroffen, der so sportbegeistert war und sich in allen Disziplinen so gut auskannte, wie Tante Anna.
Und auch mal eben so ... alle Nationaltrainer im Fußball der letzten Jahrzehnte herunterrasseln konnte ... Inklusive der Schlagzeilen, Affären, Steuerhinterziehungen und Drogenkarrieren jedes einzelnen Profis. Natürlich!

„Ruhen Sie sich da oben gut aus, liebe quietschgelbe Schildkröte!"

081 – Pseudomonas

Während meines letzten Krankenhausaufenthalts im „Paulus Melchers Krankenhaus“ habe ich irgendwann mal ein Gespräch mit einem der Pfleger geführt.
Ich hatte mich mehrere Tage darauf vorbereitet.
Wenn man erst mal den Ruf als Simulant (oder noch schlimmer) erworben hat, ist es nicht so leicht, auf Gegebenheiten hinzuweisen, die mit Keimen und möglichen Erkrankungen zu tun haben. Noch genauer: Mir war aufgefallen ... um es kurz zu machen: Wann auch immer ich das bei uns im Zimmer innen liegende Badezimmer betrat, konnte ich es riechen: Pseudomonaden.
Dafür muss man weder Supernase sein noch eine solche haben.
Diese Bakterien haben ihren eigenen, sehr markanten Geruch. Nicht mal unbedingt eklig, aber so merkwürdig süßlich.
Wenn man es einmal bewusst gerochen hat, werden sich sämtliche Geruchsrezeptoren daran erinnern.
Ein Leben lang.
Da bin ich mir sicher.
Ich spreche aus Erfahrung.
Damals in Berlin ... ach, das ist eine andere Geschichte ... später...

Wie gesagt.
Ich äußerte meine Vermutung dann doch dem Krankenpfleger gegenüber, nach tagelanger „Penetration“ meiner Riechzellen.
Die Strapazen, die ich meinen Geruchsrezeptoren angetan habe, waren allerdings sinnlos.
Die lapidare Antwort des Krankenpflegers: „Ich rieche nichts!“
Den skeptischen Blick mir gegenüber übersah ich geflissentlich.
Zwei Tage später versuchte ich es erneut.
Ich weiß, ich weiß ... „Patienten wie ich sind die Pest“... aber mein operierter, immer noch offener, nicht heilender Fuß, verfärbte sich etwas grünlich. Und der von der Wunde ausgehende Geruch erinnerte mich immer stärker an unser Badezimmer ...!
Schulterzucken beim Pflegi und der Hinweis, dass der Grüneffekt meiner Wunde ... wohl mit dem Lichteinfall im verwinkelten Zimmer zu tun hätte.
??????????????
??????????????
??????????????

Und jetzt?
Was soll ich jetzt machen?
Sollte ich noch mal versuchen, an anderer Stelle meine olfaktorischen Eindrücke zu verbalisieren?
Den Geruch meiner Wunde zu beschreiben und zu äußern war mir jetzt auch n´bisschen zu peinlich.

Außerdem wusste ich, dass ich in den nächsten Tagen ohnehin entlassen würde.

Und zu Hause?

Ich habe dann selber den Geruch, der sich so langsam zu einem Gestank entwickelte, nicht mehr ausgehalten und habe ihn per Abstrich von Dr. Theo Viator kontrollieren lassen.
Dr. Viator und ich kennen uns schon seit Ewigkeiten. Und da ja bald wieder Weihnachten ist ... bekomme ich das Ergebnis der Untersuchung des Abstrichs von ihm zum Fest der Liebe geschenkt!

Ich weiß, meine Ansprüche sind manchmal für meine Mitmenschen zu groß, aber ein schönes Buch wäre mir lieber und sicherlich auch unterhaltsamer gewesen.

Jetzt halte ich gerade das mir zu geschickte Ergebnis in der Hand.
Pseudomonas! ... stark vermehrt ...
Und weil das nicht reicht: Dazu noch ein paar vorher noch nicht nachgewiesene neue Keime.

Und Morgen? Da wünsche ich mir eine schöne Ansichtskarte aus Timbuktu in meinem Briefkasten!

Bitte.
Ist doch fast schon Weihnachten.

082 – 23. Dezember 2010

Unglaublicher Tag. Aber auch wenn Weihnachten kurz bevorsteht, nicht „weg-wünschbar“ ...
Ich wollte eigentlich zu meiner Familie nach Lüneburg fahren. Auf dem Weg dahin noch flugs beim Neurologen vorbei geschaut. Dann zum Onkologen und Prof. Jericho.
Rapport über den vorherigen Besuch beim Neurologen abgeben.
Hatten wir so vereinbart, aber ich hatte mal wieder die Wartezeiten nicht mit eingerechnet. Macht nichts.
Der Neurologe, Dr. Castello, war nett, wie immer ... und völlig hilflos.
Ich empfinde es als angenehm, dass er das immer mit irgendwelchen Scherzen am Anfang unseres Gespräches zu übertünchen versucht. Ist wirklich immer das gleiche Spiel.
Aber das finde ich okay. Ich weiß ja schon, was mich erwartet.

Nach zwei Sätzen bestätigt er dann auch immer seine Hilflosigkeit, und auch die von ihm verspürte Unsicherheit mir gegenüber.
Das Gute ist, dass man dann immer noch mal neu mit ihm starten kann, und dann geht's los. Heute allerdings nicht richtig, da auch er Angst hat vor Untersuchungen, die womöglich eine erneute Wunde verursachen könnten, wie zum Beispiel einer Lumbalpunktion. Dr. Castello hält nach wie vor an seinem MS-Verdacht fest.
Wir überlegen gemeinsam ...
Gemeinsame Überlegungen ...
Überlegen wir gemeinsam?

Denk ... Denk ... Denk ...
„Ich denke, also bin ich“, fällt mir ein. Ach ja! Der Herr Descartes. In welchem Zusammenhang hat er das Zitat eigentlich geäußert? Hatte das nicht irgendwas mit Aufklärung zu tun? Ob ihm damals schon bewusst war, dass auch Hunderte von Jahren später Menschen in sämtlichen Lebenslagen diesen einen Satz weiter zitieren würden? ... muss ich zu Hause mal nachlesen ...

Das gerade in der Neuzeit entstandene „Denk-Resultat“ zwischen einem Arzt und einer Patientin ist nicht so für die Nachwelt beschaffen, wie das vom gerade zitierten Philosophen ...
Macht nichts.

„Ausbeute unseres cerebralen Ergusses“: ... da multiple Sklerose ja nun nicht ohne Untersuchung, zum Beispiel in Form einer Lumbalpunktion, zu diagnostizieren ist und ich im Moment kein weiteres Risiko einer Infektion eingehen möchte und auch so´n bisschen die Nase voll habe von Analysen dieser Art, vereinbaren wir einen erneuten Termin für Ende Januar.

Was uns beiden, glaube ich, ganz gut passt, da auch Herr Dr. Castello erst mal darüber nachdenken muss.

Das ist okay.

Jetzt brauche ich auch nicht mehr nach Hause zu fahren.
Ich kann direkt durchstarten zum Onkologen, da mein 15-Minuten-Gespräch mit dem Arzt insgesamt inklusive Wartezeit 2 Stunden dauerte.

Gerade noch pünktlich bin ich in der Klinik bei Prof. Häm. Aber dort muss ich dann auch noch mal ein Stündchen warten.
Macht nichts, gutes Buch dabei. Das brauche ich dann allerdings doch nicht. Das Wartezimmer ist voll mit anderen wartenden Patienten. Und was ich ja schon häufiger festgestellt habe, im Kontakt mit besonders erkrankten Menschen ... es ist meistens lustig.
So auch hier, in diesem kleinen Wartezimmer.
Bleiche, dünne und offensichtlich todkranke Menschen um mich herum, aber: Es herrscht trotzdem eine fast schon heitere Stimmung.
Politik wird mit dem möglichen, bevorstehenden Sterben kombiniert.
Ehrlich!
Auf eine Weise, die wahrscheinlich nicht involvierte Menschen zum Telefonhörer greifen lassen würden, um mal eben in der Psychiatrie Bescheid zu geben. Das Thema war – wie so oft – die Krankenkassen und wie man als Patient abhängig von der jeweils dominierenden Partei und Regierung ist. Zum Beispiel wenn es darum geht, irgendwelche Hilfsmittel oder Reha-Maßnahmen bewilligt zu bekommen. Meistens ist doch Eigeninitiative erforderlich, um an die sehr benötigten, essenziell wichtigen Hilfsmittel zu gelangen. „Wenn wir uns nicht selber darum kümmern würden, wären doch die meisten hier Anwesenden schon tot, bis die Genehmigung dann irgendwann im Briefkasten liegt“, so eine ebenso wartende Patientin.

Es wird geflachst, in welcher Art und Weise man vielleicht dieses gewollte Verhalten und System der Krankenkassen irgendwie manipulieren kann.
Sätze wie: Vielleicht haben die Krankenkassen ja auch recht: Ist es tatsächlich leichter für einen todkranken Menschen zu sterben, wenn er kurz vor seinem Ableben noch die Zusage für eine Toilettenerhöhung oder eines Multifunktionsbrettes (eigentlich ein Arbeitsbrett für Spastiker und Halbseitengelähmte) für die „erleichterte" Küchenarbeit erhält?
Alle kichern und lachen. Die Stimmung ist wirklich ausgelassen.
Der Professor kommt rein und bittet alle Anwesenden um „Contenance" ... „Ist doch schließlich morgen Weihnachten!"
Die Tür des Wartezimmers fällt zu.
Kurz Stille.
Dann lachen alle wieder los. Den Auftritt des Professors hat jetzt niemand wirklich verstanden.
Und auch diese Unwissenheit verbindet.
Irgendwann bin ich dran.
Ein anderer Professor kommt.
Stellt sich vor und eröffnet mir, dass auch er keine Ahnung hat, was mit mir los sei und wo mein Blut bliebe. Die Verdachtsdiagnose der Onkologie in Hamburg kann er nicht hundertprozentig unterstützen. Würde er sogar eher verneinen.
Das ist mir recht. Sehr sogar. Der Verdacht in Hamburg war der einer Leukämieerkrankung.
Glück gehabt.

„Um aber endgültig den Verdacht der Kollegen auszuschließen, benötigen wir eine erneute Knochenmarkpunktion."

Nichts Invasives! Zumindest nicht mehr in diesem Jahr!
Wir verabreden uns für einen weiteren Termin im neuen Jahr. „Auch wenn es keine Leukämieerkrankung ist, die Blutwerte passen nicht nach Lehrbuch und meiner Erfahrung zusammen", so der Professor.
Wie immer, denke ich.

Und kann endlich zu meiner Familie fahren.

083 – 05. Januar 2011

Ich war gerade eben zu einem erneuten Termin in der Fußambulanz.
Es gibt Neuigkeiten.
Die drei Ärzte der Inneren Station und die Fußambulanz haben gemeinsam nochmal über meinen Entlassungsbrief nachgedacht.
Und haben sich dazu entschlossen, die ersten Diagnosen des vorläufigen Abschlussberichtes zu revidieren.
Also: Streichung des Münchhausensyndroms sowie der artifiziellen Somatisierungsstörung.
Mag merkwürdig klingen, aber ich konnte mich weder freuen noch habe ich sonst irgendwas gefühlt.
Ich habe es zunächst einfach so hingenommen.
Nichts mehr gesagt.
Nichts erwidert.
Ich wollte nur noch weg.
Dann bin ich raus aus der Ambulanz in Richtung Fahrstuhl gelaufen.
Ich wollte einfach nur noch weg.
Sämtliche Situationen und Ereignisse, ausgelöst durch diese vorläufigen Diagnosen (gestellt ohne psychiatrische Fachkompetenz!), gingen mir durch den Kopf.
Das waren seit meiner Entlassung heftige Wochen gewesen.
So viele Arztbesuche, die entstanden sind, um gegen diese einmal erstellte Diagnose Widerspruch einzulegen. Ständige Erklärungen, Gespräche, Analysen.
So viel Lebenszeit.
Bepackt mit Demütigungen.
Und viele traurige Momente, ausgelöst durch die Hilflosigkeit meiner Familie, Freunde, Ärzte, Therapeuten, usw.
Es waren alle wie traumatisiert.
Selbst Herr Tomás Armando, als Psychologe, wusste da zunächst nicht mehr weiter.

Der Fahrstuhl kam zwar, aber ich drehte um und ging wieder zurück in die Praxis.
Ich fragte den Arzt erneut, warum diese Diagnose überhaupt ohne ein psychiatrisches Konzil erstellt wurde. Und aus welchem Grund das Telefonat zwischen Dr. Unfair und Herrn Armando im Entlassungsbrief nicht erwähnt wurde?

Meine Frage bereue ich immer noch...
Die Antwort:
„Irgendwas müssen wir ja diskutieren und für die Krankenkasse erläutern und begründen. Wir hätten auch als Diagnose hinschreiben können, dass wir keine Ahnung haben, was mit Ihnen eigentlich los ist."

Ja. Das wäre wirklich besser gewesen.

Die **Donots** kommen mir in den Sinn ... wie immer arbeitet mein Gehirn auf Hochtouren und versucht, mich für einen kurzen Moment wegzubeamen:

"Stop the Clocks" aus der CD: "Coma Chameleon" von den Donots

Lies
Demand another lie
No matter how I try
Wish I could disappear
I know myself
I know myself well enough
Down
The only way is down
My face down on the ground
What am I doing here?
I know myself
I know myself well enough

And if I could stop the clocks
If I could make this moment mine
I´d make the most of a bad time
I wish I could stop the clocks
And wash away those lies
It´s all that I could wish for tonight

Down
The only way is down
My face down on the ground
What am I doing here?

I know myself
I know myself well enough
And now my angels need angels
To help me get out of this hell
I know myself well enough
To know that I don't know myself

And if I could stop the clocks
If I could make this moment mine
I'd make the most of a bad time
I wish I could stop the clocks
And wash away those lies
It's all that I could wish for tonight

And if I could stop the clocks
If I could make this moment mine
I'd make the most of a bad time
I wish I could stop the clocks
And wash away those lies
It's all that I could wish for tonight

Doch jedes Lied ist auch mal zu Ende.

Diesmal betrete ich den gerade angekommenen Fahrstuhl.

084 – Kann man Illusionen schreddern?

Heute frage ich mich mal wieder, wie naiv bin ich eigentlich?
Ich bin fassungslos. Gerade kam der angeblich korrigierte Entlassungsbrief von Dr. Unfair aus dem Krankenhaus.
Stimmt.
Die erste Seite des Entlassungsbriefes hat sich verändert.
Die Diagnosen sind weg oder wurden verändert.
Liest man aber weiter, ist es der identische Bericht.
Wie vorher auch.
Die gleichen spekulativen Ideen.
Und das nach unserem gemeinsamen Gespräch. Trotz meiner Berichte, dass auch der von mir aufgesuchte Psychiater die Diagnose des Münchhausensyndroms ausschließt.
Ich hänge mich sofort ans Telefon und lasse mich direkt zur Fußambulanz und dem heute dort diensthabenden Arzt durchstellen.
Dr. Unfair. Na super.
Im Telefonat bezieht er sich erneut auf unser Gespräch und erklärt mir noch mal, dass man verschiedenste Diagnosen in Erwägung ziehen müsste, um einen so langen Krankenhausaufenthalt vor der Krankenkasse zu rechtfertigen ...
Wir verabreden uns zu einem gemeinsamen Besprechungstermin in zehn Tagen.
Ich bin mal gespannt.

Das kann doch so nicht weiter gehen. Was findet um mich herum eigentlich statt?

Meine Illusionen vom letzten Besuch in der Fußambulanz sind dahin.
Ich dachte, sie hätten mich dort verstanden.

Und wo finde ich jetzt den Schredder, der meine Illusionen und die naiven Vorstellungen über die Menschheit zerkleinert?
Ich brauche sie nämlich nicht mehr.
Ich habe es jetzt VERSTANDEN!

Und da ich nicht noch mal in Versuchung gebracht werden möchte, schon mal an- und wieder abgehängte Illusionen neu in meinem Gehirn entstehen zu lassen, oder, noch schlimmer, mich auf diese zu verlassen,

sie für meine Zukunft zu benutzen und hoffnungsvoll, aber illusorisch weiter zu leben ... lieber weg damit.
Vernichten.
Für immer.

„Geschredderte Illusionen!“

Kann doch nicht so schwer sein, wieder gesund zu werden, oder?

„Le soleil ni la mort ne se peuvent regarder fixement"
„Der Sonne und dem Tod kann man nicht unverwandt ins Antlitz schauen!"

François VI., duc de La Rochefoucauld

085 – Die Tragödien hören nicht auf

Was und wo ist da mein Anteil?
Welchen Part muss ich bei diesen Ereignissen persönlich tragen?

Ich war gestern bei Dr. Heinrich.
Seines Zeichens Hausarzt.
Meiner.
Seit gestern nicht mehr.
Nachdem Dr. Heinrich schon mehrmals in der Vergangenheit gegen mich, also seine Patientin, agiert hatte, ich ihn aber immer wieder „glorifiziert“ habe (laut einiger meiner Mitmenschen!) und damit auch vor sämtlichen Institutionen und Menschen verteidigte, ist jetzt Schluss.
Mannomann.
Nach meinem Autounfall 1993 war schnell klar, dass ich nicht mehr in meinen Beruf als Krankenschwester zurückgehen werde. Im Gespräch mit verschiedenen Menschen, darunter auch Institutionen wie der damaligen BfA, wurde eine Umschulung zur Logopädin angedacht.
Alles war soweit gut.
Die Idee fanden alle ganz gelungen und auch perspektivisch okay.
Nur einer nicht.
Dr. Heinrich.
Der sprach sich vehement gegen eine Umschulung aus und begründet seine Auffassung mit meiner psychischen Instabilität. Auch damals fand keine fachliche Bestätigung durch einen Psychotherapeuten oder Psychiater statt!
Die Umschulung wurde in der Folge abgelehnt, trotz mehrerer Widersprüche, die ich eingelegt hatte.
War ja auch klar. Wie sollte ich mich auch durchsetzen können, wenn nicht mal mein Hausarzt mich unterstützte?
2003 erkrankte ich erneut.
Zunächst wusste keiner, was los war. Irgendwann fand ein Arzt die Ursache: Borreliose.

Dr. Heinrich war in der Folge stinksauer und beleidigt. Ich verstand sein wütendes Verhalten nicht. Mal wieder nicht. Sprechen wollte er auch nicht darüber. Stattdessen lehnte er alle vorgeschlagenen Therapien ab.
Drei Jahre später sprachen wir noch mal über diese Situation und er gab zu, dass er damals sehr enttäuscht und gekränkt war, dass nicht er als

mein Hausarzt auf die Idee, dass eine Borreliose die Ursache der Erkrankung sein könnte, gekommen war.
??????????

Ist das nicht schnurzpiepegal?
Ist es nicht unter „normalen Umständen“ einfach nur klasse, wenn irgendjemand eine gute Idee hat und dem Patienten medizinisch helfen kann?
Anscheinend nicht. Da saß mein Hausarzt und spielte die beleidigte Leberwurst, weil sein Ego angekratzt wurde? Und nicht nur das. Verbaut aus lauter Frust über sich selbst meine berufliche Zukunft?
Ich konnte es damals nicht fassen und kann es heute immer noch nicht glauben!

Nun habe ich gestern leider erfahren müssen, dass Dr. Heinrich von der Schlichtungsstelle angeschrieben und um Stellungnahme gebeten wurde. Ich habe in der Zwischenzeit und nach mehrfachen Aufforderungen durch andere Ärzte, die Schlichtungsstelle bezüglich meiner Krankengeschichte in Sachen Spondylodiszitis eingeschaltet. Leider hat sich mein ehemaliger Hausarzt nicht einfach nur zu meiner Rückengeschichte geäußert, sondern hat den Gutachtern der Schlichtungsstelle die kompletten Unterlagen meiner vergangener achtzehnjährigen Krankengeschichte zur Verfügung gestellt ...

Was soll ich dazu noch sagen?
Darum ging es doch gar nicht.
Da werden sich sämtliche Gutachter aber freuen.
Der Fall ist doch jetzt schön einfach.
So viele ungeklärte Wehwehchen. Dann braucht auch niemand mehr die Verantwortung für die ärztlicherseits ignorierte Spondylodiszitis und deren Auswirkungen auf meine Mobilität beziehungsweise auf mein ganzes Leben übernehmen.
Das wird jetzt ein schneller, kurzer Schlichtungsauftrag.
Widerspruch zwecklos.
Hört das eigentlich niemals mehr auf?
Immer wieder diese Wut und dieser Frust, der durch mein Gegenüber auf mich projiziert wird.
Als ich im Sprechzimmer meines Hausarztes saß, spürte ich direkt die angespannte Atmosphäre.

Von Dr. Heinrich platzte mir auch ziemlich schnell entgegen, was mir einfallen würde, das „Bombast von Hohenheim-Hospital“ zu verklagen.
!?
Meinen Einwand, dass ich niemanden verklage, sondern einfach mit „Hilfe von außen“ nachfragen möchte ... überhörte er. Seine Stimme überschlug sich förmlich und er schrie mich an, dass ich, nach seiner Auffassung, für alles, was passiert sei, die alleinige Verantwortung und Schuld trage!
Hatten wir das nicht schon mal?
„Und deshalb habe ich auch der Schlichtungsstelle deine gesamte Krankendatei zur Verfügung gestellt!“
Da ist sie wieder: Meine lethargische „Kaninchen-vor-der-Schlange“-Stellung ...

Die schriftliche Bestätigung über den Erhalt meiner Akte habe ich heute aus H-City von der Schlichtungsstelle erhalten.
Und jetzt?
Soll ich aufgeben?
Warum macht er so etwas?
Woher kommt die Wut?
Warum will er mir auf so einfache, primitive Art schaden?

Mit Erfolg, wie es aussieht.

Das verstehe ich mal wieder nicht.

„L'amour de la justice n'est en la plupart des hommes que la crainte de souffrir l'injustice."
„Gerechtigkeitsliebe ist bei den meisten Menschen nur Besorgnis, Ungerechtigkeit zu erleiden."

Zitat auch von François VI., duc de La Rochefoucauld

086 – Der 14. Februar 2011

Heute bin ich, nach einigen Wochen, mal wieder bei Dr. Miles gewesen, um die erneuten Überlegungen des Neurologen zu „präsentieren“. Die Aussage von Dr. Miles kam auch prompt und nicht ganz unerwartet ... er lehnt jegliche Form eines invasiven Eingriffs bei mir ab. Also auch eine Lumbalpunktion.
Die Bedenken verstehe ich.
Aber ich möchte so gerne weiterkommen. Endlich mal eine handfeste, klitzekleine Diagnose erhalten, inklusive eines Heilungsplanes, der mich innerhalb von ein paar Stunden ... dann einfach nur noch gesund werden lässt.

Ich vermisse Lasse ... so sehr!

Dr. Miles wird mit Dr. Castello telefonieren.
Er verspricht sich sehr viel von einer erneuten Eisentherapie.
Ich nicht.
Diese Form der Therapie ist doch schon oft genug ausprobiert worden!
Ich will doch nur wissen, was los ist.
Mein Bauchgefühl meldet Unwohlsein. Angst.
Also, was heißt Angst?
Dr. Miles war heute, im Vergleich zu sonst, eher reserviert. Zumindest meine ich das heute so wahrgenommen zu haben. Oder war es Hilflosigkeit? Genervtheit? Resignation?
Unterstellung meinerseits?
Und wenn noch mal so etwas wie mit Dr. Unfair passiert????
Diese Geschichte traumatisierte mich für den Umgang mit allen Ärzten nachhaltig.
Mir fehlt im Moment jegliches Gefühl von Wut oder Ärger.
Beziehungsweise die Fähigkeit, mit sämtlichen „Sensoren“ meines Bauchgefühls einschätzen zu können, was und wie mein Gegenüber denkt oder fühlt.
Die Objektivität, Aussagen der mir gegenüberstehenden Personen realistisch einschätzen zu können, ist gänzlich abhanden gekommen.
Na, ja. Ist ja auch irgendwie ein nicht ganz neues Phänomen in meinen bald vierzig Jahren.

Hammer: Ich werde bald vierzig!!!

Ich hoffe, ich liege bezüglich meiner Angst gegenüber Dr. Miles falsch.

Blödes Gefühl.

Das Gespräch mit Dr. Unfair findet doch nicht mehr statt.
Er arbeitet nicht mehr im Krankenhaus. Hat jetzt seine eigene Praxis eröffnet.
Hat er wohl vergessen zu sagen, als wir den Termin vereinbart hatten.

Ist ja auch klar. So eine Praxiseröffnung kommt ja meist überraschend und lässt sich schnell mal innerhalb von zehn Tagen arrangieren ...

087 – Stimmungsbild: 16. Februar

Ha.

Huhu.

Mmh.

Haha.

Huhuhuhu.

Mmh.Hmh.

088 – Krankenkasse

Ich habe da noch`n Anekdötchen.
Nachdem ich die Geschichten in den diversen Kliniken erlebt habe, war ich in einer Lebenslage, die man wohl auch als völlig perspektiv- und hoffnungslos beschreiben könnte.
Ich fühlte mich ziemlich alleingelassen, so zu Hause, im Rollstuhl.

In meinem Kopf herrschte totales Chaos und mich quälte die Frage, ob nur ich solche Situationen, Therapien und Verhaltensweisen erlebe und erlebt habe.
Und lag es doch nur an mir, dass ich diese von mir geschilderten Situationen und Ereignisse als teilweise so erniedrigend meiner eigenen Person gegenüber empfunden habe?
Immer noch empfand?
Stellte ich mich nur an?
Um herauszubekommen, was eigentlich normal ist und was nicht, wandte ich mich an die Krankenkasse und fragte dort nach, ob es so etwas ähnliches wie eine Patientenberatung geben würde.
Beziehungsweise ob die Krankenkasse nicht auch daran interessiert wäre, ob bei mir nicht irgendwas OP-mäßig schief gelaufen wäre? (siehe zweifache Bandscheibenoperation ... seitens des Krankenhauses von wegen Krankenhauskeim etc. pp.)
Nö.
Kein Interesse.
Erst wenn ich von mir aus Rechtsschritte erfolgreich eingeleitet hätte und somit auch ein Prozessgewinn in Aussicht stünde, schlössen sie sich als Krankenkasse und Kläger gerne mit an, erklärte mir ein Sachbearbeiter der Krankenkasse ...

„Haben Sie denn eine gute Rechtschutzversicherung?“ Blauäugig erwähnte ich meine Idee, dass meine Intention eigentlich genau andersrum war … also, ich dachte, ich hänge mich da an die Krankenkasse und deren riesige Rechtsabteilung, bestehend aus Anwalts-Koryphäen im Gesundheitsrecht …? …

Der Herr „Gutgelaunt“, der seinem Namen alle Ehre macht und wirklich auch ein netter Sachbearbeiter ist, lacht. Bestätigt mir auch, dass die Idee super sei, aber leider nicht mit zum Service der Krankenkasse gehöre.

Aber da fällt ihm noch was ein ... und geht zum Schrank, um mir eine Broschüre mit Rechtsmittelbelehrungen in die Hand zu drücken…
„Für den Fall, dass Sie Erfolg haben! Dann stehen wir Ihnen gerne zur Verfügung!“.....
Okay, das hatte ich jetzt verstanden. Ich stecke die Broschüre für eine wahrscheinlich aussichtslose Zukunft in meine Tasche ... und werde aber direkt und höflich darum gebeten, die Broschüre wieder zurückzugeben!?
Irritation meinerseits deutlich spürbar.
Herr Gutgelaunt kann mir die Broschüre leider nicht aushändigen.
Warum nicht?
Die Krankenkasse fusionierte vor kurzem mit einer anderen kleinen Versicherung. Und die neu dazugekommene Krankenkasse steht natürlich noch nicht mit auf der mir gerade noch präsentierten Broschüre ...
Ja! Und deshalb kann und darf sie mir nicht ausgehändigt werden.
Unerlaubter Wettbewerb wird erwähnt, aber banaler „Markenauftritt“ dürfte der eigentliche Grund sein?!
Unweigerlich werfe ich einen Blick in den noch offenen Schrank.
Er ist bis oben hin gefüllt ... mit nicht mehr aktuellen Broschüren im alten Design!
Herr Gutgelaunt verfolgt meinen Blick, zuckt mit den Schultern:
„Ja, das kommt alles ins Altpapier!“

Wie viele Abfallcontainer wohl meine Krankenkasse – deutschlandweit – benötigen wird, um all die Broschüren zu vernichten!?

Und wie viele Bäume werden für drei neue Buchstaben benötigt?

Und was kostet das?

Die Leistungen der Krankenkasse bleiben nämlich gleich.

Fazit meines heutigen Kontakts mit der Krankenkasse:

Ich komme mit der angeblich „kundenorientiertesten Krankenkasse Deutschlands“ nicht weiter.
Meine Fragen konnten nicht beantwortet werden.

089 – 19. Februar 2011
Mein Geburtstag befindet sich in beängstigender Nähe ...

Ich habe morgen Geburtstag.
Ich hatte einen Wunsch.
Und obwohl mich immer wieder meine Herzensmenschen gefragt haben, was ich mir wünsche und ich dann immer wieder meinen einzigen, diesen einen Wunsch geäußert habe: Er ist ignoriert worden. Ich weiß, dass das niemand böse meint. Im Gegenteil. Es ist nur irgendwie faszinierend. Es ist ein Wunsch, dessen Erfüllung niemand was kostet. Er ist auch nicht schwer zu besorgen, ganz im Gegenteil. Er erfordert keinen Aufwand. Und doch weiß ich, dass er nicht erfüllbar sein wird.

Bis vor ein paar Stunden und mit Gedanken an morgen hätte ich noch heulen können.
Dann habe ich mir überlegt, dass ich nichts daran ändern werde.
Vielleicht, weil auch niemand meinen Wunsch versteht. Ja, ich glaube das ist der springende Punkt.
Es geht gar nicht um die Ignoranz meines Wunsches. Es ist wohl eher das Unverständnis.
Dieses „Unverständnis" muss ich dann wohl auch noch mal in zwei Gedankenkategorien aufteilen:

a.) Geburtstag verbringt man nicht alleine (und schon gar nicht, wenn man „nullt").

und

b.) es ist, glaube ich, schwer nachvollziehbar, dass ich im Moment eine wahnsinnige Sehnsucht nach Ruhe, nach Unsichtbarkeit habe.

Und da ist es mir im Moment auch egal, ob ich Geburtstag habe oder nicht. Ich war jetzt fast 24 Monate präsent.
Und konnte so gut wie nie selbst entscheiden, wann die Tür geschlossen bleibt, wann Besuch kommt (oder nicht kommt), wann mir irgendjemand etwas von mir Gewünschtes vorbeibringt - egal, ob Bücher, Wäsche, Salzstangen, Pepsi Light oder wann jemand Zeit hätte, mir die Haare zu waschen. Oder für frische Bettwäsche, Medikamente, Infusionen oder andere therapeutische und diagnostische Maßnahmen.

Ich konnte nicht einmal ... in der vergangenen Zeit die Zeit bestimmen.

Und deshalb habe ich mir genau das zu meinem vierzigsten Geburtstag gewünscht:
Zeit, Autonomie.

Das ist jetzt auch kein depressiver Schub.
Keine Sorge.
Nur Sehnsucht nach Ruhe.
Die Sucht, sich nach Ruhe zu sehnen?
Ich bin einfach nur müde.
So müde.
Psychisch, aber vor allem auch physisch.
Und so wahnsinnig gern ich alle um mich herum habe ...
... Besuch ist einfach anstrengend.
Egal ob im Krankenhaus oder zu Hause. Und auch, wenn die zweithäufigste Antwort auf meinen Wunsch war:
„Du brauchst dir auch gar keine Umstände zu machen, wir bleiben nur ganz kurz, nur auf einen Tee und ein Stück Kuchen!
Kannst ja auch einfach Kekse hinstellen und auf der Coach sitzen bleiben, wir wissen ja, dass es dir nicht so gut geht, ... wie gesagt, nur mal eben gratulieren!"
Spätestens da ... ging mir immer schon die Luft aus ...
Die erste Reaktion war übrigens immer: „Bist du denn zu Hause? Dann kommen wir eben mal rum!"

Meine Lieben! Tut mir leid!

Wenn ich fit wäre, dann wäre ich nicht hier.
Ich weiß, dass sich alle ganz viele Sorgen machen und sich nur das Beste für mich wünschen! Leider vergesst ihr aber in euerm Überschwang, dass es gerade die Kleinigkeiten wie Besuch empfangen, Konversation betreiten, sind ... die mich im Moment soooo anstrengen.

Tut mir so leid.
Aber.
Ich habe diesen, meinen einen Wunsch bestimmt 10 Mal in den letzten Tagen geäußert und alle haben, als hätten sie sich abgesprochen, synchron geantwortet.

Ich bin mittlerweile der Überzeugung, dass ich mich mich diesem Tag nicht entziehen kann. Ruhe ich mich halt einen Tag später aus und versuche, die morgige Aufmerksamkeit ein bisschen zu genießen!
Da fällt mir mein momentanes Lieblingsbuch von Christoph Schlingensief ein. Maria hat es mir während eines Krankenhausaufenthaltes geschenkt, die Liebe ... hat mich davor ganz „unauffällig" nach einem von mir noch nicht gelesenen Titel ausgefragt ... Das Buch heißt: „So schön wie hier kann es im Himmel gar nicht sein". Christoph Schlingensief beschreibt in seinem Krebstagebuch, Zitat: „dass er einfach lernen muss, vom Sofa aus zu denken."
Das finde ich super.
Und wenn man sich dann auch noch überlegt, dass selbst eine solche Persönlichkeit wie Christoph Schlingensief es nicht schafft, dass sich seine Familie, Freunde, Kollegen an einen, von ihm vorgegebenen, seiner Power angepassten Besuchsplan zu halten …

Ich versuch jetzt mal, in Bezug auf den morgigen, besonderen Tag, positiv zu denken … und wenn´s gar nicht mehr von meiner Seite geht …
... dann werden die anderen schon Verständnis dafür aufbringen, bzw. müssen ...
Ach. Ich mache mir aber auch mal wieder selber „Kopfstress!"
Ich werde berichten von der zwar nicht vorhandenen, aber imaginären Ottomane ...

So. Und jetzt werde ich aber doch noch … mein Bad putzen … und dann ausruhen.

Tschüss, schreibt hier die noch-nicht-ganz-Geburtstag-habende Martha.

090 – Retro|Perspektive – Fuß. März 2010: Auch hier in der Hochschule „Noah-Nerv": Jan Seghers und die Sonnen!

Ich bekomme Post.
Von Lore und Erna.
Aber es ist nicht einfach nur ein Brief.
Es ist ein kleines Päckchen mit großem Inhalt.
Ein Buch. Eingepackt in Geschenkpapier.

Die beiden hatten mir schon mehrere Bände über den Frankfurter Romanhelden und Kommissar Marthaler zum Geburtstag geschenkt. Eines der Bücher war schon ganz besonders: Damals hatte sich Lore extra an einer langen Menschenschlange angestellt, um für mich das Buch vom Autor signieren zu lassen!
Typisch: Sie kamen mit dem Schriftsteller ins Gespräch und informierten ihn, für wen er da eigentlich seine Initialen so verewigt ...
Und da ist er wieder: mein sekundärer Krankheitsgewinn!:
Jan Seghers malte mir eine „Mut-mach-Sonne" auf das Deckblatt.
Super!
Sehr schön!

Als ich jetzt dieses noch in Geschenkpapier eingepackte Buch vor mir liegen hatte, traute ich mich gar nicht, es auszupacken.
Die Ankündigung, dass dieses Buch eine Überraschung beinhalte, ließ mich zögern.
Ich wollte diesen Augenblick genießen und irgendwie festhalten ...
Gelang mir aber nur für fünfeinhalb Sekunden, dann hab ich es doch aufgemacht.
Da lag es jetzt auf meinem Schoß.
Das neue Buch.
Und?
Ein Exemplar des brandneuen Krimis von Jan Seghers.
Na?
Neue Sonne!!!!
Ehrlich.
Ich habe noch eine bekommen.
Ist das toll?
Ich freue mich sehr.

Dem Buch liegt ein Schreiben und Foto von Lore bei.
Das Foto zeigt sie erneut beim Autor!
Im Gespräch - natürlich ... !

Ich bin so gerührt.
Und ich denke nach ... über den Weg des Buches vom Autor bis zu mir.

Hospitalismus? Wahnsinn? Zu viel Zeit?

Zu Hause, wenn mir nicht so besonders wohl ist, gehe ich in meiner Wohnung spazieren und sammle Gegenstände, Musik oder andere schöne Dinge ein, die ich mal geschenkt bekommen habe, von Menschen, die mir besonders wichtig sind.
Ich habe da einerseits eine geheim-geheim-geheim Kiste mit vielen wunderbaren Gegenständen und andererseits: Bücher.
Im Laufe meiner Krankenhausodyssee ist nichts so wichtig geworden wie Literatur.
Egal aus welcher Rubrik.
Hauptsache lesen und an dem Leben anderer Menschen in den unterschiedlichsten Welten teilnehmen, mitfühlen, mitleiden, mitlachen dürfen ... egal wie und wann. Wenn man die Chance hat, die Krankenhaus- durch eine Phantasiewelt zu ersetzen, ja, dann kann man es ganz gut aushalten ...
Das wissen auch meine „Herzensmenschen" und „ Helfermenschen" und versorgen mich mit dem für mich lebenswichtigsten Medikament, bestehend aus Wörtern ...

Kann doch nur gesund sein, oder?

Leider war der jetzige Krankenhausaufenthalt ja nicht so lange geplant, und ich liege 150 Kilometer von meiner Schatzkiste und den Bücherregalen entfernt ...
Muss ich mir wohl meine Schätze denken, beziehungsweise ... eine Sonne habe ich ja direkt als Zeichnung vor mir ...

... Also: Da liege ich nun in meinem Vierbettzimmer und habe das Buch „Die Akte Rosenherz" vor mir liegen.
Große Freude meinerseits!
Und auch gleichzeitig „Jammern auf niedrigem Niveau!" ... Ich kann nicht anfangen zu lesen.
Das klingt merkwürdig, aber ich habe in diesem Moment wirklich das Gefühl, dem Buch und dem Aufwand des „zu-mir-kommens" hier und jetzt nicht gerecht zu werden.
Wenn ich jetzt so einfach anfange zu lesen ... und das Buch gut finde, kann ich nicht mehr aufhören zu lesen!
Ich kenn´ mich doch.
Fatal im Krankenhaus ... weil man nicht viel anderes zu tun hat als zu lesen. Also kaum Unterbrechungen da sind. Da kann es passieren, dass man innerhalb weniger Stunden ein Buch durchgelesen hat!

Das kommt mir in diesem Moment überhaupt nicht richtig vor.
Ist das dem Autor gegenüber würdig und anerkennend?
Man muss sich das Mal vorstellen:
Da ist der Autor.
Hat eine Idee für eine neue Geschichte um Kommissar Marthaler. Fährt wahrscheinlich stundenlang auf seinem Fahrrad durch Frankfurt und besucht für den Roman wichtige historische Orte. Sucht, der Thematik entsprechend, nach Spuren der Vergangenheit in irgendwelchen Archiven. Setzt sich eventuell mit Zeitzeugen auseinander. Schreibt den Roman. Reicht diesen beim Verlag ein. Hin-Her-Hin-Her. Lektoren schalten sich ein. Irgendwann landet der Druckauftrag in einer Druckerei und wird ausgeführt. Pressearbeit, Termine für Lesungen werden vereinbart - alles wird auch hier mit einem enormen Zeitaufwand arrangiert ... schließlich landet das Buch im Buchhandel.
Hier kommen meine „Frankfurter Damen" ins Spiel.
(Die Geschichte um diese beiden Damen ist ein anderer, ein sehr, sehr, sehr schöner Teil meiner Biographie ...) Ohne diese beiden Herzensmenschen wäre ich wahrscheinlich längst literarisch verwahrlost. Sie sorgen, wie auch meine Familie und Freunde - manchmal auch Ärzte, immer wieder für literarischen Input und damit: Lebenselixier!
Sie machen sich immer wieder auf den Weg und stehen, so wie im März 2010, stundenlang an, um mir nicht nur das neue Buch von Jan Seghers druckfrisch zu besorgen, sondern lassen es auch noch erneut mit einer Sonne signieren ...

Der Aufwand, um das „alles" für mich zu absolvieren, bedeutet ja auch: a) Straßenbahn in die Stadt. b) Warten auf die Signierstunde. c) Straßenbahn zurück. Das hat bestimmt mehrere Stunden in Anspruch genommen. Und so wie ich die beiden einschätze, lag zwischen der „Besorgung des Buchs" und dem schnellen Versand nicht mehr als ein, zwei Tage.
Ich erhalte dann natürlich nicht nur das Buch, ich bekomme dann gleich ein kleines liebevolles Päckchen.
... Also! Fertig gepackt und zur Post.
Da auch in Frankfurt zahlreiche kleinere Postfilialen geschlossen wurden, weiß ich, dass die nächste Poststelle auch wieder mehrere Kilometer entfernt ist. Und da meine „Damen" keinen Führerschein haben und auch nicht mehr so gerne Fahrrad fahren, bedeutet das, dass der Weg mit der nächsten Straßenbahn erledigt werden muss.
Dann geht der Postweg erst richtig los.
In diesem Fall zunächst zu mir nach Hause.
Niemand hatte damit gerechnet, dass ich doch länger im Krankenhaus bleiben muss, als es von mir geplant und erwünscht war. Und so geht das Päckchen wieder zurück nach Frankfurt, da es bei mir zu Hause niemand annehmen konnte.
Die ganze Prozedur, allerdings mit neuer Adresse, beginnt von vorne.

Irgendwann kommt dann also doch noch das Päckchen in der Hochschule „Noah-Nerv“ an!
Natürlich bringt mir der Postbote die Sendung nicht direkt: Postannahmestelle des Krankenhauses ⇒ Verwaltung ⇒ Postverteilung ⇒ Stationssekretariat ⇒ Schwesternzimmer ⇒ und dann ...

... liegt es vor mir!!!!

Haben solche Gedanken bereits einen hospitalistischen Ursprung?
Wahnsinn?
Zu viel Zeit?

Ich stecke jetzt wirklich in einem Dilemma.
Mein Gehirn und meine Augen gieren nach neuer Lektüre.
Und mein Herz ist so gerührt, über das Engagement so vieler Menschen, die mir letztendlich zu diesem Buch verholfen haben.

Hospitalismus?
Wahnsinn?
Zu viel Zeit?

Aber ... So ein besonderes Buch ... das muss doch gewürdigt werden, oder?

Hospitalismus?
Wahnsinn?
Zu viel Zeit?

Dankeschön ! ... an alle Beteiligten!!!

091 – Zu Hause – 20. Februar 2011
Huuuch ... Geburtstag ... aber doch nicht ganz unerwartet!

Geburtstag.
Und auch schon wieder vorbei.
Ich muss gestehen, dass es doch ein schöner Tag geworden ist.

Ein sehr, sehr schöner Tag.

Birgit und Helga aus Gütersloh, Silke, Ickert und die Kids, Maria, Anke, Ralf und die Kids – und die Familie von Eva waren da.
Von Kay habe ich eine SMS erhalten, leider wollte mein bester Freund Lasse wohl nicht telefonieren, das macht nichts, er hat ja an mich gedacht!
Und das ist das Schönste überhaupt.
Ach. Ich vermisse ihn so.
Hoffentlich sehen wir uns bald wieder ...

Meine liebe Familie, die Frankfurter, Christel, Katja, Ilse und noch viele mehr, haben sich alle gemeldet.
Schöne Geschenke habe ich bekommen.
Danke, dass Ihr alle an mich gedacht habt!

Jetzt bin ich doch ganz schön uppe.
Man wird ja auch nicht jünger, mmh?

Gute Nacht, meine Lieben!

092 – Mal wieder Fußambulanz – kurzes Protokoll

Tut´s weh?
Verdammt, ja!
Wenn „weh“ ein Pseudonym oder Synonym für Schmerz und Hölle, Kontrollverlust und Selbstmitleid ist, dann lautet meine Antwort derzeit:

Ja ... Verdammt!

Es ist sowieso interessant.
Das Wort „Weh“ kann so viele unterschiedlichen Gefühle ausrücken.
Ein Wort, das für jeden Menschen, für jeden Schmerz, in so vielen Situationen, Stimmungen, Gemütszuständen und Lebenslagen benutzt wird, aber doch auch irgendwie schwer fassbar ist.
Nicht wirklich beschrieben werden kann.
Niemand kann dem Begriff „Weh“ eine wirkliche Zuordnung oder Mengenangabe geben. Es gibt keine Messgröße.
Es könnte sogar eine Art „hohles Wort“ sein.
Oder aber, wie von den meisten Menschen, wird dieses klitzekleine, kurze Wort doch mit schwerwiegendem Inhalt gefüllt.
Mit Qual, Schmerz und Trauer.
Manchmal mit Resignation assoziiert ...

Drei Buchstaben.

„Weh“- ist ein weites Feld!

093 – Retro|Perspektive – März 2010 Hochschule „Noah-Nerv" Baustelle Fuß bekommt Konkurrenz: der Rücken

Ich bekomme Besuch von meinen Eltern, Severin und Tatjana.
Noch nachträglich zum Geburtstag bringen sie mir einen wunderschönen, bunten Blumenstrauß mit. Einen zusätzlichen Farbklecks erhält mein Nachtschrank durch ein knallbuntes, selbst gebasteltes Einhorn mit Perlen im Schweif! Kreiert von meiner Nichte "Ratz". Dass das Pferd (Einhorn-Martha!) so geschmückt ist, weiß ich sehr zu schätzen, da meine kleine Nichte es nicht so gern hat, wenn sie merkt, dass man die Geschenke auch behält und nicht nur anguckt!!!!

Außer meiner familiären „Gesellschaft" aus Lüneburg erhalte ich an diesem Tag auch noch Besuch von einem Sanitätshaus.
Ich bekomme einen Verbandsschuh angepasst.

Und breche innerlich und psychisch total zusammen.

Eigentlich das erste Mal während dieser ganzen „Fußzeit".
Von jetzt auf gleich.
Einfach so.
Ich bin überhaupt kein Mensch, keine Frau, die wahnsinnig viel Wert auf Mode legt. Ich bin mit relativ rustikalen „Kickers-Schuhen" groß geworden und trage diese Art von Schuhen, sprich Boots, immer noch. Bin also kein Modepüppchen und schon gar nicht auf dem Sektor „Schuhe".
Aber dieser Schuh scheint jetzt in meiner Seele das Fass zum Überlaufen zu bringen.
Ich schluchze und heule Rotz und Wasser.
Ich kann gar nicht mehr aufhören.
Rotz und Wasser ... Nonstop!

Meine Familie versucht, mich zu beruhigen.
Aber mit jedem „Ist-doch-nicht-so-schlimm" werden meine Tränen immer heftiger. Ich weiß gar nicht, wie man so viel Tränenflüssigkeit auf einmal produzieren kann. Irgendwann weiß auch meine Familie nicht mehr weiter und verstummt.

Sie sehen ganz traurig aus.
Ich bin es auch.
Und so banal es klingen mag, dieser blaue Stoffverbandsschuh mit Klettverschlüssen! ... macht mir das erste Mal bewusst, dass nichts mehr so sein wird, wie es einmal war.

Ich nehme das Einhorn meiner Nichte in die Hand und betrachte es genauer. Vielleicht hat sie ja doch irgendwo eine „Wünsch-dir-was-Perle" eingefädelt. Ein besonderes Juwel, welches das Einhorn zum Leben erwecken und mich in eine andere, außerirdisch schöne, harmonische Welt der Feen mitnehmen kann. Normalerweise ist mir das mit den Feen und Elfen und Prinzessinnen immer zu kitschig, aber jetzt ... ?

Und wenn es nur für eine Stunde wäre ... ich wäre sofort dabei und würde mit dem Fabelwesen auf und davon fliegen ...

Ein paar Stunden der Traurigkeit später.

Der Stationsalltag ist heute trotzdem weitergegangen. Patienten gehen und neue kommen.
Im Krankenhaus herrscht unter den Patienten der Aberglaube, dass Blumen, und sollten sie auch erst am Vortag der stationären Entlassung als Genesungsgeschenk überreicht worden sein, nicht mit nach Hause genommen werden dürfen. Je nach Verwelkungsgrad werden diese, teilweise sehr künstlerisch gestalteten Werke, gern an die verbleibenden Mitpatienten „vererbt". Also an mich.
Der von mir so geliebte Fensterplatz bedeutet auch gleichzeitig Platz und Luxus einer Fensterbank. Idealer Stellplatz für die zurückgelassenen „Wunder der Natur". Mein Blick in den Himmel streift automatisch erst ein Meer von Blüten. Melancholie macht sich in meinem Kopf und Herzen breit.
Patienten = Menschen kommen. Blumen werden gebracht. Patienten gehen.
Die Blumen bleiben. Sterben langsam.
Verwelken.
Dann ... Müll.
Und ich? Bleibe auch.
Und verwelke?

Ein paar Tage später.

Eben erst hat mein Fuß einen „Deckel" bekommen, da werde ich auch schon innerhalb der Hochschule verlegt.
Die Lendenwirbelsäule! ... soll jetzt doch noch eine Stabilisierung erhalten.
Neurochirurgie.
Und wieder ein neuer, ganz anderer Stationsablauf. Ganz andere Zimmer. Anderes, fremdes Pflegepersonal.
Die Zimmer haben Balkontüren und dementsprechend auch die Möglichkeit nach draußen, auf den davor liegenden Balkon, auszuweichen.

Super.
Der Ausblick ist der Station 37 ähnlich.
Das Zimmer allerdings ist sehr, sehr klein und entsprechend stickig. Die Frühlingsmittagssonne prallt herein. Ich versuche, die Balkontür zu öffnen.
Geht nicht.
Ich bekomme sie einfach nicht auf.
Verschlossen.
Ich frage bei den Pflegis nach.
„Vor vier Wochen hat sich ein Patient vom Balkon gestürzt. Jetzt sind die Türen zu. Verriegelt ...“

Wieder geht es los mit dem Erklären und dem Erzählen meiner kuriosen Anamnese.
Das Pflegepersonal ist auch auf dieser Station sehr nett.
Ich weiß nicht, ob ich vom Ärzteteam der Station 37 so verwöhnt bin, hier lerne ich die Katastrophe in menschlicher Gestalt bezüglich Einfühlungsvermögen gegenüber Patienten sowie Gesprächsführung bei Mitteilung einer tödlichen Erkrankung kennen ...
Leider ist dieser junge Stationsarzt nicht nur überheblich und unfreundlich, nein ... leider ist er auch für die nächsten Tage der einzige hier anwesende Arzt.
Ich beobachte, dass er nicht nur mit mir so umgeht, sondern auch mit allen anderen anwesenden Patienten und auch mit dem Pflegepersonal. Diese Beobachtung hat schon, so seltsam das klingen mag, was Beruhigendes.
Sein Verhalten darf man dann wohl nicht so persönlich nehmen, zumindest bis zu einem gewissen Punkt ...
Dass alle ganz froh sind, wenn der Stationsarzt sich im OP aufhält, kann man nicht nur an den Blicken der Patienten und Angehörigen erkennen. Und wenn auch auf den anderen Stationen immer wieder deutlich wird, wie wichtig Visiten für die Patienten sind, hier fiebert keiner dem Besuch von Dr. Prächtig entgegen!

Das sagt schon viel aus, wie ich finde.

Bis zur Chefarztvisite weiß der Stationsarzt eigentlich gar nicht, warum ich hier liege.
Er behauptet, dass das Ärzteteam auf der Station 37 mich nur los werden wollte, da ich als Dauerpatient einfach zu viel koste. Er klärt mich auch gleich auf: „Das sind Patienten, die fünf Tage Liegezeit überschritten haben und das Budget der Abteilung killen!“ Und weiter: „Da entledigen sich die Kollegen der Plastischen Wiederherstellungschirurgie schnell mal ihrer schwierigen Langzeitpatienten! Meistens ab nach Hause. Gern aber auch mal als Verlegung, auf eine andere Station, Frau Maschke!“

Mit dieser Aussage ist die Visite bei mir beendet.
Meine Bettnachbarin ist dran.
„Tja. Frau VV. Die Biopsie hat ergeben, dass Sie einen inoperablen Tumor haben, da kann man wohl nichts mehr machen. Ich weiß ja nicht, ob Sie sich noch mal dem Stress einer erneuten Chemotherapie aussetzen wollen!?
Da bringt wohl auch eine Strahlentherapie nichts mehr. Sie kennen das ganze Prozedere ja schon von früher. Hatten Sie da, außer Nebenwirkungen, irgendwann mal das Gefühl: Das hilft! Ich werde wieder gesund? Sprechen Sie mal mit Ihrem Mann. Ist doch vielleicht schöner, wenn der Sie jetzt noch für ein paar Tage nach Hause holt, oder? Der Sozialdienst der Klinik kann auch gern für Sie einen Pflegedienst vor Ort organisieren!“

???????????????

Sein Pieper gibt Alarm.
Und Dr. Prächtig verschwindet.
Eigentlich war ich schon aufgestanden, um schnell dieser Situation zu entfliehen, aber auch um meiner Bettnachbarin die Möglichkeit zu geben, mit dem Arzt dieses sehr intime Gespräch ohne weitere „Ohren“ führen zu können.
Jetzt setze ich mich erst mal wieder auf die Bettkante.
„Oh, je!“ Ich weiß nicht was mir zuerst leid tun soll. Die Gesprächsführung und Aufklärung oder die Diagnose.
Unglaublich.
„Warte mal. Lass uns das jetzt Mal systematisch überlegen ... und verdauen!“

Stille.

Ich kann nicht mehr denken. Nur noch handeln.
Ich hole Schwester Hannah.
Kurze Zeit später sitzen wir dann zwar zu dritt völlig fassungslos da, aber wir haben jetzt jemanden der mitdenken kann ... beziehungsweise handelt.
Sie meldet das gerade stattgefundene Gespräch dem Chefarzt.
Oh, je.
Und wie wichtig sind die Gefühle und Gedanken eines Menschen für die anderen?

Ich werde kurz darauf in die chirurgische Ambulanz bestellt und erzähle Schwester Anne von der gerade erlebten Horrorvisite.
Schwester Claude kommt dazu.
Beide motivieren mich, das „Erlebte“ Dr. Jakobson zu berichten. Schließlich würde es ja auch um die weitere Zusammenarbeit zwischen mir und

Ihnen, der Chirurgie, gehen, was natürlich jetzt etwas negativ besetzt sein könnte, wenn man – als Patient – auf einer anderen Station erfahren muss, dass man angeblich abgeschoben worden sei ...
Der Chefarzt, Prof. Manus, betritt eben die Ambulanz und bekommt noch die „letzten Gesprächsfetzen" unseres Dialogs mit ...
Auch er ist sehr interessiert, was über seine Station erzählt wird. Ein bisschen mulmig ist mir jetzt schon, ich muss ja noch für ein paar Tage hier bleiben und zurück auf die Neurochirurgie. Außerdem wollte ich jetzt auch keinen internen Hochschulkrieg beziehungsweise Feindschaft unter den einzelnen Abteilungen auslösen.
Diese Angst wird mir vom Arzt genommen.
Auch hier ist das Verhalten des Stationsarztes der Neurochirurgie bereits bekannt. „Und wir können auch ganz gut differenzieren, ob es sich um die Meinung eines Einzelnen oder einer ganzen Abteilung handelt", so Dr. Jakobson.
Prof. Manus lässt mich „das Erlebte" noch einmal erzählen und ... wird ganz ruhig.
Sehr ruhig.
Ruhiger als ruhig.
Er hatte sich während des Gespräches auf die Liege gesetzt, jetzt steht er auf. Geht zum Telefon.
Inzwischen, heute ist Freitag, hat sich der Raum mit Studenten, Stations- und Oberärzten gefüllt, gleich ist Patientenbesprechung.
Das Telefon hängt an einer Säule mitten im Raum. Jeder kann den dort geführten Gesprächen folgen ...
Ich war schon oft hier unten. Meistens erinnert mich die räumliche Situation an Serien wie „Emergency Room". Sehr wuselig.
Jetzt aber gerade nicht mehr.
Die Situation erinnert eher an einen Katastrophenfilm ... die Kamera steht still ... Hintergrundmusik läuft auch nicht mehr ... die Spannung steigt ... und man ahnt es als Zuschauer ... der Tsunami kommt, es gibt kein Entkommen...
Und ich werde, wenn ich mich auch nicht in Hollywood, sondern „nur" an einer in Deutschland ansässigen Hochschule befinde, als imaginäre Kinozuschauerin nicht enttäuscht ...

Aber, im nicht fiktiven Zustand, werde ich überrascht. Prof. Manus setzt sich nicht nur für mich als Patient, sondern auch für sich und seine ganze Abteilung gegenüber den Kollegen aus der Neurochirurgie ein. Das Telefonat ist kurz, aber doch so kompakt, dass man den Eindruck bekommt, dass er sich nicht nur um seinen Ruf, sondern gleich für sein gesamtes Team (einschließlich Raumpflegerin und Transporter ... die ja gerne mal vergessen werden) eingesetzt und verteidigt hat.

Interessant, wie Chefärzte sich untereinander unterhalten.

Und was für eine ruhige, eher schon sehr ruhige Atmosphäre in der Hochschule Noah-Nerv herrschen kann...

Ich gehe wieder zurück auf die Station und werde auch schon erwartet! Der Chefarzt der Neurochirurgie ist in unserem Zimmer. Interessanterweise wird mit keinem Wort der Name des „prächtigen" Arztes erwähnt. Angela, meine Mitpatientin, und ich erleben eine völlig normale Visite, so als hätte die andere niemals stattgefunden.

Haben wir das alles nur geträumt?

Es scheint fast so.
Die vorhin vom Stationsarzt erwähnte Horrordiagnose bei Angela stimmt nicht.

Kein bösartiger Tumor bei meiner Bettnachbarin! Puh. Was für eine gute Nachricht.

Und doch ... Angela ist so von der Vormittagssituation traumatisiert, dass sie sich gar nicht wirklich über die korrigierte Diagnose freuen kann.
Sie weint den ganzen restlichen Tag. Ist nicht mehr zu beruhigen und bittet irgendwann um sedierende Medikamente.
Sie schläft bis zum Mittag am nächsten Tag durch.
Ich bekomme für den nächsten Tag die OP-Aufklärungsbogen ausgehändigt: Stabilisierungsoperation im Bereich der Lendenwirbelsäule.

094 – Retro|Perspektive – Benjamin Netanjahu und ich werden wohl keine Freunde mehr ...

Die OP ist vorbei.
Neurochirurgisch wohl erfolgreich, aber mir ging es hundeelend.
Ich will jetzt hier nicht rumjammern, aber ich war in Todesgefahr...
Ehrlich ... zumindest in meinen Wahnvorstellungen!
Ich hatte ein schönes Durchgangssyndrom. Wie aus dem Lehrbuch.
Das war ein Erlebnis. Und das möchte ich auch nicht noch mal erfahren müssen. Einmal reicht.

Ich sollte ermordet werden.
Kein Witz.
Der Initiator des an mir geplanten Mordes war Benjamin Netanjahu!
Wirklich wahr! ... Zumindest mit genügend Drogen in meinem Organismus!

Und das kam so:
Ich nahm als Journalistin in Israel an einer Pressekonferenz teil, an der unter anderem auch der israelische Ministerpräsident anwesend war!
Nach zehn Minuten ging mir dessen Selbstverherrlichung der Juden und deren Übermenschlichkeiten ziemlich auf die Nerven. Hatte ich doch einen Tag vorher aufgrund eigener journalistischer Recherche herausgefunden, dass Benjamin Netanjahu eigentlich der weltgrößte Judenhasser schlechthin war / ist!
(Himmel! Wie kann man in seinem Gehirn nur einen solchen Mist produzieren?)
Das äußerte ich auch lautstark und kaum ausgerufen ... befand ich mich auch schon direkt auf der Flucht!
Gejagt vom israelischen Geheimdienst!
Der natürlich nur ein Ziel hatte:
Mich umzubringen!
Schließlich hatte ich die eigentliche, einzige Wahrheit und Intention seines Vorhabens ... also des Staatschefs ... aufgedeckt: Die schleichende Vernichtung des Staates Israels samt aller Juden auf der ganzen Welt!!!

Und so floh ich durch die Gassen Jerusalems ...

Und ich überlebte.

Aber einige Nerven, zum Beispiel die meiner Eltern und der Pflegis, hat es wohl gekostet ... ich klingelte nämlich ständig und rief, fast im Minutentakt, bei meiner Familie zu Hause an ...
Noch heute bekomme ich ein merkwürdiges Bauchgefühl, wenn ich im Fernsehen oder in der Zeitung Benjamin Netanjahu zu Gesicht bekomme ...

So rein „neurochirurgisch“ ist alles gut gegangen! Rückentechnisch gesehen.

„Keine Macht den Drogen!“

Tom und Ciçek

Vierzehn Tage später kann ich nach Hause.
Meine Eltern holen mich ab.
Ich fahre mit Ihnen nach Lüneburg.
Zunächst sind erst mal ein paar Tage Erholung geplant.

Wir sind zu Hause angekommen.
Ich liege auf der Couch.
Mir gegenüber sitzen meine Eltern.
Meine Eltern und ich lassen noch mal kurz Revue passieren, was in den letzten Wochen alles so passiert ist und wie viel Glück ich hatte, dass mir mein Fuß erhalten bleibt.

Da klingelt das Telefon.
Mein Bruder Tom.
Er weint.
Schluchzt
Kann nicht reden.
Schluchzt.
Weint.

Ein paar Stunden später ist es Gewissheit.
Unfassbar.
Unendlich traurig.
Ҫiçek ist tot.
Eingeschlafen.
Gestorben.
Ihr Herz ist stehen geblieben.
Im Flugzeug.
Tom, Ratz und Rübe ... dabei.
Es erscheint mir fast schon pietätlos, Ҫiçeks Geschichte hier mit einzufügen. Doch ich möchte es erwähnen.
Es ausführlich, mit aller Liebe und Gedanken an sie aufzuschreiben, verlangt nach einem eigenen, einem anderen Lebensbuch.

Ich trage sie in meinem Herzen.

... und ich hoffe, dass neben den vielen Gedanken und Erinnerungen auch alle aktuellen Spiegel- und Stern Buchbestsellerlisten immer bei dir da oben auf deinem Stern ankommen, liebste Ҫiçek!

095 – Uniklinik Tunsmeer – 15. März bis 17. März 2011 Nur zwei Tage stationär, aber es reicht für die Ewigkeit

Ich war doch noch mal im Krankenhaus. Andere Stadt.
Jetzt bin ich aber wieder zu Hause.
Mannomann.
Das war wirklich mein letzter Aufenthalt in der Uniklinik Tunsmeer, komme, was wolle.

Die letzte Aussage von Dr. Miles und Dr. Castello war, dass ich noch mal neurologisch durchgecheckt werden sollte.
In Absprache mit Dr. Børge.
Ich war zunächst überrascht, da doch eigentlich nichts Diagnostisches, und schon gar nicht stationär, mehr geplant und durchgeführt werden sollte.
Nach einigen gemeinsamen Überlegungen und Widerständen meinerseits habe ich mich erneut aufgemacht und war noch mal im Krankenhaus.
Nach drei Tagen bin ich wieder zu Hause.
Drei Horrortage. Komplett umsonst.
In den drei Tagen des stationären Aufenthalts wurde exakt eine Untersuchung durchgeführt. Die Lumbalpunktion, das war ja auch bezüglich MS-Ausschluss so angedacht.
Und eigentlich sollte noch ein Kernspin und einige andere neurologische Untersuchungen stattfinden.
Aber nö.
Ich wusste vorher schon, rein „bauchgefühlsmäßig“, dass ich, wenn da irgendwer die alten Berichte aus der Hautklinik aufruft, wieder den Psychostempel aufgedrückt bekomme.
In der Hautklinik, das muss ich mal eben erwähnen, befand ich mich 2009 zur Abklärung diverser Unverträglichkeiten auf Medikamente und Nahrungsmittel und der Hautveränderungen.
Mein Rücken weist abnorme schwarze Flecken auf. Auch Hautareale meiner Oberschenkel bis hin zu den Knien, Unterarme und Bauch zeigen marmorierte Flecken ... leider gibt es dafür auch keine exakte Diagnose. Nur Vermutungen.
Da damals keiner eine Idee hatte, was eigentlich mit mir los ist und die dortigen Ärzte leider nicht mal mein bereits vorhandenes Ganglion diagnostizieren konnten, sondern dieses Geschwür für einen „dissoziativen Mückenstich“ hielten, bin ich dort gleich mit dem kompletten Psychopa-

ket „diverse dissoziative Störungen und Verdacht auf Münchhausensyndrom“ entlassen worden.
Zunächst.
Dieser vorläufige und erst einige Zeit später korrigierte Entlassungsbrief lag jetzt auch dem Stationsarzt der Neurologie vor.
Und da war mir schon klar, dass ich rein untersuchungstechnisch nichts mehr zu erwarten habe. Dementsprechend fiel auch schon die Aufnahmeuntersuchung aus.
Keine wirklichen Fragen zu meiner Person. Und auch kein Interesse an meinem Fuß.
„Rücken“, so die Aussage des jungen Stationsarztes, „ ist sowieso neurochirurgischer Bereich. Das machen wir hier nicht.“
Aha.
Ich versuchte noch mal, meine neurologischen Ausfälle anzusprechen, wurde aber nach zwei Sätzen abgewürgt.
„Das untersuchen wir hier nicht. Das steht ja auch gar nicht auf ihrem Einweisungsschein. Da hätten die Kollegen in ihrer Heimatstadt mal etwas genauer aufschreiben müssen, was sie eigentlich von uns erwarten. Aber wo nix draufsteht, können wir auch nichts unternehmen. Das kostet unsere Klinik zu viel Geld. Das machen „die Provinzärzte“ gern, um Kosten zu sparen: Mal eben die Patienten in die Uniklinik überweisen und damit das eigene Budget schonen!
Wenn *die* genauere Untersuchungen wollen, müssen diese auch genau bezeichnet werden. Ich würde mal so sagen, da Sie ja nun schon mal hier sind, machen wir auch die Lumbalpunktion. Und für die weitere Diagnostik sprechen Sie erst noch mal mit ihren Ärzten und kommen dann – notfalls – noch mal wieder. Aber dann mit einer ausführlicheren Anforderung, als dieser Wisch, den Sie da jetzt mitgebracht haben!“
Okay.
Da war sie wieder: Meine Fluchttendenz. Momentaner Zustand: hoch!
Ich habe dann auch nicht weiter nachgefragt.
Eigentlich habe ich auch gar nicht mehr gesprochen.
Doch, einmal noch, „aus Liebe zu meinem Fuß“! Da musste ich noch einen neuen Angriff starten, da meine Pflaster in den Katakomben meiner Taschen zunächst nicht auffindbar waren. Sprich, da ich täglich Pflasterwechsel betreibe, benötigte ich neue.
Oha.
Ein chirurgischer Patientenanspruch, und das auf einer neurologischen Station!

Der Stationsarzt war dann auch tatsächlich (mit dieser, wie ich finde, simplen Frage nach Verbandsmaterial beziehungsweise Hilfsmittel) total überfordert und wies noch mal darauf hin, dass er mir doch schon alles erklärt habe. Dies sei eine neuroinflammationäre Abteilung, die nur einschlägige Erkrankungen behandelt: „Also gibt's hier auch keine Pflaster für Füße oder andere merkwürdige Wunden der unterschiedlichsten Ausprägung."
War ich froh, dass ich eine Mitpatientin auf dem Zimmer hatte, bei der ich auch gleich mal um Übersetzung des Gespräches bitten konnte, nachdem der Arzt das Zimmer verlassen hatte. Sie konnte mir diesbezüglich aber auch nicht helfen!
Da der Stationsarzt die Antwort auf meine Frage nach einem Pflaster so schön ausgedrückt hatte und ich, ehrlich gesagt, Null-Komma-Nichts verstanden hatte, war ich nicht nur beeindruckt, sondern hoch motiviert, meine! von! mir! ganz! sicher! irgendwo! im Koffer! befindlichen Pflaster! wiederzufinden! ... und mich damit sämtlichen Konfrontationen dieser Art nicht mehr stellen zu müssen!
Zum Leidwesen meiner Bettnachbarin ...
Die musste nicht nur das Chaos in unserem Zimmer ertragen, sondern auch die von mir verbalisierten Flüche, die auch Herrn Tomás Armando und Frau Anuuk stark beeindruckt hätten!

Aber was zu viel ist, ist zu viel.
Ich will wieder nach Hause.
Das bringt hier doch nichts mehr.
Leider bin ich dann am Ende immer ziemlich machtlos. Ich hatte ja schon gar nichts mehr erwartet.
Unternehmungen dieser Art sind ja auch nicht unbedingt zum Vergnügen geeignet ...
Ach, Mensch ... ich hatte wohl doch Hoffnungen?

Den Rest des Tages habe ich mich einfach nur noch den Nachwehen der Lumbalpunktion hingegeben.
Habe einfach nur noch gehofft, dass diese wahnsinnigen Kopfschmerzen nach der Punktion wieder aufhören.
Die Punktion an sich war gut gemacht und tat überhaupt nicht weh. Danach war es allerdings ein Albtraum. Und ich war froh, irgendwie sogar sehr froh, dass diese Untersuchung nicht ambulant stattgefunden hatte. Mannomann.

Schön, wenn die Schmerzen wieder verschwinden und der Kreislauf so langsam wieder in Schwung kommt.

Ein schönes Gefühl.

Heute Morgen erhielt ich dann den vorläufigen Entlassungsbrief.
Und ich hatte den richtigen Riecher.
Es handelt sich um eine 1-zu-1-Kopie des alten Berichts aus der Hautklinik von vor, ich weiß nicht mehr wie vielen, Jahren ...

Nur mit anderem Briefkopf.
Von der neuroinflammationären Station - genau!
Eigentlich ein Armutszeugnis für den Arzt und die Klinik.
Fast schon peinlich.
Mannomann.

Für wie blöd halten die uns eigentlich?
Und damit meine ich nicht nur mich als Patienten, sondern auch alle anderen „para-uniklinischen Provinzärzte"!

Diese Überheblichkeit, die manchen Unikliniken an den Tag legen, ist mir schon damals aufgefallen.
Womit ist diese eigentlich begründet?
Das hätte ich gerne mal analysiert.
Menschlichkeit?
Kann nicht sein.
Fachliche Kompetenz?
Kann eigentlich auch nicht sein.
Wenn man sich die Vita der „Provinz-Praxisärzte" anschaut, erkennt man schnell, dass viele schon ihre Unikarriere hinter sich haben.
Also?
Muss es doch irgendwie die Arroganz bzw. Unsicherheit der kleinen jungen Assistenzärzte sein.
Oder?
Huhuiii!
Ich arbeite in der Uniklinik.
Huhuiii!

Ich habe mir dann doch noch einen Arzt gesucht und ihn darum gebeten, den Brief wieder an seinen Kollegen auszuhändigen. Mit der Bitte, die-

sen Entlassungsbrief nochmal zu überdenken, zu korrigieren und neu zu schreiben.
Das wollte der Arzt erklärt bekommen.
Hab ich gerne getan.
Ich wusste, dass ich im Recht bin, und trotzdem war es mir unangenehm. Und obwohl meine Sicht vom Oberarzt bestätigt wurde, geht's mir „bauchgefühlsmäßig" nicht besser. Ich fühle mich schuldig.
Warum eigentlich?
Sämtliche Absätze sind tatsächlich(!) vom alten Brief direkt übertragen worden.
Also nicht nur die Diagnosen. Und dem hinzugezogenen Arzt fällt selber auf, dass nicht mal die eigentliche Fragestellung meiner aktuellen, stationären Einweisung erwähnt wird.
Mannomann.
Egal.
Ich bin jetzt wieder zu Hause.
Und mache für heute Schluss mit der Grübelei.
Ich gehe gleich ins Bett.
So nett meine Zimmernachbarin auch gewesen ist, sie war natürlich eine Schnarcherin mit Übergewicht, die schnarchen immer noch ein klein wenig lauter als die anderen „Schnarchliesen". Sprich, ich konnte nicht schlafen.
Nicht schlimm. Umso mehr freue ich mich auf mein eigenes Bett. Und vorher gehe ich noch duschen und setze mich, einfach so, auf mein Klo, um mal wieder für ein paar Sekunden oder Minuten mein Badezimmer samt der dort herrschenden Sauberkeit visuell und olfaktorisch zu genießen!
Und frei zu atmen!
Es ist doch immer wieder erstaunlich, welche hygienische Missstände in den sanitären Anlagen zu finden sind!
Unglaublich. Und ich kann ja jetzt wirklich aus Erfahrung sprechen! Schimmel gibt es in praktisch jedem Krankenhausbadezimmer.
Ehrlich, widerlich!
Über alte, längst eingetrocknete Zahnpasta-Rückstände an Spiegeln und Türklinken, die auch nach Tagen noch sichtbar sind, will ich gar nicht erst sprechen. Aber die diversen anderen Bakterien aufgrund von Unreinheiten ... die kann man förmlich tanzen sehen. Ich finde es immer ganz toll, wenn dann auf den Fluren, besonders in dieser Uni-Klinik, überdimensionierte Hygienezertifikate stolz an der Wand hängen!
Offensichtlich kann man „gute Hygiene" auch im Lotto gewinnen.

Aber vielleicht muss man das mit den tendenziell schmuddeligen Verhältnissen auch positiv sehen ... Grund: Wir Patienten haben immer ein Thema, über das wir uns aufregen können. Und da dieses Thema besonders vielseitig ist, endet es damit auch niemals. Da kommen alle möglichen Varianten von Emotionen auf: Ekel, Fassungslosigkeit, Zorn, noch mal Ekel, Wut, Lachen – stets auf Basis des schwarzen, sehr schwarzen Humors. Dann erneut Ekel. Die Fantasie wird dadurch angeregt...... und irgendwann die schlummernden Herpes-Viren aktiviert … wieder: Ekel. Doch, doch ... so ein Badezimmer im Krankenhaus kann einen großen, sehr großen Unterhaltungswert haben!

So. Jetzt ist wirklich Schluss.
Ach. Ich freue mich so aufs Planschen im eigenen Bad.

Plitsch-Platsch und tschüss.

Ist doch auch manchmal ganz schön gruselig, der Weg des – hoffentlich – Gesundwerdens, oder?

096 – Notiz 03. 10. 2011 - Kino

Ich sitze im Foyer des Kinos.

Es ist das erste Mal, dass ich es mir nach meiner Krankenhaus-Odyssee wieder zugetraut habe, den Besuch eines Events dieser Art überhaupt vorzunehmen und dann auch tatsächlich in die Tat umzusetzen.
Es ist die Vorpremiere zu „Oskar und die Dame in Rosa“.
Aber irgendwas stimmt nicht.
Natürlich habe ich wackelige Beine und auf dem Weg hierher habe ich mir 30 Mal überlegt, dass das Laufen zum Kino eine total blöde Idee war. Beziehungsweise ist … irgendwie muss ich nach der Vorstellung ja auch wieder zurück.
Aber die somatische Kiste hat nichts mit der Situation jetzt hier im Foyer zu tun.

Es ist eine Herzensangelegenheit.

Lasse fehlt mir so.

Ich gehe.

097 – Es ist soweit, ich bin jetzt alt.

Ein Brief.
„Dem Antrag auf Erwerbsunfähigkeitsrente wurde stattgegeben."
Auf Zeit.
Zwei Jahre.
Von Status 1 auf Status 5.
Den genauen Bescheid über die Höhe der Rente, so wird weiter ausgeführt, erhalte ich in den nächsten Tagen.

Ich bin vierzig Jahre alt.
Und Rentnerin.

Wenige Tage später trudelt der angekündigte Brief der Bundesversicherungsanstalt ein. Meine Rente beläuft sich auf 524 Euro. Monatlich.

Ein weiteres Zusatzblatt informiert mich:
Wenn ich weitere geldliche Einnahmen zum Leben benötige, (wenn an dieser Stelle das Wort „etwa" stehen würde ... wäre ich nicht verwundert ...) könnte ich bei der Stadt O-City einen Antrag auf Hilfe zum Leben und Wohnungsgeld beantragen.
Ich erkundige mich sofort und erhalte direkt die Auskunft, dass ich aufgrund der finanziellen Verhältnisse meiner Eltern (Pensionär und Rentnerin) keinen Anspruch auf zusätzliche Leistungen habe.

Die Leistungen meiner Eltern ergänzen die Differenz zwischen der Rente und Hartz IV. Ich habe also finanziell den Status bzw. das Einkommen eines Hartz IV-Empfängers.
Aber, wie sich schnell herausstellt, nicht die gleichen Ansprüche auf Befreiungen oder Ermäßigungen!
Zum Beispiel muss ich nach wie vor GEZ-Gebühren bezahlen. Nicht wenig Geld, alle drei Monate.
Außerdem bin ich bei Arzneimitteln und Krankenhausaufenthalten nicht zuzahlungsbefreit, trotz meiner chronischen Erkrankungen und der Behinderung. Anders als Hartz IV-Empfänger muss ich, wie ein Arbeitnehmer, bis zu einem Prozent meines „Bruttogehalts" selber tragen. Erst dann bekomme ich die Befreiung. Stadtpass, Wohngeld etc. stehen mir ebenfalls nicht zu.
Ich bin irritiert.

Informiere mich erneut bei einer Sachbearbeiterin.
Mit dem identischen Ergebnis: Ich habe zwar genauso viel oder wenig Geld wie ein Hartz IV-Empfänger, aber eben nicht die gleichen Rechte auf Zuschüsse. Es wird davon ausgegangen, dass Familienangehörige (sprich meine Eltern), die in der Lage sind, meine Rente auf Hartz IV-Niveau zu erhöhen, auch in der finanziellen Situation sein müssen, zusätzliche Kosten wie zum Beispiel GEZ-Gebühren zu übernehmen ...

Mir ist gar nicht gut.
Nach dem Telefonat mit dem Sozialamt gehe ich erst mal ins Badezimmer. Etwas kaltes Wasser aufs Haupt und ins Gesicht tut gut.
Vielleicht hilft es beim Denken.
Ich sehe mein Gesicht im Spiegel.
Und meinen Hals.
Durch die Narben und die relativ frisch entzündete, ehemalige Einstichstelle des Zentralvenenkatheters sieht mein Hals irgendwie faltig aus.
Ich bin alt.
Vierzig.
Und total auf die finanzielle Hilfe meiner Eltern angewiesen! Weil sie irgendwann mal etwas mehr Geld verdient haben?

Meine Eltern haben mich schon früher oft finanziell unterstützt. Auch bedingt durch meine vielen kleinen und großen Krankheiten. „Obst- und Vitamingeld“, „Büchergeld“, Geld für Heilpraktiker oder sogar mal für spezielle Röntgenaufnahmen. Wenn ich, voller Scham, um finanzielle Hilfe bat, haben meine Eltern oft gesagt, dass ich ja mal ein Blick auf mein Gummikonto werfen und dann entscheiden könnte, ob die Finanzierung über Projekt XY möglich wäre.
Gummikonto.
Ähnlich wie die eindeutig altersbedingte, nicht mehr ganz jugendliche Straffheit der Haut, vor allem am Hals und im Dekolleté-Bereich, finde ich, dass auch mit vierzig Lebensjahren so langsam die Elastizität des „elterlichen Gummikontos“ poröse Spuren aufweisen darf ...
Mir ist mit Blick auf meine Zukunft als Rentnerin gar nicht wohl zumute.
Ich muss mir irgendwas einfallen lassen.
Und ehrlich gesagt, so ganz habe ich die Argumentation und Erklärung der gesetzlichen Lage durch die Sachbearbeiterin immer noch nicht verstanden.
Ich kann da doch jetzt nicht noch mal anrufen ...
Nachdem etwas Zeit verstrichen war, habe ich mir was überlegt.

Ich schreibe einfach mal an Herrn Daniel Bahr.
Freiwillig hätte ich ihm nicht geschrieben. Aber mit ihm (angeblich) vertraute Parteifreunde motivieren mich, mein gerade Erlebtes sowie meine Fragen ruhig mal aufzuschreiben und mit dem Bundesministerium für Gesundheit in Kontakt zu treten. Der junge Politiker, so wird mir mehrfach erzählt, sei sehr offen für Probleme dieser Art.
Das klingt ganz nach Auflösung meines zerebralen gordischen Knotens. Das mache ich.

01. April 2011

... und damit einige Wochen später, nach meinem Schreiben an Herrn Bahr.
Mit Blick auf das Datum frage ich mich gerade, ob es sich um einen Aprilscherz handelt. Bei genauer Betrachtung des mir vorliegenden Schreibens bestätigt sich meine Hoffnung leider nicht.

Ich habe Antwort aus dem Bundesministerium für Gesundheit erhalten.
Leider nicht von Herrn Bahr persönlich. Hat vermutlich zu viel zu tun. Zu viele schriftliche Anfragen aus der Bevölkerung.
(Wir haben doch nicht etwa alle dasselbe Problem ... das würde die Sache ja vielleicht vereinfachen, mh?)
Wer mir jetzt genau geschrieben hat, ist bis auf den Namen nicht erkennbar. Seine genaue Funktion ist aus dem Brief nicht zu entnehmen.
Gerne würde ich auch den Inhalt des Briefes an dieser Stelle wiedergeben...
Tut mir leid, das ist im Moment nicht möglich ...
Es wird auch, wenn es überhaupt jemals zu einer Schilderung meines erhaltenen Antwortschreibens kommen sollte, ... viele Jahre dauern, da ich wohl erst mal Jura und Betriebswissenschaft studieren muss, um genau zu verstehen, was mir da geschrieben wurde ...
§ § § § § § § § §

§§

... also: anscheinend alles rechtens.

Kann doch nicht so schwer sein, finanziell unterstützt gesund zu werden, oder?

098 – Krankenkasse: Befreiungsantrag

Also! Heute war ich bei der Krankenkasse, um meinen Zuzahlungsbefreiungsantrag für 2011 zu stellen.
Ist eigentlich eine ganz einfache Sache.
Wenn man da nicht plötzlich mit Informationen konfrontiert würde, die man zunächst interessant findet und dann hinterher vielleicht doch gar nicht wissen möchte.
Klingt kompliziert?
Klingt merkwürdig?
Klingt konfus?
Ja! Und nochmals ja!

Ich hatte alle erforderlichen Unterlagen zusammen: Bescheinigung über meine Rente und den Bescheid vom Sozialamt, dass mir Sozialhilfe zwar zusteht, aber nicht von der Stadt, und damit nicht vom Staat bezahlt wird, sondern aufgrund der finanziellen Situation meiner Eltern von diesen übernommen werden müssen.
Die Höhe der Unterstützung verändert sich dadurch nicht.
Der Blick des netten Sachbearbeiters schien zwar etwas irritiert, aber dann tippte er die Daten in den Computer und stutzte.
Ich ahnte es ja schon.
Irgendeine Unterlage fehlt immer, oder ist schlicht nicht plausibel.
Hier lag ich mit meiner Prophezeiung falsch.
Aber jetzt kommt‘s.
Da meine Eltern mir den vom Sozialamt errechneten Aufstockungsbetrag zur Grundsicherung bezahlen müssen, fällt es nicht mehr unter die Rubrik: Sozialgeld.
Aha.
Also.
Wer Sozialhilfe bezieht, kann bei der Krankenkasse eine Summe von ca. 45 Euro einzahlen und ist dann für das aktuelle Jahr von sämtlichen Zuzahlungen befreit.
(Chronisch Kranke = 1% vom Bruttogehalt = Befreiung für ein Kalenderjahr).
Das hätte ich auch gerne.
Schließlich habe ich ja nicht mehr Geld als ein Sozialgeldempfänger, nur einen anderen „Sponsor!“
Das sieht aber das Gesetz nicht so.

Mein „Elterngeld“ wird als Zusatzverdienst zur Rente gerechnet. Das hat zur Folge, dass mir 1% vom gesamten Bruttoeinkommen berechnet wird und ich somit statt 45 Euro ungefähr 104 Euro zu bezahlen habe, bevor die Zuzahlungsbefreiung greift.
Ähm.
????????
Ist das gerecht?

Kann doch nicht so schwer sein, einfach wieder gesund zu werden, oder?

099 – 18. März 2011, bitte nicht auch in diesem Jahr: „Indoor-Frühling!“ Die Bakterien und ich stellen uns wieder in H-City vor ...

Ich bin heute erneut in der Hochschule Noah-Nerv eingetroffen.
Mein Fuß muss jetzt doch noch mal unters Messer.
Pseudomonaden machen meinen Fuß gerade grünlich, untermalt von einem süßlichen Geruch.
Eklig.
Ich hatte es schon befürchtet. Das mit der Pseudomonas.
Seit meinem letzten Aufenthalt im Paulus-Melchers-Krankenhaus hatte ich ja schon diverse Male darauf hingewiesen, dass was nicht stimmen kann. Wie gesagt, ich kenne diesen Geruch noch aus meiner Ausbildung. Ende der achtziger Jahre war das der Krankenhauskeim schlechthin. Er ist absolut markant.
Aber … man ahnt es wahrscheinlich schon ... richtig ernst genommen hat meinen Verdacht niemand. Zumindest vorerst nicht.
Vielleicht hätte ich vehementer auf einem Wundabstrich bestehen sollen. Aber ich muss ehrlich zugeben, dass mir der Krankenhausaufenthalt Ende letzten Jahres und die damit verbundene Geschichte mit Dr. Unfair zu viel Energie entzogen hat.
Ähnlich wie meine Eisenspeicher scheinen sich meine Energiereserven auch durch Krankenhausabstinenz nicht selbstständig aufzufüllen. Die Abstände zwischen den einzelnen stationären Aufenthalten sind wohl nicht lang genug und bieten dadurch nicht genügend Erholungsphasen.
Das Reservoir ist leer.
Egal.
Jetzt hilft das Jammern auch nichts mehr.
Es ist entschieden.
Ich bin hier. Wieder mal.
Der Fuß muss nochmal gründlich gereinigt werden, oder, medizinisch ausgedrückt: ein „chirurgisches Débridement“. Außerdem verspreche ich mir von der morgen anstehenden Aktion auch endlich etwas Schmerzentlastung.
Naja.
Herrje.
Ich beschummle mich gerade selber. In Wahrheit träume ich eigentlich von absoluter Schmerzfreiheit und Verschluss meines Fußkraters!
Um es mal richtig zu sagen.

Um an dieser Stelle mal mein Bauchgefühl zum Ausdruck zu bringen.
Um es mal nicht zu beschönigen.
Um es mal ganz ehrlich zu sagen.
Mannomann.
Man wird echt vorsichtig mit dem Ausdrücken seiner eigentlichen, innersten Wünsche. Nur weil man sich und andere nicht enttäuschen möchte, falls und wenn der herbeigesehnte Zustand nicht erfüllt wird?
Besser später richtig freuen!
„Bloß nicht zu früh ...!"
Aber, liebes Buch ... fantasieren von einem hoffentlich nicht nur imaginären Zustand dürfte auf deinen Seiten ja wohl erlaubt sein, oder?
Die erste verschlossene Tür zur Schatzkammer meiner erfüllten Wünsche ist geöffnet, ich war gerade beim Anästhesisten. Nachdem mir die letzten Vollnarkosen gar nicht gut bekommen sind, haben wir gerade einige neue Varianten in das morgige Prozedere mit eingebaut.

Hoffentlich geht das gut.

„Es grünt so grün, wenn Spaniens Blüten blühen!"....

100 – Leichenhaut

Auf meinem Bett liegt mal wieder ein Operationsaufklärungsbogen. Mit einer Notiz, ich möge bitte für die morgige Operation unterschreiben. Fast hätte ich blindlings den Füller angesetzt, wäre nicht zufällig mein Blick auf das Wort „Fremdhaut“ gefallen. Ich sollte doch noch mal richtig lesen.
Wieso Fremdhaut? Was für Fremdhaut?
Natürlich weiß ich, was Fremdhaut bedeutet. Aber was hat das mit meiner OP zu tun?
Ich rege mich über mich selbst auf.
Natürlich weiß ich, was das bedeutet:
Leichenhaut.
Aber wieso auf meinem Fuß?
Irgendwie, obwohl ich von mir selbst behaupte, eine aufmerksame Zuhörerin zu sein, habe ich da wohl was nicht mitbekommen!?
So scheint es zumindest.
Ich bin irritiert.
Ich versuche, meine Gehirnzellen zu aktivieren und irgendwann scheint es auch mir plausibel, dass zum Verschließen der Wunde irgendwas benötigt wird.
„Womit denn, lieber Heinrich, lieber Heinrich, womit?“
„Mit Stroh, liebe Liese, liebe Liese, mit Stroh!“
„Das Stroh ist zu lang, lieber Heinrich ... !“
Okay. Die Variante „Leichenhaut“ ist wohl, nachdem mein Körper schon zweimal meine eigene Spalthaut sowie Kunsthaut nicht angenommen hat, die nächste Variante.
Gut, das versteht mein Gehirn.
Aber nicht mein Bauch.
Und meine Seele auch nicht.
Leichenhaut?
Wieso hat eigentlich niemand mit mir darüber gesprochen?
Über die Leichenhaut.
Da liegt er, der Zettel mit der Notiz:
„Unterschreiben Sie bitte für die Operation.“
Ich brauche frische Luft. Und da ich mal wieder das „Glück“ habe und auch bei diesem stationären Aufenthalt in einem Vierbettzimmer gelandet bin, gehe ich in den Park.
Einatmen/Ausatmen.

Das tut gut.
Eine freie Parkbank erscheint vor meinen Augen. Die nehme ich.
Nie, nie, nie, nie hätte ich damit gerechnet, dass mich das Thema Transplantation irgendwann selbst erreichen wird.
Leichenhaut.
Leichenhaut. Leichenhaut.
Ich bemerke bei mir selbst einen Anflug von Hysterie.
Leichenhaut.
Auf meinem Fuß.
Die Haut eines anderen Menschen ...
... - was war das wohl für ein Mensch?
Unwillkürlich entfährt mir ein Geräusch.
Ein Auflachen.
Da steht sie hier, die Martha.
Bis vor wenigen Minuten noch die Befürworterin von Organspenden aller Arten und Kategorien.
Ich würde doch immer jeden Menschen dazu ermutigen, Organspender zu werden und natürlich! auch die Organspende eines anderen (auch von einem Toten!) anzunehmen.
Aber wenn ich mal ganz ehrlich sein soll ... irgendwie habe ich immer über Organspenden in Form von Knochenmark, Blut und inneren Organen nachgedacht. Nicht aber über Sinnesorgane, wie z.B. sichtbare Haut!
Ich finde, hier ist jetzt der Unterschied.
Und die Tragödie.
Für mich.
Man steht morgens auf. Schaut auf seine kalten Füße und sieht die Haut eines anderen Menschen!
Dann geht man mit diesem Fuß zum Beispiel ins Badezimmer, und ... schleppt aber nicht nur sich mit, nee: Ein Blick entlang des Körpers, beziehungsweise „runter", macht es sichtbar: Man ist nicht allein!
Da befördert man doch irgendwie und ständig jemand anderen mit!
Oder zumindest einen Teil desjenigen ... des anderen Menschen!
War es eine Frau oder ein Mann?
Wenn Mann: Wachsen mir dann Haare auf dem Fuß? Wie alt war die Person?
Erwarten mich Altersflecken? Cellulitis???
Ich versuche, mich selbst zu beruhigen. Und muss einen inneren Dialog mit mir, einer eben noch überzeugten „Organspendenbefürworterin", aushalten:
„Frau Maschke, hier geht es nicht um Schönheit!"

Stimmt.
Wir reden hier nur von etwas Haut.
Leichenhaut.
Sponsored by einem netten Toten, der einfach noch was Gutes tun wollte und etwas von sich hinterlassen hat.
Nett.
Aber! Doch nicht für ewig und immer sichtbar auf meinem Fuß!?

Ich sitze hier, bei schönem Sonnenschein, auf einer Parkbank der „Klinik-Noah-Nerv“ und bin total unglücklich.

Ich habe ein schlechtes Gewissen der Leiche gegenüber.

Tut mir leid, meine Undankbarkeit.

Ich meine, ich habe da die Chance, meinen Fuß zu stopfen und zu retten ... und mach daraus so eine „Zickennummer“.
Tischtennis in meinem Gehirn.
Ping-Pong-Ping-Pong. So geht’s immer Hin und Her.
Ich muss was tun.
Wenn ich unter Gefühlschaos leide, muss ich mich bewegen. In welcher Form auch immer. Motorisch. Zerebral.
Am besten gleichzeitig. Das geht.
Ich habe mein Handy dabei und telefoniere mit Birgit, die, Gott sei Dank, zu Hause ist.
„Ich bekomme morgen Leichenhaut auf meinen Fuß.“ Es ist gesagt und ich erwarte jetzt schon Mitgefühl von meiner Freundin. Eigentlich erwarte ich noch mehr. Lieber wäre es mir jetzt, wenn sie mir rät, doch ganz schnell meine Sachen zu packen und die Klinik wieder zu verlassen.
Getäuscht und zunächst enttäuscht.
Birgit ist von den medizinischen Möglichkeiten heutzutage schier begeistert!
Das will ich jetzt nicht hören.
Ich versuche, mein empathisches Gefühlschaos zu beschreiben.
Außerdem will ich Mitleid.
Funktioniert nicht.
Meine liebe Freundin zählt mir in Nullkommanichts so viele tolle Argumente für die Haut des Toten auf, dass ich der Leiche gegenüber nun wirklich ein schlechtes Gewissen habe.
Ich bin überfordert.

Mein altes Problem im Krankenhaus, nicht einfach mal einen Platz für mich zu haben, isoliert in einer Ecke zu sitzen und heulen zu können, holt mich auch jetzt wieder ein. Es ist nicht möglich.
Hier schon gar nicht.
Der Park dient auch als Raucherecke.
Für alle.
Und da das Rauchen ja besonders auch unter medizinischem Personal verbreitet ist (das kann ich bestätigen, in der Familie und auch im Freundeskreis), kann mich jeder sehen. Darunter mindestens elf Personen, inklusive Mitpatis, von meiner Station. Außerdem heule ich jetzt so doll, dass wahrscheinlich alle Anwesenden davon ausgehen, dass ich gerade mein Todesurteil erhalten habe und nicht, dass ich demnächst glückliche Empfängerin eines Hauttransplantats sein werde.
Ach, Gott, nee.
Mein Blick fällt auf ein Hinweisschild: „Zentrum für seelische Gesundheit." Vielleicht ist da ja jemand, mit dem ich mal reden kann?
Oder der mir Mitleid spendet? Mein zweiter Blick auf das Schild schreddert die kurz aufkeimende Hoffnung:
Das Zentrum hat Betriebsurlaub.
Super! Und wer erklärt das jetzt meiner Seele?
Ach, Gott, neeeeeeeee.

Ich telefoniere dann doch lieber noch mit meinen Eltern, Tom, Katja, Jana und vielen anderen, bzw. ich versuche es ...
Um es kurz zu machen: nach etlichen Versuchen, jemanden zu erreichen, habe ich einfach nur noch das Alphabet meines Handytelefonbuches runter gescrollt. Vor lauter Tränen und „Schnottennase" konnte ich zunächst das Display gar nicht mehr erkennen. Erst nachdem ich dann doch noch ein Taschentuch in den unergründlichen Tiefen meiner Tasche gefunden hatte, war mir klar, dass es total aussichtslos ist, irgendjemanden zu erreichen. Es war schon halb acht am Abend.
Alle weg.
Keiner zu Hause.
Es herrscht tolles Frühlingswetter. Biergartenwetter.
Alle unterwegs.
Super!
Jetzt war ich so weit.
Ich brauche auch gar keinen anderen Menschen mehr!
Ich schaffe das schon allein.
Und Selbstmitleid ... damit kommt man am besten alleine zurecht.

Ja. Geht ruhig alle Eis essen, Grillen, Shoppen, Lachen, Bier trinken ... macht doch!
Ich schaff das schon.
Und ab morgen bin ich ja auch gar nicht mehr allein, da hab ich ja immer so´n Hautstück von einer Leiche auf mir sitzen.
Super ... ODER?

Ich will doch noch ein bisschen Mitleid beziehungsweise Trost. Ich kriege das gerade alleine nicht so wirklich hin.
Also das mit dem „Selbstlieb haben" und so weiter.
Warum in die Ferne, wenn das Problem in der Nähe gelöst werden kann ...
Ich gehe zurück auf das Zimmer. Super Idee! Ilse liegt noch im Narkosedelirium. Marion hat Besuch und Frau X. ist dement.

Also erst mal wieder raus aus dem Zimmer.
Ich treffe auf den Stationsarzt. Chirurg.
„Alles klar mit morgen, Frau Maschke? Habe mir vorhin so gedacht, bei den diversen Operationen, die Sie so durchgemacht haben, lassen wir mal die Aufklärung beiseite, und Sie unterschreiben einfach. Oder haben Sie doch noch Fragen?"
Hab ich.
Der Arzt fixiert mich, sichtlich irritiert.
Er versteht das Problem nicht.
Also, mein Problem.
„Frau Maschke! Jetzt stellen Sie sich mal nicht so an. Sie verschwenden hier doch gerade so´n bisschen meine sowieso schon knappe, eigentlich gar nicht vorhandene Zeit. Es gibt keine andere Lösung für Ihren Fuß! Was sollen denn Menschen sagen, die Organe wie Augen, Herz oder Lunge bekommen?
Ich finde, Sie sind wirklich undankbar. Das ist doch eine Chance, Ihren Fuß zu retten. Außerdem liegt dieses Hauttransplantat seit gut einem halben Jahr im Reagenzglas, eingelegt in Formaldehyd. Wir pappen das auf Ihren Fuß, schneiden da noch die alten Wundränder weg, machen alles schön sauber und ... gut ist´s gewesen!"

Ich habe ja das Privileg, in einer Zeit groß geworden zu sein, in der Otto Waalkes noch neu – und richtig gut war. Der Slapstick mit Frau Suhrbier und dem Wohnen an der Autobahn kommt mir in Erinnerung. „Frau

Suhrbier, Sie wohnen jetzt seit sechs Jahren an der Autobahn. Gibt es irgendwelche Folgeschäden?"
Die stakkatoartige Antwort, begleitet vom ständigen, schnellen Rechts- und Linksdrehen des Kopfes: „Nein, nein, nein, nein, nein, nein ..."
Übertragen auf unsere Situation:
„Sie sind Chirurg aus Freude und Berufung - und das seit vielen Jahren. Haben Sie dadurch irgendwelche typischen Verhaltensweisen entwickelt, Dr. Y?"
Kameraeinstellung auf die Hände des Chirurgen ... kontinuierliche Bewegungen, die das Führen eines Skalpells verdeutlichen. Hämisches Grinsen im Gesicht des Chirurgen: „Nein, nein, nein, nein, aber schneiden, schneiden, schneiden, ..."

Okay. Das ist jetzt nicht nett gewesen.

Nee.
Und sehr viel wohler ist mir jetzt auch nicht gerade … falls das mit dem in Alkohol eingelegten Menschenteil ein Trost gewesen sein sollte ...

Vor meinem inneren Auge entstehen gerade Bilder aus längst vergangenen Tagen. Wir besuchten von der Schule aus so ein „Dr. Frankensteinlabor" . Überall Holzregale mit Einmachgläsern, gefüllt mit in Formaldehyd eingelegten Kuhaugen, Schweineherzen, Froschbeinen und ... Föten.
Von dieser Assoziation erzähle ich dem netterweise immer noch vor mir sitzenden Arzt.
Außerdem erkläre ich ihm meine Bedenken und dem von mir so wahrgenommenen Unterschied zwischen transplantierten inneren und sichtbar äußeren Organen.
Da stutzt er.
Setzt sich auf einen Stuhl im Gang. Überlegt.
Und versteht meine Angst!
Das fühlt sich gut an.
Man hat ja sonst den Eindruck, nur Hirngespinsten anzuhängen.
Ein tiefer Seufzer: „Trotzdem! Sie müssen sich das jetzt irgendwie gedanklich verschönern. Es bringt überhaupt nichts, wenn Sie morgen mit so viel Angst operiert werden. Das geht nicht gut. Ist genauso doof, als wenn ihre Bronchien nicht frei wären. Dann würden wir Sie ja auch nicht operieren ..."
Er hat Recht.
Wehklagen auf niedrigem Niveau ist nicht wirklich zielführend.

Ich denke nach und habe eine Idee.
Erstens: Juhu! Letzte Chance für meinen Fuß. Das Loch muss zu! Wird gestopft.
Und zweitens bedeutet das ja auch irgendwie eine neue Chance für das Stück Leichenhaut: Es kann das Einmachglas verlassen und kann auch noch mal ein neues Leben beginnen! Und hoffentlich bald durch die Welt ziehen.
Da hat es dann zwar keine Wahl mehr, es muss mit.

Die Wege bestimme allerdings ich.
Egal, wohin.
Hauptsache, es geht bald wieder los!

Immer schön positiv denken! Kann doch nicht so schwer sein, wieder gesund zu werden, oder?

Jetzt sind ein paar Tage vergangen:

Die Leichenhaut des ersten Menschen und auch die des zweiten hatten wohl doch keine Lust auf meine Weltreise.
Sie verabschiedeten sich frühzeitig. Hinterließen mir aber dafür eine Menge Pseudomonas-Keime.
Waren wohl ein bisschen beleidigt.
Vielleicht hätte ich die „Herrschaften“ mehr in meine Reiseplanung integrieren müssen???

101 – Ungewissheit → Wahnsinn = Skepsis gegenüber Optimismus?

Manchmal bin ich traurig.
Das ist dann auch Fassungslosigkeit.
Nicht unbedingt eine Sinnfrage.
Eher so etwas wie: Das ist doch jetzt ... das muss doch jetzt mal vorbei sein und fertig.
Was ist Realität?
Wie sieht sie aus?
Wo ist sie?

Das kann doch nicht so schwer sein, wieder gesund zu werden, oder?

Die Frage nach dem Sinn und dem Warum und so weiter stelle ich mir nicht. Nicht mehr.
Das habe ich momentan aufgegeben. Bringt nichts.

Vielleicht geht es gar nicht um die Frage: WARUM?,
sondern eher um die Frage: WOZU?

Für Antworten darauf brauche ich noch ein bisschen Zeit.

Und bevor sich alle wieder auf meine Psyche stürzen: ich habe mich natürlich auch schon mit der Sinnfrage und der daraus resultierenden Perspektive auseinandergesetzt! Ja!
Auch mit professioneller Hilfe.
Aber auch mit mir allein.
Zeit genug hatte ich ja.

Auch ein „sekundärer Krankheitsgewinn"! Wer hat schon so viel Zeit zum Nachdenken zur Verfügung wie wir Langzeit-Patienten?
Vor allem, wenn man sechs Wochen Bettruhe einhalten muss oder wenn man in irgendwelchen Wartezimmern sitzt.
Termine können schnell einen ganzen Tag ausfüllen und stressig werden, aber wenn die Schmerzen es erlauben, ja! ... dann hat man Zeit zum Nachdenken. Viel Zeit.
Ich finde den Begriff „sekundärer Krankheitsgewinn" super!

Man kann ihn in den unterschiedlichsten Varianten einsetzen: Ironisch. Ernst. Seriös. Als eine Art Tarnkappe für Emotionen oder anstehende Verletzungen. Auch seelischer Natur.
Der Begriff ist wirklich in den meisten Situationen passend einsetzbar und beschreibt ganz grundlegende Gegebenheiten, in nur zwei Wörtern zusammengefasst! Klasse!
Früher habe ich diesen Begriff kategorisch abgelehnt. Ich empfand es fast schon als beleidigend, wenn man mich fragte, was für einen Gewinn denn das Kranksein für mich bedeute oder bedeuten könnte. Ich fand das wirklich empörend. Und hatte das Gefühl, dass meine Krankheitssymptome und deren überwiegend negativen Einfluss auf mein Leben relativiert, ignoriert und verkannt werden!
Dass meine Schmerzen nicht ernst genommen werden.
So sehe ich das heute nicht mehr.
Ich finde, ein eindeutiger sekundärer Krankheitsgewinn ist zum Beispiel: Klarheit.
Es ist unglaublich, mit wie vielen Situationen der Klarheit man im Krankheitsalltag umgehen muss.
Sich diese aber auch wünscht und herbeisehnt.
Es ist ein weit verbreiteter Irrtum, dass man als kranker Mensch besonders geschont und immer behutsam „in Watte gepackt" würde. Das ist mir nicht oft, auch nicht bei anderen Patienten, aufgefallen. Im Gegenteil ergeben sich viele familiäre Probleme erst aus der Erkrankung, zum Beispiel Trennung des Partners, der mit dem Leiden nicht zurecht kommt oder die Auseinandersetzung mit „der" Krankheit nicht ertragen konnte.
Vielen scheint es gar nicht bewusst zu sein, dass der Mensch oder Patient vor ihnen eigentlich ganz normal tickt.
Mit Verstand und Emotionen.
Mit einem sonst jedem Menschen zur Verfügung stehenden „Circle of Protection".
Diesen natürlichen Schutzmantel legt man, so sieht es doch manchmal aus, mit der Anmeldung im Krankenhaus beim Pförtner ab.
Vielleicht wird das auch von den Patienten erwartet? Was bleibt im Krankenhaus von der sogar unter gesetzlichem Schutz stehenden Intimsphäre übrig?
„Nichtpatienten" schaffen manchmal Klarheit mit ähnlicher Sensibilität wie sie das Patientenzimmers betreten: Anklopfen? Überflüssiger „Schnee von gestern" – ich habe es ja schon erwähnt.
„Zack"! Schon stehen sie drin – alle.
Keine Zeit lassen zum Überlegen oder Fühlen.

Ähnliches gilt in manchen Gesprächssituationen:
Diagnosen werden nicht „schonend“ in geschützter Umgebung überbracht und eingehend erklärt, sondern dann (Privatsphäre: ach wat), wenn es gerade passt: „Wo ich Sie doch gerade hier auf dem Flur treffe ...“ oder „Wir haben einen Tumor entdeckt, ist aber inoperabel. Sie können ja mal bis morgen überlegen, ob Sie lieber gleich in ein Pflegeheim mit angeschlossenem Hospiz umsiedeln wollen“ oder „Wir können hier nichts mehr für Sie tun, Sie können jetzt nach Hause.“ bis zur Erkenntnis „Ach, sind ja 300 km bis nach Hause, der Verband an der Hand ist zwar schon wieder durchgesuppt … das kann auch der Hausarzt machen …“.
Manchmal muss man auch ganz klar erkennen, dass die, die man für engste Freunde gehalten hat, plötzlich nicht mehr da sind, beziehungsweise nicht mehr vorbeikommen, irgendwann auch nicht mehr anrufen.
Das ist auch Klarheit, schmerzhafte Seelenklarheit.

Oder sich darüber Klarheit zu verschaffen, dass Flexibilität und Mobilität im Alltag nicht mehr vorhanden sein wird. Hammerharte Erkenntnis.
Die neue Situation muss erst erprobt werden. Das dauert, meiner Erfahrung nach, am längsten.
Und ist am schwersten auszuhalten.
Also, ich meine wirklich den Weg von der Ratio zum Muskel. Oder besser umgekehrt? Nein. Erst Muskel (= Kraft) und dann der Weg zur Ratio. Ja, so geht das besser! Der Weg mit seinen Serpentinen und Geröll ist hart und steinig, zeigt einem schnell die Grenzen auf und beweist in einer manchmal nicht zu ertragenden Deutlichkeit, weshalb andere damit nicht zurecht kommen und sich distanzieren.
Warum sie verschwunden sind.
Wenn diese Klarheit erst im Gehirn angekommen ist, dann explodiert ein Feuerwerk, das nicht mehr kontrollierbar ist. Wie ein Gewitter, das die Luft reinigt.
Klar!
Rein.
Das tut weh.
Aber! Und hier setzt für mich der „sekundäre Krankheitsgewinn“ ein:
Nie wieder wird man in seinem Leben die Chance haben, auch wenn das nur durch eigenes Kranksein möglich war, Menschen so nahe zu erleben.

Ein Lebensabschnitt voller Klarheiten.
Oder?

102 – Der Mann im Mond schaut und hört gerne zu ...

Sämtliche Gaumensegelklappen dieser Welt haben sich in unserem Zimmer mit der Nr. 10 zu einem Mitternachtskonzert zusammengefunden. Für mich mal wieder Zeit, auf der „Park Avenue" der Uniklinik „Noah-Nerv" zu flanieren! Auch wenn es 2:38 Uhr morgens ist.
In der Ladenpassage im Klinikum ist, obwohl natürlich alle Geschäfte geschlossen sind, trotzdem einiges los. Vor allem vor dem Eisautomaten. Ist mir die letzten Male schon aufgefallen: Ein sehr begehrter und beliebter Mitternachts-Treff, vorrangig frequentiert von beleibten Männern.
Um es mal freundlich zu formulieren.
Gesprochen wird da natürlich nicht.
Man lächelt sich nur freundlich und verschwörerisch an. Trifft man diese Herren tagsüber, manchmal begleitet von irgendwelchen Physiotherapeuten, die immer auch ganz gern auf das etwas zu hohe Gewicht hinweisen, oder von einer Diätassistentin, die sie in die Diätküche eskortiert, wird schon auch mal knapp gegrüßt. Die Augen sprechen jedoch eine andere Sprache wie: „Kein Kommentar jetzt!" oder „Halt bloß die Klappe!" ... oder Schlimmeres ...

Ja, man kann hier wahre Freunde finden!

Ich überlasse den Eissüchtigen die Verfügungsgewalt über die Eismaschine und gehe in den Park. Vollmond.
Hier draußen ist es immer besonders schön ruhig. Endlich Zeit für Gedanken, die im Innern eines Vierbettzimmers keinen Platz haben.
Ganz klarer Sternenhimmel.
Hey Çiçek!
Heute habe ich einen Anruf erhalten. „Du musst auch irgendwann mal wieder zurück ins Leben und Dir die Welt angucken", so die Anruferin.
Mich nerven solche Anrufe.
Und Aussagen.
Ich bin überzeugt, kein „Gesunder" kann sich ausmalen, auf wie viele verschiedene Welten man im Krankenhaus trifft. Die man dann erleben, durchleben, akzeptieren muss!
Hier draußen ist gerade auch so eine „Welt". Ein Kosmos der Ruhe.
Eine Rarität.
Schön!

Wenn man es schafft, aus „dieser Krankenhauswelt“ herauszutreten, ist es dann nur noch schön?
Erwartet einen dann das Paradies?
Kann man nicht die gesunden und kranken Welten fusionieren?
Und dann trotzdem ein tolles und zufriedenes Leben haben?
Geht das?
Das muss doch funktionieren.

Kann doch eigentlich nicht so schwierig sein, oder?

Ich bin technisch nicht besonders begabt. Obwohl ich eigentlich stolze Besitzerin einer 8.1 Megapixel-Handykamera bin, macht die nicht die Fotos, die ich gerne hätte. Bitte vom Mond! Nicht von mir!
Jetzt habe ich beides, ich technisch versierter Fuchs! ... hier Impressionen meiner nächtlichen Kreativität.
Und für Katja! Bloß kein Neid!

Martha ...

... der Vollmond. Nah ...

... und fern

Das Konzert – umsonst und drinnen - müsste jetzt langsam zu Ende sein.

Ich versuch es noch mal mit Schlafen.

Und ist bei Monopoly die Parkstraße nicht die vorletzte Station vor „LOS“???
Selbst wenn man über das Ziel hinaus schießt, da kommt doch immer die nächste Runde.
Ein nächster Versuch. Am besten am Gefängnis vorbei.

Doch noch ist nicht alles verloren.

Gute Nacht!

103 – Morgen werde ich noch mal operiert und ich erhalte einen fast echten Picasso, oder beinahe einen orginalen Nesser ...

Zehn bis zwölf Stunden werden eingeplant.
Ich weiß nicht, wie oft sich das Ärzteteam beraten hat, bis dieser Eingriff an mir tatsächlich durchgeführt werden sollte. Der Chefarzt hatte mich mal zur Seite genommen und mir das Ergebnis einer dieser Besprechungen berichtet.
Und noch jemand nahm mich zur Seite. Ein Oberarzt, mit dem ich eigentlich nichts zu tun hatte, zumindest nichts mir Offensichtliches.
Bis jetzt nicht. Ich kannte ihn zwar von Visiten bei meinen Bettnachbarinnen, aber ich hatte persönlich mit ihm keinen Kontakt. Er bat mich in eines der Ärztezimmer und verkündete mir erneut das Resultat des letzten Meetings ... ca. zehn Minuten später, nachdem der Chefarzt mich schon eingeweiht hatte. Doppelt hält wohl besser, dachte ich mir noch, da wurde ich schon mit der Frage konfrontiert, ob ich mir schon Gedanken über die Entnahmestelle des Transplantats gemacht hätte...
Äh ...Nein!!!!?????
Ich wusste bis zu diesem Zeitpunkt ja noch nicht mal richtig, was explizit geplant war ...
„Ja! Was denn jetzt? Da brauchen Sie auch gar nicht lange überlegen ... Wollen Sie Rücken oder Oberschenkel?"
Äh ... ?
Oberschenkel? Ja okay ... dann den rechten Oberschenkel bitte ... ist doch sowieso schon voller Macken und lädiert ...
„Also, nein. Das fände ich nicht so optimal. Ich würde eher die Schulter empfehlen."
Schulter? Geht nicht! Habe doch aufgrund der Spastik nur noch eine funktionierende Hand, außerdem ... muss ich nicht auf dem Rücken liegen, wenn ich am Fuß ein Transplantat erhalte?
„Damit haben Sie natürlich recht. Aber wenn wir den Oberschenkel als Entnahmestelle benutzen, dann sollten wir nicht den rechten nehmen ... Stellen Sie sich mal vor, eine Amputation würde notwendig, weil das Transplantat nicht vom Körper angenommen wird. Die Konsequenz wäre dann, dass wir Ihnen bis zur Hüfte alles wegnehmen müssten. Das können wir so nicht verantworten. Wenn Oberschenkel, dann müssen wir auf jeden Fall das linke Bein nehmen. Anders geht das nicht.
Einverstanden?"

Weitere Bedenkzeit gibt es keine. Ich muss mich sofort entscheiden, da mir direkt die OP-Einverständniserklärung unter die Nase gehalten wird.

Ich beschwere mich bei einem anderen Oberarzt.
Manno.
Das sind doch für die eigene Zukunft wichtige Entscheidungen, auch unter ästhetischem Gesichtspunkt. Wie soll ich denn darauf sofort antworten können!?

Dr. Virtus Jakobson versucht, mich aufzuheitern und erklärt mir, dass man so ein Gespräch nicht persönlich nehmen darf. „Wir sind hier alle nur Chirurgen, Schlächter ... wie man uns auch nachsagt!"
Im Zimmer nicken alle verständnisvoll.
„Also sagt mal, ... bitte: Sehe ich etwa aus wie eine Kuh auf dem Weg zur Schlachtbank?"
Statt Anteilnahme oder Verneinung: resigniertes, aber lächelndes Schulterzucken meiner, wie ich dachte, „Leidensgenossinnen".
„Warum dauert eigentlich die Operation so lange?", erkundige ich mich beim selbsternannten „Berserker" der ärztlichen Heilkunst.

„Die Operation nimmt eine so lange Zeit in Anspruch, weil wir zwischendurch auch mal eine Kaffeepause und Lunch einlegen müssen."

Ach!?!?

Dr. Virtus Jakobson ist immer sehr bestrebt, seinen Patienten zu einer positiven Grundstimmung für die anstehenden Eingriffe zu verhelfen. Und um damit die Angst vor den Operationen zu verlieren und eine optimistische Perspektive für das Leben danach zu gewinnen!
So auch jetzt.
Erfolgreich.
Da er weiß, dass ich gerne lese und damit auch geschriebene Sachen besser aufnehme und verstehe (etliche Erklärungsversuche vorher haben dieses Resultat bestätigt ...), malt er mir das Prozedere bzw. die geplante Operation für morgen auf.

Und das sieht dann so aus:

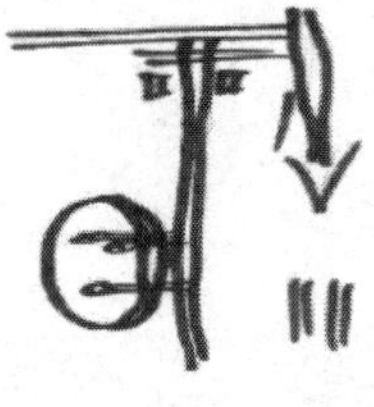

Ach. Sooooooo!
???????????
... das wird dann in ein paar Tagen mein Fuß bzw. mein Oberschenkel sein, wenn ich wieder aufwache!?

Ich drapiere diesen „Medizin-Picasso“ auf meinem Nachttisch.

Ungläubig betrachten meine Bettnachbarinnen Ilse und Marion die Zeichnung.

„Na, dann mal viel Glück für morgen! Wir inspizieren das Ergebnis, sobald du wieder da bist.
Live und in Farbe, bitte!“

Die Beiden sind immer so herzensgut und voller Anteilnahme!

104 – Mein Oberschenkel befindet sich auf meinem rechten Fuß – zumindest ein Stück weit.

Ein paar Tage später

Mir ging es hundeelend.
Mannomann war mir schlecht.
Das hörte gar nicht mehr auf.
Gefühlt war ich drei Tage und Nächte nur am Kotz ...
Ich habe mich auf der Intensivstation überhaupt nicht wohlgefühlt. Für das dortige Pflege- und Ärztepersonal mag das ja alles routiniert und normal ablaufen. Ich empfand es als fortgesetzten Albtraum!
24 x 7 Action.
Entweder die Apparate.
Oder die Menschen.
Viele, ständig wechselnde Gestalten.
Das war mir irgendwann zu viel.
Was aber wirklich toll und beruhigend war: ganz, ganz, ganz oft sind die Ärzte von der Chirurgie gekommen. Natürlich hauptsächlich deshalb, um das Transplantat in Augenschein zu nehmen.
Aber das war mir egal. Hauptsache sie waren da, und ich erkannte mir vertraute Menschen.

Danke!

Nach drei Tagen Intensivstation werde ich zurück auf die Station 37 verlegt.
Das ist schön.
Ilse und Marion, sowie einige Schwestern nehmen mich herzlich in Empfang.
Ich finde, wenn man wieder in eine Umgebung mit vertrauten Menschen zurückkommt, dann geht's auch direkt wieder los mit der Genesung!
Meine Familie ist auch da.
Jetzt wird alles wieder gut.
Ich erhole mich zunächst ziemlich schnell und gut.
Dann geht's wieder los.
Die Narbe am Fuß geht wieder auf.
Keime sind auch wieder da.
Es heilt nicht. Ich bin verzweifelt.

Immunologen, Neurologen, Dermatologen und Ärzte sämtlicher anderer Fachrichtungen werden hinzugezogen. Doch auch jetzt stehen mal wieder alle hilflos vor meinem Bett. Keiner der Anwesenden hat eine Idee, wie es weitergehen soll und kann. Ich auch nicht.
Diese konsiliarischen Besuche sind immer schnell wieder erledigt. Gegenüber den Ärzten der Chirurgie fast schon gemein.
Ich glaube, sie haben sich von den Besuchen ihrer Kollegen auch mehr versprochen.
Mehr Hilfe. Mehr Ideen ...
Die anderen gehen - wir bleiben zurück. ...

Nach sechs Wochen werde ich entlassen. Am Entlassungstag ist die Naht inzwischen wieder so weit aufgegangen, dass ich eine erneute Sekundärnaht erhalte. Ein weiterer, kleiner Eingriff im Operationssaal. Die zehnte Operation am Fuß.
Es wird noch mal alles versucht, um die Narbe zu schließen.
Das brauche ich auch nicht noch mal.
Ich will das nicht mehr.
Ich war wie traumatisiert und habe mich die ganze Zeit an den 15. Januar vor einem Jahr erinnert. An meinen ersten Eingriff am Fuß: „Das ist eine kleine Sache, Frau Maschke! In einer Woche sind Sie wieder fit ...", hieß es damals.
Heute:
In mir schreit alles, ich wollte jetzt nur schnell nach Hause.

Zu meinem Unglück hatte Dr. Aragon Ziehst auch noch eine Studentin an seiner Seite und erklärte ihr in einer stoischen Ruhe die verschiedenen Nahttechniken. Das dauerte mir viel, viel zu lange.
In mir kam ein Gefühl von Panik auf.
Ich weiß nicht warum.
Ich wollte diese Räumlichkeiten nur noch schnell verlassen.
Und dann hatte ich doch noch etwas Glück: Eine Schwester kam in den Saal und erinnerte den Operateur daran, dass da noch mehr Operationen auf dem Plan stünden, und ob er sich den Rest seines Vortrages nicht für den Hörsaal aufheben könne!

Küsschen an die mir unbekannte Krankenschwester!
Dr. Ziehst übernahm die letzten Stiche und das ging dann auch ganz schnell. Er machte noch den Vorschlag, dass ich noch ein paar Tage zur Beobachtung bleiben könnte.

Doch wozu?
Um was genau zu beobachten?
Und dann?
Wie wäre dann das weitere Prozedere?
Noch mal operieren?
Zunähen?
Und die ganze Zeit hier darauf warten?

105 – ... und mein Vater macht illegale Dinge

Mein Vater wartet schon auf der Station. Wir packen schnell den letzten Rest zusammen. Unglaublich, was sich so in sechs Wochen alles angesammelt hat und noch erstaunlicher: Wo hatte ich das alles gelagert?

Auf dem Weg zum Auto erlebe ich eine Lebenspremiere: Mein Vater unternimmt mit mir etwas Illegales!

Ich habe jetzt immer noch ein schlechtes Gewissen, weil ich die Idee zu dieser Straftat hatte: Ich war zu diesem ursprünglich „kurzen" Klinikaufenthalt mit meinem eigenen Auto gekommen.
Und das stand auf dem zur Klinik gehörenden Parkdeck.
Die ganze Zeit.
Die ganzen Wochen.
Aber noch viel wichtiger: Die vielen Tage!
Das bedeutete mindestens 100 Euro Parkplatzgebühren. Eindeutig meine Schuld, da ich die mehrfach wiederholten Angebote meiner Eltern, das Auto nach Lüneburg mitzunehmen, ausgeschlagen hatte.
Ich wollte das nicht so gerne, dass sie das Auto mitnehmen, da ich immer das Gefühl hätte, mir würde damit ein Stück Freiheit und Fluchtmöglichkeit genommen. War natürlich totaler Quatsch. Ich hätte so oder so ... Mensch- oder Zentaurenfuß ... niemals alleine fahren können.
Also, ehrlich ... ein paar Spleens entwickelt man ja doch im Laufe der Krankenzeit ...
Zählt so was auch schon als Symptom zur Diagnose: Hospitalismus?!
Na ... bevor doch noch wieder der Verdacht einer psychischen Hypothese bestätigt wird, nennen wir es doch lieber einfach: Macke!
Super, ... aufgrund der erst in der Klinik erworbenen Krankheit hatte ich jetzt die finanziellen Konsequenzen zu tragen ...
... oder irgendwie auch nicht.
Also ich nicht allein ...
Mir kam die Idee, dass ich doch einfach das Parkticket verloren haben könnte. Und wenn man ein Tagesticket verliert, so kostet das doch nur 10 Euro Pauschale...
... Egal wie viele Stunden man (an einem Tag!) in der Klinik war...

Mein Vater und ich hatten innerlich Schweißausbrüche.
Äußerlich war mein Vater aber erstaunlich ruhig!

Hätte ich nicht von ihm gedacht.
Fast schon cool.
Dazu muss man wissen, dass mein Vater meinen Brüdern und mir früher nicht mal das Überspielen von Schallplatte auf Kassette erlaubt hat, da das illegal sei ... ! Und jetzt so was!
Das Schönste an meiner Idee: Ich war aufgrund von logistischen Hindernissen nicht in der Lage, das Ersatzticket zu besorgen!
Der Einzige, der das jetzt konnte, war mein Vater! ....
Um es kurz zu machen: Das Auto hat nach ca. 1.008 Stunden des Wartens auf mich schließlich den Parkplatz bei geöffneter Schranke und für nur zehn Euro verlassen!!!
Mit zwei von schlechtem Gewissen geplagten Insassen!

„Tja, äh, äh, äh, Papa ... Geldnot macht erfinderisch, was?"
Mein Vater nickte nur noch.
Stille im Auto.
Später sind wir uns einig, dass es viel einfacher ist, hundertfünfzig Euro zu bezahlen, als für den Rest des Lebens ein schlechtes Gewissen zu haben ... !!!
Anstatt dem privaten Betreiber des Klinikparkplatzes doch noch nachträglich das Geld zukommen zu lassen, spenden wir „unser schlechtes Gewissen" lieber einer krankenhaus-internen Kinderhilfsorganisation.

Nachtrag:
Beim „Revue passieren lassen" unserer Straftat fielen uns plötzlich ein paar Überwachungskameras ein ...
Das war kein beruhigendes und entspanntes Gefühl. Ich hoffe, dass Gehirn und Bauch diese Empfindung schnell wieder ausschalten können.
Aber diese ungewöhnliche, illegale Geschichte mit meinem sonst so superkorrekten Paps...behalte ich doch gerne in Erinnerung!

Ach. Ja.
☺

106 – Abends

Hallo Buch.
Da bin ich wieder.
Zurück mit meinem Fuß.
Aus der Uniklinik „Noah- Nerv".
Nach sechs Wochen.
Von mir waren zwei geplant.
Tage. Stunden. Minuten. Sekunden.
Alles in allem ist es verdammt lang geworden.
Ganz schön lang.
Sechs Wochen! Voll gepackt mit drei ganzen und einer halben (….aber nur sekundären.!!!! …) Operationen.

Zweimal Leichenhaut.
Die mein Körper nicht haben wollte oder die, von der anderen Seite aus betrachtet, nicht bleiben wollte.
Umsonst.

Was dafür richtig heimisch wurde: Pseudomonas.
Die Bakterien scheinen mich als „Wirt" für ihr zu Hause zu akzeptieren, beziehungsweise: nach den Ergebnissen der Abstriche nach zu urteilen, haben die mich richtig gern ...

50 Menschen = Pflegekräfte und Ärzte, Physiotherapeuten, Stationssekretärin, Raumpflegerinnen, die auf der „Plastischen Wiederherstellungschirurgie" arbeiten.
Und einen wahnsinnigen Job verrichten.
Unglaublich, was möglich und machbar ist.
Sechs Wochen, die auch mal wieder mit vielen neuen Patienten und deren Krankengeschichten (beziehungsweise muss man auf dieser Station vielleicht eher von Patientenlebensgeschichten sprechen). Nahezu ausschließlich haben alle eine Odyssee des Leidens erlebt.
Kaum jemand, der lediglich mit einem Wehwehchen da war.

Zu Hause beginnt zunächst ein Albtraum. Die bereits vom Pflegemanagement der Noah-Nerv-Uniklinik geplante medizinische Wundversorgung sowie eine Haushaltshilfe funktionieren nicht.
Abgelehnt.

Dank des lieben und unermüdlichen Einsatzes des Teams meines Hausarztes wird dann doch noch von der Krankenkasse ein Pflegeteam zur Wundversorgung bewilligt. Haushaltshilfe wird abgelehnt. Die Begründung: Nur Haushalte mit Kindern unter zwölf Jahren haben Anspruch auf Hilfen dieser Art.
Und was ist mit den Menschen, die allein leben?
Die brauchen keine Hilfe im Haushalt? Die können dahinvegetieren und auf eine eventuelle Genesung warten... mit etwas Eigeninitiative in Sachen Bewegung und Mobilisation ... klappt's sicher auch wieder mit der Aktivierung der Waschmaschine!?
Von ganz allein!????
Ich weiß zum Beispiel gerade gar nicht, wie ich zu diesem wundervollen und praktischen Haushaltsgerät kommen soll, geschweige denn, wie ich meine stark angehäufte Wäsche (wie das so ist nach sechs Wochen Krankenhaus) überhaupt zum besagten Elektrogerät bugsieren könnte. Die Waschmaschine befindet sich zwar in meiner Wohnung, aber ein Stockwerk tiefer ...

Draußen ist es heiß.
Ich habe Durst.
Dieses Gefühl erzeugt, auch wenn es in meiner Wohnung relativ kühl ist, Schweißperlen auf meiner Stirn.
Innerer Stress entsteht, da sich vor meinem inneren Auge Bilder eines leeren Kühlschrankes und einer leeren Vorratskammer auftun.
Oder war da doch noch ein Fläschchen Wasser?
Ich habe mich leider getäuscht, nichts mehr zu trinken im Haus.

Haushalte ohne Kinder unter zwölf Jahren brauchen also auch keine Nahrungsmittel?
Oder irgendjemanden, der hilft, an die essenziellen Dinge des täglichen Lebens ran zu kommen?

Wenn man sowieso so eine Belastung für die Krankenkasse ist ...

Huhu.
Es tut sich Selbstmitleid in mir auf.

107 – Unglaublich

Wer?
Wer?
Wer?
Wer hätte gedacht, dass sich die Beschaffung von Toilettenpapier zu einem derart logistischen Problem entwickeln könnte?
Dabei bin ich Profi in Sachen Einkaufen. Ich gehe seit meinem dritten Geburtstag Brötchen einkaufen. Ehrlich wahr. Lange Zeit habe ich geglaubt, dass ich das Einkaufen total selbstständig und den Weg bis zum Bäcker ganz alleine absolviert hätte. Kilometerweite Distanzen von unserer Wohnungstür bis zur Bäckerei natürlich. Irgendwann klärte mich allerdings meine Mutter auf:

a.) Natürlich ist sie versteckt mitgegangen, um zu gucken, ob ich auch wirklich ankomme, und zu meiner späteren Enttäuschung …
b.) die Bäckerei war gleich nebenan … also aus Sicht der Erwachsenen, nämlich meiner Eltern.

Naja, wie auch immer.
Einkaufen war also nie mein Problem und stellt sich nun trotzdem als große strategische, kognitive und logistische Herausforderung dar.
Hygieneartikel, insbesondere das von mir erwähnte Toilettenpapier, Lebensmittel, Therapien, Arztbesuche, alle dafür erforderlichen Verkehrswege müssen jetzt von mir organisiert werden. Ich komme damit psychisch nicht ganz klar. Das muss ich jetzt doch mal zugeben ... ich organisiere nicht, ich muss betteln. Und das ist für mich, als doch sehr autonomen und eigentlich auch flexiblen Menschen, … unglaublich.
Schrecklich.
Ein Gefühl der Platzangst kommt da in mir auf.
Der Aktionsradius um mich herum wird immer kleiner.

Allein deshalb muss ich jetzt mal gaaaaanz schnell gesund werden. Oh. Ne.

So war das nicht geplant – das Leben – Meine Zukunft.

Kann doch nicht so schwer sein, unabhängig von anderen Menschen und Dienstleistungsunternehmen, einfach wieder gesund zu werden, oder?

108 – Organisieren

Irgendwie schaffe ich es doch noch, mich zu organisieren.
Aber ich weiß auch, dass ich verdammt großes Glück habe und dass das nicht selbstverständlich ist..
Ich habe tolle Freunde und Nachbarn, die, wenn auch vielleicht nicht sofort präsent, doch irgendwie da sind. Ich habe ein supergutes und liebes Hausarztteam. Sie bieten mir sogar an, mich in den ersten Tagen von zu Hause abzuholen............
Und ebenso wie das Ortho-Team und das Team der Fußambulanz des Paulus-Melchers-Krankenhauses helfen mir in den ersten Tagen alle irgendwie, wieder in den Alltag zu gelangen. Auch die nächsten Termine bei den verschiedenen Ärzten klappen zunächst gut.
Und ich kann jederzeit anrufen und kommen.
Das gibt einem das Gefühl, nicht ganz allein zu sein ... zunächst ... bis auch diese Sicherheitspfeiler meines momentanen Lebens in den wohlverdienten Urlaub fahren ...

Die Grenzen, an die wir jetzt stoßen, sind auch für das medizinische Personal oft neu und unverständlich.
Zum Beispiel versuchen wir, einen neuen Rollstuhl zu organisieren. Der mir zur Verfügung stehende Rollstuhl ist wahnsinnig schwer, hat einen starken Rechtsdrall und die Räder sind ständig platt. Außerdem ist er aufgrund meiner inzwischen fünf Bandscheibenvorfälle orthopädisch nicht besonders vorteilhaft. Ich muss die Arme in affenähnlicher Haltung über die Seitenteile manövrieren, da diese überhaupt nicht auf meine Körpergröße eingestellt sind.
Der ganze Rollstuhl ist für'n A ...
Das finden alle.
Drei Institutionen bescheinigen mir das.
Nichts zu machen.
Wir argumentieren mit allem, was uns einfällt: Schnell Selbstständigkeit zurückerlangen, weitere Schäden an der Wirbelsäule vermeiden etc ... Ganze Gutachten werden geschrieben ... ich wollte doch nur einen anderen, flexibleren, sportlicheren Rollstuhl und nicht den Jaguar bla, bla, bla ... alles umsonst ...
Auch der Versuch eines Kundenberaters der Krankenkasse, eine seiner „Schreibtischkolleginnen“ für meinen Fall zu sensibilisieren, scheitert kläglich. Der Kundenberater hatte die Idee, dass sich die Kollegin vielleicht mal persönlich ein Bild von mir machen könnte. Gute Idee!

Die „Kollegin“ schmetterte diesen Vorschlag mit der Begründung ab, dass sie sich von mir nicht äußerlich bei ihrer Entscheidung beeinflussen lassen möchte, sprich es nicht zu einer „Sympathie“ bzw. „Antipathie-Entscheidung“ kommen lassen wolle!

Gleichzeitig versucht die Fußambulanz für mich, bei der besagten Institution neurologische/orthopädische Schuhe zu beantragen. Allen ist klar, dass ich irgendwann, und das möglichst zeitnah und so bald die Wunde geschlossen ist, wieder ans Laufen kommen muss.
Das ergibt einen Sinn. Das ist plausibel.
Oder doch nicht?
Wir erhalten eine Absage vom medizinischen Dienst.
Es ist ganz einfach:
O-Ton der Dame am Telefon:

„Wer im Rollstuhl sitzt, braucht keine Schuhe!“

Also abgelehnt.

Ja wirklich. Ich sehe da überhaupt keine Probleme auf mich zukommen ...
Willkommen in der Gegenwart und Realität!

Ist doch nicht schwer, wieder gesund zu werden, oder?

Eine in mir immer häufiger aufkommende Frage beschäftigt mich:
Meine Genesung! Ist die überhaupt gewollt?
Zum Beispiel von der Krankenkasse?

Heute mal aus der Sicht der Anderen!

109 – Reinkarnation des berühmten Pariser Kochs: Auguste Gusteau, jetzt wohnhaft im Hasetal zu O-City, aber leider kein Gourmet und auch sternenlos!

Juli 2011

Silke und Ickert heiraten. Und sie haben sich ein idyllisches Plätzchen für die Hochzeitsfeier ausgesucht: das Hasetal. Eine wunderschöne Kulisse. Mitten im Wald an einer Mühle und einem dazugehörigen Bach. Schleuse und Mühlrad gibt es natürlich auch.
Der märchenhafte Schein trügt, zumindest für Rollstuhlfahrer. Schnell wird mir klar, dass leider keine Feen, Magier oder Hexen eingeladen wurden, obwohl es prima zur Kulisse und zum frisch verheirateten Ehepaar, meinen lieben Nachbarn, gepasst hätte.
Um in den Speisesaal zu gelangen, muss man acht dicke, große Stufen hoch.
Das ist am Anfang der Party auch noch kein Problem. Doch mit dem stetig steigenden Alkoholpegel sind immer weniger Menschen in der Lage, mich ständig hoch und runter zu begleiten.
Das kann ich verstehen. Auch wenn ich keinen Alkohol trinke, mein Konsum an nicht alkoholischen Getränken ist bei fast dreißig Grad im Schatten auch nicht gerade wenig.
Leider – zumindest für diesen Tag – klappt das mit meiner Transpiration überhaupt nicht, was so viel bedeutet wie:
Ich muss ständig auf die Toilette.
Da es definitiv keine Rampe gibt, natürlich auch keinen Fahrstuhl, um in die tiefer gelegene Ebene zu kommen, denn die Toiletten befinden sich natürlich in den Katakomben der alten Mühle, erfrage ich beim Chefkoch und Besitzer dieses Ambientes eine Alternative, um:
a) auf die Toilette und
b) wie inzwischen alle anderen (besonders die Raucher und Kinder ... also eigentlich bis auf die Großmutter und die dazugehörigen, völlig betrunkenen Schwager ...) nach draußen auf die sonnenüberflutete Terrasse zu kommen ... Ich habe schon lange niemanden so erlebt wie diesen überheblichen, griesgrämigen und einfach nur unfreundlichen Besitzer! Unglaublich.

Natürlich hatte ich mich für die Hochzeit etwas zurechtgemacht, mir war aber nicht bewusst, dass ich mit etwas Schminke im Gesicht auch gleich

zum Monster mutierte. Diesen Eindruck vermittelte mir zumindest der Gastwirt.
Sah die Realität wirklich so schlimm aus? Hatte ich aus Versehen einen für mich vorteilhaften Zerrspiegel benutzt? Hatte ich da was nicht mitbekommen? Ob real oder nur fantasiert ... der Wirt und gleichzeitig Chef des Ambientes scheint seine Meinung gebildet zu haben ...
Die Erfüllung meines Wunsches, aus dem düsteren Saal ans Tageslicht zu gelangen, wird zum Thriller.
Dramatik pur.
Der Maître de Cuisine eskortiert mich zum Hinterausgang der Küche!
Vielleicht ist es auch der Lieferanteneingang? Das ist dem Verursacher, also mir, am Anfang dieser Reise noch nicht ganz klar. Plötzlich beauftragt er ein achtjähriges Küchenmädchen (ich könnte jetzt auch Magd oder Aschenputtel schreiben), mich durch die Küche nach draußen zu begleiten. Und die Tür hinter mir zu verschließen, mit dem Kommentar: „Bevor noch mehr von denen kommen!“
Irritiert schaue ich den Herrn „Möchtegern-Gusteau“ an.
Wen genau meint er jetzt eigentlich?
Andere Gäste, also die ihn gut bezahlende „ Hochzeitsgesellschaft?
Oder andere Menschen mit Rollstühlen?
Die Tür, die vorher die ganze Zeit offen stand, wird für die Verriegelung, sobald ich die Küche verlassen habe, vorbereitet (etliche Schlösser zieren diese ganz normale Holzküchentür). Meinem Begleitschutz ist die Situation sichtlich peinlich.
Ihrem Vater nicht. Der scheint Angst zu haben, dass ich auf dem Weg nach draußen noch in Versuchung gerate und die Kartoffeln vom Herd klaue!
Na, wer weiß? Vielleicht war die Befürchtung des „Herrn Gusteau“ nicht unbegründet ... wenn die „Feuerstelle“ auf Rollihöhe gewesen wäre ...
Schwupps! Da habe ich durch den Lieferanteneingang, bzw. in meinem Fall Ausgang, auch schon das Ziel erreicht.
Ohne dass sich irgendjemand einen Kopf gemacht hätte, wie es von da aus weitergeht, stand ich hinter der Tür ...
Also draußen ... und eindeutig sichtbar und fühlbar in der Natur. Vor mir offenbarte sich ein Meer … aus Fahrrädern, absolut kein Vorbeikommen. Ich probierte zunächst, mein Problem zu verbalisieren, aber leider verschluckten und übertönten die lauten Küchengeräusche im Haus meine Hilferufe.
Ich versuchte es erneut.

Kurz bevor sich meine Stimme überschlug, erhörte mich eine holde Küchenmagd. Wusste aber, nach den gerade erlebten Launen ihres Chefs, jetzt nicht, ob sie mir so einfach helfen durfte. Und schaute zunächst nur aus dem Küchenfenster. Verschwand dann, um, wie sich Minuten später herausstellte, „Auguste Gusteau“ um Erlaubnis zu bitten, mir beim weiteren Weg und vor allem der Beseitigung der Fahrräder zu helfen.
Abgelehnt.
Der sichtlich genervte Chef kam persönlich, stellte zwei Fahrräder zur Seite und entschwand, Türen knallend. Dem Geräusch nach zu urteilen, verschloss er auch gleich wieder die Tür mit allen Sicherheitsschlössern!
Ich bugsierte und jonglierte mich an den Fahrrädern vorbei, um gleich auf das nächste steinige Hindernis zu stoßen … mit ein bisschen Fantasie hätte ich Urlaubsgefühle entwickeln können. Aber um ehrlich zu sein, standen mir eher die Tränen in den Augen. Die Hitze flimmerte über die Steine. 30° C. Gefühlte 50° C. Der imaginäre, fatamorganische Strand entpuppte sich, obwohl ich meine Augen mehrmals zusammenkniff und wieder öffnete, ... als ein mehrschichtiger Kiesweg.

Um es kurz zur machen: Ich benötigte für die vor mir liegenden 50 Meter eine halbe Stunde.
Und hatte ich schon erwähnt, dass ich die von mir ursprünglich gewählte Alternativroute durch die Küche benötigte, um von vorn wieder durch das Foyer in die Gaststätte zu gelangen, von dort aus auf die Toilette?

Ich kann jeden Rollifahrer verstehen, der sich insgeheim einen Blasenkatheter wünscht ...

Und sollte dieser Mensch, dieser Gastwirt, die tatsächliche Wiedergeburt des Monsieurs Gusteau sein ... den Gourmet-Titel und die Sterne werden hoffentlich in diesem Leben für *Ihn* unerreichbar bleiben … eine kleine Rattenplage wünscht man ihm dagegen an den Hals.

110 – Alltag auf dem Weg zum Gesundwerden!

Ich habe mich so langsam in den momentanen Alltag eingefügt. Zurzeit besteht er aus Organisieren von „wieder-gesund-machenden“ Maßnahmen: Aufstehen und Waschen, Anziehen (was ganz schön lange dauert, ich bin immer überrascht, wie schnell so eine Stunde morgens vergeht ...), Wohnung gemütlich machen, aufräumen, Nahrung besorgen, Arztbesuche, Heilpraktikerin, Lymphdrainage, Krankengymnastik.
Letztere Alltäglichkeiten tun wirklich gut. Obwohl es sich um therapeutische Maßnahmen handelt, kann ich mich zurzeit nirgendwo so gut gehen lassen wie dort. Lachen, Weinen, Reden und Quatschen, je nach Gefühlslage. So wie zum Beispiel bei Sigrid.
Vielleicht, weil es auf 45 Minuten begrenzt ist? Vielleicht, weil schon der nächste Termin klar ist.
Zumindest in Sigrids Kalender.
Ich weiß, dass ich kommen kann, muss aber nicht. Zumindest ist es auch ein Ziel im Alltag, das ich anstreben kann und darf.
Ich finde, dass man verdammt aufpassen muss, nicht in Lethargie zu verfallen mit dem Resultat, dass auch die letzten sozialen Kontakte aus- und wegbleiben.
Das Blöde daran ist, dass man sich selbst darum kümmern muss. Gut ist, wenn sich jemand mit mir auf den nächsten Termin freut oder aus Interesse wirklich erfahren möchte, wie ich im Alltag oder mit dem Gesundwerden vorwärts komme. Mich baut das auf.
Vielleicht ist es Betrug an meiner eigenen Person, aber ich brauche im Moment Motivatoren dieser Art.
Mir hilft´s.
Inzwischen bin ich auch schon manchmal ganz gut alleine unterwegs. Das Problem ist auch gar nicht so sehr der Fuß. Mir wird immer so furchtbar schwindelig.
Egal, ob ich liege, stehe, sitze.
Immer.
Und vor allem, wenn ich etwas Nahrung zu mir nehme, dann wird es noch extremer.
Ich schwanke durchs Leben.
Zu jeder Tageszeit.
Auch wenn ich im Bett liege und nachts aufwache.
Wie auf dem Schiff.
Das behindert auch mein Denken und meine Konzentration.

Das ist so anstrengend.
Und macht Angst.
Wenn ich alleine durch die Stadt schwanke, könnte ich zwischendurch alle möglichen Passanten ansprechen, um diese dann zu bitten, mir zu helfen oder mich irgendwo hinzubringen.
Bloß wohin?
Krankenhaus?.
Ha!
Irgendwie geht's dann manchmal auch weiter.
Und manchmal auch nicht.

Mir macht das existenzielle Angst.

111 – Kein Zebramuster gibt es ein zweites Mal. Fußgängerüberwege nach § 26 StVO:

(1) An Fußgängerüberwegen haben Fahrzeuge mit Ausnahme von Schienenfahrzeugen den Fußgängern sowie Fahrern von Krankenfahrstühlen oder Rollstühlen, welche den Überweg erkennbar benutzen wollen, das Überqueren der Fahrbahn zu ermöglichen. Dann dürfen sie nur mit mäßiger Geschwindigkeit heranfahren; wenn nötig, müssen sie warten.

„Der Fußgängerüberweg (Deutschland), auch Fußgängerübergang, umgangssprachlich meistens nach den ähnlich texturierten Zebras als Zebrastreifen bezeichnet, ist eine Querungsanlage für Fußgänger, Rollstuhlfahrer und Begleittiere. Ein solcher Fußgängerüberweg ist durch breite Linien auf der Fahrbahn gekennzeichnet, die als Verkehrszeichen dienen", schreibt Wikipedia.
Genau.

Heute bin ich doch tatsächlich das dritte Mal in meiner Rollstuhlära, beim Überqueren eines Zebrastreifens vom Besitzer eines motorisierten Gefährts angepöbelt worden.
Der Grund war, dass ich ganz im Sinne der StVO nach § 26 gehandelt habe, und wie es sich gehört, zunächst am Zebrastreifen anhielt und darauf wartete, bis auf beiden! Seiten die Autos oder Motorräder hielten, um dann Passanten und mich über die Straße zu lassen.
Eigentlich alles in Ordnung.
Alles normal und rechtens.
Wäre da nicht auf der einen Seite Goliath gewesen. Biblische Gestalten, wie der heutige Riese kreuzen mein Leben ständig. Heute mal wieder am Zebrastreifen. Dank seiner göttlichen Großherzigkeit ließ Goliath uns über die Straße. Kurbelte das Fenster runter, beugte seinen Kopf aus der Tür, fixierte mich mit seinem teuflischen Blick und fordert mich auf: „Wenn ich dich schon über die Straße lasse, kannst du dich wenigstens bedanken!"

???
???

Bedanken?

Das ist verrückt, oder?
Ich kann mich nicht daran erinnern, während meiner Prä-Rollizeit jemals die Aufforderung zum Bedanken erhalten zu haben, da mir durch die Güte eines Autofahrers die Möglichkeit des Überquerens und Benutzens einer „texturierten Straße“ gegeben wurde.

Und da ich nicht David bin und mich leider erst auf dem Weg! Zum Arzt! befand, bedauere ich es sehr, keinen Gipsfuß gehabt zu haben.

Wäre praktisch gewesen.

Und Beulen-Stoßfest.

112 – 23. Juli 2011, ambulanter Termin in der Hochschule „Noah-Nerv“.

14763. Tag in meinem Leben

Nur kurz.
Dr. Virtus Jakobson, obwohl so vereinbart, war nicht da. Er hatte gestern einen langen Dienst. Deshalb heute frei. Mist.
Prof. K. war da und ratlos. Sagte er auch gleich, offen und direkt:
„Abwarten! Weiter beobachten! Geduld haben!“
Ich bin enttäuscht.
Irgendwie habe ich mit „grünem Licht“ für die Belastung meines Fußes sowie der Genehmigung zum Autofahren gerechnet. Außerdem hatte ich insgeheim mit einer „Jetzt-geht's-los-Zusage“ bezüglich einer Reha-Maßnahme seitens der Klinik gegenüber der Bundesversicherungsanstalt in Berlin spekuliert. Ich würde so gerne in die Reha. Und wieder zurück ins Leben.
Normaler Alltag.
Mehr nicht.
Ich weiß auch nicht, was mit mir los ist.
Nach so langer Krankheitsphase bin ich tatsächlich mit einem optimistischen Bauchgefühl nach H-City gefahren.
Ich habe mir einen vorgemacht.
Ich bin sauer auf mich selbst. Und enttäuscht.

Ab Morgen wollte ich doch dann einfach wieder gesund sein.

P.S.: Als ich nach Hause kam, leuchtete der Anrufbeantworter.
Dr. Canis war drauf. Das fand ich toll. Hat nicht aufgegeben, mich zu erreichen. Das fühlt sich jetzt nicht mehr ganz so schlimm an … das Gefühl, allein zu sein.

P.P.S.: Und einen zweiten Anruf gab es auch …
Die Krankenkasse lehnt die Erstattung sämtlicher Fahrtkosten ab.
Begründung: Ich bin nicht genug körperbehindert!
Unterstützung bekommt die Krankenkasse vom hinzugezogenen medizinischen Dienst!
Abgelehnt.
Entschieden nach Aktenlage – Ha.

113 – Fahrerlaubnis mit dem Taxi

Ich schreibe das alles auf. Auch um zu verstehen, ob das, was so passiert, nur mir widerfährt. Oder ob ich da einfach und traurigerweise kein Einzelfall bin.
Es ist schon wieder alles so absurd, dass ich auch gar nicht mehr weiß, was ich mir wünschen soll.
Kam zum Unglück auch noch Pech dazu? Oder klebt ein unsichtbarer „Kackmagnet" in der Tasche, der mich zum durch alle bürokratischen Löcher fallenden Einzelfall macht?
Oder ... und da weiß ich nicht, ob das für meine Mitmenschen so erstrebenswert wäre, bin ich eine unter vielen?
Wir sind doch alle ein Deutschland!

Artikel 3.1: *„Vor dem Gesetz sind alle Menschen gleich!"*

Und manche gleicher?
Ich versuche gerade, eine einfache Fahrtkostenübernahme von der Krankenkasse zu erhalten.
Genauer: Ich brauche ein Taxi von mir zu Hause in die 150 km entfernte Hochschule „Noah-Nerv".
Zur Nachkontrolle.
Man kann es schon ahnen: Das ist nicht so leicht.
Aber es könnte so ... ganz einfach sein.
Wenn nicht ...

Normalerweise steht jedem Gehbehinderten und nicht mobilen Patienten eine von der Krankenkasse bezahlten Fahrt zum Ort seines letzten stationären Aufenthaltes zu.
Diese poststationäre Krankenkassenleistung wird normalerweise auch ohne Komplikationen übernommen.
Diese Leistung gilt für vierzehn Tage nach der Entlassung.
Schön.
Gut.
Ich hatte da ein kleines Problem:
Mein von mir sehr geschätzter Oberarzt und Operateur sowie langjähriger „Begleiter" meiner Fußgeschichte, war in diesen vierzehn Tagen nicht an der Hochschule zugegen.
Er befand sich auf einem Kongress in Helsinki.

Tja.

Glück, für die Zukunft aller Patienten?

Ah?

Ich freute mich ja auch ehrlich für Dr. Jakobson, dass er eine Fortbildung in Finnland absolvieren konnte ...

Leider bekam ich dadurch erst am siebzehnten poststationären Tag einen Termin in der Ambulanz!

Die Krankenkasse sah sich nun nicht mehr verpflichtet, die Kosten für meine Fahrt zur Nachkontrolle zur übernehmen.

Bin ich froh, dass es heutzutage Flatrates zum Telefonieren gibt, sonst hätte ich, statt die Telefonkosten zu tragen, gleich auf eigene Rechnung zur Hochschule Noah-Nerv fahren können.

Zugegeben, das ist etwas übertrieben.

Ein typisches Beispiele für solche Telefonate, die einen unweigerlich an die Erlebnisse des „Buchbinders Wanninger“ erinnern:
Ich wähle die mir vorgegebene Nummer der zuständigen Sachbearbeiterin. Leider befindet sich diese bei einer Fortbildung. Ich werde an eine sie vertretende Sachbearbeiterin weitergeleitet. Die weiß nach einem Blick in die EDV auch nicht weiter.
Warteschleife.
Nur zehn Minuten vergehen. Plötzlich eine mir schon bekannte Stimme, die zur Dame gehört, die mich schon zur Sachbearbeiterin lfd. Nr. 2 durchgestellt hatte: „Auf wen warten Sie jetzt noch?“
Ähm.
???
„Frau lfd. Nr. 2 wollte sich erkundigen. Ich sollte in der Leitung bleiben.“
„Ach so. Warten Sie einen Moment ... Hören Sie? Frau lfd. Nr. 2 ist nicht mehr an Ihrem Platz. Rufen Sie doch nach der Mittagspause wieder an.“

Ähm.
???

Nach der Mittagpause war aber leider Frau lfd. Nr. 2 schon früher nach Hause gegangen und hatte auch Frau lfd. Nr. 1 nicht erreicht. Frau lfd. Nr. 3 hatte daraufhin die Idee, sich mal bei Frau lfd. Nr. 4 zu erkundigen. Frau lfd. Nr. 4 leitete mich dann an Herrn lfd. Nr. 5 weiter. Der Versuch war nicht schlecht, aber Herr lfd. Nr. 5 hatte leider mit diesem Thema gar nichts zu tun.
Ich sollte mich am nächsten Tag wieder melden.
Das tat ich.
Frau lfd. Nr. 1 war zwar wieder da, aber gerade zur Frühstückspause. Ich hatte Frau lfd. Nr. 3, die ja eigentlich nur Telefonate durchstellt, am Hörer. Sie versprach mir, sich über den Stand der Dinge zu erkundigen und dass sie sich in 15 Minuten wieder telefonisch bei mir melden würde.
Abends, 17:00 Uhr, rief mich die Sachbearbeiterin lfd. Nr. 4 an. Sie erklärte mir, dass Frau lfd. Nr. 1 seit 15:00 Uhr nicht mehr im Hause sei. Gab mir aber den Tipp, dass ich mir doch eine Bescheinigung über die Abwesenheit des Oberarztes und dessen Aufenthalt in Finnland geben lassen sollte. „Und am besten auch gleich noch die Bestätigung Ihres Hausarztes Dr. Børge, dass es sich bei der von Ihnen frequentierten Klinik auch wirklich um die am nächsten gelegene Klinik bezüglich des Fußes handelt!"
Tja.
Wirklich. Ganz simpel und problemlos an so eine „Kostenübernahme" zu kommen. Auch der Weg bzw. die Wege und Menschen, die daran beteiligt sind ... nö ... kein großartiger, bürokratischer Aufwand, oder?

Hatte ich denn mit den letzten sechs Wochen meines stationären Aufenthalts und deren vorangegangen, diversen Einweisungen und Operationen die Relevanz der Klinik nicht schon explizit und ausreichend bewiesen?

114 – "Ist es auch Wahnsinn, so hat es doch Methode!"

Shakespeare

Ich bin enttäuscht. Frustriert. Sauer. Und irgendwann später auch schon wieder amüsiert. Es gibt Sachen und Ereignisse, die darf man nur zehn Minuten und wenige Sekunden persönlich nehmen.
Dann muss man sie möglichst schnell verarbeiten und dann noch schneller vergessen.
Das versuche ich jetzt. Und deshalb schreibe ich einen Brief.
Vielleicht an „Adressat unbekannt"?
26. Juli 2011, Brief von Patient an ...

Sehr geehrter Herr und sehr geehrte Frau Unbekannt!

Seit Tagen überlege ich, welches die angemessene Form sein könnte, Ihnen mein Erlebnis mit einem Assistenzarzt anlässlich eines ambulanten Termins in der chirurgischen Ambulanz zu schildern. Sie befinden sich ja – für mich leider – auf einer Kreuzfahrt am Südpol, bei den Pinguinen.... Aber ich muss es einfach loswerden, aufschreiben und kann das Geschehene derzeit noch nicht einordnen.
Möchte es aber doch gern verstehen ...

Um es einigermaßen wertneutral zu halten und, wenn das überhaupt möglich ist, authentisch darzustellen, kam mir die Idee, dass ich es ja mal im geschriebenen Dialog versuchen könnte:
Komödie? Drama?
Vielleicht kommt es Ihnen lächerlich vor und Sie fragen sich, ob ich keine anderen Probleme habe.
Stimmt.
Deshalb schreibe ich Ihnen auch.
Das hat wiederum mehrere Vorteile:
a) Sie können nach jedem gelesenen Buchstaben die Löschtaste drücken!
b) Ich werde Sie bei unserem nächsten Treffen nicht „zulabern" und Ihre wertvolle Zeit verbrauchen ...

Das Schauspiel

Regie: Patientin Nr. 41001855XX sitzt in einer Kabine der chirurgischen Ambulanz. Ein Assistenzarzt (AA) betritt die Kabine.

Sichtbar und geräuschvoll Kaugummi kauend, ohne Krankenakte, setzt er sich lässig auf den Drehstuhl. Einen Arm legt er auf das Sideboard.

AA: Na? Was ist Ihr Problem? Waren Sie nicht erst vor Kurzem stationär in unserer Klinik?
Patientin Nr. 41001855XX: Stimmt!
Ich bin letzte Woche Donnerstag entlassen worden.

AA: Und warum sind Sie dann jetzt schon wieder da?
Patientin Nr. 41001855XX: Äh, ja. Ich mache mir Gedanken um meinen Fuß. Und nach telefonischer Absprache zwischen Dr. Jakobson, Dr. Miles und Dr. Børge und mir sollte ich mich heute noch mal hier in der Ambulanz vorstellen.

AA: Wieso? Was ist denn mit dem Fuß?

Regie: Leichtes Stirnrunzeln bei der Patientin.

Patientin Nr. 41001855XX: Mmmh. Mehrere Operationen aufgrund von Wundheilungsstörungen. Die letzte OP war eine Lappenoperation vor drei Wochen.

AA: Ach ja, stimmt. Ich hatte Sie bei den Chefarztvisiten gesehen.
Patientin Nr. 41001855XX: Aha.

AA: Ja, dann erzählen Sie doch mal, wie das alles angefangen hat. Und warum der Fuß überhaupt operiert wurde.

Regie: Es zeigt sich bei der Patientin ein entsetzter Gesichtsausdruck.

Patientin Nr. 41001855XX: Die ganze Geschichte?

AA: Ja, natürlich.

Regie: Hörbares Einatmen /Ausatmen bei der Patientin.

Patientin Nr. 41001855XX.: Ist es nicht einfacher, wenn Sie sich meine Akte schnappen?

AA: Die müsste ich jetzt erst holen.
Patientin Nr. 41001855XX: Aha.!

Regie: Patientin Nr. 41001855XX: Atmet EIN und AUS ...

Patientin Nr. 41001855XX: Ääh, ja, also. Alles fing mit einer Ganglionoperation letztes Jahr im Januar an. Äääh, ja. Und wegen Wundheilungsstörungen aus unklarer Ursache waren diverse, eher viele Operationen notwendig geworden. Ääh. Ja, also. Spalthaut, künstliche Haut usw. war auf dem Fuß. Hat aber nicht zum gewünschten Erfolg geführt.

Regie: Die Haltung und das verstärkte Kaugummikauen des nicht besonders interessiert wirkenden Arztes zeigen Ungeduld.

AA: Sie sprechen in unvollständigen, unzusammenhängenden Sätzen, Frau ....
Patientin Nr. 41001855XX : ÄÄÄhhh? Bitte?

AA: Also, wenn Sie so pessimistisch an die Sache ran gehen, dann brauchen wir Sie auch gar nicht weiter zu behandeln oder gar operieren. Mit so einer Einstellung gegenüber Ihrem Fuß wird das nichts werden.
Na, dann zeigen Sie mal Ihr Problem. Wundheilungsstörungen zu behandeln, ist eigentlich ganz einfach. Kein großer Akt. Sie müssen einfach nur jeden Tag Vitaminbrausetabletten zu sich nehmen. Nehmen Sie bestimmt nicht, oder? Kann man sich auch bei Aldi kaufen. Jeden Tag eine. Mach ich auch , wenn ich eine Erkältung habe.
Sie werden merken, nach einer Woche ist die Wunde verheilt. Einfach Vitamin C.

Regie: Patientin Nr. 41001855XX schaut sich in der Kabine um. Selbst die Decke wird inspiziert. Sucht nach einer „versteckten Kamera“. Heftiges Einatmen / Ausatmen.

Patientin Nr. 41001855XX: Aha. (Pause) Sie wollen mich jetzt auf den Arm nehmen, stimmt's, Herr Dr. AA?

Regie: AA kaut verstärkt mit sichtbar verärgerter Mimik.

AA: Frau....! Wieso kommen Sie hierher, wenn Sie eigentlich keine Therapievorschläge hören möchten?

Regie:Patientin Nr. 41001855XX sichtbar irritiert.

Patientin Nr. 41001855XX: ÄääH. Doch, doch, will ich. Kommt mir gerade nur, entschuldigen Sie bitte, aber doch irgendwie etwas banal vor und ich frage mich, warum ich dann in den letzten Wochen noch kein Vitamin C bekommen habe, wenn´s dann doch so einfach wäre. Die Eisensubstitutionsvariante kenne ich ja schon. Aber Vitamin C?

AA: Sagen Sie mal Frau....., haben Sie vielleicht Beziehungsprobleme?

Patientin Nr. 41001855XX.: Bitte?

AA: Ja. Das kann sich auch auf das Immunsystem auswirken. Das kenn ich von mir.

Patientin Nr. 41001855XX: Aha! Nein, danke der Nachfrage. Mir geht's gut.

Regie: Patientin Nr. 41001855XX packt ihren Fuß aus.

AA: Ja. Sieht doch chirurgisch gut aus. Und die Kollegen haben Ihnen doch bestimmt schon gesagt, dass die Wunde von innen nach außen heilen muss...

Patientin Nr. 41001855XX: Ja, aber ich bin unter anderem auch hier, weil sich da neue Stellen gebildet haben ...

AA: Wie gesagt, täglich eine Vitamin C Tablette, ich verpasse Ihnen jetzt ein Fußbad und dann ist´s gut!

Patientin Nr. 41001855XX: Fußbad?

AA: Wollen Sie nicht? Wieso ist das Ganglion überhaupt damals operiert worden? War doch eigentlich ne überflüssige Aktion, oder?

Patientin Nr. 41001855XX: Erstens will ich ein Jahr und diverse Operationen später nicht wissen, geschweige denn darüber nachdenken, ob irgendetwas überflüssig war oder nicht. Es ist, wie es ist. Und zweitens: Wollen Sie nicht doch mal meine Akte holen?

AA: Dann muss ich laufen und das Problem bzw. Nichtproblem sehe ich doch..

Regie: Patientin Nr. 41001855XX atmet EIN und AUS ...

AA: Wollen Sie jetzt ein Fußbad oder nicht?
Patientin Nr. 41001855XX: Ääh, mmh.

AA: Sie lehnen also ab.
Patientin Nr. 41001855XX: Ää ...

Regie: Patientin Nr. 41001855XX wird im Ausatmen unterbrochen.

AA: Also, wenn Sie jetzt meine Therapievorschläge ablehnen, dann werde ich doch mal Ihre Akte holen, um Ihre Ablehnung schriftlich zu dokumentieren und alles, was dann mit Ihrem Fuß passiert, liegt in Ihrer Verantwortung und gut ist.

Regie: Patientin Nr. 41001855XX sucht mit den Augen weiterhin den Raum ab, weiter auf der Suche nach der „versteckten Kamera".
Einatmen/ausatmen.

AA: Würden Sie sich bitte jetzt mal zur Sache äußern, ich habe nicht ewig Zeit.
Patientin Nr. 41001855XX: Um was für ein tolles, medizinisches Fußbad handelt es sich denn, ich bin etwas irritiert, da ich noch nie ein Bad für meinen Fuß erhalten habe. Und muss ich die Bäder dann zu Hause fortführen?

AA: Nein. Das Fußbad reicht einmalig aus.
Patientin Nr. 41001855XX: Um was für ein phänomenales Fußbad handelt es sich denn? Sauerstoffbad, wie in der Physioabteilung?

AA: Nein. Wir machen Ihnen ein Kamillosanbad.

Regie: Patientin Nr. 41001855XX muss unwillkürlich lachen.
AA: Reagiert säuerlich.

AA: Was gibt es da zu lachen? Lehnen Sie ab? Dann notiere ich das jetzt.

Patientin Nr. 41001855XX: Entschuldigen Sie bitte Dr. AA, aber ich komme doch nicht wegen Vitamin C-Tabletten, einem Kamillosan-Fußbad und der Frage nach Beziehungsproblemen nach insgesamt 6 Wochen stationären Aufenthalts in Ihre Klinik. Abgesehen vom für mich riesigen logistischen Aufwand, den es bedeutet, von O-City nach H-City zu kommen ... Dr. J und Dr. L machen sich ernsthaft Sorgen um meinen Fuß und alles, was damit zusammenhängt.

Regie: AA verlässt die Kabine. Nach zehn Minuten betritt Schwester C. die Kabine.

Schwester C.: Was sollen wir jetzt machen?
Patientin Nr. 41001855XX: Fußbad? Und kommt Dr. AA eigentlich noch mal zurück?

Schwester C.: Ich glaube nicht.
Patientin Nr. 41001855XX: Bitte?

Regie: Schwester C. ruft AA über Handy an. Nach weiteren 5 Minuten kommt der Arzt zurück.

AA: Entschuldigen Sie, aber ich musste mal aufs Klo!

Regie: Patientin Nr. 41001855XX kennt das Problem und reagiert mit Zeichen des Verständnisses.

AA.: Also ... was wollen Sie jetzt noch von mir?
Patientin Nr. 41001855XX: Ich würde gern etwas über das weitere Prozedere erfahren. Zum Beispiel Lymphdrainage. Wie oft in der Woche würden Sie eine solche Behandlung empfehlen?!
Und wie sieht es mit der Mobilisation aus? Ab wann und wie kann ich den Fuß und das linke Bein belasten? Und mein Lieblingsthema: Reha. Ich komme da nicht weiter. Die Kostenübernahme ist nicht gesichert ...

Regie: AA unterbricht die einigermaßen vollständig artikulierten Sätze der Patientin Nr. 41001855XX

AA:Treiben Sie eigentlich Sport? Würde Ihnen ganz gut tun. Können Sie auch ambulant in jeder Stadt ihrer Wahl vollziehen. Ist von Vorteil, nicht nur für den Fuß. Und dann sollten Sie auch mal wieder

arbeiten gehen. So ein Fuß ist doch kein Grund, um keiner Beschäftigung mehr nachzugehen...

Regie: Patientin Nr. 41001855XX unterbricht AA

Patientin Nr. 41001855XX: Ääähh, mmmh. Ich habe da mehrere Baustellen. Steht ja auch in der Krankenakte ...

AA: Ja, ja! Gut. Aber dann wenigstens Sport. Welche Art des Sportes bevorzugen Sie?
Patientin Nr. 41001855XX: Tennis und Volleyball. Und für Olympia 2012 in London habe ich mich auch schon angemeldet..

Regie: Patientin Nr. 41001855XX hat leicht gereizten Gesichtsausdruck. AA scheint sichtlich irritiert, Schwester C. lacht

AA: Also! Und was ist jetzt noch mit Ihrem anderen, dem linken Bein? Wenn ich mir das auch noch anschauen soll, müssen Sie schon die Hosen runterlassen.

Regie: AA lacht und holt das Ultraschallgerät. Beim erneuten Eintreten in die Kabine fällt der Blick auf das Bein der Patientin.

AA: Oh, das sind aber heftige Serome. Na, da soll sich dann doch mal lieber der Professor drum kümmern. Tschüss, Fr. Maschke! Ich muss mich jetzt mal um die privaten Patienten kümmern.
Patientin Nr. 41001855XX: Na, dann aber mal schnell...

AA: Ich habe Ihnen ja wohl jetzt genug Zeit zur Verfügung gestellt.

Regie: AA verlässt die Kabine, Patientin Nr. 41001855XX sitzt fassungslos auf der Liege, suchender Blick nach der eventuell doch irgendwo „versteckten Kamera" ...

Ende.

Im Lauf des Gespräches wandelte sich schließlich die Tragödie doch noch zur Komödie …

Sie beide fungieren inzwischen ja schon als „seelischer Kummerkasten". Aber, liebe Frau Unbekannt, lieber Herr Unbekannt …. was ich noch nicht erzählt habe: Kaum war der Protagonist der Kabine entflohen, öffnete sich erneut die Tür und … es stand … WIRKLICH WAHR!!!! ... ein Kamerateam vor der Tür. Gott sei Dank stellte sich innerhalb von Sekunden heraus, dass an diesem Tag ein Fernsehteam mit Schwester Diana unterwegs war …
Tiefes einatmen, tiefes ausatmen.
Oh! War ich froh!!!
Gut, dass das mit dem gleichmäßigen Atmen geklappt hat, sonst hätte ich mich doch noch irgendwann am Beatmungsgerät wiedergefunden oder mit einer Plastiktüte vor dem Gesicht ... !!

Ach, ja. Und jetzt weiß ich immer noch nicht, ob ich Ihnen so einfach mein Erlebtes senden darf beziehungsweise sollte …
Ach, was. Ich glaub, ich mach´s einfach.

Und ein paar Tage später.
Heute habe ich einen Brief von der Rentenversicherung aus Berlin erhalten. Eigentlich ein Schreiben an meinen Hausarzt Dr. Børge mit der Frage, ob er auch der Meinung sei und es tatsächlich befürworten würde, dass eine Reha.Maßnahme für mich notwendig ist …

Jetzt habe ich schon so viele Operationen hinter mir und bekomme nach wie vor keine Reha bewilligt.
Ohne weiteren Kommentar, aber dafür mit einem tiefen, innerlichen Aufstöhnen ...

115 – Metamorphose

„Als Gregor Samsa eines Morgens aus unruhigen Träumen erwachte, fand er sich in seinem Bett zu einem ungeheuren Ungeziefer verwandelt ....“

Ich bin heute mit dem Rollstuhl rückwärts umgekippt. Auf der Straße. Und ich fühlte mich wie der Protagonist in Kafkas Roman „Die Verwandlung“.
Ich meine, also Bitte! Ich bin ja nicht gelähmt, nur auf der rechten Seite fußmäßig etwas eingeschränkt und links das Bein etwas schlapp … aber nichtsdestotrotz:
Ich kam aus dem umgekippten Rollstuhl nicht mehr alleine raus ... Mein klitzekleines, weiteres Problemchen: Ich lag nicht auf einer schönen, weichen Blumenwiese, nein. Untergrund war reiner Asphalt. Eine ziemlich befahrene Straße. Aber breit genug für die Autofahrer, um schön um mich herum zu fahren.
Ich glaube schon, dass ich einigen Menschen leid tat. Besonders den Kindern. Ich weiß nicht, wie viele Augenpaare mich für den Bruchteil einer Sekunde (die Autos fuhren nämlich in einem rasanten Tempo an mir vorbei) angestarrt haben.
Niemand hielt an.
Ich bin in solchen Situationen einfach zu unflexibel: Schlau wäre es gewesen, wenn ich mich einfach ein bisschen mittiger auf die Straße gerollt hätte. Am besten über beide Fahrstreifen auf einmal. Dann hätten die Menschen in ihren blechernen Kisten doch mal anhalten müssen und ich wäre mit dem Erheben von „Wegezoll“ innerhalb weniger Minuten reich geworden.

Es sind nämlich eine ganze Menge automobiler Mitmenschen an mir vorbeigefahren. Verdammt viele.

Fazit des heutigen Tages: „Ohne Spontaneität kein Reichtum“:

Ihr armen Seelen.

Und doch ist heute irgendwie auch ein schöner Tag.
Die Sonne scheint.
Das tut gut.

Mir fällt gerade mein Lieblingsgedicht von Mascha Kaleko aus dem Buch „In meinen Träumen läutet der Sturm“ ein:

Sozusagen grundlos vergnügt

Ich freu mich, daß am Himmel Wolken ziehen
Und daß es regnet, hagelt, friert und schneit
Ich freu mich auch zur grünen Jahreszeit,
Wenn Heckenrosen und Holunder blühen.
– Daß Amseln flöten und daß Immen summen,
Daß Mücken stechen und daß Brummer brummen.
Daß rote Luftballons ins Blaue steigen.
Daß Spatzen schwatzen. Und daß Fische schweigen.

Ich freu mich, daß der Mond am Himmel steht
Und daß die Sonne täglich neu aufgeht.
Daß Herbst dem Sommer folgt und Lenz dem Winter,
Gefällt mir wohl. Da steckt ein Sinn dahinter,
Wenn auch die Neunmalklugen ihn nicht sehn.
Man kann nicht alles mit dem Kopf verstehn!
Ich freue mich. Das ist des Lebens Sinn.
Ich freue mich vor allem, daß ich bin.

In mir ist alles aufgeräumt und heiter:
Die Diele blitzt. Das Feuer ist geschürt.
An solchem Tag erklettert man die Leiter,
Die von der Erde in den Himmel führt.

Da kann der Mensch, wie es ihm vorgeschrieben,
– Weil er sich selber liebt – den Nächsten lieben.
Ich freue mich, daß ich mich an das Schöne
Und an das Wunder niemals ganz gewöhne.
Daß alles so erstaunlich bleibt, und neu!
Ich freu mich, daß ich ... Daß ich mich freu.

Mascha Kaléko: In meinen Träumen läutet es Sturm.
© 1977 Deutscher Taschenbuch Verlag, München

116 – Junk und schwarzer Teer

Also! Rollstuhlfahren ist auch so eine Erfahrung fürs Leben.
Hier Impressionen aus der Sicht eines Menschen, der dem Dreck der Straße, insbesondere grau-schwarzen, platt getretenen Kaugummis, auf bedrohliche Weise nahe gekommen ist:

Wird Zeit, dass ich ans Laufen komme.

Da fahre ich heute als Nichtstudent auf dem Campus herum. Ja, die Stadt hat Geld, so scheint´s. Und wieder werden die Fußgängerzonen neu asphaltiert. Der Boden bleibt, trotz des neuen Materials, sehr uneben. Der Teer ist getrocknet – scheint es zumindest.
Die Passanten latschen ohne Probleme trocknen Fußes über die schwarze, frische, leicht glänzende Ebene. Hinweisschilder, bzw. „Betreten verboten!“- Schilder entdecke ich keine. Dafür aber eine kleine schräge Ebene. Prima.
Ich nehme ein bisschen Fahrt auf. Ich will ja auch nicht wieder rückwärts runterrollen. Das provoziert nur mitleidige Blicke anderer Stadtbummler. Ich will ja nicht als schwächlich auffallen.
Und habe ich nicht erst gestern meinen Nachbarn im Garten stolz meinen Bizeps und meinen Trizeps gezeigt? Und sie fühlen lassen?
Also.
Ich, in vollem Tempo auf die winzige, klitzekleine Rampe zu …
... und das war es dann.

Ich steckte fest.
Ich hatte wohl die einzige, winzige, noch nicht ganz trockene, dafür weiche, sogar sehr weiche, Stelle der gesamten Straße erwischt.
Und steckte fest.
Hektisch versuchte ich, zu rangieren. Was total bescheuert war. Ich sank immer tiefer ein. Die Reifen standen irgendwann fest. Verklebt. Total zugeteert. Aber nicht nur die Reifen. Durch mein panisches, mechanisches, destruktives Verhalten, befand sich die schwarze Masse innerhalb kürzester Zeit überall.
Bis ich das registriert hatte, war ich mir schon vor lauter Schweißausbruch zig mal durchs Gesicht und durch die Haare gefahren.
Ich habe ihn:

Den neuen Job mit Perspektive: Ich will Schornsteinfeger werden … „Warum mein Schatz, ziehst du schwarze Sachen an? Schwarze Kleidung mein Schatz, warum?“

Peinlich.

Mehrere Passanten hatten Erbarmen mit mir und zogen mich aus dem Morast.
Ehrlich:
Nach den ganzen Monaten kann man einfach nicht mehr über solche Situationen heulen.
Ich habe da ja eher Fluchtgedanken entwickelt: Ich wollte ganz schnell nach Hause.
„Aber da waren sie wieder… meine drei Probleme“: die ganze „Teerkacke“ hing unter anderem an meinen Händen und an den Rädern.
Ich klebte mit jedem erneuten Handgriff so heftig am Reifen fest, dass ich nicht wirklich vorwärts rollen konnte.
Und wirklich rückwärts konnte ich auch nicht mehr fahren.
Ich saß nach wie vor fest...
… Beinahe hätte ich doch noch Tränen der Verzweiflung und des Zornes verströmt, da kam mir die Idee der Verzweifelten ... Not macht erfinderisch! ... Und deshalb ist mir wohl auch der Gedanke gekommen, dass doch der große Elektromarkt mit Teppich ausgelegt ist!
Beide Verkaufsebenen übrigens!...
Und da bin ich dann rein.
Pokerface!
Und so getan, als suche ich eine DVD. Eine ganz besondere.
Eine schwierig auffindbare!
Ach.
Und da mir der Titel auch nicht mehr ganz präsent war, Pokerface, … musste ich das ganze Sortiment in alphabetischer Reihenfolge immer wieder rauf und wieder runter rollen...

Um ehrlich zu sein … hat super geholfen und funktioniert!
Der Teer meiner Räder klebte jetzt auf dem Teppich...

Soooorrryyy! ... Liebe Putzfrau des „fernen Planeten“ ...

117 – Planetenwechsel

Sesamstraße - Revival: Kann sich noch jemand an die Anfangszeit der Sesamstraße in den siebziger Jahren erinnern? An die Szene, in der ein Kind eine x-beliebige Dose aus einem schön aufgebauten Konserven-Turm rauszieht?

Ja? Dieses Gefühl kenne ich jetzt auch, denn die Geschichte des heutigen Tages ist noch nicht zu Ende ...
Ich hatte ja immer noch die ganze Schmiere im Gesicht und an den Händen und eigentlich überall. Ich überlegte nach einer nahegelegenen Möglichkeit, mich zu „säubern".
Ich fuhr, da der Elektromarkt leider keine Kundentoilette aufzuweisen hat, rüber zum „grünen Planeten" - einer Kaufhaus-Filiale, die eben erst umgebaut worden war. Alles schick, alles neu.
Leider müssen sich die Innenausstatter beim Aufstellen der Regale oder der Podeste etwas vermessen haben: Oder sie haben einfach nicht darüber nachgedacht, dass Kunden mit Kinderwagen ihr Kind nicht unbedingt zwanzig Meter vom Produkt der Begierde entfernt stehen lassen möchten. Diese Eltern haben da jetzt das Problem der Entscheidung: Entweder, sie können das Kind alleine und unbeaufsichtigt irgendwo hinstellen oder sie sorgen für ein forciertes Produktbegutachten!
Dem Rollifahrer geht es da ähnlich: Produkt oder Rolli?
Beides zusammen geht definitiv nicht.
Die Gänge zwischen den Regalen sind so eng, dass ein Durchkommen mit Rolli oder Kinderwagen unmöglich ist. Und da ich es nicht glauben kann, obwohl ich den Versuch einer jungen Mutter bereits beobachtet habe und immer noch von einer optischen Täuschung ausgehe, versuche ich es mit Schwung.
Habe ein gutes Gefühl und ... verfange mich mit der Gummierung der Räder an einem Podest.
Auf dem Podest befanden sich schön akkurat und fachmännisch drapiert: 64 Handtücher. Das weiß ich (eine halbe Stunde später) so genau, weil ich diese Frottee-Exemplare mit einer armen Auszubildenden zusammen wieder aufzutürmen versuchte.
Leider vergaß ich vor Schreck, zumindest für diese Zeit, meine schwarzen Teerfinger! Bis auf die Handtücher hat es aber keiner mitbekommen.
Ein schwungvoller Tag geht zu Ende.

Jetzt bin ich zu Hause. Und ich gehe heute nirgendwo mehr hin.

118 – „Wir Invaliden müssen zusammenhalten!“

Heute ist was Tolles passiert.
Ich war einkaufen. Was zunächst nichts Besonderes ist.
Wenn man immer in denselben Geschäften in der Nähe des Wohnorts einkaufen geht ... also ich kann das nicht lange.
Ich brauche Abwechslung. Die nutze ich.
Der Radius meiner Unternehmungen und meine Flexibilität in Sachen „Einkaufen“ haben sich seit meiner Fußgeschichte stark reduziert. Unglaublich.
Ich darf da gar nicht ernsthaft drüber nachdenken. Geschweige denn, diese kleine, begrenzte „Shopping-Zone“ vor meinem inneren Auge entstehen lassen. Da bekomme ich sonst sofort ein Gefühl von Platzangst.
Wenn ich einen Termin bei Dr. Miles oder im Krankenhaus habe, nutze ich gleich die Gelegenheit aus und gehe, bzw. rolle, mal zu einem anderen Lebensmittel-Supermarkt.
Um in den Laden zu gelangen, muss man nicht nur die Hindernisse einer „Buckelpiste“ überwinden; der Ort ist auch fester Treffpunkt einer Gruppe von Obdachlosen und Alkis.
Ist auch alles Okay.
Normalerweise ...
... wenn man dem Alkohol und den urinierenden Menschen ausweichen kann ...
Konnte ich leider zweimal nicht.
Einmal ist mir jemand direkt auf den Schoß gefallen. Und beim zweiten Mal hat eine stark alkoholisierte Frau mir direkt vor die Fußstützen des Rollis gekotzt.

Ihr war wohl ziemlich schlecht.
Und ich hätte mich dem direkt anschließen können.

Da setzt selbst bei mir für ein paar Sekunden mein Mitgefühl aus!!
Zum Glück hatte eine Verkäuferin das ganze Drama beobachtet und am Verhalten der Frau schon geahnt, dass das nicht gut gehen kann. Sie kam direkt mit einer riesigen Flasche Desinfektionsmittel und zwei Rollen Küchenkrepp zu Hilfe.
Dadurch war ich abgelenkt und mein Groll schnell verflogen.
Auch hatte ich früher nie Angst vor Hunden. Doch diese Truppe hat ihre Hunde nicht besonders gut unter Kontrolle.

Ich weiß auch nicht, warum Typen wie die vorm Edeka, Kampfhunde besitzen müssen.
Statussymbol usw. ... ich weiß.
Aber dann doch bitte gut erzogene Exemplare! Obwohl ich langsam den Verdacht habe, dass das mit der Erziehung und dem Unterdrücken des Jagdtriebs gar nicht im Interesse der jeweiligen Besitzer liegt.
Oder wie ist es sonst zu verstehen, dass diese Hunde immer, wenn ich an ihnen vorbei fahre, nach meinen Armen schnappen? Zugegeben! Meine Arme befinden sich natürlich auch in einer appetitlichen Greif-Fass-Höhe. Einen der Hunde hatte ich auch schon an meinem Jackenärmel.
Ich bekomme es dann wirklich mit der Angst zu tun.
Meine Angst wird dann noch zusätzlich angeheizt, wenn die Hundebesitzer sich über die Situation schlapp lachen und anfangen zu grölen.
Dann gibt's nur noch den einen, altbekannten Gedanken in meinem Kopf: Flucht!
Eigentlich hätte ich da gerne mal den Instinkt eines Angreifers ausgelebt, wie ein armer Löwe im Zirkus.
Gelingt mir aber nicht.
Rudimentäre Verhaltensweise auf Flucht kompensiert.
Na?
Vielleicht auch gesünder.
Aber es sind nicht alle der Alk-Truppe so. Natürlich nicht.
Und jetzt komme ich zum schönen Teil meines Tages:
Einer zum Beispiel ist anders.
Günther ... „Kannst mich Günthi nennen!"
Als ich in den Discounter rein fuhr, fühlte ich mich schon beobachtet und richtig: Eine wilde, ziemlich dreckig aussehende Gestalt schlenderte auf mich zu.
Ich gebe es unumwunden zu: Ein innerliches Aufstöhnen meinerseits. Kaum zu Ende gedacht, gefühlt und befürchtet, da wurde ich von Günther schon im Eingangsbereich abgefangen. Er fragte mich, ob er mir helfen kann. Nett gemeint.
Ich lehnte aber dankend ab. Heute gehe ich gern alleine shoppen und der Geruch nach Urin und Alkohol, den „Günthi" umgibt, ist heute nicht der Duft, den ich nach 4 Stunden Warterei im Krankenhaus auch noch zusätzlich zu meiner Geruchsreizüberflutung gebrauchen kann...
Günther akzeptierte meine Entscheidung.
Wir wünschten uns gegenseitig noch einen schönen Tag ... und trafen uns an der Kasse wieder.

Irgendwie hatte ich den Eindruck, dass ich erwartet wurde!?
Ich wurde von Günthi, der anscheinend schon einen Platz in der langen, sehr langen Warteschlange für mich frei gehalten hatte (peinlich!), vorgelassen und legte meine erworbenen Produkte auf das Fließband.
Zu spät bemerkte ich, dass ich meinen Einkaufskorb vor dem Fließband hätte abstellen müssen.
Es war Hauptverkaufszeit!
Diese kleine Nachlässigkeit bedeutete, dass ca. 5 Kunden den Rückwärtsgang einlegen mussten, damit ich meinen Korb loswerden konnte.
Bevor ich eine Lösung gefunden hatte, hatte sich Günther schon meines Problems angenommen: „Gib mal her mein Mädchen! Ich mach dat schon!“ und schwupp, schob er die fünf Leute zur Seite und dann gleich das Ganze noch mal in die andere Richtung zurück. Er wollte ja selbstverständlich wieder auf seine alte Position!
„Aufgestanden, Platz vergangen? Soweit reicht meine Hilfsbereitschaft dann auch nicht aus, ... dass man sich aufgrund seines sozialen Engagements wieder hinten in der Reihe anstellen muss ...Nein! Also, nee. Das wäre ja ein bisschen zu viel verlangt!“, erklärte er allen Anwesenden und klopfte mir auf die Schulter.
Ob man zuhören mochte oder nicht:
Niemand hatte die Möglichkeit, „Günthis“ Rechtfertigungs-Theorien zu ignorieren.
Er sprach nämlich nicht, er posaunte seine sozial engagierten Thesen heraus. Und die nächste Erkenntnis gleich hinterher, ... wobei er mir immer noch, ganz nebenbei, kräftig auf die Schulter klopfte:

„Wir Invaliden müssen ja schließlich zusammenhalten!“

Für einen kurzen Moment schloss ich meine Augen.
Ich weiß nicht mehr, ob ich wegen des Schlags auf meine Schulter reflexartig die Augen zugemacht habe oder ob mich der Körpergeruch von Günther für ein Sekündchen schwindelig werden ließ?
Egal.
Als ich die Augen wieder aufmachte, hatte ich nur grinsende Gesichter vor mir.

Alle nickten verständnisvoll und sahen zufrieden aus.

Hatten wohl alle gerade das Gefühl, mir auf irgendeine Weise geholfen zu haben.

Sieht so aus, als hätte Günther nicht nur mir einen Moment der Freude, des Spaßes und der zufriedenen Zusammengehörigkeit geschenkt......

Soziales Engagement scheint zu verbinden ...

119 – Optimismus trifft auf Pessimismus

Am Ende meiner letzten Termine bei Dr. Børge und Dr. Miles werde ich mit der Frage verabschiedet, warum ich den neuen Therapieideen eigentlich so pessimistisch gegenüberstehe.
Pessimistisch?
Zufälligerweise, aber das wissen die beiden nicht, war gestern und ist heute so etwas wie ein zweiter Jahrestag.
Früher habe ich mir nichts aus Jahrestagen gemacht.
Ganz im Gegenteil. Dieses ständige Zelebrieren von „heute-vor-acht Monaten-haben-wir-uns-kennengelernt" oder „heute-vor-vier-Monaten-haben-wir-uns-das-erste-Mal-geküsst" mochte ich schon als Jugendliche nicht.
Genauso verhält es sich mit reinen Konsumtagen wie dem Valentinstag oder anderen. Ist mir echt ein Graus.
Doch seit ein paar Jahren muss ich zugeben, dass Jahrestage trauriger Ereignisse mich doch auch emotional aufwühlen. Und ich auch froh bin, wenn dieser Tag dann vorbei ist.
Todestage zum Beispiel.
Natürlich ist der heutige Tag nicht so emotional besetzt und überhaupt nicht vergleichbar mit dem Todestag eines geliebten Menschen. Aber ein bisschen traurig und niedergeschlagen bin ich dann heute doch.
Heute vor zwei Jahren: die zweite Rückenoperation. Für mich ist das natürlich unverändert ziemlich präsent.
Den ganzen Tag über waren mir schon Gedanken durch den Kopf geschossen. Wie Dominosteine reihten sich die Ereignisse der Vergangenheit aneinander, bis heute, hier, in die Praxis der beiden Doktores. Wenn ein Stein kippt, setzte das prompt eine Kettenreaktion in Gang.
Die Bausteine dieser Gedankenkette: Zwei Jahre, mit vier Todesfällen, die mir sehr nahe gingen, der Abwesenheit des mir liebsten Menschen, etlichen Operationen (davon einmal mit meinem Einverständnis, dass es im Notfall zu einer Amputation meines Fußes kommen könnte), 15 Krankenhausaufenthalte, ca. 138 Mitpatienten und deren Lebensgeschichten, 10 Monate Rollstuhl. Die Schmerzen erwähne ich jetzt lieber nicht, vereiterter ZVK, zweimaliges Durchstechen der Carotis, erniedrigende Gespräche auf einem Stationsflur, verbunden mit dem Hinweis, dass es sich bei mir um eine simulierende Patientin handeln muss. Vom (ehemaligen) Hausarzt in dessen überfüllter Praxis angeschrien zu werden, mit dem Tenor, dass ich an allem selber Schuld habe…

Immer wieder Schuld.
Warum eigentlich?
Weil ich es nicht geschafft habe, durch eigene Willenskraft meinen Körper zu heilen?
Schuld.
Rentenbescheid. Verlust vieler sozialer Kontakte …
.....
Traurige, mitfühlende Freunde und Familienangehörige. Resignierende Therapeuten und Ärzte.
Ein verstaubtes Auto in der Garage.
Schuld.

Ein wartender Lasse.
Ganz viel Schuld.

So.

Meine kritischen Reaktionen auf neue Therapieideen?
Ich spüre gerade nur noch eine Art von Müdigkeit, die ich kaum steuern kann.
Ich bin total erschöpft.
Kann gar nicht klar denken.
Mir ist ganz schwindelig.
Das wirkt auf mein Gegenüber bestimmt völlig desinteressiert und bestimmt nicht freudig impulsiv. Aber reicht das aus, um mich deshalb als pessimistisch zu bezeichnen?
Bin ich wirklich ein Pessimist?

Dr. Miles und Dr. Børge, beide empfänglich für emotionale Anspannungen und Reaktionen ihrer Patienten, schauen mich irgendwie besorgt und mitfühlend, aber auch kritisch an.

Ich habe in solchen Momenten das Gefühl, mich verteidigen zu müssen und antworte, dass ich mich nicht als pessimistisch bezeichnen würde, höchstens vielleicht als kritisch und vorsichtig. Ich muss auf mich aufpassen.
Ich möchte nicht mehr naiv auf alle Vorschläge eingehen. Sie nicht zu hinterfragen und die Verantwortung über meinen Körper an Ärzte (und andere) abgeben.
Das bringt ja auch nichts.

Wenn es, wie in der Vergangenheit, Probleme gibt oder kein Vorwärtskommen zu erkennen ist, bin ich, so zeigt es ja die Geschichte, sowieso für alles allein verantwortlich oder schuldig.
Das ist an manchen Tagen sehr schwer auszuhalten.
Man fühlt sich dann wirklich nur noch mies.
Ein Klotz am Bein.
Für alle.
Für mich selbst.
Dann kann ich doch besser gleich von Anfang an mit agieren und delegieren, oder?

Dr. Miles und Dr. Børge stimmen zu und erläutern ihre Sichtweise: Dass tatsächlich, in manchen Momenten, die verschiedenen Ansichten und Ideen nicht zusammenpassen. Und das macht oft den Umgang zwischen Arzt und Patient nicht ganz einfach, da diese Art der Kommunikation dann auf zwei sehr verschieden Ebenen stattfindet: Der Arzt sieht in diesem Moment die bevorstehende und hoffentlich schnellstmögliche Genesung des Patienten. Der Patient möchte das natürlich auch, besitzt aber zusätzlich die bereits gewonnene und erlebte Erfahrung.
Und das ist es, was ich an vielen meiner Freunde und Bekannten sowie an einigen erwähnten Ärzten und Therapeuten sehr schätze:
Das Denken über den Tellerrand hinaus und Erkennen der Tatsache, dass es sich so oft um zwei verschiedene Sichtweisen handelt und es in den meisten Fällen einfach nicht der Realität gerecht wird, dass immer nur eine Person oder eine Seite Recht hat und mit seiner/ihrer Weisheit richtig liegt.

Immer eine Frage der Sichtweise, hm?
In diesem Sinne für heute genug philosophiert und Tschüß erst mal.

Kann doch nicht so schwer sein, endlich wieder gesund zu werden, oder?

120 – Rückkehr und Invasion der Bakterien

Der Pseudomonas ist wieder da.

Mist.

121 – Hochschule Noah Nerv
März 2012 ist vorbei. Ich bin wieder zu Hause.

Jetzt geht's wieder...

Ich habe mir gerade die Zähne geputzt. Mit richtig, richtig viel Zahnpasta! Hätte wahrscheinlich für vier Zahnputzanwendungen gereicht. Ahh, Das tat gut.
Ich liebe dieses Ritual ... wenn die Zahnpasta verschwenderisch nur so schäumt ...
... Dann bin ich wieder zu Hause.
Ich brauche dann keine Angst mehr zu haben.
Das mag banal klingen. Wenn man ins Krankenhaus geht, gibt man ja auch immer ein Stück der Selbstkontrolle über sein Leben ab. Und wenn es sich auch nur um das Equipment von essenziellen Hygieneartikeln handelt ... , wenn „DIE" sich zu Ende neigen, ist man hilflos – eventuell stinkend-schmuddelig – ausgeliefert oder total von anderen Personen abhängig, die, wenn sie kommen, für Nachschub sorgen können.
Wenn kein Besuch kommt, ist man in so einem Fall wirklich aufgeschmissen.
Das kann richtig schlimm, kann sogar peinlich werden. Es kann einem Schweißperlen auf die Stirn treiben. Besonders, wenn im Krankenhaus-Kiosk eine kleine Packung Tampons 5,50 € kostet.
Aber nicht nur wegen des Preises. Je häufiger die Krankenhausaufenthalte, je größer die Distanz zum normalen, sozialen Leben wird, umso wichtiger wird der Besitz eines Stückchens Heimat in Form von vertrautem Parfüm, Zahnpasta oder Shampoo. Einfach alle alltäglichen Gegenstände aus dem verlassenen Alltag bekommen eine nie zuvor gespürte Bedeutsamkeit. Und Vertrautheit.

Und deshalb steht das verschwenderische Benutzen von Hygieneartikeln, wenn ich wieder zu Hause bin, als Symbol für die wiedererlangte Selbstständigkeit.
Ich brauche keine Angst mehr zu haben, dass mir z.B. die Seife ausgeht.
Wenn sich das Ende der Zahnpasta anbahnt, kann ich einfach zum Supermarkt gehen.
Wann ich will. Das ist zu Hause sein!

122 – Ein bisschen Retro|Perspektive Die Hochschule Noah-Nerv im Februar und März 2012

War ich *PESSIMISTISCH* ... oder habe ich inzwischen kassandrische Fähigkeiten?

Ich bin ein weiteres Mal stationär in der Hochschule Noah-Nerv aufgenommen worden.
Wir wollten es noch mal versuchen.
Die Mediziner „all inclusive" („Verschleiß an Koryphäen" - Zitat Dr. Børge ... aber lustig und sehr nett gemeint ...).

Und Ich.
Noch mal versuchen, den Fuß zu reparieren.
Noch mal.
Noch mal die Bemühungen der Ärzte. Allen voran Dr. Jakobson, der nicht aufgibt und sich anscheinend gegen seine Kollegen durchsetzen musste, um mir eine erneute Chance zu geben.
Die Ideen zur Heilung meines Fußes scheinen hier dieses Mal eher heterogen zu sein.
Ich habe kein gutes Gefühl.
Es ist der achtzehnte Krankenhausaufenthalt in drei Jahren.
Noch nie ist es mir so extrem schwergefallen, meine Koffer für den stationären Aufenthalt in einer Klinik zu packen, wie dieses Mal. Natürlich habe ich noch nie Jubelschreie ausgestoßen, wenn ein Krankenhausaufenthalt anstand.
Doch dieses Mal war es von Anfang an anders. Mein sonst schon routiniertes Packen wurde ständig von starken Wellen der Emotionen unterbrochen. Genauer: Das Kofferpacken wurde mit jedem neuen Kleidungsstück regelrecht abgebrochen. Ich konnte mich überhaupt nicht konzentrieren. Wenn ich der Meinung war, es jetzt geschafft zu haben, ... nur noch die Verschlüsse schließen, ... dann kann es losgehen, ... habe ich den Inhalt des Koffers komplett umstrukturiert.
Ich war total konfus.
Wusste absolut nichts mehr! Was soll ich einpacken? Was brauche ich? Was ist überhaupt nötig? Für wie viele Tage packe ich eigentlich? Koordination?
Nichts.

Leere in meinem Kopf.
Dafür im Rest des Körpers: Pure Angst.
Ich verstand mich selbst nicht mehr.
Thomas Bernhard hat in seinem Buch „Wittgensteins Neffe“ vom „routinierten Kranken“ gesprochen.
Den Begriff fand ich immer super. Erklärte das ganze Leben eines chronisch Kranken mit nur zwei Wörtern!
Perfekt.
Zwei Wörter.
Ein ganzes Leben.
Davon war ich weit entfernt. Mir wäre nicht mal die Zusammenstellung einzelner Buchstaben für ein Wort eingefallen.

Boggel.
Ein Spiel, welches ich meinen Eltern zu verdanken habe. Wir haben früher oft Boggel gespielt. Sechzehn Würfel, die statt Zahlen Buchstaben auf den sechs Seiten haben. Die Würfel werden geschüttelt, ausgeworfen. Aus den nun vorliegenden sechzehn Buchstaben muss jeder Spieler innerhalb von drei Minuten so viele Wörter wie möglich zusammensetzen. Wer die meisten Begriffe und Namen gefunden hat, gewinnt die Runde...
Imaginäres Boggel hilft super, wenn man Panik hat oder wenn das Gefühl aufkommt, sich schnell aus gerade erlebten Situationen des Lebens „davon denken“ zu müssen...
Wenn ich irgendwo liege und mich nicht so gut fühle, zum Beispiel im Kernspin und das Gerät heißt auch noch „Gyrosscan“, dann ist das natürlich der Startschuss für mich und eine Runde fiktiven Boggel! Vorteil: Der Gewinner steht schon fest und ich habe mehr als drei Minuten Zeit!
Sieger in jeder Hinsicht!

Und gerade wieder geschafft...
Mit Buchstaben die Angst vor meinem nächsten stationären Aufenthalt „weggeschrieben“.
... oder doch nicht?

Viele Ärzte und viele Meinungen.
Ich bin froh, dass ich vor ein paar Jahren den Mut hatte, Dr. Virtus Jakobson anzusprechen und mich getraut habe, ihn zu fragen, ob er sich vorstellen könnte, für mich als Ansprechpartner zu fungieren. Während meines ersten Aufenthaltes war mir die täglich wechselnde Ärzteschaft zu viel geworden. Ich kam mir sowieso schon ganz wuselig und orientie-

rungslos vor. Und fühlte mich bezüglich Fragerei und Therapiefortführung ganz durcheinander und überfordert.
Alle Ärzte sind hier Koryphäen - auf ihrem Gebiet.
Allein das Fach „Plastische Chirurgie“ scheint ein eigenes, medizinisches Lexikon füllen zu können.
Wie auch immer.
Dr. Jakobson hatte sich einverstanden erklärt. Ich bin froh darüber und ich hoffe sehr, dass er seine Entscheidung inzwischen nicht bereut. Vielleicht zwischendurch insgeheim verflucht, aber bitte nicht aufgibt.

Dieser Fuß ist aber auch ein Kuriosum.
Ständig gibt er Anlass zur Irritation der Emotionen, zur Ohnmacht der operativen und therapeutischen Möglichkeiten, zum Schulterzucken, zur Fassungslosigkeit ... zur Resignation.

Ich war diesmal ziemlich genau vier Wochen in der Klinik.
Noch mal. Mal wieder.
Noch mal zwei Operationsversuche.
Und noch mal eine kleine, nicht geplante, dritte Operation. Ausgelöst durch eine rosa Braunüle®, die sich nach nur einem Tag entzündet hatte. .....Das kurzweilige Leben der Braunülen® in meinem Körper erinnert mich immer an das Leben der *Drosophila melanogaster*: Wenn die Weibchen ihre fast 400 weißlich-gelben Eier abgelegt haben, vorzugsweise auf gärendem Material (Huhu, ekelige Körpermasse namens Ich!?), die Eier sich in einem wohligen Raumklima von angenehmen 25° C einnisten, es sich also gemütlich machen, schlüpfen nach ca. 22 Stunden die Larven und machen sich sofort auf die Suche nach Futter......
So ähnlich fühlt sich das bei mir auch an: Entweder, mein Körper will schon nach wenigen Stunden dieses Fremdobjekt nicht mehr in der Vene haben und reagiert mit „Verstopfung“, sprich die Infusionen laufen para oder der Fruchtfliegenlarve ähnlich: Normale Bakterien, die jeder Mensch so auf der Oberfläche seiner Haut mit sich rumträgt, finden das bei mir aber langweilig und begeben sich auf die Suche nach einem neuen Abenteuer!
Dabei benutzen sie meine Venen als Geheimpfade und verteilen sich schön in meinem Körper ...
Klar! ... Expeditionen dieser Art machen Hunger und so suchen sie sich auch ziemlich schnell (s. Vergleich *Drosophila melanogaster)* zum Beispiel meine gesunden Zellen. Die aber auch gerne überleben möchten und mit Fieber reagieren bzw. rebellieren ...

So ein Prozedere der menschlichen und tierischen Art fand nun in meinem rechten Arm statt.
Natürlich.
Ich bin ja auch Rechtshänder. Und was diesen Arm, meine letzte, narbenfreie und tadellos funktionierende Extremität anbelangt, habe ich schon immer damit gerechnet, dass irgendwann der Tag kommen wird, an dem auch dieser letzte Körperteil mal schlappmacht oder einfach nicht mehr kann. Dieser Arm muss so viele Funktionen übernehmen, auch als Ersatz für den linken Arm, der aufgrund der Spastik nur noch einen Finger und den Daumen zur Verfügung stellen kann.
Außer Fieber hatte ich zunächst äußerlich - natürlich!- keine Entzündungsanzeichen.
Mal wieder nicht.
Dafür aber, wie immer: Diskussionen mit den Pflegis über Schmerzen und darüber, dass der von mir verspürte Zustand nicht „normal" sein kann. „Sie sind nach der ganzen Zeit einfach sehr empfindlich, Frau Maschke!"
Aber es war auch definitiv äußerlich nichts zu sehen.
Keine Rötung.
Keine Schwellung.
Nichts.
Nur für mich! Zu fühlen!
Die Stunden vergingen und die Bakterien hatten freie Bahn, in meinem Gewebe mal so richtig und in Ruhe zu wüten,...bis es nicht mehr ging.
Bis ich, immer noch ohne äußeren Anlass zur Sorge und/oder zum Handeln, ... bis mein Körper einen anderen Weg der Aufmerksamkeit fand: noch höheres Fieber.
Dieses Szenario endete dann mit einer Notoperation am späten Abend und anschließendem Aufenthalt auf der Intensivstation.
Die Vene war entzündet und vereitert.
Musste ein Stück entfernt werden.
„Wieso haben Sie sich denn nicht früher gemeldet?", fragte mich der Arzt auf der Intensivstation. „Wissen Sie nicht, wie gefährlich so eine Venenentzündung sein kann? Sie haben Glück gehabt. Eine halbe Stunde später und die Sepsis wäre da gewesen!"
Aha.
Spätere Aussage von Tom: „Das ist so ziemlich die größte Scheiße, die einem im Krankenhaus passieren kann. Für dich als Patient, aber auch für die Ärzteschaft!"
Aha.

„Patienten wie du sind echt die Pest!“
Fazit des Überlebens: Letzte narbenfreie Extremität hat jetzt auch eine „Schramme im Gewebe“.
Eigentlich bin ich doch jetzt komplett, oder?

Bin ich schön?
Ich mache da jetzt und im Nachhinein niemandem einen Vorwurf.
Ich kann das Verhalten der Pflegis und des Bereitschaftsarztes verstehen.
Wenn jeder Patient aufgrund von „nicht sichtbaren Wehwehchen“ diagnostisch auf den Kopf gestellt werden würde...
Nachts? ... aber ... trotzdem blöd ... für mich.
Immer wieder zu beweisen, dass was mit mir nicht stimmt, ist verflucht anstrengend.
Mir widerfahren Situationen wie diese immer wieder in meinem Leben ...
Ich tue aber auch nichts, um es zu verändern.
Im Gegenteil.
Ich ziehe mich zurück.
Versuche, den Schmerzen davon zu laufen.
An diesem Tag zum Beispiel war ich nur noch unterwegs.
Überall und nirgends.
Bloß nicht zur Ruhe kommen.
Bloß nicht den Schmerz spüren.
Bloß nicht merken, dass schon wieder was nicht ganz richtig verläuft.
Bloß nicht merken, dass da schon wieder was im Körper nicht richtig funktioniert.
Bloß nicht merken, dass da was Neues, vielleicht Krankhaftes auf mich zukommt.

Bloß nicht realisieren, dass das Neue eventuell bedeuten könnte, dass man sich wieder ein Stück vom Gesundwerden entfernt.
Bloß nichts merken ...

Ein paar Tage später reflektiere ich mit Dr. Jakobson die Situation und wir kommen zu der Erkenntnis, dass beide Seiten, sprich das medizinische Team und ich als Patient, lernen müssen.
Ich muss vehementer auftreten und verständlicher machen, dass es sich nicht um einen Pieks-Stich-Lappalien-Schmerz handelt, und die andere Seite muss lernen, auch auf die verbalen und nicht sichtbaren Schmerzäußerungen meinerseits zu reagieren.
Ich empfinde das als einer der schwierigsten Aufgaben überhaupt.

Was mich selbst gewundert hat, war meine eigene stoische Ruhe. Auch auf der Intensivstation. Ich lag da und habe alles nur noch über mich ergehen lassen. Irgendwann waren die Schmerzen und besonders die Kopfschmerzen so stark, dass ich einer Vollnarkose absolut nichts mehr entgegenzusetzen hatte.
In so einem Moment muss ich immer an Michael Jackson denken.
Dessen Musik entsprach zwar nie wirklich meinem Geschmack, er war aber als Musiker und Interpret bestimmt eine Ausnahmeerscheinung und seiner Biographie nach ein ausgesprochen interessanter Mensch – geplagt durch chronische Krankheiten. Gleichwohl war er aber, bis zu seinem Tod, in meinem Leben nicht besonders präsent. Sollte es sich wirklich um einen geplanten Suizid gehandelt haben, könnte ich es gut nachvollziehen, dass Propofol das Mittel der Wahl war. Oder es wurde einfach unterschätzt, welch gravierende Auswirkungen das Verlangen nach „mehr Schmerzmittel" haben kann.
Sanft einschlafen.
Ruhe.
Nichts mehr mitbekommen.
Keine Schmerzen.
Ruhe. Ruhe. Ruhe.

Allerdings ... wache ich dann nach einer begrenzten Zeit gerne wieder lebend auf...!

Das tue ich auch.
Ein paar Stunden später.
Aber immer noch mit Schmerzen.
Auf der Intensivstation.
Immer noch Fieber.
Trotzdem werde ich am nächsten Morgen wieder zurück auf die Station 37 verlegt.
Ich bin so froh.
Für mich beginnt direkt beim Verlassen der Intensivstation ein sofortiger Genesungsprozess.
Heute allerdings nur psychisch.
Abends lande ich direkt wieder auf der ITS.
Das Fieber hat sich wieder nach oben gearbeitet. 40,4° C. Das ist dem diensthabenden Arzt wohl zu hoch.
Ich konnte es nicht fassen.

Ich kam gerade aus dem Badezimmer und wollte zurück in mein Bett. Ich fühlte mich umsorgt. Ich hatte im Vierbettzimmer zwei richtig liebe Mitpatientinnen. Bianca und Tanja. Die haben mich in Ruhe gelassen, und doch war ich nicht allein. Die Gewissheit, jemandem Bescheid geben zu können, ist einfach toll. Mir geht's dann psychisch gut und ich habe das Gefühl, mich selbst halbwegs alleine wieder gesund zu bekommen.
Schon beim Öffnen der Zimmertür wurde ich vom Stationsarzt abgefangen und über die erneute Verlegung informiert. Ich lehnte das geplante Prozedere mindestens 100 Mal innerhalb eines Satzes ab.
Ich glaube, ich war richtig uneinsichtig und nervig.
Ich wollte nur meine Ruhe.

Und die hat man definitiv nicht auf einer Intensivstation.

Dr. Bärenmilch war standhaft und dabei die ganze Zeit ruhig. Hat uns immer wieder die Situation erklärt. Ist dann noch mit auf die Intensivstation gekommen, musste sich wegen mir noch von einem der dortigen Ärzte anpöbeln lassen, da ich doch eigentlich als chirurgischer Patient nichts auf einer internistischen Intensiv zu suchen habe.
Hätte ich gewusst, wie schwierig es eigentlich gewesen ist, das für mich bestmögliche, medizinisch therapeutische Verfahren zu organisieren, wäre ich vor Scham selbstständig auf die Intensiv gerannt!
Herrje. Und ich wollte meinen stationären Aufenthalt mal wieder eher unsichtbar absolvieren ...

Ich entschuldige mich später für meinen „Türrahmenzickenalarm."

Nochmal wird mir ein ZVK gelegt. Der Arzt behauptet nach anderthalb Stunden, dass er noch nie in seiner Laufbahn so Schwierigkeiten beim Legen eines Katheters gehabt hätte. Ihm noch nie so häufig eine Vene kollabiert sei. Und was denn eigentlich mein Problem sei, bzw. an was für Erkrankungen ich denn so leide ?????????
War das jetzt die Erklärung und die Rechtfertigung für das mehrmalige Stechen in meinen Hals?
Ich habe nachgezählt.
Ich habe jetzt innerhalb von drei Jahren und nach diversen missglückten ZVKs als Resultat neun punktförmige Narben am Hals.
Sollte ich jemals in meinem Leben auf eine Faschingsparty gehen, kann ich ohne großen Aufwand als Vampiropfer erscheinen ...

123 – Apropos Narbe und Claudia Schiffer

Nach der Venenoperation.
Dein zweiter Aufenthalt auf der Intensivstation macht meine Lage auch nicht besser, zumal sich mir der Sinn dieser Übung nicht erschließt.
Mein Gesundwerden scheint in weite Ferne gerückt zu sein.
Ich liege in einem Zweibettzimmer. Neben mir ein Mann, der beatmet wird. Das Pflegeteam scheint hier automatisch davon auszugehen, dass wir Patienten nichts mehr hören. Sie unterhalten sich dienstlich und auch privat in einer unerträglichen Lautstärke.
Es ist inzwischen 2:00 Uhr morgens.
Ich gebe es auf, schlafen zu wollen. Außerdem piept die ganze Zeit irgendein Infusomat® oder Perfusor®. Aber noch viel schlimmer ist es, wenn die Beatmungsmaschine meines Bettnachbarn Fehlfunktion signalisiert. Nicht nur, dass man sich Sorgen macht: Ich bekomme schon synchrone Atemnot!
Ich versuche, mich abzulenken und denke über meine berufliche Perspektive nach. Vielleicht nicht gerade der ideale Ort für derlei Phantasien mit dieser Wichtigkeit. Werde auch schnell durch die immer noch bestehenden Schmerzen in meinem Arm vom weiteren Nachdenken abgehalten.
Ich betrachte meinen rechten Arm und stelle erstaunt fest, dass ich nun – tatsächlich – keine Extremität mehr ohne Narben besitze.

Nicht, dass ich das angesichts der sonstigen „Rahmenbedingungen“ jemals vor gehabt hätte, aber „modeln“ fällt definitiv aus der beruflichen Perspektive raus.

124 – Hochschule Noah-Nerv, März 2012 – Pinocchia

Auch bei diesem Krankenhausaufenthalt könnte die Mitpatientenkonstellation nicht unterschiedlicher sein.
Im Durchschnitt verlassen meine Mitpatis eigentlich alle drei Tage das Zimmer.
Nicht unbedingt aber das Krankenhaus.
Wie wir irgendwann herausbekommen, hat das mit den Keimen mit Nicole und mir zu tun. Das ist ein ganz doofes Gefühl, wenn man irgendwie eine Gefahr für andere darstellt. Zumindest für Frischoperierte. So ganz verstehe ich trotzdem nicht, warum ich nicht auch langsam mal in ein aseptisches Zimmer komme. Ich wurde auch frisch operiert und angeblich sind die Keime weg. Und abgesehen davon, dass ich ja auch ein schlecht funktionierendes Immunsystem habe, hat meine Bettnachbarin eine sehr unangenehme, wenn nicht sogar äußerst ekelige Angewohnheit. Sie hat, nach eigener Aussage, autoaggressive Störungen. Sprich: Sie schnibbelt gern an sich rum!
Dieses Verlangen kompensiert sie zurzeit damit, dass sie sich ca. 12 Stunden am Tag (den Rest verschläft sie) ihr nekrotisches, pilzbesiedeltes Gewebe am bei einem Unfall amputierten und dann wieder angenähten Arm ... abknibbelt und abschneidet.
Ehrlich wahr!
Und dann die Hautfetzen nicht im Mülleimer oder einem anderen Behältnis entsorgt, nein! Die abgestorbenen, keimverseuchten Zellen werden erst verklumpt und dann vom Bett geschnippt.
Vorzugsweise in meine Richtung, da ich ihr gegenüberliege!
Ganz bis zu mir ins Bett schafft sie es zwar nicht. Auch wenn sie die körperliche Statur einer Kugelstoßerin hat und man den Eindruck bekommt, dass dieses Ziel eigentlich kein Problem sein dürfte ...
Da bin ich aber doch froh!

Aber nur bis zum nächsten Tag.
Ich musste leider erkennen, dass sämtliche Hautfetzen an den Rädern meines Rollis kleben ...

So hundertprozentig sympathisch sind wir uns nicht.

Man könnte es nett ausdrücken, indem man sagt, dass wir uns arrangieren. Und natürlich liegen wir auch die ganzen vier, fast fünf Wochen zusammen.

Nicölchen hat ein kleineres Problem mit ihrem Geltungsbedürfnis. Telefonate werden in einer Lautstärke geführt, dass das halbe Klinikum weiß, was sie momentan so umtreibt. Zumal der Zoff mit irgendwelchen Freunden und vorzugsweise Familienangehörigen zum bevorzugten Gesprächsinhalt zählt. Leider beschränkt sich das Gezeter auch nicht auf das Telefon, sondern wird bei Besuchen nahtlos fortgeführt: „Nicölchen hat ja auch viel durchgemacht!"

Ich bin täglich neu fasziniert, wie viel Besuch Nicölchen bekommt. Trotz der vorher ablehnenden Art.

Unglaublich.

Nebenbei führt sie einen Terminkalender und bestimmt, wem wann und wie oft, mit welchen Geschenken und welchen Nahrungsmitteln, „Audienz" gewährt wird!

Aber nicht nur der Besuch pariert.

Auch das Pflegepersonal wird nach einem ganz bestimmten Plan durchgeklingelt! Ohne dass dieses auch nur die leiseste Ahnung davon hat.

Deren Reaktion, sollte diese Taktik mal durchschaut werden, würde ich gern miterleben.

Unter uns Beobachter-Mitpatienten werden schon die verschiedensten Thesen aufgestellt, bis hin zum Schmieden von „Petzplänen".

Und doch traut sich letztendlich keiner, Nicölchen anzuschwärzen.

Ich habe selten einen Menschen erlebt, der so systematisch seine Mitmenschen tyrannisiert.

Allerdings muss ich ihr an dieser Stelle auch mal zugute halten, dass sie keinen Unterschied zwischen sozialen Schichten macht. Und auch die emotionale Nähe zur jeweiligen Person keine Rolle spielt.

Obwohl, das ist ja jetzt auch ein Widerspruch in sich, oder?

Wie auch immer.

Tatsache ist, dass sie auf eine faszinierende Art und Weise etwas „schräg drauf" ist.

Dass sie sich der autonomen Szene zugehörig fühlt, zeigt sie gern und auffällig. Wann immer sie kann, es Zuschauer und/oder Zuhörer gibt. Dass sie aber mit ihrem „Ich Ich Ich" selber das unsozialste Verhalten überhaupt an den Tag (und an die Nacht) legt, bekommt sie selbst nicht mit. Egoistischer geht es wohl kaum.

Wenn sie und ihre „Jünger" anfangen, politisch und gesellschaftskritisch zu debattieren, ziehen wir anderen drei uns die Bettdecke über den Kopf.

Ich weiß nicht, wie es den anderen geht, aber ich muss immer unweigerlich grinsen, geht aber nur zwei Minuten gut. Dann muss ich das Zimmer verlassen, da ich sonst vor unterdrücktem Lachen platze.

Letztendlich unpolitischer und weltfremder habe ich noch nie jemanden diskutieren gehört, weil es eigentlich nur um ein Thema geht:
„Wichtig! Wir sind wichtig! Ganz wichtig!“
Aber!
Das Allergemeinste an dieser ganzen Geschichte ist die Realität: Ich habe Bettruhe!
Ich sage ja immer wieder: Bettruhe ist für mich die Folter schlechthin ... !!!!
Hallo Menschenrechte!?
Aber zurück zur Antifa-Domina!
Sie und ihre Freunde sind der Überzeugung, dass sie die Weisheit mit Löffeln gefressen haben und alle andern ja ohnehin die größten, dümmsten und konservativsten Spießer seien, die von nichts und niemand eine Ahnung haben.
Politisch sowieso nicht.
Sie kann sich nicht im Traum vorstellen, dass ihre Zimmergenossen durchaus ähnliche, „autonome“ Erfahrungen gemacht haben könnten. Dass Bianca, Tanja und ich insofern ziemlich genau einschätzen können, was für einen Quatsch sie da so von sich gibt ...

Da Nicole 33 Lenze zählt, kann man ihr unreifes Verhalten nicht mal auf ihr Alter schieben. Dass sie es mit der Wahrheit nicht so eng sieht, gibt auch nicht direkt Sympathiepunkte.
Wie kann jemand, ohne mit der Wimper zu zucken, innerhalb eines Tages so viele unterschiedliche Versionen einer Geschichte erzählen?
Am Anfang empfanden wir Mitpatienten noch so etwas wie „Fremdscham“.
Aber es macht einfach keinen Spaß, sich den ganzen Tag Flunkerstorys anzuhören. Besonders dann, wenn man bedenkt, wie sich ihre Mutter und ihre Schwester aufopferungsvoll um „Nicölchen“ kümmern und für sie sorgen.
Inzwischen haben wir unser Verhalten angepasst.
Nicölchen erhält von uns den Spitznamen „Pinocchia“.
Pinocchia scheint unsere Anwesenheit „peripher am A..... vorbeizugehen“ (einer ihrer Lieblingssprüche), wenn sie ihre unterschiedlichen Versionen präsentiert.
Das „Wesen mit der langen Nase“ (bei Pinocchia wächst sie trotz der Flunkerei überhaupt nicht, aber wir beobachten das kontinuierlich ... was sollen wir auch sonst tun???) führt täglich so ca. 12-15 Telefonate und bekommt zusätzlich, je nach Stimmungslage, 6-8 Besucher.

Es ist eine echte Leistung, dass sie sich die unterschiedlichen Versionen merken kann, die den unterschiedlichsten Leuten aufgetischt werden. Ohne komplett durcheinander zu kommen.
Ehrlich!
Mir würde ein Terminplaner nicht reichen, ich bräuchte eine Kladde, um genau aufzuführen, wem ich welche Story wann erzählt habe.
Unglaublich.
Die Polizei, die sich sehr für ihren ominösen Unfall interessiert, scheint langsam die Strategie zu ändern. Inzwischen meldet sich täglich ein anderer Sachbearbeiter ... und ich kann mir beim besten Willen nicht vorstellen, dass die Polizei den ganzen Stab wegen eines banalen Verkehrsunfalls (O-Ton Pinocchia) aufbietet. Eher soll der Fall durch Änderung der Taktik gelöst werden.
Aber! Ich vermute, das wird vergebliche Liebesmüh sein.

Unglaublich – aber auch spannend...

Das ist aber nicht das einzige Problem Pinocchias.

Ein anderes Problem besteht darin, dass sie es überhaupt nicht ertragen kann, wenn es einer Mitpatientin schlechter geht und diese die Klingelhoheit ausübt.
Sie fängt dann wirklich an zu schreien und zu weinen. Spricht, Entschuldigung ! ... - plärrt so laut, dass sie allein wegen der Lautstärke die Aufmerksamkeit der gesamten Hochschule bekommt. Dies aber in ihrer hysterischen Attacke gar nicht realisiert und irgendwann immer lauter schreit.
Die Kakofonie erinnert mich an unsere Orff-Musikgruppe, 5. Klasse, Orientierungsstufe.
Grausam war das ... aber das ist eine andere Geschichte.
Zurück zu der realen Musikaufführung: Als betroffener Mitpatient ist man dann einfach nur noch froh, dass spätestens dann, wenn Pinocchia mit Suizid droht, sich irgendjemand um diese Frau kümmert!!!
Wohltuend ist es, wenn die Psychologin herbeigerufen wird und Nicölchen für eine Stunde mit ins Besucherzimmer nimmt. Dann ist endlich Ruhe! Egal, ob man hohes Fieber hat, fast am Verbluten ist, die Infusion para läuft.
Egal.
Niemand von uns „Zurückgebliebenen“ würde es wagen, die Klingel zu betätigen.

Ruhe.

Außerdem ist Pinocchia die mit Abstand dickste Veganerin, die ich kenne, im wahrsten Sinn des Wortes.
Sorry. Aber das muss ich jetzt noch erwähnen ...
Oha.
Und geht mir mit ihrer angeblich einzigartigen Ernährungsweise ziemlich auf den Keks.
Apropos Süßigkeiten: Nicht nur, dass sie mit rund 175 cm bestimmt geschätzte 135 kg wiegt, nein: Unsere Tierfreundin liebt auch Weingummis, Salzgebäck (massenhaft), Kuchen. Ob der aus der Klinik stammt oder nicht spielt keine Rolle. O-Ton: „Scheiß Fabrikfraß!“ Es muss also nicht immer der alternative Ökobäcker sein, es sei denn, dass ihre Leibeigenen von draußen was mitbringen dürfen!!!!
Als ich sie darauf hinweise, dass zum Beispiel auch Chips besonders viel Milchpulver und Geschmacksverstärker beinhalten (war nicht nett von mir), bricht Krieg aus im!
Widerspruch ist Pinocchia nicht gewohnt.
Ihr Gegenargument: „Meine Chips sind vegan!“
Und dann verlässt sie das Zimmer, gleich für mehrere Stunden.
Bianca und Tanja sind sauer auf mich.
Sie sind der Meinung, dass mir dieses Argument schon mal hätte eher einfallen können ... das Resultat „Zimmerflucht“ war ein Segen!
Okay.
Wenn das so einfach ist. Da lässt sich schon was finden.
Nett ist das zwar nicht, aber irgendwann reicht es.
Da muss man ja auch mal wieder an seine Genesung denken, oder?

Kann doch nicht so schwer sein, wieder gesund zu werden, oder?

P.S. Die „veganen“ Chips waren übrigens Pringles ... nur, falls mal jemand recherchieren möchte. Die Packung mit dem lachenden Gesicht! Und die Inhaltsstoffe auf der Packung beschreiben was? Richtig: ganz viele tierische Produkte!

Ob das Pringlesgesicht wohl alle chipssüchtigen Veganer auslacht?

125 – Hochschule Noah-Nerv, März 2012

Denn ich bin nichts,
wenn ich nicht lästern darf.
William Shakespeare: Othello, 1. Szene, 2. Aufzug (Jago zu Desdemona)

Es ist spät.
Ich habe immer noch Bettruhe.
Aber das ist mir egal. Ich schleiche mich zum Fahrstuhl.
Eine kleine Ecke, die zwar nicht ganz menschenleer ist, aber es herrscht Durchgangsverkehr. Alle haben ein Ziel, nur nicht das, vor dem Fahrstuhl stehen zu bleiben. Das nutze ich aus.
Patientenfreie Zone.
Ich telefoniere mit Herrn Armando.
Bin mir gar nicht sicher, ob er meine Sichtweise mit mir teilen würde. Aber ich finde, unsere therapeutische Beziehung hat einen Punkt erreicht, an dem die von mir beschriebenen Sequenzen eines Krankenhausalltags nicht mehr psychologisiert werden müssen.
Nein!
Wir machen „Seelenmassage".
Wir lästern!
Und das tut so gut!
Ja!
Ich glaube, das Überleben im Krankenhaus, genauer im Vierbettzimmer, wird in den nächsten Tagen für mich kein Problem sein.
Danke.

126 – Hochschule Noah-Nerv, März 2012

Diesmal ist der stationäre Aufenthalt eindeutig anders…

Ich kann es gar nicht richtig begründen.
Hier noch mal eine kleine Erinnerung innerhalb der Retro|Perspektive.

Schon als ich in der Ambulanz ankam, um mich für den bevorstehenden stationären Aufenthalt anzumelden, waren dort Zweifel und Unsicherheit zu spüren.
Dr. Jakobson überlegte sogar, ob wir die bevorstehende Operation nicht doch verschieben sollten. Auch, um mich zu schonen.
Damit der Körper nach all den Operationen der letzten Jahre auch mal ausruhen kann.
Wir überlegten zusammen mit Schwester Claude. Ich hatte natürlich nichts dagegen, wieder nach Hause zu fahren, das kam meinem Angstgefühl, was ich so noch nie erlebt habe und mit dem ich hierher gefahren war, sehr entgegen. Ich glaube, ich habe bei mir zu Hause alle ganz wahnsinnig gemacht. Ich kann es nicht erklären. Ich hatte einfach nur Angst und konnte diese nicht mal begründen. Ich konnte eigentlich nur sagen, wovor ich keine Panik hatte:
Absolut keine Angst hatte ich vor den Ärzten oder dem Team der Chirurgie insgesamt.
Ich hatte auch nie Bedenken, dass es mit der angedachten Operation am Fuß nicht funktionieren könnte.
Ich glaube, das größte Misstrauen hatte ich meiner eigenen Psyche gegenüber.
Sollte ich mal wieder auf ein Vierbettzimmer kommen, so hatte ich mir schon vorher überlegt, würde ich mich auch automatisch der zweihundertsten Lebenskrankengeschichte in drei Jahren nähern.
Würde ich es schaffen, das durchzuhalten?
Schlafentzug durch Unruhe und Schnarchgeräusche?
Vierundzwanzig Stunden Präsenz? Kaum Rückzugsmöglichkeit?
Frischluft nur über zwei Kippfenster!
Kaum Besuch.
Ich traute mir irgendwie das Durchhalten auf dieser Situation nicht mehr zu. Ich wollte eigentlich nur noch zu Hause bleiben ... daher kam mir der Vorschlag von Dr. Jakobson sehr entgegen.

Doch irgendwie muss das Loch im Fuß ja auch irgendwann mal geschlossen werden, deshalb bestellte mich Dr. Jakobson am Abend zu einer erneuten Besprechung.
Als ich in das Behandlungszimmer gebeten wurde, befanden sich in dem kleinen Raum bestimmt an die zwanzig Ärzte.
Ich finde das immer ein bisschen unangenehm. Ähnlich wie bei den Chefarztvisiten. Ich weiß immer gar nicht, wo ich zuerst hinschauen soll. Meine „Opfer" heute waren eine junge Ärztin und der Oberarzt, da die beiden die einzigen waren, die auf Stühlen saßen und mir somit zugewandt und auf Augenhöhe waren.

Ich packte meinen Fuß aus.
„Mein" Raynaud-Syndrom war auch präsent, in Form von blauen Fingern, Füßen und Lippen. Das sorgte für Interesse bei der jungen Ärztin und sie wollte genauere Informationen von mir. Die konnte ich ihr nicht geben. „Ich weiß nur, dass dieses Phänomen kommt und geht, wie es gerade lustig ist. Manchmal wird nur ein Zeh attackiert, manchmal sind auch alle betroffen!" Nachdem sie mich das vierte Mal dazu befragte und ich immer noch nicht ausreichend antworten konnte, übernahm Dr. Jakobson das Antworten. Zuckte aber zunächst nur mit den Schultern. Dann die Erklärung:

„Frau Maschke! Das ist einfach Frau Maschke!"

Das war das schönste Geschenk, was Dr. Jakobson mir in diesem Moment machen konnte.
Und auch in den nächsten Wochen diente diese Aussage immer wieder dazu, das unglaubliche und durch Diagnosen nicht definierbare Verhalten meines Körpers ganz einfach zu umschreiben. Es wurde schon fast ein Begrüßungsspruch bei sämtlichen Visiten: „Und nun zu Frau Maschke. Ja! ... Das ist einfach Frau Maschke...!".

Dafür bin ich wirklich dankbar.

Ich wurde dann doch noch operiert. Und wie immer sah die Wunde zwei Tage lang super aus. Am dritten Tag spürte ich schon, dass irgendwas nicht stimmte. Was niemand weiß: Zeitgleich fingen nachts auch meine Träume wieder an.
Eines Nachts träumte ich, dass ich bei den Olympischen Spielen mitmachte.

4 x 100 m Hürdenstaffellauf der Frauen ... Wir liegen auf Goldkurs!
Ich bin die vierte Läuferin.
Nur noch eine Hürde muss ich überwinden, dann nur noch durchlaufen.
Der Abstand zu den hinter mir laufenden Gegnern ist riesig.
Da kann nichts mehr passieren. An der letzten Hürde, die ich sicher überwunden zu haben glaubte, nimmt das Verhängnis seinen Lauf. Ich bleibe mit dem rechten Fuß hängen, verliere den Staffelstab und werde von allen anderen Nationen förmlich „überrannt."
Wir haben verloren.
Ich habe es vermasselt.

Beim zweiten Traum liege ich auf dem Operationstisch und niemand registriert, dass die Narkose nicht mehr wirkt - ähnlich, wie es mir ja tatsächlich schon passiert ist. Da ich mich im Zustand des „Überhangs" befinde, mich also nicht bewegen und bemerkbar machen kann, konnte ich hören und verstehen, was das Operationsteam spricht. Sie unterhalten sich über meinen Fuß. Ein Operateur: „Igitt! Der ist so hässlich und gammelig, ... den müssen wir absägen!"
Ich versuche, zu schreien. Eigentlich schreie ich auch.
Aber nur innerlich.
Hören kann mich keiner.
Und dann fangen sie an zu sägen ...

Und dann wache ich auf.

Meistens kann ich mich dann für einen Moment immer noch nicht bewegen. Selbst wenn ich die Augen aufmache, sehe ich den Operationssaal vor mir.
Oft schreie ich dann stumm weiter.

Ich mache dann immer noch mal schnell die Augen wieder zu. Versuche, mir was anderes vorzustellen und vor allem meinen Fuß zu bewegen ...
Das klappt.
Dann wache ich irgendwann richtig auf.
Fuß ist noch dran.
Wie „realitätsnah" diese Träume tatsächlich sind, erfuhr ich ein paar Tage später, nach der ersten Operation, durch zwei voneinander unabhängige Visiten ...

Es ist der 28. Februar 2012 und der 14983. Tag in meinem Leben.

Visite Dr. Jakobson. Es herrscht eine ruhige Atmosphäre, wie immer.
So eine entspannte Visite kann vielen Missverständnissen vorbeugen, Angst nehmen, Fragen und Perspektiven klären, große Sicherheit geben. Und kostet doch eigentlich nicht mehr Zeit als hektische Gespräche, oder?
Ganz im Gegenteil. Was werden manchmal für Ungereimtheiten, Missverständnisse, Ängste, manchmal sogar psychische Krisen ausgelöst, die dann mit viel zeitlichem Aufwand wieder begradigt werden müssen und seelische Narben, Unzufriedenheiten und Misstrauen zurücklassen können.
Es geht doch anders.
Aber nicht oft.
Ich kann die Anzahl Arzt-Patientengespräche, die auf entspannte Art ablaufen, egal ob im Krankenhaus (in Form einer Visite) oder in Arztpraxen, an zwei Händen abzählen. Ich habe diese Zeit der Ruhe und den Raum dafür immer mehr zu schätzen gelernt und weiß, dass das absolut nicht selbstverständlich ist. Es gibt Gesprächssituationen, bei denen man auf dem Bett, der Liege oder auf einem Stuhl in der Praxis sitzt, sich in die Augen schauen kann und sich nicht hierarchisch unterzuordnen hat. Man spricht miteinander, ohne ärztliche Wichtigtuerei und bei weitestgehender Offenheit seitens des Patienten, ohne kindliche Scham.
Hier an der Hochschule ist die Quote der Visiten, die nach diesem Muster ablaufen, besonders hoch. Und eigentlich der Normalzustand, sobald Dr. Jakobson beteiligt ist.
Aber heute...
Irgendwas ist anders. Wie immer meldet sich zunächst mein Bauchgefühl. Und wenn ich in diesem Moment ehrlich zu mir selbst wäre, müsste ich zugeben, dass dieses Gefühl eigentlich gerade den atomaren Weltkrieg signalisiert.
Aber als „Verdrängungs-Profi" schaffe ich es, dieses Gefühl zu ignorieren und mich ganz auf den Fuß zu konzentrieren. Die Lymphdrainage-Therapeutin Jiska und ich haben während einer Therapiesitzung hier in der Klinik mit Schrecken festgestellt, dass die Operationsnarbe wieder aufgeht.
Mein Fuß ist auch ziemlich dick angeschwollen. Und es sieht so aus, als ob dadurch einzelne Knoten der Naht gesprengt wurden.
Wir verabredeten, dass sowohl Jessica als auch ich auf der Station über unsere Befürchtungen Bescheid geben.

Abends ist noch mal Visite.

Ich zeige meinen Fuß.
„Ich habe es mir schlimmer vorgestellt, Fr. Maschke!“
Diese Aussage müsste mich eigentlich beruhigen, oder?
Das ist doch eigentlich gut.
Stille.
„Wir lassen den Fuß über Nacht mal offen und inspizieren das morgen bei der Chefarztvisite genauer ...“
Gut.
Stille.
Der Arzt räuspert sich.
„Ich werde da auf diese Art und Weise, wie bei den vergangenen Operationen, nicht mehr dran gehen können ...“.

??????????

Stille.

„Also, ihn so nicht mehr operieren können, ... in dieser Form.“
Ich will nicht, dass mein Kopf das gerade Ausgesprochene richtig denkt.
Ich will nicht, dass sich die Wörter zu einem sinngebenden Satz fügen und damit die Wahrheit und Zukunft meines Fußes beschreiben.
Ich will das nicht.
Alles in mir schreit: NEIN!
Wie immer bin ich aber nach außen hin ruhig.

Nein – Nein – Nein – Nein.

Äußerlich keine Regung meinerseits.
Ich bin starr.
Sitze ich hier überhaupt im Bett?

Traum? Realität?

Was ist los?
Neiiiiiiiinnnnnnn.

Der Arzt schaut mich gar nicht an, sondern starrt immer nur auf den Fuß.
„Am Lappen kann man nichts mehr entfernen.“

Sarkasmus und Ironie kommen in mir auf. „Circle of Protection” funktioniert mal wieder einwandfrei:

Gelernt ist gelernt.
„Na, soweit ist es ja auch noch nicht, oder? Wer will denn hier operieren oder womöglich operiert werden?"
Also, ich sowieso nicht. Und wollten wir nicht bis morgen warten?
Hatte der Arzt nicht eben gesagt, dass er sich das nach den Erzählungen der Therapeutin schlimmer vorgestellt hatte?
War das geschwindelt?
Vor gerade zwei Minuten und einer gefühlten Ewigkeit?
Es ist unangenehm still in unserem Zimmer.

Vor ein paar Stunden, als ich über unsere Entdeckung während der Lymphdrainage beim Stationsarzt Bescheid gab, wurde ich noch als Pessimistin bezeichnet ... und beruhigt mit dem Satz: „Wir können da ja später mal einen Blick drauf werfen, wenn Sie das beruhigt!"
Und jetzt wird schon wieder von zukünftigen Operationen gesprochen, die keiner durchführen möchte, geschweige denn deren exakter Verlauf dargestellt wird?
Mein Gehirn kommt nicht mehr mit.

Meine mittlerweile verdrängten Gedanken vom letzten Samstag und der Äußerung einer Ärztin während der Visite kommen mir wieder in den Sinn.
Mannomann.
Ich hatte diese Gedanken so schön in die letzten, stillgelegten Gehirnwindungen verschoben.
Irgendwas oder irgendjemand muss die Geheimtür zu diesem Endlager gefunden und geöffnet haben … :
Die Ärztin hatte mir, ganz nebenbei, erzählt, dass ich ziemliches Glück mit Dr. Jakobson gehabt habe und ob mir bewusst wäre, dass der Chefarzt, als er hörte, dass ich wieder auf der OP-Liste stünde, die Amputation des Fußes in Erwägung gezogen hat. Dr. Jakobson habe aber eine abweichende Meinung geäußert, gegen den Chef argumentiert und für eine Alternative stark gemacht.
Und sich damit durchsetzen können.

DANKE.

Das wusste ich bis zu diesem Zeitpunkt nicht.
Woher auch?

Darf und will ich das jetzt überhaupt wissen und erfahren? Die Frau, die immer Klarheit predigt, wünscht sich jetzt aber gerade mal ganz schnell ... ein Traumschloss auf einer weit entfernten Wolke ...
Hat sich leider wohl schon vor Beginn des Erträumten ausgeträumt, das Prinzessinnenleben ...
Stille an meinem Bett.

Dr. Jakobson steht auf und verlässt mit einem Seufzer das Zimmer in Richtung Flur.
Im Türrahmen dreht er sich noch mal um: „Was auch passieren wird Frau Maschke, ich helfe Ihnen. Wir helfen Ihnen. Sie sind nicht allein."
Die Tür schließt sich. Vorsichtig. Leise.
Kann man Türen traurig schließen?

Bei aller Sensibilität: Das Gespräch hat nun mal in einem Vierbettzimmer stattgefunden:
Acht Augen.
Acht Ohren.
Vier Herzen.
Vier Gehirne.
Vier Seelen.
Vier individuelle Krankengeschichten.
Vier Leben.
Vier Mitpatienten.
Vier Betroffene.

Ich schaue in die Runde und auf die Gestalten, die völlig verstummt auf ihre Bettdecken starren.
Ich finde, wir haben was von den Bremer Stadtmusikanten. Selbst von der Körperstatur her könnten wir das Märchen überzeugend präsentieren.

T´schuldigung, liebe Mitpatienten!

Aber ehrlich: Esel, Hund, Katze und Hahn!
Ohne weiteres traue ich uns den Angriff auf die Räuber zu.
Und auch die damit bevorstehenden Aussichten auf ein schönes Haus und Leben würde uns nicht im Wege stehen ... wir müssten uns nur mal aus unserer Sklavenhaltung (ausgedrückt durch Kranksein) raus bewegen und den Mut zur Flucht und damit auch den Mut zur Veränderung des Lebensweges haben.

127 – Hochschule Noah-Nerv, März 2012
29.03.2012 – der Tag danach

Chefvisite.
Dr. Jakobson schätzt die Wunde im Vergleich zum Vortag als vergrößert ein. Ich empfinde das nicht so.
Ich will das nicht.
Und wieder Stille. An meinem Bett.
Es gibt zwischen den circa zwanzig anwesenden Ärzten, Pflegis und Therapeuten und mir überhaupt keinen Blickkontakt.
Das ist schrecklich.
Stille.
Grausam.
Plötzlich spricht Prof. Manus und schlägt grünen Tee zur Behandlung vor.
Die Atmosphäre in unserem überfüllten Zimmer ist ganz merkwürdig.
Keiner bewegt sich.
Ungläubige Mimik in den Gesichtern der Anwesenden.
Keiner sagt etwas.
Der Gedanke an Alternativmedizin ist bestimmt nicht ganz abwegig oder gar böse gemeint. Ganz im Gegenteil. Aber irgendwas passt nicht in dieser Situation. Und klärt sich auch nicht in den folgenden Sekunden auf.
Kein Widerspruch. Von niemandem.

Selbst der Chefarzt erläutert seinen eigenen Vorschlag nicht. Nicht mal mit dem Resultat irgendwelcher Studien aus irgendwelchen Regionen der Welt, die ja auch ganz gerne mal bei hoffnungslosen Fällen und in hilflosen Momenten zitiert werden.
Aber es kommt nichts. Nicht mehr.
Der Raum ist einerseits energiegeladen und andererseits so, als wäre irgendwie doch keiner im Zimmer.
Das war's an Ausführungen zu meinem Fall, die Karawane zieht weiter zur nächsten Oase.
Diesmal mit ergiebigerer Wasserstelle, hier wird der Durst nach guten Nachrichten gestillt. Der Erfolg der langen, teilweise qualvollen Reise durch den trockenen Sand hat sich bei meiner Bettnachbarin gelohnt.
Sie kann nach diversen Operationen nach Hause entlassen werden!

Mit der Perspektive auf eine vollständig geheilte, funktionstüchtige Hand.

Das ist wirklich schön. Und freut mich sehr.

Hoffentlich geben die bei mir jetzt nicht auf, auch wenn der Weg zum Wasser beschwerlich scheint und immer wieder durch das Auftreten einer Fata Morgana irritiert wird.

Kann doch nicht so schwer sein, wieder gesund zu werden, oder?

Will das mein Körper eigentlich wirklich?

Oder ich?

Ich verstehe im Moment gar nichts mehr.

128 – Hochschule Noah-Nerv, März 2012

Irgendwie ist es heutzutage immer noch wie damals, bei den Römern ... und wie in einem kleinen gallischen Dorf

Das mit der Wunde wird auch in den nächsten Tagen nicht besser.

Ich werde, trotz der Skepsis von Dr. Jakobson, erneut operiert.
Irgendwie habe ich den Eindruck, dass innerhalb des Ärzteteams unterschiedliche Meinungen existieren, was den Verlauf des weiteren Genesungsprozesses anbelangt.
Das ist auch für mich kein schönes Gefühl. Wenn da mehrere Ärzte am Bett stehen und ich förmlich spüre, dass „Spannung“ in der die Luft liegt, die sich mit Blitz und Donner entladen kann. Und wenn mich mein Bauchgefühl nicht täuscht, steht dieses Gewitter kurz bevor ...

Der Gedanke an „Asterix bei den Schweizern" (Band XVI) kommt mir da zur Ablenkung wie gerufen. Asterix und Obelix befinden sich auf der Suche nach dem Edelweiß im Palast des Agrippus Virus. Der römische Statthalter von Condate (Rennes) hat Angst, dass seine korrupten Machenschaften durch den gerade zum Kontrollbesuch erschienenen Finanzbeamten, des Quästors Claudius Incorruptus, ans Tageslicht kommen könnten.
Der Plan des Statthalters: Er vergiftet schleichend Claudius Incorruptus und lässt parallel die besten Ärzte kommen. Die aber natürlich keine Ahnung haben, an was ihr Patient eigentlich leidet. Und der „Patient“ deren ärztlicher Kunst alles andere als vertraut.

Während der „Patient" immer grüner im Gesicht und immer kränker wird und schließlich darauf besteht, vom Druiden Miraculix behandelt zu werden, von dem er nur die besten Dinge gehört hat, nehmen die Abenteuer ihren Lauf. Zur Therapie muss ein spezieller Zaubertrank gebraut werden, wichtiger Bestandteil: Edelweiß. Wer anders als Asterix und Obelix können hier helfen …

Zaubertrank, das wäre jetzt die Lösung!

129 – Hochschule Noah-Nerv-Klinik, März 2012

Eine weitere Operation

Nach der OP habe ich wieder hohes Fieber. Ich glaube, heute ist der vierte Tag und ich frage mich, ob der Zustand der frischen, beziehungsweise alten Fußwunde nicht auch gerade mit diesen Körpertemperaturen und damit auch mit meinem Immunsystem zu tun haben könnte???
Das Fieber ist selbst für meine Verhältnisse wirklich hoch. 40,3° C. Ich bin ja sonst eher der kalte Fisch, meinem Sternzeichen entsprechend (... kleine Anmerkung von mir: Aber nicht so glitschig! ...) und meine Temperatur liegt normalerweise eher unter 36° C.
Die Operationswunde sah zwei Tage lang wirklich super aus. Äußerlich zumindest.
Innerlich konnte ich spüren, dass irgendwas am „Arbeiten" war, irgendwas enstand, was sich nicht positiv anfühlte.
Ich hatte Schmerzen.
Aber keine Wundschmerzen.
Ich kann das immer so schlecht beschreiben und mich vor den Ärzten zu artikulieren, fällt mir immer besonders schwer.
Besonders, wenn ich deren skeptischen Blicke mir gegenüber sehe.
Ich höre dann auf zu sprechen. Ich kann fühlen, dass was nicht stimmt.
„Nun mal nicht so pessimistisch, Frau Maschke! Immer schön positiv denken! Die Narbe sieht doch super aus!"
Was soll man da schon groß sagen?
Sie haben ja recht.
Rein objektiv und äußerlich betrachtet.
Aber ich fühle etwas anderes...
Hey?!
Hatte ich nicht vor, meine innerliche körperliche Lage nach der Geschichte mit der Braunüle® und meiner Vene etwas vehementer zu vertreten?

Zur guten Anwältin tauge ich wohl auch nicht, wenn ich schon beim Vertreten der eigenen körperlichen Gefühle schmählich versage.
Zwei Tage später ist die Narbe wieder auf.

Gesprengte Ketten.

„Wie konnte das passieren?", werde ich vom Chefarzt gefragt.

??????

Ich erhalte erneut Bettruhe.
Toilettengänge sind erlaubt.
Ich merke, dass ich traumatisiert bin.
Bettruhe ist nach den bisherigen Klinik-Erlebnissen einfach nur noch ein Albtraum für mich.
Das ist wirklich das Schlimmste überhaupt.
Schmerzen und sich dann trotzdem bewegen können, das geht. Aber Bettruhe in einem Vierbettzimmer?
Das geht gar nicht.

Wenigstens erreiche ich, Toilettengänge außerhalb des Zimmers erledigen zu können.
Bei einem Arzt stoße ich da, nach kurzer Erwähnung meiner Krankenhaushistorie, auf Verständnis. So ein kleiner Kompromiss tut meiner geschundenen Seele und auch meiner Wirbelsäule gut. Da kann ich auch den Rest der Bettruhe wieder entspannter angehen.

Bloß kein kaltes Stahlbecken am Po.

Daraus entstehen aber prompt wieder Meinungsverschiedenheiten.
Der Arzt, der die strikte Bettruhe verordnet hat, scheint bei einer Besprechung anzumerken (so wird es zumindest aus verlässlicher Quelle berichtet), dass ich am Zustand der Wunde nicht ganz unbeteiligt sei, da ich mich nicht an den ärztlichen Rat hielte???
Er plädiert dafür, die Toilettengänge zu streichen und auch diese Art der Bedürfnisbefriedigung ins Bett und damit ins Vierbettzimmer zu verlagern.

Was soll ich tun?
Niemand weiß weiter.
Ich meine, wenn selbst solche Fragen der weiteren Vorgehensweise in der Therapie ungeklärt bleiben und sich die Ärzte nicht einig sind, was soll ich da machen?

Wie soll ich mich verhalten?

Eigentlich kann ich ja tun, was ich möchte. Es ist immer falsch.
Oder positiv formuliert: immer richtig.

Ein paar Tage später werde ich entlassen.
Ich soll erst mal nach Hause.
Mich erholen.
Mit offener Wunde.
Ohne Behandlungskonzept.

Zu Hause: Déjà-vu.
Wenn mir jetzt jemand sagen würde: Huhu! Sie haben geträumt! Wir befinden uns immer noch im Jahr 2011... ich würde es sofort glauben.

Alles beim Alten. Da sind sie wieder – meine Problemchen.

Ich hatte so hohe Erwartungen mit diesem stationären Aufenthalt verknüpft.
Verdammter Mist.
Ich hatte, bevor ich nach H-City gefahren bin, noch schnell meinen Rollstuhl fotografiert und als Foto an sämtliche Leute geschickt. Mit dem Hinweis, dass ich den, wenn ich zurückkomme, wohl nicht mehr brauchen werde.

Ich hatte den Rollstuhl mit einem richtig dicken Kreuz durchgestrichen.

Verdammt. Es kann doch nicht so schwer sein, wieder gesund zu werden, oder?

Und ich vermisse Lasse so sehr.

Zwei Wochen nach dem stationären Aufenthalt habe ich einen erneuten ambulanten Termin in der Hochschule Noah-Nerv.
Nach drei Stunden Ausharren im Wartebereich der Ambulanz dringe ich bis zur Kabine vor. Das lange Warten vor der Praxis ist normal.
Ungewöhnlich ist jetzt allerdings, dass ich auch in der Kabine schon seit anderthalb Stunden warten muss. Normalerweise kommt Dr. Jakobson immer herein und begrüßt die Patienten kurz und teilt auch den Grund für eine zeitliche Verzögerung mit, zum Beispiel eine Notfall-OP.
Das ist vor allem bei Patienten mit einem langen Anfahrtsweg üblich. So wie bei mir.
Ich habe heute zwar schon öfter seine Stimme gehört. Er ist also da. Umso merkwürdiger ist es, dass er sich überhaupt nicht blicken lässt.

Normalerweise kommt nach der Begrüßung auch erst noch ein Assistenzarzt und nimmt den aktuellen Befund schriftlich auf, um den Oberarzt schon mal vorab zu informieren. Dieses Prozedere überspringen wir seit einem Jahr, da ich ja doch noch mal alles erzählen muss.
Vielleicht ist heute alles anders?
„Der Alltag einer Hochschule verändert sich ja schließlich auch ständig", meldet mein Gehirn als Gedankengang an.
Mein Bauchgefühl sagt was anderes. Wird aber tunlichst von mir ignoriert.
Irgendwann kommt eine Dame aus der Verwaltung und bringt mir einen ganzen Wust von Unterlagen.
Meine Papiere.
Medizinische Berichte.
Datenträger und Röntgenaufnahmen.
Jetzt schreit nicht nur mein Bauchgefühl nach Aufmerksamkeit, mein Gehirn arbeitet schwer.
Die Gedanken rasen an mir vorbei.
Bis zum Schädelknochen. Dann prallen sie in die Gehirnmasse zurück.
Durch die Bewegung der Gedanken entstehen Emotionen.
Ich werde traurig.
Ich ahne, was kommen wird.
Es gibt kein Entrinnen.
Ich blicke auf meinen zwar nicht heilenden, aber bereits für neue Therapie-Vorschläge ausgepackten Fuß.
Da ich mich hier auskenne und ich weiß, wo sich Verbandsmaterial befindet, stehe ich auf.
Sammle die von mir erforderlichen Materialien ein.
Dabei sieht mich niemand.
Die Tür der Kabine ist ja zu.
Das Leben vor der Tür läuft ohne mich ab.
Aber es läuft weiter.
Dr. Jakobson auch.
Er bewegt sich an der Tür vorbei. Immer wieder.
Ich merke und höre es.
Ich packe den Fuß wieder ein.
Ich mache mich bereit.
Bereit zum Gehen.
Bevor ich diesen Ort verlasse, sehe ich mich nochmal in der Kabine um.
Mein Blick fällt auf ein Plakat. Eine gut aussehende Frau schaut mich an.
Makelloses Gesicht.

Aber eine Stelle ist mit einem Rotstift markiert worden. Da muss die Dame wohl mal einen Pickel gehabt haben ... ihr wurde geholfen.
Mittels einer Operation und eines kosmetischen Produktes aus Paris!
„Die Anwendung einer einzigen Tube ist ausreichend!“
Aha.
So einfach geht das.

Ich bin immer wieder von diesen Werbeplakaten fasziniert.
Und es gibt so unglaublich viele und verschiedene.
Ist ja logisch! Kommt immer auf den Standpunkt und auf die Fachrichtung der einzelnen Praxis an.
Da Arztbesuche Teil meines Lebens geworden sind, bin ich, weil ich während meines Wartens immer wieder mit denselben Plakaten konfrontiert werde, unweigerlich Profi in den verschiedensten Kategorien geworden.
Zum Beispiel bin ich Fachfrau für: „Die benigne Prostatahyperplasie“ ... natürlich beim Mann. Sämtliche Stadien kann ich blind aufzeichnen.

Außerdem kann ich inzwischen Ultraschallbilder interpretieren und erkenne, um welches Organ es sich auf dem vorliegenden Bild handelt. Weiß, welche Schmerzmittel bei Nervenschäden sinnvoll sind, weiß, welche Hebe- und Tragetechnik beim Schleppen einer Bierkiste von Vorteil ist.
Kenne den Speiseplan eines Diabetikers und weiß, dass ein Zusammenhang zwischen BE und Übergewicht nicht unbedingt zwingend ist.
Auch mit dem Verdauungstrakt stehe ich auf Du und Du. Von oben bis unten, also vom Pharynx bis zum Anus, sind mir alle Bereiche vertraut - auch auf Latein.
Funktionsweise der Alveolen? Null Problem, kann ich in Wort und Bild wiedergeben, samt Exkurs zur Auswirkung von Nikotin und Luftschadstoffen.
Hepatozyten – was manche ihren Leberzellen zumuten, kann erst ermessen, wer um die Funktionsweise weiß. Wissenslücken kann ich gern schließen helfen.
Mein eigentliches Fachgebiet ist aber die Orthopädie. Sollte mal jemand eine orthopädische Frage haben, kein Problem. Wirbelsäulenproblematiken habe ich selber schon alle durch. Aber ich traue mir auch zu, eine Osteochondrosis dissecans zu diagnostizieren, nur bliebe ich auch die Antwort schuldig, welche Umstände für dieses „Knochensterben“ ursächlich sind!

Der jahrelange Blick „über den Tellerrand“ hat auch meine Sinne jenseits der Schulmedizin geschärft. Die Traditionelle Chinesische Medizin (TCM) mit ihren Meridianen *Jing Mai* (Hauptmeridiane) und *Qi jing mai* (außerordentliche Gefäße) ist mir ebenso geläufig wie die aus dem Alt-Indischen stammende „Chakren-Lehre!“
Außerdem könnte ich noch in allen Einzelheiten erklären, wie der nostalgische „Oscillograph zur doppelseitigen Pulsschreibung“ nach Prof. Gesenius & Keller … aufgebaut ist und funktioniert …

Jawohl!
Und das alles ohne Uni-Studium … dafür umso mehr praktischen Übungen am lebenden Objekt vor Ort!

Wird Zeit, die Untersuchungskabine zu verlassen.

Ich lenke ab.
Ich bin traurig.

Plötzlich steht Dr. Jakobson vor mir.
Hier im Untersuchungsraum. Lehnt sich an die Wand.
Keine Begrüßung.
Kein Blickkontakt.
Ich wackle mit meinem Fuß. Dann rutsche ich von der Liege und stelle mich hin.
Mache mich bereit, meine Unterlagen einzupacken.
Massoun, der Taxifahrer, wartet bestimmt schon vor der Hochschule.
Der Blick vom Oberarzt ist immer noch auf meinen Fuß gerichtet.
„Es tut mir so leid. Wir können nichts mehr für Sie tun. Chirurgisch sind wir am Ende!“
Mir laufen die Tränen. Aber ich packe weiter meine Sachen.
„Wir stehen mit dem Rücken zur Wand! Wir haben keine Idee mehr!“
Tränen.
Die Traurigkeit ist auf beiden Seiten zu spüren.
Und auch Hilflosigkeit.
Ich kann nicht sprechen.
„Wann immer wir Ihrem Körper invasiv zu nahe gekommen sind, hat er rebelliert. Bei jedem anderen Menschen erfolgt ein sofortiger Genesungsprozess, sobald wir zum Beispiel Nekrosen entfernt haben. Bei Ihnen ist das genau anders. Sie reagieren mit Fieber und anderen Symptomen. Wir tun Ihnen nicht gut. So auf jeden Fall nicht. Und auch nicht weiter. Wenn

Sie den Grund für ihre Immunerkrankung herausgefunden haben, stehen wir Ihnen jederzeit wieder zur Seite und helfen Ihnen. Sehr gerne!“

Ich bin traurig.
Ich habe im Moment nicht verstanden, was ich jetzt als Nächstes unternehmen soll.
Bin ich nicht an diese Institution gekommen, weil ich im weiten Umkreis um meine Heimatstadt niemand mehr weiter wusste?
Wo soll ich denn noch hin?
Wer kann denn noch herausbekommen, was mit mir los ist?
Das war es doch jetzt!
Mehr gibt es doch nicht!?

Tränen laufen mir übers Gesicht.

Und doch verstehe ich den Arzt.
Natürlich.
Chirurgisch gesehen hat er Recht.
Natürlich.
Das Kontingent an Operationen und Rettungsversuchen ist ausgeschöpft.
In Ordnung.
Aber waren nicht auch andere Fachrichtungen involviert?
Ist es nicht Sinn und Zweck eines Universitätsklinikums, den Patienten abteilungsübergreifend zu behandeln, zum Beispiel an anderen Fachbereichen?
Wo bleibt da der wissenschaftliche Ehrgeiz einer Hochschule?

Ich frage nach. Dr. Jakobson zuckt resigniert die Schultern.
„Ich fühle mich mit Ihrer Krankengeschichte ziemlich allein gelassen, Frau Maschke!
Ich habe immer wieder versucht, mit den Kollegen der anderen Fachbereiche in Kontakt zu treten. Ich habe während ihres fünfwöchigen Aufenthaltes täglich E-Mails mit Fragestellungen zu ihrer Person verschickt.
Leider kamen entweder gar keine oder nichtssagende Reaktionen.
War denn niemand aus der Immunologie bei Ihnen?
Ich habe doch einen Bericht vorliegen mit der Aussage, dass sie auch keine Ahnung von ihrer Erkrankung haben!“
Ich verneine. Ich habe niemanden gesehen oder an meinem Bett gehabt.
Dr. Jakobson telefoniert noch mal mit seinem Kollegen.
Das Resultat des Telefonats raubt mit die letzte Illusion:

Der Kollege aus der Immunologie hatte tatsächlich nicht mal versucht, mich aufzusuchen.
Einfach nach Aktenlage entschieden.
Ich verstehe das nicht.

Wenn wir uns alle, immer wieder, mit meiner Krankengeschichte allein gelassen fühlen, warum können wir dann nicht eine „Konsolidierung“ sämtlicher medizinischer und, noch wichtiger, menschlicher Koryphäen durchführen?“

Urknall.
Neues Leben.

Ich äußere mein Unverständnis.
Ein weiterer Assistenzarzt kam dazu und erklärt es mir: „ Das ist doch logisch: Sie kosten zu viel Geld. Und wenn tatsächlich so etwas wie wissenschaftlicher Ehrgeiz bei der Suche nach einer Lösung vorherrscht, dann nur, wenn diese Suche auch Aussicht auf Erfolg bringt. Diese Zukunftsperspektiven gibt es bei Ihnen nicht!“

Ganz simpel.

Ende.

Resultat nach fast zwei Jahren Uniklinik und drei Jahren in anderen Krankenhäusern???????????

Ich bin traurig.

130 – „Muss nur noch schnell den Fuß retten“
frei nach Tim Bendzko

Intro: Dm Am Dm Am

Muss noch schnell den Fuß retten, danach renne ich zu dir.

Noch ein paar Abstriche checken, wer weiß was mir dann noch passiert, denn es passiert so viel.

Muss nur noch schnell mein Leben retten, danach renn ich zu Dir.

Irgendwie bin ich spät dran, fang schon mal mit dem Laufen an....
Ich stieß dann später dazu. Du fragst nicht mehr, wieso, weshalb, warum, ich sag: Krank sein ist dumm!
Denn ihr scheint nicht zu wissen, was ist los, der Körper ist ganz einfach k.o. Genug gesagt, genug vermutliche Diagnosen

Muss noch schnell den Fuß retten, danach renne ich zu dir.

Noch ein paar Werte checken, wer weiß, was mir dann noch passiert, denn es passiert so viel.

Muss nur noch schnell mein Leben retten, danach renn ich zu Dir ...

131 – So!

Circa der ... egal, der wievielte Tag meines Lebens heute ist ...

Vielleicht Schluss und Ende.
Ende und Schluss
Gibt es in einem bestehenden Menschenleben ein vordefiniertes Ende?
Einen vorhersagbaren Schluss?
Und wenn man tot ist ...
Ist dann wirklich Schluss?
Ist das wirklich das Ende?
Oder war das Leben schon eine Art Ende?
Ein Schluss?
Der wievielte Anfang ist das jetzige Leben?
Anfang vom Anfang?
Anfang von der Mitte?
Anfang vom Ende?

Wenn ja: Wovon?
Wenn nein: Wofür? Und warum nicht?

Vielleicht kann man auch jeden Tag in jeder Stunde, Minute, Sekunde ein Ende und einen Schluss vollbringen...
... oder neu beginnen? Oder neu anfangen. Oder warten?
Bloß auf was?
Einfach Leben.

Und jede Sekunde, Minute, Stunde und den Tag das Leben genießen!?

Ich bin von einigen, zugegeben wenigen, Menschen mehrfach als Pessimist bezeichnet worden.
Seit einigen Tagen frage ich mich:
Bin ich das wirklich?
Würde ich dann noch leben?
Wäre ich dann noch hier?

„Sein oder Nichtsein, das ist hier die Frage: / Obs edler im Gemüt, die Pfeil und Schleudern / Des wütenden Geschicks erdulden oder / Sich waffnend gegen eine See von Plagen, / Durch Widerstand sie enden? Sterben – schlafen – / *(Hamlet, Shakespeare)*

Dieses Buch umfasst nur ein klitzekleiner Teil meines Lebens, eigentlich nur ca. vier Jahre meiner mittlerweile einundvierzigjährigen Existenz auf diesem Planeten!

Ich glaube, ich bin skeptisch.
Geworden.
Aber nicht pessimistisch.

Vor allem Menschen gegenüber, die der Meinung sind, mein Leben beurteilen zu müssen und die mich doch eigentlich nicht kennen. Sich auch nicht und niemals die Mühe gegeben haben, das zu tun.
Ihr Irrglaube war es, mich anhand meiner Blutwerte zu beurteilen oder verurteilen zu können.
Soll das meinen wahren Zustand, mein Leben repräsentiert haben?

Das reicht, um einen Menschen zu stigmatisieren?

Ich bin meinem eigenen Leben gegenüber skeptisch.
Zugegeben.

Da spielt einfach eine zu große Angst mit.
Vielleicht auch Erfahrungen.
Ungewissheit.

Ich habe ja noch einiges vor...

Und ich vermisse Lasse.

Um meine fantasievolle Skepsis in Realität umzuwandeln, brauche ich Klarheit.
Diese Klarheit anderen Menschen abzuverlangen, ist nicht ganz einfach.
Die Reinheit des Lebens kann ganz schön schmerzhaft und verletzend sein.
Und doch erstrebenswert.
Wer will schon seine kostbare Lebenszeit in Luftschlössern und in Lügenwelten verbringen?

Ich habe in den letzten Monaten eine richtige Sehnsucht nach Klarheit entwickelt.
Doch – sie erfordert Mut. Den ich mir wünsche, aber oft nicht besitze.

Aber ich habe einige wunderbare, liebe Menschen in meinem Herzen, um mich herum ... schon immer und neu kennengelernt.
Die Vielzahl an Lebensgeschichten und privaten Anekdoten geben mir eine ganze Schatzkiste voller Mut, mit doppeltem Boden und vielen geheimen Verstecken! Und verleihen mir Furchtlosigkeit wie das keltische Schwert Excalibur. Ich glaube nicht, dass nur irgendwelche Auserwählte unter uns ein „Werkzeug" dieser Art besitzen dürfen...
Steht doch wohl jedem zu, oder?

Aber ist es überhaupt erstrebenswert, unverwundbar zu sein?

Ich glaube nicht.

Eine kleine Schutzschicht wäre aber ganz schön.

Damit die Würde - jedes Einzelnen - nicht so schnell antastbar wird.

„Der Rest ist Schweigen"

(Letztes Zitat von Hamlet in seinem Drama)

Für mich jetzt auch?

Ich glaube nicht …

Kann doch nicht so schwer sein, wieder gesund zu werden, oder???????????????????

P.S. Seit einiger Zeit träume ich immer wieder davon, alle meine HerzensMenschen und HelfersMenschen zu einem Vivaldi-Konzert einzuladen. Gespielt werden die „Vier Jahreszeiten". Allerdings veranlasse ich, dass die Musiker die vier Violinkonzerte in umgekehrter Reihenfolge spielen, also mit dem Winter anfangen und mit dem Frühling beenden ... als Symbol für unsere gemeinsame, manchmal eher dem kalten, grauen Winter entsprechende Zusammenarbeit oder auch Zusammenleben. Und mit dem Ende des Konzertes kommt dann für alle mir lieben Menschen ... der Frühling. Etwas Neues wird und kann beginnen.
Vielleicht schaffe ich es ja, diesen Traum in die Realität umzusetzen?
Das wäre schön.

Versuch des Quellennachweises meiner verwendeten Zitate:

Mit den von mir angeführten und benutzten Zitaten in meiner „Hommage" verhält es sich folgendermaßen:
Einige sind mir während des Schreibens wieder in Erinnerung gekommen, einige andere kommen aus den Büchern um mich herum ... je nach Nachtschrankkapazität. Um die Quellen meiner Erinnerungen zu recherchieren, bedarf es entweder einer exzellenten Bibliothek oder wenigstens eines ständigen Internetzugangs ... selbst der ist auch in der heutigen Zeit nicht immer möglich oder in einigen Krankenhäusern verdammt teuer. Folgendes über meine Zitate habe ich zu erzählen und zu sagen, sowie herausbekommen:

Kapitel 1 und 61:
Michel de Montaigne: „Der Autor an den Leser"
Diogenes Verlag: Um Recht zu Leben: Aus den Essays, erschienen 1580. Geboren 1533, lebte er bis zu seinem Tode auf Schloss Montaigne im Périgord im Jahre 1592

Kapitel 15:
Franz Kafka: „Wege entstehen dadurch, dass man sie geht!", wurde am 03.Juli 1883 in Prag geboren und starb in Klosterneuburg Österreich am 03. Juni 1924

Kapitel 28:
Wikipedia - zum Thema „Schnarchen"

Kapitel 33:
Gotthold Ephraim Lessing (1729 – 1781)

Kapitel: 35.7:
Pamela L. Travers / Walt Disney
... superkalifragilistisch expiallegorisch ... „Ein Löffel voll Zucker ... und was bitter ist, wird süß!"... Mary Poppins (1934)

Kapitel 36:
Immanuel Kant (1724 – 1804) „Sapere aude" ...

Kapitel 41.4:
Shakespeare (1582 – 1616) – Hamlet: „Der Rest ist Schweigen ...“. Die älteste gedruckte Fassung ist von 1603.

Kapitel 47:
Erich Kästner (1899 – 1974)
aus „Neues vom Tage" © Verlagsgruppe Oetinger, Hamburg

Kapitel 43:
Friedrich Nietzsche (1844 – 1900)

Kapitel 74:
„Ein Loch ist im Eimer“ – Scherzlied, volkstümlich. Nach: Wikibooks, die freie Bibliothek

Kapitel 82:
René Descartes (1596 – 1650) Meditationes de prima philosophia (1641): Cogito ergo sum – Ich denke, also bin ich!

Kapitel 83:
Donots: „Stop the Clocks“ vom Album “Coma Chameleon"

Kapitel 84/85:
François VI., duc de La Rochefoucauld – 1678

Kapitel 92:
Theodor Fontane – Effi Briest (1896). Effis Vater: „Ach, Luise, laß ... das ist ein zu weites Feld!“

Kapitel 100:
Ein Loch ist im Eimer – Scherzlied, volkstümlich. Nach: Wikibooks, die freie Bibliothek

Sketch Otto Waalkes: Autobahn
https://www.youtube.com/watch?v=fP_GLbJAB08

Kapitel 111:
aus der Straßenverkehrsordnung unseres Landes

Kapitel 114:
Shakespeare, Hamlet

Kapitel 115:
Kafka: „Die Verwandlung“, eine im Jahre 1915 entstandene Erzählung, wurde 1915 in der Zeitung „Die Weißen Blätter“ veröffentlicht.

Mascha Kaleko: Gedicht „Sozusagen grundlos vergnügt" aus „In meinen Träumen läutet der Sturm“ © dtv München, 1977.

Drosophila melanogaster: Erinnerungen aus meiner Schulzeit: 6., 7., 10. und 11. Klasse. Dann auch noch mal in der 13., sowie während der Ausbildung im 2. Semester …

Kapitel 125:
Shakespeare – Othello. Ca. 1603 verfasst. Und den ersten Druck dazu gab es 1622. 1604 wurde das Theaterstück im Palace of Whitehall bereits uraufgeführt.

Kapitel 128:
Asterix bei den Schweizern, Band XVI

Kapitel 130:
frei nach Tim Bendzko

Kapitel 131:
Shakespeare – Hamlet. Übersetzung nach August Wilhelm von Schlegel (1767 – 1845)

Wer mehr wissen möchte, darf gern weitersuchen.